ANNE'S BOOKS
1
에밀리 초원의 빛
루시 모드 몽고메리/김유경 옮김

동서문화사

에밀리 초원의 빛
차례

골짜기 숲의 집 / 11
고독 / 21
친척들 / 36
가족회의 / 54
지혜 겨루기 / 68
뉴문 / 79
지난날의 책 / 93
시련 / 112
신의 특별한 뜻 / 127
깊어가는 괴로움 / 144
가엾은 일저 / 155
탠시패치 / 166
이브의 딸 / 185
공상 속에서 / 197

갖가지 비극 / 205
타도! 브라우넬 선생님! / 222
편지 / 239
캐시디 신부님 / 256
다시 친구로 / 279
천국으로 보내는 편지 / 285
"낭만적이지만 기분이 좋은 건 아니야" / 299
위서의 작은 별장 / 314
유령의 집 / 325
또 다른 행복 / 338
"그럴 리가 없어!" / 348
바닷가에서 / 356
에밀리의 맹세 / 372

골짜기 숲의 집

메이우드 사람들은 그 골짜기의 집을 가리켜 "어디에서도 1마일 거리"라고 말했다. 그 집은 숲이 무성한 작은 골짜기에 묻혀 보여서, 집을 지은 것이라기보다는 마치 그 자리에 솟아난 커다란 갈색 버섯 같다는 느낌을 주었다. 초록색 오솔길이 그 집까지 길게 뻗어 있었다. 울창하게 자란 어린 자작나무에 가려 건물은 거의 보이지 않았다. 마을이 언덕 위에 있는데도 그 집에서는 다른 집이 한 채도 보이지 않았다.

엘렌 그린은 "이 집은 세상에서 가장 쓸쓸한 곳"이라고 하면서, "만약 그 아이를 불쌍히 여기지 않았다면 이런 곳에는 하루도 더 있지 않았을 것"이라고 잘라 말했다.

에밀리는 사람들이 자기를 불쌍하게 여기고 있는 줄 몰랐고, 쓸쓸하다는 말이 무슨 뜻인지도 잘 몰랐다. 에밀리한테는 친구들이 많았다. 아버지와 고양이 마이크, 소시 샐이 있었다. 그리고 주변에는 언제나 '바람 아주머니'랑 '아담과 이브' '수탉 소나무' '다정한 자작나무 부인들' 같은 나무들도 있었다.

또 에밀리에게는 그 '번뜩임'이 있었다. 에밀리는 그것이 언제 다시 찾아올지 몰랐지만, 그것이 올지도 모른다는 생각만으로도 가슴이 두근거리며 설레였다.

서늘한 어느 날 해질녘, 에밀리는 산책을 나갔다. 에밀리는 그때의 산책을 항상 또렷하게 기억하고 있다. 어쩐지 불길한 아름다움 때문인지, 아니면 몇 주 만에 찾아온 '번뜩임' 때문인지 알 수 없었다. 아니, 산책에서 돌아온 뒤에 일어난 일 때문인지도 모른다.

그날은 5월에 들어선 어느 잔뜩 찌푸린 쌀쌀한 날로, 당장이라도 비가 쏟아질 것 같은 흐린 날이었다. 아버지는 하루 종일 응접실 긴 의자에 누워 있었다. 기침이 심해서 에밀리에게 별로 말을 걸지 않았는데, 그것은 아버지에게는 드문 일이었다. 아버지는 머리 뒤로 두 손을 깍지끼고 누워서, 움푹 들어간 깊고 푸른 눈으로 앞뜰에 있는 두 그루의 커다란 가문비나무 가지 사이로 보이는 흐린 하늘을 꿈꾸듯 바라보고 있었다.

그 두 그루의 가문비나무를 그 집 사람들은 '아담과 이브'라고 불렀다. 그것은 이 두 그루의 나무와 그 사이에 서 있는 사과나무가, 엘렌 그린이 가지고 있는 책 속 고풍스러운 삽화에 나오는 아담과 이브, 그리고 지혜의 나무와 이상하리만치 닮았음을 에밀리가 깨달았을 때부터였다. 책 속 지혜의 나무는 땅딸막한 사과나무와 꼭 닮았고, 아담과 이브는 두 그루의 가문비나무처럼 꿋꿋하게 서 있었다.

'아빠는 무슨 생각을 하고 계실까?'

에밀리는 궁금했지만, 아버지의 기침이 심할 때는 뭘 묻거나 해서 번거롭게 하지 않으려고 애썼다.

"다른 이야기 친구가 있었으면……."

에밀리는 혼자 중얼거렸다. 엘렌 그린도 그날은 말하고 싶지 않은 눈치였다. 엘렌은 투덜투덜 혼잣말을 하고 있었는데, 그럴 때는 뭔가 걱정거리가 있을 때였다.

간밤에 부엌에서 의사에게 무슨 얘기를 듣고 난 후로 그녀는 줄곧 혼자 뭔가를 중얼거렸고, 에밀리에게 꿀 바른 빵을 줄 때도 여전히 투덜대고 있었다. 에밀리는 꿀 바른 빵을 좋아하지 않았지만, 엘렌의 기분을 상하게 하고 싶지 않아서 그냥 먹기로 했다. 잠자기 전에 엘렌이 에밀리에게 먹을 것을 주는 것은 드문 일로, 엘렌이 그렇게 할 때는 뭔가 까닭이 있게 마련이었다.

에밀리는 엘렌의 중얼거림이 여느때와 마찬가지로 다음날 아침이면 가라앉을 거라고 생각했었지만, 그날도 엘렌은 전혀 얘기 상대가 되어주지 않았다. 물론 평소에도 그녀는 좋은 말벗이 아니었다. 아버지 더글러스 스타는 언젠가 불같이 화가 나서 이렇게 말한 적이 있었다.

"엘렌 그린, 뚱뚱하고 게으름뱅이인 데다 처치 곤란한 할멈 같으니!"

그 뒤부터 에밀리는 엘렌을 볼 때마다 그 표현이 기가 막히게 잘 어울린다고 생각했다.

에밀리는 볼품없지만 편안하고 낡은 안락의자에 웅크리고 앉아, 오후 내내 번연의 《천로역정》을 읽고 있었다. 에밀리는 《천로역정》을 좋아했다. 에밀리는 크리스찬과 크리스티나와 함께 곧게 뻗은 좁은 길을 수없이 걸었다. 하지만 크리스티나의 모험은 크리스찬의 모험에 비하면 반만큼도 재미있지 않았다. 크리스티나 곁에는 항상 네댓 명의 사람들이 있었기 때문이다. 크리스티나에게는 회개의 골짜기에서 홀로 악마 아폴리온을 만난, 그 고독하고 대담한 크리스찬에게서 느끼는 매력을 반도 느낄 수 없었다. 일행이 많으면 어둠과 요괴도 그리 무서울 게 없다. 그렇지만 혼자라면…… 하고 생각할 때마다 에밀리는 두려움에 가슴이 뛰고 몸이 떨리는 걸 느꼈다.

엘렌이 와서 저녁준비가 다 되었다고 알리자, 더글러스 스타는 에밀리에게 가서 먹고 오라고 말했다.

"난 오늘 밤엔 아무것도 먹고 싶지 않구나. 그냥 여기 누워서 쉬어야겠다. 작은 요정 아가씨, 네가 돌아오면 둘이서 실컷 얘기하자꾸나."

더글러스 스타는 그렇게 말하며 에밀리에게 싱긋 웃어주었다. 애정이 담긴 아름다운 미소였다. 그래서 그리 맛있지도 않은 저녁이었지만 에밀리는 행복한 마음으로 먹을 수 있었다. 빵은 눅눅했고 달걀은 덜 익은 채였다. 하지만 이상하게도 오늘은 소시 샐과 마이크를 양쪽에 앉혀두고 있어도 엘렌은 아무 소리도 하지 않았다. 에밀리가 이 두 마리의 고양이에게 버터 바른 빵을 아주 조금 먹였을 때 약간 잔소리를 했을 뿐이다.

마이크는 귀엽고 제법 의젓한 자태로 뒷발로 선 채 엉덩방아를 찧어가며 빵조각을 받아먹었다. 소시 샐은 자기 차례를 기다리다 지쳐 마치 사람처럼 에밀리의 발목을 툭툭 건드렸다. 에밀리는 둘 다 좋아했지만 마이크 쪽을 더 좋아했다. 마이크는 짙은 잿빛의 예쁜 고양이로 눈은 올빼미처럼 커다랗고, 몸은 부드럽고 통통하며 털이 부드러웠다.

샐은 무척 마른 고양이였다. 아무리 맛있는 것을 주어도 샐은 살이 오르지 않았다. 에밀리는 샐을 좋아했지만 너무 말라서 안아주거나 쓰다듬어줄 마음은 전혀 들지 않았다. 하지만 샐에게는 뭔가 신비로운 아름다움이 있어서 그것이 에밀리의 마음을 끌었다. 샐은 흰빛과 잿빛이 섞인 얼룩고양이로 털은 무척 하얗고 윤기가 있었으며, 좁고 뾰족한 얼굴에 귀는 길고 눈은 아주 짙은 녹색이었다. 샐은 무서우리만큼 싸움을 잘해서, 다른 곳의 고양이는 부근에 얼씬도 못하게 했다. 무서운 걸 모르는 이 작은 난폭자는 개에게까지 덤벼들어 완전히 무릎을 꿇리는 일도 자주 있었다.

에밀리는 두 마리의 고양이를 좋아했고 자기 손으로 이 두 마리를 길렀다는 사실을 무척 자랑스럽게 여겼다. 이 고양이들은 새끼고양이였을 적에 주일학교 선생님에게 선물받은 것이다.
"동물을 선물받는 건 멋진 일이에요. 동물은 점점 예쁘게 자라니까요."
에밀리는 엘렌에게 말했다. 그렇지만 내심 소시 샐이 새끼고양이를 낳지 않아 걱정이었다.
"소시는 어째서 새끼를 낳지 않을까요? 다른 고양이들은 너무 많아서 곤란할 정도로 새끼를 낳는데."
에밀리는 걱정스러운 소리로 말했다.
저녁을 먹은 뒤 응접실로 돌아가보니 아버지는 잠들어 있었다. 에밀리는 무척 기뻤다. 아버지가 이틀 밤이나 잠을 자지 못한 것을 알고 있었기 때문이다. 하지만 아버지와 얘기할 수 없어서 조금은 실망스러웠다. 아버지와 얘기하는 것은 언제나 즐거웠다. 그 다음으로 즐거운 것은 산책이었다. 이른 봄 잿빛 어스름 속에 혼자 산책하는 것이다. 에밀리의 산책은 퍽 오래간만이었다.
"모자를 쓰고 나가거라. 비가 오면 얼른 뛰어서 돌아와야 한다. 넌 다른 아이들과 달리 추위에 몹시 약하니까."
엘렌이 주의를 주었다.
"어째서 난 이렇게 몸이 약한 거예요?"
에밀리는 화가 나서 말했다.
'다른 아이들은 '추위에 약하지 않은데' 어째서 나만 그런 걸까? 그건 불공평해.'
하지만 엘렌은 잔소리만 할 뿐이었다. 뛰어다닐 때 모자를 쓰지 않는 것을 더 좋아하는 에밀리는 속으로 "이 뚱뚱보, 처치 곤란한 할멈!" 하고 중얼거리며 내키지 않는 마음으로 모자를 가지러 2층으로 올라갔다. 에밀리는 땋아서 늘어뜨린 윤기 나는 검은 머리에 빛바랜 파란 모자를 쓰고, 작은 거울 속에 비친 자기 얼굴을 향해 다정한 미소를 보냈다. 입가에서 시작되어 부드럽고 섬세하게 얼굴 전체로 퍼져나가는 신비한 웃음이었다.

더글러스 스타는 그 미소를 볼 때마다 죽은 아내의 미소와 똑같다고 생각했다. 줄리엣 머리를 처음 본 순간 그는 그 미소에 반했던 것이다. 그러나 그의 생각에 에밀리가 어머니를 닮은 점은 그 미소뿐, 다른 점에서는 모두 스타 집안 사람들을 닮았다. 보랏빛 도는 커다란 회색 눈동자, 매우 긴 속눈썹과 검은 눈썹, 넓고 하얀 이마(너무 넓어서 균형이 깨졌지만), 파리한 계란형 얼굴, 섬세하고 민감해 보이는 입매, 그리고 작고 아주 약간 뾰족한 귀. 그 귀는 그녀가 요정나라 종족과 관련이 있음을 말해주는 듯했다.

에밀리가 말했다.

"나, '바람 아주머니'하고 산책하고 올게. 너도 함께 데리고 갈 수 있으면 좋겠지만 넌 이 방에서 나가지 못하잖아. 오늘 밤엔 '바람 아주머니'가 들판에 나와 있을 거야. 아주머니는 키가 커. 늘 안개에 싸인 채 엷은 잿빛 비단옷을 몸에 두르고 있어. 그리고 박쥐의 날개 같은 날개도 가지고 있단다. 길고 풍성한 머리카락 사이에서 별님처럼 반짝이는 눈이 보여. 아주머니는 날아다닐 수도 있어. 하지만 오늘 밤은 나와 함께 들판을 뛰어다닐 거야. 아주머니는 나하고 아주 친해. 6살 때부터 아는 사이거든. 오래된, 아주 오래된 친구야. 하지만 넌 더 오래된 친구지, 거울 속의 작은 에밀리. 우린 언제나 친구였는걸, 그렇지, 응?"

거울 밖의 에밀리는 거울 속의 작은 에밀리에게 키스를 불어보낸 뒤 밖으로 나갔다.

바람 아주머니가 밖에서 기다리고 있었다. '바람 아주머니'는 응접실 창문 밑 꽃밭에서 자라고 있는 갸름한 줄무늬 풀잎 끝을 흔들고 '아담과 이브'의 큰 가지를 수런거리게 한 뒤, 안개에 싸여 있는 자작나무의 초록빛 우듬지 사이에서 뭔가를 속삭이고, 집 뒤뜰에 있는 수탉 소나무를 약올렸다. 이 소나무는 아주 거대한 수탉처럼 생겼는데, 커다랗고 더부룩한 꼬리를 달고 머리는 당장이라도 꼬끼오 하고 홰를 치려는 듯 뒤로 한껏 젖히고 있었다.

 오랜만의 산책이었기 때문에 에밀리는 기뻐서 어쩔 줄 몰랐다. 겨울 동안은 눈보라가 심했고 눈이 높이 쌓였기 때문에 한 번도 밖에 나가지 못했고, 4월은 내내 비가 오고 바람이 불었다. 그래서 이 5월 저녁의 에밀리는 마치 풀려난 죄수 같은 기분이었다. 어디로 갈까? 시냇가로 내려가볼까, 아니면 들 저쪽 가문비나무가 있는 들판으로 가볼까? 에밀리는 들판을 선택했다.

 에밀리는 길게 뻗은 비스듬한 언덕의 풀밭 너머, 가문비나무가 자라고 있는 들판을 좋아했다. 거기서는 마법이 펼쳐지고 있기 때문이다. 그곳에 있으면 에밀리는 다른 어디에 있을 때보다 즐거웠다. 텅 빈 들판을 미끄러지듯 나아가는 에밀리를 보고 부러워할 사람은 아무도 없을지 모른다. 에밀리는 몸집이 작고 얼굴빛은 파리했으며 옷을 얇게 입고 있었다. 때때로 얇은 웃옷 안에서 추위에 몸을 떨기도 했다.

 하지만 에밀리가 마음속에 품고 있는 환상, 에밀리의 아름다운 꿈을 안다면 여왕이라도 기꺼이 관을 내주었으리라. 발 밑 갈색 풀에 서리가 내려 마치 비로드처럼 보였다. 이끼가 끼고 옹이투성이인 채로 반쯤 말라버린 오래된 가문비나무 밑둥에서 에밀리는 잠시 걸음을 멈추고 하늘을 올려다보았다. 그 고목은 신들을 모시는 신전 안의 대리석 원기둥이었다. 멀리 아련하게 보이는 언덕은 신비로운 도시의 성벽이었고 그 부근의 요정은 모두 에밀리의 친구였다.

 그곳에 있으면 에밀리는 요정의 존재를 믿을 수 있었다. 하얀 클로버와 부드러운 꽃의 요정들, 잔디의 초록빛 난쟁이들, 어린 전나무의 정령들, 바람과 야생 풀고사리와 엉겅퀴의 작은 요정들. 거기서는 온갖 일들이 일어났고, 어떤 일이라도 실현 가능했다.

이 들판은 '바람 아주머니'와 숨바꼭질하기에 더없이 좋은 장소였다. 그곳에 있으면 '바람 아주머니'가 정말로 있는 것처럼 생각되었다. 만약 작은 가문비나무 숲을 아주 빨리 뛰어넘을 수 있다면—그건 불가능한 일이었지만—아주머니의 몸을 만지거나 아주머니의 속삭임을 들을 수 있을 뿐만 아니라 아주머니의 모습도 볼 수 있을지 모른다. 저쪽에 아주머니가 있다. 저건 아주머니의 잿빛 망토가 흔들리고 있는 거야. 아니, 지금은 높은 나무 꼭대기에서 웃고 있네…… 이렇게 숨바꼭질이 계속되었다.

마침내 '바람 아주머니'는 홀연히 어디론가 사라져버렸다. 저녁의 황혼이 고요 속에 잠겨 있었다. 그러자 갑자기 서쪽의 우윳빛 구름 사이가 벌어지면서 분홍빛이 감도는 아름다운 하늘호수에 초승달이 떠 있는 것이 보였다.

걸음을 멈춘 에밀리는 두 손을 마주잡고 작고 검은 머리를 뒤로 젖혀 그 광경을 바라보았다.

'집에 가서 노란 공책에 이 광경에 대한 작문을 지어야겠어. 거기에 마지막으로 쓴 글은 '마이크 이야기'였지. 적어놓지 않으면 이 아름다운 광경이 언제까지나 내 마음을 아프게 할 거야. 쓰고 나면 아빠께 읽어드려야지. 언덕 위 나무들의 우듬지가 분홍빛이 감도는 초록빛 하늘의 테두리를 검정 레이스로 장식하고 있는 것을 잊어선 안 돼.'

그 영광스런 순간에 그때 마침내 '번뜩임'이 찾아왔다.

에밀리는 '번뜩임'이란 이름이 적당하다고는 생각하지 않았지만 그렇게 부르고 있었다. 그것은 말로 표현하기가 어려워서 아버지에게조차 제대로 설명할 수 없었다. 에밀리가 그 이야기를 하면 아버지는 늘 어리둥절해 하는 것 같았다. 다른 사람한테는 그 '번뜩임'에 대해 얘기한 적이 없다.

철이 들면서부터 지금까지 에밀리는 언제나 자기가 신비롭고 아름다운 세상과 아주 가까운 곳에 있는 것처럼 생각되었다. 그 세상과 에밀리 사이에는 단 한 장의 얇은 커튼이 드리워져 있을 뿐이었다. 에밀리는 그 커튼을 열 수 없었다. 하지만 이따금 아주 잠깐 동안 한 줄기 바람이 그 커튼을 흔들 때면, 에밀리는 먼 곳의 매력적이고 아름다운 왕국을 조금이나마 들여다본 것 같았고, 천상의 소리처럼 아름다운 음악소리를 들은 것도 같았다.

그런 순간은 아주 가끔 있었다. 그것은 에밀리에게 말할 수 없이 강렬한 기쁨을 안겨주고 금세 사라져갔다. 에밀리는 그 순간을 되돌릴 수 없었지만, 그 순간의 놀라움은 며칠이고 에밀리를 떠나지 않았다. '번뜩임'은 두 번 다시 같은 모습으로는 찾아오지 않았는데, 오늘 밤은 저 먼 하늘을 찌르고 있는 어둡고 큰 나뭇가지가 '번뜩임'을 가져다준 것이다.

'번뜩임'은 밤바람의 새되고 거친 소리와 함께 온 적도 있었고, 어떤 때는 가을걷이를 하는 들판을 달리는 그림자의 물결과 함께, 또 어떤 때는 폭풍이 부는 날 에밀리의 방 창턱에 내려앉은 잿빛 까마귀와 함께 찾아왔다. 교회에서 들려오는 "거룩, 거룩, 거룩"이라는 노랫소리에 실려오기도 했고, 어느 어두운 가을밤 에밀리가 집으로 돌아가서 아궁이의 불빛을 힐끗 본 순간에 찾아오기도 했다. 어두워질 무렵 유리창에 낀 푸른 성애를 보며 정령의 모습을 떠올리거나 어떤 것을 묘사하다가 딱 들어맞는 새로운 말을 생각해낸 순간에 찾아오기도 했다.

'번뜩임'이 찾아오면 에밀리는 언제나 삶은 변하지 않는 아름다움을 가진 멋지고 신비로운 것이라고 생각했다.

눈으로 본 광경의 그림 같은 기억이 조금이라도 사라지기 전에 집으로 돌아가서 '작문'을 써야겠다는 것만 생각하면서, 에밀리는 점점 어둠이 짙어지는 황혼 속에서 골짜기를 따라 서둘러 집으로 돌아갔다. 어떻게 시작할지는 이미 알고 있었다. 멋진 문장이 머릿속에 떠올랐던 것이다.
 '언덕이 나를 부르고 내 마음속의 그 무언가가 그 부름에 응했다.'
 에밀리는 움푹 들어간 현관 층계참에서 자기를 기다리고 있는 엘렌 그린을 보았다. 그 순간 에밀리의 마음은 행복으로 가득했기 때문에, 처치 곤란한 뚱뚱보든 누구든 사랑스럽게 생각되어 견딜 수가 없었다. 에밀리는 힘차게 두 팔을 뻗어 엘렌의 무릎을 끌어안았다. 엘렌은 침울한 표정으로, 발갛게 상기되어 있는 작은 얼굴을 내려다보았다. 에밀리의 얼굴은 흥분으로 엷은 장밋빛이 물들어 있었다.
 엘렌이 무거운 한숨을 쉬며 말했다.
 "네 아버지가 앞으로 한두 주일밖에 사시지 못한다는 걸 알고 있니?"

고독

에밀리는 갑자기 돌로 변해버린 것처럼 꼼짝 않고 서서 엘렌의 빨개진 큰 얼굴을 바라보았다. 마치 엘렌에게 얻어맞기라도 한 듯 움직일 수 없었다. 작은 얼굴에서는 핏기가 사라지고 커다란 눈동자는 검은 우물 같았다. 그 모습에 엘렌 그린은 어쩔 줄 몰라했다.

엘렌이 말했다.

"너한테 이런 얘길 하는 건 이제 말하지 않으면 안 될 때가 왔다고 생각했기 때문이란다. 두세 달 전부터 아버지한테 얘기하라고 권했지만 네 아버지는 계속 미루기만 하셔서 말이야. 내가 아버지에게 이렇게 말했단다. '그 아이가 이 사실을 알면 얼마나 슬퍼할지 나도 알고 있지만, 그 아이가 마음의 준비도 하기 전에 어느 날 갑자기 당신이 죽기라도 한다면 그 아이도 정말 죽어버릴 거예요'라고. 그랬더니 아버지는 이렇게 말씀하시더구나. '아직 시간이 있어, 엘렌'. 그러면서 아버지는 여태 아무 말도 하지 않으셨어. 그런데 간밤에 의사 선생님이 나한테 하시는 말씀이 이제 그날이 머지않았다는 거야. 그래서 난 할 일은 해야겠다고 마음속으로 결심하고, 네가 마음의 준비를 할 수 있도록 귀띔해주는 거란다. 그러니 제발 그런 얼굴은 하지 말아다오.

  누군가가 너를 보살펴줄 거야. 네 외갓집에서 틀림없이 그렇게 해줄 거다. 머리 집안의 자존심 때문에라도 그렇게 할 거야. 아무리 그 사람들이 네 아버지를 싫어했다 해도, 자기 집안 핏줄을 두 눈 뻔히 뜨고 굶어죽게 하거나, 생판 모르는 남한테 보내지는 않을 테니까. 넌 좋은 집에서 살 수 있어, 이곳보다 훨씬 좋은 집에서. 조금도 걱정할 필요 없단다. 아버지가 영원한 안식을 찾게 된 것에 감사해야 해. 지난 5년 동안 네 아버지는 조금씩 죽음을 향해 다가가고 있었으니까.

  너한테는 아무 말도 하지 않았지만 아버지는 큰 고통을 겪고 계셨어. 네 어머니가 돌아가신 뒤에 몹시 상심하셨지. 너무나 갑작스러운 일이었거든. 병에 걸린 뒤 겨우 사흘도 버티지 못했으니까. 그래서 너에게 미리 얘기해두고 싶었다. 그러면 막상 그날이 닥쳐오더라도 그다지 당황하지 않아도 될 것 아니겠니? 제발 부탁이다, 에밀리. 그렇게 바라보고 섰지 말아다오. 섬뜩하구나. 이 세상에 고아가 너 혼자만 있는 게 아니란다. 무슨 뜻인지 알겠지? 지금 얘기한 것 때문에 아버지한테 걱정을 끼치면 안 돼, 알았지? 자, 안으로 들어가자, 바깥 공기가 차가우니까. 자기 전에 쿠키를 주마."

  엘렌은 아이의 손을 잡으려고 계단을 내려섰다. 그때야 비로소 움직일 수 있는 힘이 에밀리에게 돌아왔다. 엘렌이 조금이라도 자기 몸을 건드리면 끔찍한 비명을 지를 것만 같았던 에밀리는, 갑자기 고통스럽고 날카로운 비명을 작게 지르면서 엘렌의 손을 벗어나 문으로 뛰어들더니, 어두운 계단을 달아나듯이 뛰어 올라갔다.

  엘렌은 고개를 저으며 비척거리는 걸음으로 부엌으로 들어갔다.

  그녀는 생각했다.

'어쨌든 난 내 의무를 다했어. 그 양반은 여전히 '아직 시간이 있다'면서 끝내 죽는 순간까지 미룰 것이고, 그렇게 하면 저 아이가 이해할 수 있도록 잘 얘기해줄 사람이 아무도 없게 돼. 지금이라면 저 아이도 그 일을 받아들일 수 있는 시간이 있고, 하루이틀 지나면 다시 기운을 차리게 될 거야. 그 아이에게 '넌 나면서부터 용기를 가지고 태어났다'고 말해 줘야지. 다행히 그것이 머리 집안의 혈통인 듯하니까.

그 사람들도 저 아이를 다루려면 고생깨나 할 거야. 저 아인 자존심이 강해서 끝까지 고집을 부릴 테니까. 머리 집안 사람들에게 그 애 아버지가 이제 얼마 못 산다는 것을 알릴 수 있으면 좋으련만, 뭐, 그건 그만두기로 하자. 그래봤자 아무 소용없을 테니까. 난 마지막까지 이 집에 있겠지만 그리 섭섭한 마음은 없어. 이런 곳에 살 수 있는 여자는 그리 흔치 않을 테니까. 아무튼 이런 곳에서 아이를 학교에도 보내지 않고 키우는 건 부끄러운 일이야. 물론 난 그 양반한테 내 생각을 몇 번이나 말했지, 그게 도리라고 생각해서. 하지만 결국 아무 소용없었어. 으응? 샐이구나, 저리가! 마이크는 어디 갔을까?'

엘렌은 마이크를 찾지 못했다. 그도 그럴 것이 마이크는 에밀리와 함께 2층에 있었다. 에밀리는 어둠 속에서 마이크를 두 팔로 꼭 껴안고 자기의 작은 침대 위에 앉아 있었다. 에밀리는 괴롭고 외로웠지만, 마이크의 부드러운 털과 둥근 비로드 같은 머리를 쓰다듬고 있는 동안 마음이 어느 정도 가라앉았다.

에밀리는 울지 않았다. 꼼짝 않고 어둠을 응시한 채 엘렌한테서 들은 무서운 얘기를 생각하고 있었다. 에밀리는 그것이 거짓말이라고 생각하지는 않았다. 무엇인가가 에밀리에게 그것이 사실이라고 말하고 있었다.

'나도 함께 죽을 수 없는 것일까?'

에밀리는 아버지 없이는 살아갈 수 없을 것이다.

"만약 내가 신이라면 이런 일이 일어나게 내버려두진 않을 거야."

그러면서도 이런 말을 하다니 '난 정말 못된 아이야' 하고 에밀리는 생각했다. 신을 원망하는 건 세상에서 가장 나쁜 일이라고 언젠가 엘렌이 말해주었다. 그렇지만 에밀리는 걱정하지 않았다. 만약 에밀리가 정말로 나쁜 아이라면 틀림없이 신은 에밀리를 죽게 만들 것이고, 그렇게 되면 에밀리와 아버지는 영원히 함께 있을 수 있으니까.

하지만 아무 일도 일어나지 않았다. 다만 에밀리가 마이크를 너무 꼭 껴안았기 때문에, 숨이 막힌 마이크가 몸부림을 치며 빠져나갔을 뿐이다. 에밀리는 혼자가 되었다. 격렬한 고통에 온몸이 불타는 듯했다. 그것은 견디기 어려운 마음의 고통이었다. 에밀리는 그 고통에서 달아날 수 없었다.

노란 공책에 적는 것으로도 그 고통을 떨쳐버릴 수는 없다. 전에 에밀리는 주일학교 선생님이 떠난 것과, 침대에 들어간 뒤 배가 고팠던 일, 엘렌이 자기에게 '바람 아주머니'니 '번뜩임'이니 하는 이상한 소리를 하는 걸 보니 넌 반쯤 미친 게 틀림없다고 말했던 일을 공책에 쓴 적이 있었다. 그렇게 쓰고 나면 더 이상 마음이 아프지 않았다. 하지만 이번만은 쓸 수가 없었다. 빨갛게 달아오른 부젓가락을 잘못 놀려 심하게 손을 데었을 때처럼 아버지에게 위로를 받으러 달려갈 수도 없었다. 손을 데었을 때는 아버지가 밤새도록 에밀리를 껴안고 여러 가지 얘기를 하여 에밀리가 아픔을 잊도록 해주었다. 그런데 그 아버지가 엘렌의 얘기로는 한두 주일밖에 살지 못한다는 것이다. 에밀리는 그 얘기를 들은 것이 벌써 몇 년 전의 일처럼 느껴졌다. 들판에서 '바람 아주머니'와 숨바꼭질을 하고 분홍빛이 도는 초록 하늘에 떠 있던 초승달을 올려다본 지 채 한 시간도 지나지 않았는데.

'이제 그 '번뜩임'은 두 번 다시 찾아오지 않을 거야, 틀림없어.'

하지만 에밀리는 훌륭한 조상들부터 여러 가지 힘, 즉 싸우는 힘, 참고 견디는 힘, 동정하는 힘, 진정으로 사랑하는 힘, 기뻐하는 힘을 물려받았다. 이런 것들이 에밀리에게 힘을 주고 에밀리를 지탱해 주었다.

'엘렌 아줌마가 말했다는 것을 아빠한테 알리면 안 돼. 그러면 아빠 마음을 더 아프게 하는 거야. 내 마음속에 꼭꼭 넣어두어야 해. 그리고 아빠를 더 많이 사랑하는 거야, 앞으로 며칠밖에 남지 않았다고 해도 아직 살아 계시는 동안은.'

아래층에서 아버지가 기침하는 소리가 들려왔다.

'아빠가 들어오셨을 때 자고 있지 않으면 안 돼.'

에밀리는 차가운 손으로 최대한 빨리 옷을 벗은 뒤 열린 창가 옆에 놓여 있는 작은 침대에 가만히 들어갔다. 온화한 봄밤의 목소리가 에밀리를 불렀지만 에밀리는 전혀 눈치채지 못했다. '바람 아주머니'가 처마 옆에서 속삭이는 소리도 귀에 들어오지 않았다. 그도 그럴 것이 요정들은 행복한 나라에만 살고 있기 때문이다. 요정들에게는 영혼이 없기 때문에 슬픔의 나라에는 들어갈 수 없다.

아버지가 방에 들어왔을 때, 에밀리는 싸늘한 몸을 눕힌 채 꼼짝도 하지 않고 눈물도 흘리지 않았다.

'아버지의 걸음이 저렇게 느리다니, 아버지가 저렇게 옷을 천천히 벗다니! 왜 미처 몰랐을까? 하지만 아버지는 기침은 전혀 하지 않았다. 아! 엘렌이 잘못 알고 있는 거라면 얼마나 좋을까? 잘못 안 거라면!'

거센 희망이 에밀리의 아픈 가슴을 꿰뚫고 지나갔다. 에밀리는 숨이 막히는 것 같았다.

더글러스 스타가 에밀리의 침대에 다가왔다. 그가 낡아빠진 빨간 실내복을 입고 에밀리 옆의 의자에 앉자, 에밀리는 불현듯 따뜻한 온기를 느꼈다. 아, 에밀리는 아버지를 얼마나 사랑하고 있는지! 이 세상에 이런 아버지, 이렇게 다정하고 이해심 많고 멋진 아버지는 또 없는 것이다. 에밀리와 아버지는 언제나 사이가 좋았고 서로를 사랑했다. 헤어진다는 것은 생각조차 할 수 없는 일이었다.
"귀여운 아기, 잠들었니?"
"아뇨."
에밀리가 작은 소리로 대답했다.
"졸리니?"
"아뇨, 졸리지 않아요."
더글러스 스타는 에밀리의 손을 잡고 꼭 힘을 주었다.
"그럼 얘기를 좀 할까? 아빠도 잠이 오지 않는구나. 얘기해 둘 것도 있고."
"아! 알고 있어요, 알고 있어요."
에밀리는 떨리는 목소리로 숨가쁘게 말했다.
"아빠, 저 다 알고 있어요. 아줌마가 얘기해 줬어요."
더글러스 스타는 잠시 목소리를 삼킨 뒤, 낮게 가라앉은 목소리로 말했다.
"그 늙어빠진 멍청이, 뚱보가!"
뚱뚱하다는 사실이 엘렌을 더욱 멍청하게 만들기라도 했다는 듯한 말투였다. 마지막으로 다시 한번 에밀리는 희망을 품었다. 어쩌면 그건 모두 무서운 착각일지도 모른다. 뚱보 엘렌의 멍청하고 쓸데없는 걱정일지도 모른다.
에밀리가 작은 소리로 말했다.
"그건 거짓말이죠, 아빠?"
"애야, 에밀리. 아빠는 이제 널 안아줄 수가 없단다. 힘이 없어. 하지만 내 무릎 위로 올라오렴, 옛날처럼."
에밀리는 침대에서 빠져나와 아버지의 무릎에 올라갔다. 아버지는 자신의 낡은 실내복으로 에밀리의 몸을 감싸며, 자기의 얼굴을 딸의 얼굴에 대고 꼬옥 껴안았다.
 그리고 무겁게 가라앉은 목소리로 말했다.
 "귀여운 에밀리, 슬프지만 그건 사실이란다. 너에게 진작 얘기할 생각이었다. 그런데 그 생각 없는 엘렌이 너에게 먼저 말해버렸구나. 틀림없이 끔찍한 말투로 얘기했겠지. 가엾게도 얼마나 힘들었을까? 그 할멈은 암탉 같은 머리에다 암소처럼 둔감하니까. 오! 에밀리, 너무 슬퍼하지 마라."
 에밀리는 목이 메이는 것을 겨우 참았다.
 "아빠, 전 그럴 수 없어요, 참을 수가 없어요."
 "아니야, 넌 할 수 있어, 틀림없이. 너는 꼭 해야 할 일이 있으니까 살아야 한다. 너에게는 타고난 재능이 있어. 너는 내가 이루지 못한 것을 잘 해낼 수 있을 거다. 아빠는 너한테 그리 대단한 것은 해주지 못했지만 내가 할 수 있는 한의 노력은 했단다. 엘렌 그린은 다르게 생각하는 모양이지만 난 너에게 뭔가를 가르쳤어. 에밀리, 네 엄마를 기억하고 있니?"
 "아주 조금요. 멋진 꿈의 조각처럼 드문드문 생각나요."
 "그래, 네 엄마가 죽었을 때 넌 겨우 4살이었으니까. 난 네 엄마에 대해 너에게 얘기한 일이 거의 없었다. 할 수가 없었어. 하지만 오늘 밤에는 엄마에 대해 모두 얘기해 주마. 이젠 그 사람에 대해 얘기해도 그리 마음이 아프지 않을 것 같구나. 이제 곧 그 사람을 만날 테니까. 넌 엄마를 별로 닮지 않았어, 에밀리. 다만 웃을 때의 모습은 닮았지. 나머진 너와 이름이 같은 내 어머니, 그러니까 네 할머니와 닮았단다.
 네가 태어났을 때 나는 너를 줄리엣이라고 부를까 했다. 하지만 엄마가 그러고 싶어하지 않았어. 그 사람 말로는 만약 널 줄리엣이라고 부른다면, 얼마 안 가서 내가 너와 자기를 구별하기 위해 자기를 '엄마'라고 부르게 될 것이고, 그게 싫다는 거였어. 그 사람의 고모인 낸시가 어느 날 네 엄마에게 '네 남편이 널 '엄마'라고 부르게 되면 그것으로 인생의 로맨스는 끝나는 거야'라고 말했다는구나. 그래서 우리는 네게 할머니의 이름을 붙였지. 할머니의 처녀 때 이름이 '에밀리 버드'였거든. 네 엄마는 에밀리라는 이름이 세상에서 가장 예쁜 이름이라고 생각했어. 무척 특이한 데다 장난스럽고 애교가 있다면서. 에밀리, 네 엄마는 세상에서 가장 사랑스러운 여자였다."

아버지의 목소리는 떨리고 있었다. 에밀리는 아버지를 꼭 껴안았다.
"우린 12년 전에 만났어. 그 무렵 난 샬럿타운의 〈엔터프라이즈〉지의 편집자였고, 네 엄마는 퀸즈아카데미 졸업반이었지. 엄마는 키가 크고 예쁜 데다 눈은 푸른색이었어. 네 이모인 로라와 조금 닮았지만 로라보다 더 예뻤어. 그 두 사람은 눈이 무척 닮았었지, 그리고 목소리도.

  네 엄마는 블레어워터의 머리 집안에서 태어났단다. 아빠는 네 엄마가 태어난 집에 대해 너에게 얘기한 적이 별로 없었지, 에밀리? 머리 집안 사람들은 블레어워터의 뉴문 농장에 살고 있다. 머리 집안의 조상이 1790년에 고향을 떠나 처음으로 이 나라에 왔을 때부터 줄곧 그곳에서 살았지. 조상인 머리가 타고 온 배의 이름이 '뉴문'이었던 것을 기념해서 자기 농장에 그 이름을 붙인 거였어."

"멋진 이름이에요, '뉴문(초승달)'. 정말 예뻐요."
에밀리는 아주 잠깐 재미있다는 듯이 말했다.
"그때부터 뉴문 농장에는 대대로 머리라는 성을 가진 사람들이 살아온 셈이지. 그들은 자존심이 강했어. 머리 집안의 자존심은 북쪽 해안지방에서는 농담거리가 될 정도였지. 분명히 그 집안에는 자랑할 만한 것들이 있었어. 하지만 그들은 자존심이 좀 지나치게 강했어. 그래서 사람들은 그들을 가리켜 '선택받은 사람들'이라고 불렸지.

 머리 집안은 점점 번성해서 사방으로 흩어졌지만, 뉴문의 옛 재산은 잘 관리되고 있단다. 지금 그곳에 살고 있는 건 네 이모인 엘리자베스와 로라, 그리고 이모들의 사촌인 지미 머리뿐이란다. 이 세 사람은 결혼을 하지 않았어. 머리 집안 사람에게 어울리는 상대를 찾지 못했다는구나. 네 외삼촌인 올리버와 월리스는 서머사이드에 살고 있고, 이모인 루스는 슈루즈베리에, 그리고 네 고모할머니가 되는 낸시는 프리스트폰드에 살고 있단다."

"프리스트폰드요? 재미있는 이름이네요. 뉴문이나 블레어워터처럼 예쁘지는 않지만 그래도 재미있는 이름이에요."

에밀리가 말했다. 아버지의 따뜻한 품에 안겨 있으니 무서운 생각은 어느새 사라지고 없었다. 아주 잠깐 동안이었지만 에밀리는 그 사실을 믿지 않았다.

아버지는 다시 한번 실내복으로 딸을 감싸안으며 검은 머리카락에 다정하게 키스를 한 뒤 얘기를 계속했다.

"엘리자베스, 로라, 월리스, 올리버, 루스, 이 사람들은 죽은 아치벌드 머리의 자식들이야. 그의 첫 번째 부인이 그들의 어머니란다. 아치벌드, 그러니까 네 외할아버지는 60살이 되었을 때 젊은 아가씨하고 재혼했어. 그 두 번째 부인은 네 엄마 줄리엣을 낳고 죽어버렸지. 줄리엣은 자기 형제들을 반만 형제라고 불렀는데, 그 반만 형제들과 나이가 20년이나 차이가 났어. 네 엄마는 무척 예쁘고 귀여웠기 때문에 반만 형제들은 모두 네 엄마를 사랑하고 귀여워하며 무척 자랑으로 여겼다.

 그런데 세상 천지에 펜과 야심밖에 가진 것이 없는 가난한 문필가인 나와 네 엄마가 사랑에 빠지자, 머리 집안은 발칵 뒤집혔어. 머리 집안의 자존심이 절대로 용납할 수 없었던 거지. 자세한 것까지 다 말하고 싶지는 않지만, 그 사람들은 나에게 잊을 수도 용서할 수도 없는 말을 했다. 하지만 네 엄마는 나와 결혼했어, 에밀리. 그 일로 뉴문 사람들은 네 엄마와 인연을 끊었지. 그래도 네 엄마는 아빠와 결혼한 것을 후회하지 않았단다. 넌 그걸 믿을 수 있겠니?"

"물론 엄마는 후회 같은 건 하시지 않았을 거예요. 틀림없이 엄마는 머리 집안이 아무리 훌륭하더라도 아버지와 결혼하는 쪽을 원하셨을 거라고 생각해요."

아버지는 약간 웃었다. 그 웃음에는 자신감에 찬 밝은 울림이 있었다.

"그래, 네 엄마는 그렇게 생각하고 있는 것 같았어. 우리는 아주 행복했단다. 아! 에밀리, 세상에 그렇게 행복한 두 사람은 없었어. 너는 그런 행복 속에서 태어난 아이란다. 나는 지금도 샬럿타운의 그 작은 집에서 네가 태어나던 날 밤을 기억하고 있다. 5월이었지. 서쪽에서 불어온 바람이 은빛 구름을 달 위로 밀어올리고 있었어. 군데군데 별이 두세 개 보였지. 우리 집의 작은 뜰은——우리가 가진 것은 사랑과 행복 말고는 모두 작은 것들뿐이었단다——어두웠지만 꽃향기가 감돌고 있었지. 나는 네 엄마가 제비꽃을 심어놓은 꽃밭 사이의 샛길을 서성거리고 있었단다. 그리고 기도했지.

누군가가 딸이 태어났다는 것을 나에게 알리러 온 건 흐릿한 동쪽 하늘이 장밋빛 진주처럼 빛나기 시작할 때였어. 나는 집안으로 들어갔다. 그러자 네 엄마가 연약하고 파리한 얼굴에 내가 너무도 좋아하는 그 사랑스럽고 부드럽고 신비한 미소를 지으며, '여보, 무엇과도 바꿀 수 없는, 세상에 단 하나뿐인 아기가 태어났어요. 생각 좀 해 보세요' 하고 말했다."

"태어났을 때부터의 일을 모두 기억할 수 있으면 얼마나 좋을까요? 그러면 무척 재미있을 거예요."

에밀리가 그렇게 말하자 아버지는 조금 웃으면서 말했다.

"그렇지만 기억하기 싫은 일도 많은 법이란다. 살아간다는 것에 익숙해지는 건 삶을 그만두는 것에 익숙해지는 것과 마찬가지로 그리 즐거운 일만은 아니야. 하지만 너는 살아가는 것을 괴롭게 생각하지 않는 것 같았어. 너는 착한 아이였으니까, 에밀리. 그 뒤로 4년 동안 우리는 행복하게 살아왔다. 그런데 에밀리, 넌 네 엄마가 죽었을 때의 일을 기억하고 있니?"

"장례식은 기억하고 있어요. 똑똑히요. 아빠는 저를 가슴에 안고 방 한가운데 서 계셨어요. 엄마는 좁고 긴 검은 상자 속에 누워 계셨고요. 아빠는 울고 계셨어요. 저는 그게 무엇 때문인지 몰랐어요. 그리고 엄마의 얼굴이 왜 저렇게 하얄까, 어째서 눈을 뜨지 않는 것일까 생각했죠. 저는 허리를 굽혀 엄마의 얼굴을 만져보았어요. 몹시 차가워서 저도 모르게 오싹한 느낌이 들었어요. 그러자 누군가가 '가엾게도, 가엾게도!' 하고 말했죠. 전 무서워져서 그만 아빠 어깨에 얼굴을 묻었어요."

"그래, 나도 기억하고 있다. 네 엄마는 너무 갑작스럽게 저 세상으로 갔어. 그 얘기는 하고 싶지 않구나. 머리 집안 사람들도 모두 장례식에 왔었다. 머리 집안에는 몇 가지 가풍이 있는데, 그들은 그것을 굳게 지키며 살고 있지. 그 하나는 뉴문에서는 등불을 켤 때 촛불 말고 다른 것을 켜서는 안 된다는 것, 또 하나는 가족 가운데 누가 죽었을 때는 말다툼을 해서는 안 된다는 것이다.

　그들은 네 엄마가 죽은 뒤에 이곳에 왔다. 미리 알았더라면 엄마가 병으로 누워 있을 때 왔을 거야. 어쨌든 그들은 매우 훌륭하게 행동했어, 정말 훌륭하게. 뉴문의 머리 집안은 역시 이름뿐이 아니었어. 네 이모 엘리자베스는 가장 좋은 검은 공단옷을 입고 왔지. 머리 집안 사람의 장례식이 아니라면 두 번째로 좋은 옷을 입었을 거야. 내가 엄마를 샬럿타운에 있는 스타 집안의 묘지에 묻겠다고 했을 때도 그들은 별로 반대하지 않더구나. 그들은 내심 블레어워터의 오래된 머리 집안의 묘지로 데려가고 싶었을 거야. 머리 집안에는 훌륭한 묘지가 있었고, 머리 집안 사람들에게 평범한 무덤은 어울리지 않는다고 생각했을 테니까. 하지만 월리스 외삼촌은 여자는 죽은 뒤에도 남편의 가족이라는 것을 인정해주었어. 그리고 그들은 너를 데리고 가서 키우고 싶으며, '네 엄마의 방을 너에게 물려주고 싶다'고 했지. 물론 나는 너를 보내는 것을 단호하게 거절했다, 그때는 말이다. 과연 잘한 일일까, 에밀리?"
"물론 잘한 일이고말고요."
에밀리는 아버지를 꼬옥 껴안으며 작은 소리로 말했다.
"나는 올리버 머리에게 내가 살아 있는 동안은 너와 헤어지고 싶지 않다고 말했다. 그는 만약 마음이 바뀌면 연락해달라고 말했지만 내 마음은 변하지 않았어. 그 후 3년 뒤에 일을 그만두지 않으면 안 된다고 의사가 충고했을 때도 말이다. 의사는 '만약 일을 그만두지 않으면 당신의 몸은 1년밖에 버티지 못할 거요' 하고 말했어. 일을 그만두고 될 수 있는 한 맑은 공기를 마시면서 생활하면 3년, 어쩌면 4년은 살 수 있을 거라고 한 의사의 말이 맞았어. 아빠는 이리로 와서 4년 동안 너와 함께 행복하게 살았다고 생각해. 넌 행복하지 않았니?"
"행복했어요, 아주 많이 행복했어요."
"지난 4년의 세월과 그동안 너에게 가르친 것이 아빠가 네게 남겨줄 수 있는 유일한 유산이다, 에밀리. 우리는 오래전에 죽은 삼촌의 영지에서 들어오는 약간의 수입으로 생활해 왔어. 그 영지는 이제 자선단체에 기부될 것이고, 이 집은 빌린 거란다. 세상 사람들의 눈으로 보면 나는 분명히 실패자야. 하지만 머리 집안 사람들도 너만은 보살펴 줄 거야. 머리 집안의 자존심으로 봐서도 그건 장담할 수 있어. 그들은 도저히 널 사랑하지 않고는 못 배길 거야.

　어쩌면 좀더 일찍 그들에게 알렸어야 하는지도 모르지……. 하지만 이런 아빠한테도 나름대로 자존심이 있단다. 스타 집안이라고 해서 전혀 가풍이 없는 것은 아니니까. 게다가 머리 집안 사람들은 내가 네 엄마와 결혼했을 때 몹시 심한 말을 했어. 에밀리, 뉴문에 사람을 보내 여기 와달라고 부탁할까?"

"아뇨."

에밀리는 화난 것처럼 말했다.

그녀는 얼마 남지 않은 날 동안, 자기와 아버지 사이에 아무도 끼어들게 하고 싶지 않았다. 그런 것은 생각만 해도 싫었다. 머리 집안 사람들이 나중에 찾아오는 것도 싫은 일이었다. 그렇지만 그때쯤이면 웬만한 일은 견딜 수 있게 되리라.

"그럼 에밀리, 우린 마지막까지 함께 있는 거다. 아주 잠시라도 떨어지지 말자꾸나. 아빠는 네가 용기를 가졌으면 한다. 어떤 일도 두려워해서는 안 돼, 에밀리. 죽는 것은 무서운 일이 아니야. 세상은 사랑으로 가득하고 봄은 어디에나 찾아온단다. 내가 죽으면 너는 문을 열었다가 다시 닫는 거야. 문 저쪽에는 아름다운 것들이 가득 있고, 나는 거기서 네 엄마와 다시 만날 거란다. 아빠는 그것만을 진심으로 믿고 있단다. 네 엄마가 영원한 길을 나보다 훨씬 앞쪽에서 나아가고 있어서 따라가지 못하는 게 아닐까 걱정될 때도 있었지만, 지금은 네 엄마가 나를 기다리고 있다는 것을 느낄 수 있어. 거기서 널 기다리고 있으마. 우린 서두르지 않을 거야. 네가 우리를 따라올 때까지 게으름부리며 놀고 있으마."

"아빠가, 아빠가 함께 문 저쪽으로 데리고 가주시면 될 텐데."

에밀리가 들릴락말락하는 작은 목소리로 말했다.

"아, 그렇지만 넌 이제 곧 그것을 원하지 않게 될 거야. 시간이라는 것이 얼마나 친절한 것인지 넌 이제부터 그것을 배워야 해. 그리고 인생은 네 몫으로 무언가를 너에게 줄 것이다. 아빠는 그것을 느끼고 있단다. 두려워하지 말고 나아가서 그것을 만나거라. 그야 지금의 너한테는 그런 마음이 생기지 않을 거라는 건 알고 있지만, 차차 내 말을 이해하게 될 거야."

"저는 더 이상 신을 좋아할 수 없을 것 같아요." 아버지에게 숨기는 것이 없는 에밀리가 이렇게 말했다.

아버지는 조용히 웃었다. 에밀리가 몹시 좋아하는 웃음이었다. 다정한 웃음, 그 다정함은 언제나 에밀리의 마음에 따스하게 스며들었다. 아버지는 더욱더 힘주어 에밀리를 껴안았다.

"아니다, 넌 신을 좋아하고 있어. 넌 신을 좋아하지 않을 수가 없어. 신은 바로 사랑이기 때문이야. 물론 엘렌 그린의 신과 진짜 신을 혼동해서는 안 돼."

에밀리는 아버지가 하는 말을 똑똑히 이해할 수는 없었다. 하지만 이상하게도 이제는 무섭지 않다는 것을 알았다. 에밀리의 슬픔에서 어느새 고통은 사라졌고 가슴의 통증도 느껴지지 않았다. 에밀리는 어떤 보이지 않는 커다란 자애심에서 넘쳐나온 사랑이 자기 주변 곳곳에 퍼져 있는 듯한 느낌이 들었다. 사랑이 있는 곳에는 두려움도 괴로움도 없었다. 그리고 사랑은 어디에나 있었다.

'아빠는 문 저쪽으로 건너가시려 하고 있어. 아니야, 아빠는 커튼을 여시려고 하는 거야.' 커튼은 문처럼 단단하지도 않고 굳게 잠겨 있지도 않기 때문에 에밀리는 차라리 그렇게 생각하고 싶었다. '아빠는 '번뜩임'이 찾아왔을 때 언뜻 본 그 세상으로 조용히 들어가실 거야. 아빠는 그 아름다운 세상으로 가시는 거야. 나한테서 그렇게 멀리 떨어진 곳으로 가는 것이 아니야.'

아빠는 나한테서 아주 멀리 떠나는 것이 아니다, 저 흔들리는 커튼 바로 뒤쪽으로 가는 것이다, 그렇게 생각하면 에밀리는 견딜 수 있었다.
　에밀리가 잠들 때까지 아버지는 딸을 안고 있었다. 그런 뒤 기력이 쇠약해진 그는 간신히 에밀리를 작은 침대에 눕혔다.
　"이 아이는 깊이 사랑하고 깊이 괴로워하겠지. 그리고 빛나는 기쁨의 순간도 맛볼 것이다, 바로 내가 그랬던 것처럼. 외가 쪽 사람들이 이 아이를 돌보듯 신께서 그들을 돌보시기를."
　그는 띄엄띄엄 그렇게 중얼거렸다.

친척들

더글러스 스타는 2주일을 더 살다 떠났다. 시간이 지나 그 무렵을 다시 떠올려도 고통스럽지 않게 되었을 무렵, 에밀리는 그 2주일이 자신의 삶에서 가장 소중한 추억임을 깨달았다. 참으로 아름다운 2주일이었다. 그저 아름답기만 할 뿐 슬픔 같은 건 없었다. 그날 밤 아버지가 응접실 긴 의자에 누워 있고 옆의 안락의자에 에밀리가 앉아 있을 때, 아버지는 커튼 저편으로 넘어갔다. 너무나도 조용하고 편안하게 가셨기 때문에, 에밀리는 문득 방안의 이상한 정적을 깨달을 때까지 아버지가 돌아가신 사실을 알지 못했다.

"아빠! 아빠!"

에밀리는 영혼 깊은 곳에서 울리는 목소리로 아버지를 불렀다. 그런 다음 에밀리는 엘렌을 찾았다.

머리 집안 사람들이 찾아왔을 때, 엘렌 그린은 그들에게 에밀리가 더할 나위 없이 훌륭하게 행동했다고 얘기했다. 사실은 에밀리는 하룻밤 내내 울었고 한숨도 자지 않았다. 도와주러 모여든 메이우드 사람들은 아무도 에밀리를 위로할 수 없었다. 하지만 아침이 되자 에밀리의 눈물은 완전히 말라 있었다. 그녀는 창백한 얼굴로 말없이 시키는 대로 움직였다.

엘렌이 말했다.

"자, 이젠 괜찮아졌구나. 미리 각오하고 있었던 보람이 있었어. 네 아버지는 내가 너에게 그 사실을 알렸다고 화가 나셔서 그때부터 나에게 그리 친절하지 않으셨지, 뭐 곧 돌아가실 분이면서도 말이야. 하지만 난 별로 원망하지 않아. 난 내 의무를 다했으니까. 허버드 부인이 네 상복을 짓고 계신다. 저녁식사 때까지는 완성될 거야. 네 외가 쪽 사람들이 오늘 밤 도착할 거라는 전보가 왔어. 넌 그 사람들을 만나도 부끄럽지 않은 옷차림을 하고 있어야 해. 그 사람들은 부자니까 너에게 많은 것을 해주겠지. 네 아버지는 돈을 한푼도 남기지 않았지만 빚도 전혀 없어. 난 네 아버지를 대신해 그 사실을 그 사람들에게 말할 작정이다. 너, 네 아버지의 시신에 인사했니?"

"아빠를 그런 식으로 부르지 말아주세요."

에밀리가 두려움에 떨며 소리쳤다. 아버지를 그렇게 부르는 것이 무서웠던 것이다.

"왜 그러니? 넌 정말 이상한 아이로구나! 아버지는 생각했던 것보다 깨끗하게 돌아가셨어. 무척 허약해졌고 여위었지만 언제나 깨끗한 분이었지."

"엘렌 그린! 아줌마가 아빠를 그런 식으로 얘기하면 아줌마에게 욕을 하겠어요!" 에밀리가 크게 소리쳤다.

엘렌 그린은 두 눈을 부릅뜨고 에밀리를 노려보았다.

"네가 왜 그런 말을 하는지 알 수 없구나. 나에게 그렇게 말해서는 안 되지 않겠니? 널 하나에서 열까지 보살펴준 나한테 말이다. 네가 그렇게 말했다는 것이 머리 집안 사람들의 귀에 들어가지 않도록 하는 게 좋을 거야. 안 그러면 앞으로 너한테 잘해주지 않을 테니까. 욕을 할 거라고? 넌 정말 은혜를 모르는 아이로구나!"

에밀리는 당장이라도 눈물이 쏟아질 것 같았다. 에밀리는 지금 세상에 홀로 남겨진 외톨이였다. 말로 표현할 수 없을 만큼 사무치는 외로움과 불안을 느꼈다. 하지만 엘렌에게 그렇게 말한 것을 조금도 후회하지 않았고 후회하는 척 하지도 않았다.

"여기 와서 접시 닦는 것을 거들어 다오. 뭔가 다른 일에 열중하는 게 좋을 거다. 그러면 너를 위해 지금까지 뼛골 빠지게 일해온 사람에게 욕을 하겠다는 생각은 나지 않을 테니까." 엘렌이 명령했다.

에밀리는 행주를 집어들고 엘렌의 손에 흘낏 눈길을 주며 말했다.
"아줌마 손은 통통하고 뭉툭해서 뼈 같은 건 조금도 보이지 않는데요?"
"건방진 소리 하면 못써! 어떻게 그런 못된 말을! 아버지가 돌아가셨는데도. 하지만 뭐 루스 이모가 널 데리고 가면 그런 말버릇쯤은 금방 고쳐주겠지."
"루스 이모가 날 데리고 갈 거예요?"
"그거야 모르지. 하지만 그 이모가 데리고 가야 하지 않겠니? 아이가 없는 미망인인 데다 생활도 넉넉하니까."
한참 생각한 뒤에 에밀리가 말했다.
"난 루스 이모한테는 가고 싶지 않아요."
"하지만 네 마음대로 되겠니? 어쨌든 살 집이 있다는 것만으로도 감사하게 생각해야 해. 넌 그리 중요한 인물이 아니라는 것을 기억해야 한다."
에밀리가 자랑스럽게 소리쳤다.
"나 자신한테는 내가 중요한 사람이에요, 뭐!"
"널 키우는 건 예삿일이 아니야. 내 생각에는 루스 이모가 가장 좋을 것 같아. 그 이모라면 어리석은 투정을 받아주지는 않을 거야. 훌륭한 사람이고 프린스에드워드 섬에서는 가장 깔끔한 주부지. 그 집 바닥은 핥아도 될 만큼 깨끗하단다."
"난 바닥 같은 건 핥고 싶지 않아요. 테이블보만 깨끗하면 바닥이 더러워도 난 상관 안 해요."
"물론 그 이모네 집은 테이블보도 깨끗해. 슈루즈베리에 아치 모양의 내닫이창이 있는 좋은 집을 가지고 있는데, 지붕이 나무로 만든 장식으로 둘러싸여 있단다. 무척 운치 있는 건물이지. 너한테는 분에 넘치는 집이야. 이모는 너에게 분별을 가르쳐줄 것이고 너한테 도움되는 일을 많이 해주실 거다."
"난 분별 같은 건 배우고 싶지 않고 도움되는 일을 해주는 것도 바라지 않아요! 난, 난 누군가에게 사랑받고 싶다구요."
에밀리는 입술을 떨며 소리쳤다.
"그래? 그럼 다른 사람들이 너를 좋아하도록 착한 아이가 되려무나. 넌 그리 나쁜 아이는 아니지만 네 아버지가 널 너무 응석받이로 키우셨어. 난 네 아버지한테 몇 번이나 주의를 주었지만 그 양반은 그저 웃기만 하셨지. 아버지는 자신이 잘못했다고 생각하시지 않는 모양이더라만, 솔직히 에밀리 스타, 넌 무척 괴상한 데가 있어. 사람들은 괴상한 아이는 귀여워하지 않는 법이야."
"내가 어떻게 괴상한데요?"
"말하는 것도, 하는 짓도, 얼굴표정도 괴상할 때가 있어. 너는 나이에 비해 너무 조숙해, 물론 네 잘못은 아니지만. 또래 아이들과 함께 논 적이 없어서일 거야. 난 너를 학교에 보내라고 아버지한테 권했어. 집에서 공부하는 것과는 다르니까. 하지만 그 양반은 언제나 들은 척도 하지 않았지. 공부보다도 사실 넌 어떻게 하면 다른 아이처럼 될 수 있을까, 그것부터 배워야 해. 그런 점에서는 올리버 외삼촌이 널 데리고 가주신다면 좋겠지만. 그 집에는 아이들이 많거든. 하지만 그 사람은 다른 형제들에 비해 살림이 그리 넉넉지 않아서 널 데리고 가지는 않을 게다. 틀림없이 월리스 외삼촌이 맡게 되겠지. 자기를 가장으로 생각하고 있거든. 게다가 그 삼촌한테는 다 큰 딸이 하나 있을 뿐이야. 하지만 그 사람의 부인은 까다로운 사람이란다."

"난 로라 이모를 따라가고 싶어요."

에밀리는 로라 이모가 어머니와 닮았다고 아버지가 말한 것이 생각났던 것이다.

"로라 이모라고? 로라 이모한테는 나설 권리가 없을걸? 뉴문에서는 엘리자베스 이모가 모든 걸 도맡아하고 있으니까. 지미 머리는 농장일을 하고 있기는 하지만 아무래도 좀 모자라는 데가 있다는 소문이더구나."

"어디가 모자라는데요?"

에밀리는 흥미가 끌려 물었다.

"그게 말이다, 머리 쪽이라는구나. 좀 모자란대. 어릴 때 무슨 사고가 있었던 모양이더라. 그래서 머리를 좀 다쳤는데 엘리자베스가 그 일과 얼마쯤 관계가 있는 모양이더구나. 자세한 건 듣지 못했어. 어쨌든 뉴문 사람들은 너 때문에 번거로워지는 것은 바라지 않을 게다. 모두 좀 괴상한 사람들뿐이니까. 넌 내 말대로 루스 이모의 마음에 들도록 해야 할 거야. 고상하고 착하게 굴어야 해. 그렇게 하면 이모는 틀림없이 너를 좋아할 게다. 자, 이제 설거지는 다 끝났구나. 2층에 가서 방해가 되지 않도록 얌전히 있거라."

"마이크와 소시 샐을 데리고 가도 돼요?"

에밀리가 물었다.

"아니, 안 돼."

"하지만 내 친구인걸요."

"친구든 뭐든 데리고 가면 안 돼. 고양이는 밖에 있게 내버려 두어야해. 온 집안을 돌아다니게 하면 정말 골칫거리야. 바닥을 말끔히 청소했거든."
"아빠가 살아 계셨을 때는 왜 바닥을 청소하지 않았어요? 아빠는 깨끗한 것을 좋아하셨는데, 아줌마는 여간해서는 청소를 하지 않았잖아요. 그런데 왜 지금은 청소하는 거예요?"
"아이구, 어떻게 그런 소리를! 류머티즘을 안고 사는 몸으로 어떻게 맨날 청소만 할 수 있겠니? 넌 2층에 가서 잠깐 잠이나 자는 게 좋겠다."
"2층에 가기는 하겠지만 잠을 자진 않을 거예요. 생각할 게 많거든요."
"너에게 한 가지만 충고해 두마. 은혜를 잊지 않는 착한 아이가 되게 해달라고 신께 무릎꿇고 기도하거라."
에밀리는 계단 밑에 멈춰 서서 엘렌을 돌아보며 진지한 어조로 말했다.
"아줌마의 신 따위에는 신경 쓰지 않아도 된다고 아빠가 말씀하셨어요."
엘렌은 깜짝 놀라 벌린 입이 다물어지지 않았고 갑자기 대꾸할 말도 떠오르지 않았다. 곧 엘렌은 노발대발하면서 말했다.
"지금까지 이런 말을 들어본 사람이 있을까!"
"아줌마의 신이 어떤 신인지 난 알아요. 아줌마의 아담과 이브 책에서 그 그림을 보았어요. 구레나룻을 기르고 잠옷을 입고 있죠? 난 마음에 들지 않아요. 난 아빠의 신이 좋아요."
"그럼 묻겠는데, 네 아버지의 신은 어떻게 하고 있는데?"
엘렌이 잔뜩 비꼬면서 물었다.
에밀리는 아버지의 신이 어떤 모습을 하고 있었는지 전혀 생각나지 않았지만, 엘렌에게 당하지는 않겠다고 마음속으로 결심했다.
"아빠의 신은요, 달님처럼 맑고 해님처럼 밝고 군기를 내건 군대처럼 무서워요."

에밀리는 무척이나 자랑스럽게 잘라 말했다.

"그래? 넌 끝까지 말대답을 해야 직성이 풀리는 모양이구나. 하지만 머리 집안 사람들이 네 버릇을 고쳐주겠지. 그 사람들은 엄격한 사람들이니까 네 아버지의 죄 많은 생각 같은 건 절대로 용납하지 않을 거야. 어서 2층으로 올라가거라." 엘렌은 말다툼을 포기하고 말했다.

남쪽 방으로 올라간 에밀리는 몹시 외로웠다.

"이제 이 세상에 나를 사랑해주는 사람은 한 사람도 없어."

에밀리는 창가 침대에 몸을 웅크리고 누우면서 힘없이 중얼거렸다. 하지만 절대로 울지 않겠다고 속으로 굳게 맹세했다. 아버지를 싫어했던 머리 집안 사람들에게 울고 있는 모습을 보이기는 싫었다. 에밀리는 그들이 모두 싫었다. 다만 로라 이모만은 어쩌면 좋아질지 모른다는 느낌이었다.

별안간 모든 것이 시시하게 생각되었다. 재미있는 것이 아무것도 없었다. 아담과 이브 사이의 작고 땅딸막한 사과나무가 백장미처럼 아름다워도, 골짜기 저쪽 언덕이 보랏빛 안개에 싸여 초록빛 비단처럼 보여도, 뜰에 수선화가 아름답게 피어 있어도, 자작나무가 황금빛 잎을 늘어뜨리고 있어도, '바람 아주머니'가 하늘에 걸려 있는 싱그러운 하얀 구름을 마구 흩어놓아도, 그런 것들은 이제 조금도 에밀리의 관심을 끌지 못했고 위안도 되지 않았다. 두 번 다시 그런 것들이 마음이 끌리는 일은 없을 거라는 생각마저 들었다.

에밀리는 작은 소리로 말했다.

"하지만 난 아빠하고 약속했어, 용기를 내겠다고. 용기를 내자. 내가 머리 집안 사람들을 무서워하고 있다는 것을 그 사람들에게 보이고 싶지 않아. 난 그 사람들이 무섭지 않아."

오후 기차의 기적소리가 언덕 너머 먼 곳에서 들려오자, 에밀리의 가슴은 두근거리기 시작했다. 에밀리는 두 손을 굳게 쥐고 얼굴을 들었다.

"제발 저를 도와주세요, 아빠의 하느님! 엘렌 아줌마의 하느님이 아니라 아빠의 하느님! 제가 용기를 내어 머리 집안 사람들 앞에서 울지 않도록 도와주세요."

얼마 뒤 현관에서 바퀴소리가 났다. 그리고 사람들의 새되고 또랑또랑한 목소리도 들려왔다. 곧 엘렌이 검은 드레스──싸구려 메리노였다──를 끌면서 계단을 올라왔다.

"다행히 허버드 부인이 시간에 맞춰 옷을 지어오셨구나. 너에게 상복을 입히지 않은 것을 머리 집안 사람들에게 절대로 보이고 싶지 않단다. 이젠 그 사람들도 나한테 의무를 다하지 못했다는 말을 하지는 못할 거야. 뉴문 사람들이 모두 도착했다. 올리버 삼촌과 그의 부인 애디 숙모, 월리스 삼촌과 그의 부인 에바 숙모, 그리고 루스 이모. 루스 이모는 다들 더튼 부인이라고 불러. 이제 준비가 끝났다. 내려가자."

"베니스제 진주목걸이를 걸어도 돼요?"

에밀리가 물었다.

"뭐라고! 상복에 베니스제 진주 목걸이를 하겠다고? 무슨 소릴 하는 거냐, 모양이나 낼 생각을 하다니!"

에밀리가 소리쳤다.

"모양을 내려는 게 아니에요. 작년 크리스마스 때 아빠가 그 진주목걸이를 주셨어요. 머리 사람들에게 나한테도 좋은 것이 있다는 걸 보여주고 싶어서 그래요."

"바보 같은 소리 그만 하고 어서 가자! 예의 바르게 행동해야 한다. 네가 그 사람들에게 어떤 인상을 줄지, 그게 아주 중요하니까."

에밀리는 잔뜩 긴장하여 앞장서서 계단을 내려가 응접실로 들어갔다. 8명의 사람들이 그곳에 앉아 있었다. 에밀리를 빤히 쳐다보는 16개의 낯선 눈. 검은 옷을 입은 창백한 얼굴의 에밀리는 극히 평범해 보였다. 슬프게 울고 난 뒤라서 커다란 눈이 더 크고 퀭했다. 긴장으로 후들후들 떠는 모습을 머리 집안 사람들이 눈치채지 못하도록 안간힘을 쓰면서 에밀리는 얼굴을 똑바로 들고 용감하게 시련에 맞섰다.

"이분이 월리스 삼촌이시다."

에밀리의 어깨에 손을 얹어 돌려세우면서 엘렌이 말했다.

에밀리는 오싹한 기분으로 손을 내밀었다. 한눈에도 월리스 삼촌은 마음에 들지 않았다. 그는 검은 살결에 위압적인 표정을 하고 있어 험상궂어 보였다. 찡그린 눈썹은 몹시 딱딱해 보였고 입매는 엄격하고 차가웠다. 눈 밑에 커다란 기미가 자리잡고 있었으며 길고 검은 구레나룻은 꼼꼼하게 손질되어 있었다. 에밀리는 그 자리에서 앞으로는 긴 구레나룻을 멋있다고 생각하지 않기로 결심했다.

"안녕, 에밀리."

월리스 삼촌은 냉정하게 말한 뒤 역시 냉정하게 몸을 굽혀 에밀리의 볼에 입을 맞췄다.

에밀리는 치밀어 오르는 분노로 몸을 떨었다.

'뻔뻔스럽게 나한테 키스를 하다니! 아빠를 까닭 없이 싫어하고 엄마와는 의절한 사람이! 난 이런 사람의 키스 같은 건 받고 싶지 않아!'

에밀리는 얼른 손수건을 꺼내 더럽혀진 뺨을 닦았다.

"아니, 어쩌면!"

한쪽 구석에서 불쾌해 하는 듯한 목소리가 들려왔다.

월리스 삼촌은 할 말이 많은 표정이었지만 무슨 말을 어떻게 해야 좋을지 모르겠다는 눈치였다. 엘렌은 기가 막혀 혼자 푸념을 하면서 에밀리를 그 옆에 있는 부인한테 데리고 갔다.

"이분은 에바 숙모시다."

에바 숙모는 숄로 둥그런 몸을 감싸고 앉아 있었다. 그녀는 마음에 병이라도 앓고 있는 사람처럼 얼굴에 초조한 빛을 띠고 있었다. 그녀는 에밀리와 악수는 했지만 아무 말도 하지 않았다. 에밀리도 말하지 않았다.

"올리버 삼촌이시다."

엘렌이 말했다. 에밀리는 올리버 삼촌이라면 그래도 좋아할 수 있을 것 같았다. 그는 몸이 크고 뚱뚱하며 얼굴색은 장밋빛으로 명랑해 보였다. 그도 뻣뻣하고 하얀 콧수염을 기르고 있었지만 그라면 키스해도 그리 거슬리지 않을 거라고 에밀리는 생각했다. 하지만 올리버 삼촌은 조금 전의 광경을 본 뒤라, "나에게 키스해 주면 25센트짜리 은화를 주마" 하고 붙임성 있게 작은 소리로 속삭였다. 이 삼촌은 친절하게 대하고 싶거나 동정을 할 때는 농담을 했는데, 에밀리는 그걸 몰랐기 때문에 머리끝까지 화가 나고 말았다.

"제 키스는 파는 물건이 아니에요."

에밀리는 새침하게 턱을 치켜들며 단호하게 말했다.

올리버 삼촌이 쿡쿡 웃었다. 그는 아주 재미있어 하는 것 같았고 조금도 화내는 모습이 아니었다. 그렇지만 에밀리는 방 저쪽에서 누군가가 "흥!" 하고 콧방귀를 뀌는 소리를 놓치지 않았다.

다음은 애디 숙모였다. 그녀는 남편과 마찬가지로 뚱뚱하고 얼굴은 장밋빛으로 명랑해 보였다. 그녀는 에밀리의 차가운 손을 다정하게 잡았다.

"잘 있었니, 착한 아기?"

'착한 아기'라는 말에 에밀리는 눈시울이 뜨거워지면서 마음이 조금 누그러지는 것 같았다. 하지만 다음 대면이 다시 에밀리의 마음을 차갑게 얼어붙게 했다. 루스 이모였다. 엘렌이 소개하기 전부터 에밀리는 그 사람이 루스 이모인 줄 알았고, "아니, 어쩌면!" 하고 말한 것도 "흥!" 하고 콧방귀를 뀐 것도 루스 이모라는 걸 알고 있었다. 싸늘한 잿빛 눈, 깔끔하게 빗은 탁한 갈색 머리카락, 짧고 완고해 보이는 얼굴, 꼭 다문 얇은 입술, 에밀리는 이 사람이 루스 이모라는 것을 이미 알고 있었다. 루스 이모가 손을 내밀었지만 에밀리는 잡지 않았다.

"이모하고 악수해야지."

엘렌이 화가 나서 속삭이자 에밀리는 똑똑히 말했다.

"이분은 나하고 악수하고 싶어하지 않아요. 그래서 나도 하지 않는 거예요."

루스 이모는 무안을 당한 그 손을 검은 비단옷 위로 다시 가져가며 말했다.

"정말 버릇없이 자란 아이로구나. 진작부터 그런 줄은 알고 있었지만."

에밀리는 갑자기 마음이 쓰려오는 걸 느꼈다.

'이모는 내 태도가 나빠서 아빠를 나쁘게 생각하는 것일까? 루스 이모와 악수를 해야 했는데.'

하지만 이미 늦었다. 엘렌이 에밀리의 등을 떠밀며 다음 사람을 소개했다.

"이모들의 사촌인 제임스 머리 씨다."

엘렌의 말투에서 하기 싫은 일을 얼른 끝내고 싶어하는 기색이 느껴졌다.

"난 지미란다." 소개받은 남자가 말했다. 에밀리는 그를 빤히 쳐다보았는데 곧 그가 좋아졌다.

그의 장밋빛 얼굴에는 장난기가 엿보였고 턱에는 잿빛 수염을 기르고 있었다. 매끄러운 갈색 머리는 머리 집안 사람답지 않게 곱슬머리였다. 커다란 갈색 눈이 어린아이처럼 부드럽고 순진하게 깜박이고 있었다. 그는 비스듬히 마주보고 있는 숙녀를 곁눈질하면서도 진심으로 악수를 나누었다.
"안녕, 꼬마 아가씨!"
에밀리는 그에게 생긋 웃어주었지만, 여느때처럼 그녀의 미소는 천천히 피어올랐기 때문에 얼굴 전체에 미소가 채 퍼지기도 전에 엘렌이 에밀리를 앞으로 데리고 나아갔다. 그래서 그녀의 미소를 받게 된 것은 로라 이모였다. 로라 이모는 섬뜩하리만큼 창백한 얼굴을 하고 있었다.
"웃는 모습이 줄리엣과 똑같구나."
그녀가 그렇게 말하는 순간 루스 이모가 다시 흥! 하고 콧방귀를 뀌었다.
로라 이모는 그 방안에 있는 누구와도 닮지 않았다. 대단한 미인이었고, 갸름한 이목구비에 희미한 잿빛이 감도는 연한 색깔의 매끄러운 머리카락이 아름답게 굽이치고 있었다. 그녀는 그것을 모두 핀으로 깔끔하게 고정하고 있었다. 하지만 에밀리의 마음을 끌어당긴 것은 그녀의 깊고 푸른 눈이었다. 가슴이 서늘해지는 것 같은 푸른 빛. 그녀의 목소리는 아름답고 부드러웠다.
"가엾어라!"
그렇게 말하며 그녀는 한 팔로 에밀리의 몸을 두르며 다정하게 껴안아주었다.
다음에 엘렌은 에밀리를 창가 구석으로 데리고 갔다.
"그리고 이분이 엘리자베스 이모이시다."
틀림없는 엘리자베스 이모였다. 그녀는 주름 하나 없이 팽팽한 검은색 공단 드레스를 입고 있었다. 에밀리가 이모가 가진 옷 가운데 가장 좋은 드레스임이 틀림없다고 확신했을 만큼 그 공단 드레스는 무척 당당하고 화려했다. 에밀리는 기분이 좋아졌다. 엘리자베스 이모가 아버지를 어떻게 생각하고 있든, 그녀는 적어도 가장 좋은 옷으로 아버지에게 경의를 표한 것이다.

엘리자베스 이모는 키가 크고 호리호리한 체격에 기품있는 옷차림을 한 모습이 무척 멋있어 보였다. 얼굴 생김새는 시원했고 검은 레이스가 달린 모자 밑으로 보이는 회색 머리카락은 풍성했다. 그러나 그녀의 눈은 푸른빛이었지만 루스 이모의 눈과 마찬가지로 차가웠다. 얇은 입매는 위엄을 보이며 굳게 닫혀 있었다. 그녀의 차가운 눈길과 마주치자 에밀리는 마음의 문을 걸어잠그고 말았다. 에밀리는 뉴문의 '대장'인 엘리자베스 이모를 기쁘게 해주고 싶었지만 그럴 수가 없었다.

  엘리자베스 이모는 악수는 했지만 아무 말도 하지 않았다. 사실은 무슨 말을 해야 좋을지 몰랐던 것이다. 엘리자베스 머리는 왕이나 총독 앞에 나가서도 당황하지 않을 사람이었다. 그녀는 그 정도로 머리 집안의 자존심을 가슴에 품고 있었지만, 눈도 내리뜨지 않고 얌전하지도 겸손하지도 않다는 것을 이미 스스로 나타내고 있는 이 낯선 어린아이 앞에서는 그만 당황하고 말았다. 엘리자베스 머리는 그것을 인정하고 싶지 않았지만, 그렇다고 월리스나 루스처럼 핀잔을 주고 싶지도 않았다.

  엘렌이 말했다.

  "소파에 가서 앉으렴."

  에밀리는 소파에 앉아 눈을 내리깔았지만, 가늘게 뜬 작고 검은 눈에서는 오기가 엿보였다. 그녀는 두 손을 무릎 위에 얹고 다리를 가지런히 모았다. 예의 바른 태도를 보여주지 않으면 안 되었다.

  엘렌은 임무를 끝내자 안도하면서 부엌으로 돌아갔다. 에밀리는 엘렌을 좋아하지 않았지만 그녀마저 가버리자 외로움을 느꼈다. 지금 에밀리는 오로지 혼자 머리 집안 사람들과 마주하고 있는 것이었다. 에밀리는 그 방에서 나갈 수만 있다면 무엇을 주어도 아깝지 않을 것 같았다. 그래도 마음 한켠에서는 낡은 공책에 이 일을 모두 써야겠다고 생각하고 있었다.

'틀림없이 재미있을 거야. 난 전부 쓸 수 있어.'

에밀리는 루스 이모의 눈을 묘사하는 데 꼭 들어맞는 말을 찾아냈다. '돌 같은 잿빛'이었다. 루스 이모의 눈은 꼭 돌처럼 딱딱하고 차갑고 가차없었던 것이다. 그때 날카로운 통증이 에밀리의 가슴을 죄어왔다. 공책에 쓴다 해도 이제 아버지는 그것을 읽을 수 없을 것이다.

그래도 에밀리는 쓰고 싶었다. 어떻게 하면 로라 이모의 눈을 잘 표현할 수 있을까? 정말 아름다운 눈이었다. 단순히 '푸르다'라는 말로는 그 아름다움을 설명할 길이 없었다. 사실 푸른 눈을 가진 사람은 많다. 하지만 아! 로라 이모의 그 눈, 그것은 '푸른 샘'이었다.

바로 그때 '번뜩임'이 찾아왔다.

층계 입구에서 엘렌이 에밀리를 기다리던 그 무서운 밤 이후로 처음 있는 일이었다. 에밀리는 '번뜩임'이 두 번 다시 오지 않을 거라고 생각하고 있었는데, 지금 이런 어울리지 않는 장소에서 이런 어울리지 않는 때에 그것이 찾아온 것이다. 에밀리의 차가운 작은 가슴에 용기와 희망의 장밋빛 물결이 밀려왔다. 에밀리는 용기를 내어 눈을 들고 주위를 둘러보았다. 루스 이모는 나중에 이 일을 두고 "정말이지 되바라졌어" 하고 말했다.

그렇다, 에밀리는 그들 모두에 대한 묘사를 공책에 적어넣을 것이다, 한 사람도 빠뜨리지 않고. 다정한 로라 이모, 친절한 지미, 위압적인 윌리스 삼촌, 둥근 얼굴의 올리버 삼촌, 위엄 있는 엘리자베스 이모, 밉살스러운 루스 이모.

"이목구비가 가냘프게 생겼어."

느닷없이 에바 숙모가 신경질적이고 윤기 없는 목소리로 말했다.

"그럼 달리 뭘 기대하겠어요?"

애디 숙모가 한숨을 내쉬며 말했다.

"얼굴빛이 너무 창백해. 조금만 더 혈색이 있으면 예쁠 텐데."
"누굴 닮았을까?"
올리버 삼촌이 에밀리를 응시하며 말했다.
"머리 집안 쪽이 아닌 것만은 분명해."
엘리자베스 이모가 거침없이 단정적으로 말했다.
'마치 내가 이 자리에 없는 것처럼 내 얘기를 하고 있어.'
에밀리는 그들의 무례한 언동에 마음속으로 화가 끓어올랐다.
올리버 삼촌이 다시 말했다.
"스타 집안과 닮은 것 같지도 않아. 오히려 버드 집안 쪽인 것 같은데. 머리카락과 눈이 할머니를 꼭 닮았군."
그러자 루스 이모가 단정하듯 말했다.
"저건 조지 버드 할아버지의 코야."
"저 이마는 제 아버지하고 똑같아."
에바 숙모가 여전히 가시 돋친 목소리로 말했다.
"웃는 얼굴은 줄리엣을 꼭 닮았어." 로라 이모의 이 말은 목소리가 너무 작아서 아무한테도 들리지 않았다.
"속눈썹이 긴 건 줄리엣하고 똑같구나. 줄리엣도 속눈썹이 아주 길었잖아?"
애디 숙모가 말했다.
에밀리는 더 이상 참을 수가 없어서 날카롭게 소리쳤다.
"어른들의 얘기를 듣고 있으니 마치 전 여기저기서 조금씩 끌어모아 기워 만들어진 것 같군요."
머리 집안 사람들은 깜짝 놀라 에밀리를 쳐다보았다. 그들은 약간 마음이 찔리는 듯한 표정이었다. 그렇게 나쁜 사람들은 아니었으니까. 모두들 어떻게 말해야 좋을지 몰라하고 있는데, 지미의 껄껄 웃는 웃음이 그 어색한 침묵을 깨뜨렸다. 그 웃음은 밝고 조금도 악의가 없었다.

"말 잘했어, 꼬마 아가씨! 용감하게 맞서서 자기를 지키는 거야."
"지미!"
루스 이모가 말하자 지미는 입을 다물었다.
루스 이모가 에밀리를 보며 말했다.
"내가 어렸을 때는 누가 말을 시키기 전에 먼저 말하는 일 따위는 하지 않았다."
"하지만 누가 얘기를 걸어와야만 말을 할 수 있다면 대화가 불가능할 거예요."
에밀리가 대꾸하자 루스 이모가 쌀쌀맞게 말했다.
"나는 절대로 말대꾸 같은 건 하지 않았어. 옛날에는 처녀들이 예절교육을 단단히 받았지. 우리는 손윗사람에게 예의 바르게 행동했고 그들을 존경했어. 자기 분수를 알고 그것을 지켰단다."
"그래서 이모의 어린 시절이 재미있었을 거라고는 생각되지 않아요."

에밀리는 무서워서 숨이 멎는 것만 같았다. 에밀리는 그런 소리를 입 밖에 내어 말할 생각은 없었다. 그저 마음속으로 생각만 하려고 했는데, 아버지한테는 생각한 것은 뭐든지 말했기 때문에 저도 모르게 그 습관이 나온 것이다.

"재미라고? 난 어렸을 때는 재미 같은 건 생각한 적도 없었다."
루스 이모가 깜짝 놀란 투로 말했다.
"물론 그러실 거라고 생각해요."

에밀리가 진지한 목소리로 말했다. 저도 모르게 나와버린 말을 어떻게든 수습하고 싶었기 때문에 목소리며 태도가 무척 공손했다. 하지만 루스 이모는 에밀리의 따귀를 때려주고 싶을 만큼 화가 나 있었다.

'이 아이는 나를 동정하고 있어. 이런 아이한테 동정을 받다니,

이런 모욕이 어디 있을까! 정말 얄미운 아이야, 순진한 어린아이인 척하고 새침떼고 앉아 있는 꼴이라니!'

루스 이모는 에밀리가 스타 집안의 핏줄이라고 생각하자 더욱 화가 났다. 그리고 저 밉살스러운 지미가 또 쿡쿡 웃고 있지 않은가!

다행히 그때 엘렌 그린이 나타나서 저녁식사가 준비되었음을 알렸다.

그리고 에밀리에게는 작은 소리로 속삭였다.

"넌 나중에 오도록 해. 앉을 자리가 없으니까, 알겠지?"

에밀리는 오히려 기뻤다. 머리 집안 사람들이 보고 있는 곳에서는 한 입도 먹을 수 없을 것 같았기 때문이다. 이모와 외삼촌들은 에밀리에게 눈길도 주지 않고 줄줄이 응접실을 나섰다. 로라 이모만은 문 앞에서 돌아보며 살짝 키스하는 시늉을 했지만, 에밀리가 거기에 채 답하기도 전에 엘렌 그린이 문을 닫아버렸다.

에밀리는 해질녘의 어슴푸레한 방에 홀로 남겨졌다. 그때까지 머리 집안 사람들이 있는 앞에서 그녀를 지탱해주었던 자존심이 무너지면서 저절로 눈물이 쏟아졌다. 에밀리는 응접실 구석에 있는 문을 열고 침실로 쓰던 작은 방으로 들어갔다. 거기에 아버지의 관이 놓여 있었다. 많은 꽃들이 관을 장식하고 있었다. 머리 집안 사람들이 가지고 온 것이었다.

월리스 삼촌이 가지고 온 닻 모양의 커다란 백장미 화환은 머리맡의 작은 테이블 위에 위엄 있게 놓여 있었다. 루스 이모가 가지고 온 향기 높은 하얀 히아신스가 관의 유리뚜껑을 덮고 있어서 에밀리에게는 아버지의 얼굴이 보이지 않았다. 그렇지만 에밀리는 몸을 움직여서 보려고도 하지 않고 바닥에 앉아 관이 놓여 있는 쪽으로 이마를 대고 있었다. 사람들이 식사를 마치고 방으로 돌아왔을 때는 에밀리는 잠들어 있었다.

로라 이모가 에밀리를 안아들며 말했다.

"이 가엾은 아이를 침대에 눕혀줘야겠어. 몹시 피곤한 모양이야."
에밀리가 눈을 뜨고 졸린 듯 주위를 보며 물었다.
"마이크를 데리고 가도 돼요?"
"마이크가 누구니?"
"제 고양이예요, 커다란 잿빛 고양이요."
"고양이라고!"
엘리자베스 이모가 어이없다는 듯 소리쳤다.
"침실에 고양이를 데리고 가면 안 돼."
그러자 로라 이모가 두둔했다.
"왜 안 돼? 오늘만이라도……."
"절대로 안 돼. 사람이 자는 방에 고양이를 데리고 가다니, 불결하지 않니? 너에게 놀랐다, 로라. 그 아이를 침대에 데려다 주고 이불이 넉넉히 있는지 살펴보고 와, 오늘 밤은 추우니까. 고양이와 함께 잔다는 얘기는 더 이상 듣고 싶지 않아."
에밀리가 말했다.
"마이크는 예쁜 고양이에요. 매일 스스로 몸을 씻는걸요."
"어서 침대로 데리고 가, 로라."
엘리자베스 이모는 에밀리의 말은 들은 척도 하지 않고 말했다.
　로라 이모는 더 이상 아무런 말도 하지 않고 에밀리를 2층으로 데리고 가서, 옷을 벗겨주고 침대로 안고 갔다. 에밀리는 못 견디게 졸음이 쏟아졌다. 그렇지만 에밀리가 잠 속에 빠지기 전에 뭔가 부드럽고 따뜻한 것이 사랑스럽게 목을 가르릉가르릉 울리면서 어깨 언저리에서 파고드는 것을 느꼈다. 로라 이모가 몰래 문 밖에 나가 마이크를 찾아서 에밀리의 방으로 데리고 온 것이었다. 엘리자베스 이모는 아무것도 몰랐고 엘렌 그린은 한 마디도 잔소리를 하지 않았다. 왜냐하면 로라도 뉴문의 머리 집안의 한 사람이었으니까.

가족회의

 이튿날 아침 에밀리는 부신 햇살에 눈을 떴다. 커튼을 치지 않은 야트막한 창문으로 반짝이는 아침햇살이 비쳐들었지만, 수탉 소나무 위의 맑은 녹색 하늘에는 아직도 하얀 별 하나가 희미하게 반짝이고 있었다. 새벽녘의 상쾌한 산들바람이 처마 끝을 스치고 지나갔고, 엘렌 그린의 커다란 침대에서는 코 고는 소리가 들려왔다. 그 소리를 제외하고는 작은 집은 고요히 잠들어 있었다. 에밀리가 기다리고 있던 순간이었다.
 에밀리는 조심스레 침대에서 빠져나와 살금살금 방을 가로질러가서 문을 열었다. 마이크는 기지개를 켜더니 매트에서 바닥으로 내려와 에밀리를 따라와서 따뜻한 옆구리를 에밀리의 차갑고 작은 발목에 문질러댔다. 에밀리는 숨을 죽이고 어두운 층계를 내려갔다. 층계가 삐걱거렸다. 틀림없이 누군가 잠에서 깨어났으리라. 하지만 아무도 내다보지 않았다. 에밀리는 아래층으로 내려가서 가만히 응접실에 들어가 문을 닫으며 한숨을 크게 내쉬었다. 그런 다음 급히 방을 가로질러 또 하나의 문으로 갔다.

루스 이모의 꽃이 아직도 관 유리를 덮고 있었다. 에밀리는 꽃을 들어 바닥에 내려놓았다. 그때 입술을 굳게 다물었기 때문에 기묘하게도 엘리자베스 이모를 닮은 표정이 되었다.

"아, 아빠, 아빠!"

에밀리는 무언가를 억누르듯이 목에 손을 갖다대며 작은 소리로 속삭였다. 얼굴에서 핏기가 사라진 에밀리는 그 자리에 서서 온몸을 떨며 아버지를 바라보았다. 이것이 에밀리의 작별인사가 될 터였다. 에밀리는 아버지와 단둘이 있을 때 작별하고 싶었다. 머리 집안 사람들 앞에서 작별 인사를 하고 싶지는 않았다.

아버지의 얼굴은 아름다웠다. 고통의 표정은 완전히 사라져 있었다. 흰 머리만 아니라면 소년처럼 보이는 그 얼굴에는 미소가 떠올라 있었다. 뭔가 신비로운 것을 찾아냈을 때처럼 빛나는 미소였다. 에밀리는 아버지의 멋진 미소를 수없이 보아왔지만 이런 미소는 한 번도 본 적이 없었다.

에밀리는 가만히 속삭였다.

"아빠, 난 사람들 앞에서 울지 않았어요. 스타 집안의 체면이 깎이는 짓은 하지 않았어요. 루스 이모와 악수하지 않았지만 그렇다고 체면이 깎이지는 않았겠죠? 그 이모는 나하고 악수하고 싶어 하지 않았거든요. 아, 아빠! 그 사람들은 로라 이모만 빼놓고 모두 날 좋아하지 않는 것 같아요. 아빠, 나 여기서 아주 조금만 울게요. 언제까지나 참고 있을 수는 없으니까요."

에밀리는 차가운 유리에 얼굴을 대고 잠깐 동안 슬프게 흐느껴 울었다. 하지만 누가 오기 전에 작별을 고하지 않으면 안 되었다. 에밀리는 얼굴을 들고 사랑하는 아버지의 얼굴을 한참 바라보았다.

"안녕, 사랑하는 아빠."

에밀리는 울먹이는 소리로 속삭였다.

눈앞을 가리는 눈물을 말끔히 닦은 뒤, 에밀리는 루스 이모의 꽃을 원래 장소에 놓아 아버지의 얼굴이 자기에게 영원히 보이지 않도록 했다. 그리고 그곳을 가만히 빠져나왔다. 문 있는 데서 에밀리는 하마터면 지미와 부딪칠 뻔했다. 그는 커다란 체크무늬 잠옷을 입고 문 앞 의자에 앉아 마이크와 놀아주고 있었다.

"쉿!"

지미가 에밀리의 어깨를 가볍게 두드리며 작은 소리로 속삭였다. "네가 내려오는 소리를 듣고 뒤따라 왔다. 네가 무얼 하고 싶어하는지 난 알고 있었거든. 혹시 누가 네 뒤를 따라오면 쫓아버리려고 아까부터 여기 앉아 있었지. 자, 애를 데리고 얼른 침대로 돌아가거라, 꼬마 아가씨."

지미는 그렇게 말하며 에밀리의 손에 박하사탕을 쥐어주었다. 에밀리는 잠옷차림을 지미한테 보인 것이 부끄러워 얼른 달아났다. 에밀리는 박하를 싫어해서 한 번도 먹은 적이 없었지만 지미 머리의 친절한 마음을 느끼고 기쁜 마음으로 맛있게 사탕을 먹었다.

더구나 그는 에밀리를 "아가씨"라고 불러주지 않았는가! 에밀리는 그 호칭이 마음에 들었다. 에밀리는 이제 자기를 애칭으로 불러줄 사람이 아무도 없을 거라고 생각하고 있었다. 아버지는 에밀리를 여러 가지 애칭으로 불러주었다. '착한 아기' '귀여운 아이' '에밀리, 우리 아기' '사랑스러운 아기' '요정' 등. 아버지는 그때그때의 분위기에 딱 들어맞는 애칭을 찾아냈고, 또 그것들을 모두 사랑했다. 에밀리는 지미가 멋있다고 생각했다. 어딘가 모자란다지만 그 모자라는 부분이 마음이 아닌 것만은 분명했다. 에밀리는 그가 무척 고맙게 느껴져서 무사히 침대로 돌아오자 사탕을 하나 더 먹었다.

장례식은 그날 오전에 거행되었다. 골짜기의 쓸쓸하고 작은 집은 처음으로 사람들로 가득 찼다. 관은 응접실로 옮겨졌고 머리 집안 사람들은 친척 자격으로 위엄 있고 엄숙하게 그것을 에워싸고 앉았다. 상복을 입은 에밀리도 파리하고 새침한 모습으로 그 가운데 있었다. 에밀리는 엘리자베스 이모와 윌리스 삼촌 사이에 앉아서 옴짝달싹 못하고 있었다. 스타 집안에서는 아무도 참석하지 않았다. 에밀리의 아버지한테는 가까이에 살고 있는 친척이 아무도 없었다.

메이우드 사람들이 와서 아버지의 얼굴을 유심히 쳐다보았다. 아버지가 살아 있었을 때 같으면 그런 식의 호기심 어린 눈길로 쳐다보지는 못했을 것이다. 에밀리는 몹시 불쾌한 마음이 들었다. 험담만 하던 그들이 무슨 낯으로 저렇게 뻔뻔한 눈초리를 보낸단 말인가. 아버지에게 친절하지 않았고 몹시 나쁜 말을 했기 때문이다. 엘렌은 이따금 그들이 한 말 그대로 아버지의 험담을 했다. 아버지에게 쏟아지는 시선 하나하나가 에밀리의 마음을 아프게 했지만, 에밀리는 꼼짝도 하지 않고 앉아 그런 기색을 조금도 비치지 않았다. 나중에 루스 이모는 이토록 자연스러운 감정을 잃어버린 아이는 처음 봤다고 말했다.

식이 끝나자 머리 집안 사람들은 일어서서 고인과 작별을 고하기 위해 엄숙하게 관 주위를 돌았다. 엘리자베스 이모가 에밀리의 손을 잡아 그들과 함께 걷게 하려 했지만, 에밀리는 이미 작별인사를 했기 때문에 손을 빼며 고개를 저었다. 엘리자베스 이모는 잠깐 동안 억지로 에밀리를 잡아끌려다가 곧 그만두고 혼자 엄숙하게 걸어갔다. 장례식에서 시끄러운 일이 일어나서는 안 되었던 것이다. 그녀는 머리에서 발끝까지 머리 집안 사람이었다.

더글러스 스타는 샬럿타운으로 운구되어 아내 옆에 묻힐 예정이었다. 머리 집안 사람들은 모두 따라가기로 했지만 에밀리는 가지 않았다. 때마침 내리기 시작한 보슬비가 주위를 아련하게 적시는 가운데, 에밀리는 장례식 행렬이 풀이 무성한 완만한 언덕을 구불구불 올라가는 광경을 보고 있었다. 에밀리는 비가 내리는 것이 기뻤다. 비를 맞는 유해는 행복하다고 엘렌 그린이 말하는 것을 여러 번 들었기 때문이다. 뿐만 아니라 아버지가 반짝반짝 웃고 있는 듯한 햇

가족회의 57

빛 속으로 사라져가는 것보다, 그런 부드럽고 친절한 잿빛 안개 속으로 들어가는 것을 보는 것이 괴로움이 덜했다.

"아! 그럭저럭 장례식도 무사히 끝났어."

엘렌 그린이 에밀리 옆에 서서 말했다.

"모든 비용을 아끼지 않았으니, 아버지가 천국에서 보고 계시다면 에밀리, 틀림없이 기뻐하셨을 거다."

"아빠는 천국에 계시지 않아요."

에밀리가 말했다.

"아니, 무슨 이런 애가 다 있어!"

엘렌이 기절할 듯이 놀라며 에밀리를 빤히 쳐다보았다.

"아직 천국까지 가지 않으셨어요. 가고 있는 중일 거예요. 아빠는 내가 아빠를 따라잡을 수 있도록, 내가 죽을 때까지 기다리면서 천천히 걷겠다고 하셨어요. 난 어서 빨리 죽고 싶어요."

"그런 생각을 하는 건 아주 나쁜 거야."

엘렌이 꾸짖었다.

마지막 마차까지 보이지 않게 되자, 에밀리는 응접실로 돌아가서 책꽂이에서 책 한 권을 꺼내 안락의자에 웅크리고 앉았다. 뒷정리를 하고 있던 여자들은 에밀리가 방해하지 않고 조용히 있는 것을 다행으로 생각했다.

허버드 부인이 우울하게 말했다.

"에밀리가 책을 읽을 수 있어서 다행이에요. 에밀리처럼 침착하게 있지 못하는 여자아이도 있더군요. 제인 후드는 어머니가 실려나가자 미친 듯이 날뛰면서 울부짖었어요. 후드 집안 사람들은 아주 감정적인 사람들이거든요."

에밀리는 책을 읽고 있는 것이 아니었다. 생각을 하고 있었다. 에밀리는 머리 집안 사람들이 오후에 돌아온다는 것을 알고 있었다. 그리고 아마 그때 자신의 운명이 결정될 것이라고 생각했다.

"그 일은 돌아온 뒤에 얘기하자."

그날 아침식사가 끝난 뒤, 윌리스 삼촌이 그렇게 말하는 것을 들었던 것이다. '그 일'이 무얼 의미하는지 에밀리는 직감적으로 알았다. 에밀리는 그 얘기를 듣고 싶었다. 하지만 자기가 그 자리에 참석할 수 없다는 것을 잘 알고 있었다. 그래서 저녁에 엘렌이 이렇게 말했을 때 그다지 놀라지 않았다.

"넌 2층으로 올라가는 게 좋겠다, 에밀리. 이모들과 외삼촌들이 여기서 여러 가지 의논을 하실 거니까."

"저녁식사 준비를 거들면 안 돼요?"

에밀리가 물었다. 부엌에 있으면 두세 마디는 들을 수 있을지도 모른다고 생각한 것이다.

"안 돼, 방해가 되니까. 자, 어서 올라가."

엘렌은 에밀리가 나가는 것을 확인하지도 않고 부엌으로 비척비척 걸어갔다. 에밀리는 마지못해 일어났다. 자신의 앞날이 어떻게 되는지도 모르는 채 어떻게 오늘 밤 편히 잠들 수 있단 말인가? 이대로 얌전하게 있으면 내일 아침까지 아무것도 알려주지 않을 게 뻔했다.

에밀리의 눈이 방 한가운데 있는 직사각형 테이블 위에 머물렀다. 테이블보가 바닥까지 무겁게 드리워져 있었다. 잠시 뒤 깔개 위에 검은색 긴 양말이 흘낏 보이면서 갑자기 테이블보의 주름이 흔들리나 했더니 곧 잠잠해졌다. 에밀리는 테이블 아래 바닥에 다리를 편안하게 놓고 의기양양하게 앉아 있었다. 이제 아무한테도 들키지 않고 모두의 얘기를 들을 수 있게 된 것이다.

에밀리는 그때까지 엿듣는 것이 얼마나 부끄러운 짓이며 해서는 안 되는 일인지 모르고 있었다. 아버지와 같이 생활할 때는 그런 걸 가르칠 필요가 없었던 것이다. 그래서 에밀리는 테이블 아래 숨는 것을 생각해낸 건 정말 행운이라고 생각했다. 에밀리는 가슴이 심하게 두근거려 혹시 그 소리가 사람들에게 들리지 않을까 걱정이 되었다. 멀리 빗속에서 개구리 우는 소리가 들려오는 것을 빼고는 모든 것이 쥐 죽은 듯 조용했다.
　이윽고 그들이 들어와서 테이블에 둘러앉았다. 에밀리는 숨을 죽이며 몸을 웅크렸다. 한동안 에바 숙모가 무겁고 긴 한숨을 쉬었을 뿐 아무도 입을 여는 사람이 없었다. 한참 뒤에야 월리스 삼촌이 헛기침을 하며 말을 꺼냈다.
　"저 아이를 도대체 어떻게 하면 좋을까?"
　아무도 얼른 대답하지 못했다. 저러다가 아무 얘기도 못하고 끝나는 게 아닐까 하고 생각됐을 정도였다. 드디어 에바 숙모가 가라앉은 목소리로 말했다.
　"그 아이는 상당히 다루기 어려운 아이인 것 같아요. 보통 아이와는 무척 다른 데가 있으니까요. 난 그 아이가 어떤 아이인지 전혀 모르겠어요."
　그러자 로라 이모가 조심스럽게 말했다.
　"내 생각에는 그 아이에게는 흔히 말하는 예술가 기질이 있는 것 같아."
　"그저 응석받이일 뿐이야." 루스 이모가 한 마디로 잘라 말했다. "앞으로 그 아이의 행실을 바로잡아주어야 할 거야."
　테이블 밑에서 듣고 있던 에밀리는 고개를 돌려 테이블보 저쪽의 루스 이모에게 비웃는 듯한 눈길을 보내며 마음속으로 크게 외쳤다.
　'이모의 행실이 더 이상하다고 생각하는데요.' 그러고 나니 조금은 가슴이 시원해지는 것 같았다.
　"나도 동감이에요. 그리고 난 그런 일에는 적합하지 않다고 생각해요."
　에바 숙모가 말했다.
　월리스 삼촌이 자기를 데리고 갈 마음이 없는 거라고 생각한 에밀리는 기뻤다.
　월리스 삼촌이 말했다.
　"사실은 낸시 고모가 그 아이를 맡아야 해. 그 고모가 우리들 가운데 가장 재산이 많으니까."
　"낸시 고모는 그 아이를 맡을 생각은 꿈에도 하지 않을 거야. 그건 형도 잘 알고 있을 텐데" 하고 말한 사람은 올리버 삼촌이었다. "뿐만 아니라 고모는 이제 와서 어린아이를 키우기에는 너무 연세가 드셨어. 고모든 그 못생긴 캐럴라인이든 맹세하건대 둘 다 인정있는 사람이라고는 할 수 없어. 난 에밀리를 데려가고 싶기는 하지만 대가족을 부양하고 있어서 사실상 불가능해."
　그때 엘리자베스 이모가 거침없이 말했다.
　"그 아이는 오래 살아서 누군가에게 피해를 줄 것 같지는 않던데. 틀림없이 자기 아버지처럼 곧 쇠약해져서 죽을 거야."
　'그렇지 않아요! 절대로 그렇지 않아요!' 하고 에밀리는 소리쳤다. 아니, 그렇게 소리쳤다고 느낄 만큼 강하게 생각했다. 에밀리는 아버지를 따라갈 수 있게 빨리 죽고 싶다고 말한 것을 잊고 있었다. 머리 집안의 예상을 보기 좋게 뒤엎기 위해 에밀리는 오래 살고 싶었다.
　'난 죽고 싶지 않아. 오래오래 살 거야. 그래서 유명한 여류작가가 될 거야. 어디 두고 보라지, 엘리자베스 머리 이모!'
　"하기는 건강해 보이는 얼굴은 아니었어."
　월리스 삼촌이 맞장구를 쳤다.
　에밀리는 테이블보 안에서 월리스 삼촌을 향해 얼굴을 찡그려 보임으로써 상처받은 마음을 위로했다. '돼지를 키운다면 거기에 삼촌의 이름을 붙여주겠어요' 하고 에밀리는 생각했다. 이 생각이 몹시 마음에 들어 조금 기분이 후련해졌다.
　올리버 삼촌이 말했다.

"하지만 살아있는 동안은 누군가가 그 애를 돌봐주지 않으면 안 돼."
'내가 죽으면 댁들은 그 일로 평생 후회하게 될 거예요. 아이 고소해!'
잠시 침묵이 이어졌고, 그동안 에밀리는 연극적인 기분에 빠져 자신의 장례식 장면을 머리에 그리며, 관을 운반해 줄 사람을 뽑거나 묘비에 새겨 넣을 구절을 생각하기도 했다. 그 생각이 채 끝나기도 전에 월리스 삼촌이 다시 말을 이었다.
"물론 책임을 피할 생각은 없어. 우리는 저 아이를 돌봐주어야 해."
'제발 '저 아이, 저 아이' 하지 말아줬으면 좋겠어.'
에밀리는 불쾌한 기분이었다.
"우리 가운데 누군가가 저 아이를 받아주어야 해. 줄리엣의 딸을 생판 모르는 남의 동정심에 맡겨서는 안 되지. 하지만 나로서는 에바의 건강이 그 아이를 보살피고 양육하는 데는 무리라고 생각해."
"저렇게 어린아이인걸요."
에바 숙모가 장단을 맞췄다.
에밀리는 에바 숙모에게 혀를 쏙 내밀었다.
"가엾은 아이야."
로라 이모가 동정 어린 목소리로 말했다.
에밀리의 차갑게 얼어붙어 있던 마음이 그 순간 녹기 시작했다. 그 다정한 "가엾은 아이"라는 말이 눈물이 날 만큼 기뻤던 것이다.
그러자 월리스 삼촌이 단호하게 말했다.
"그 아일 그렇게 불쌍하게 여길 건 없다고 생각해. 그 아이는 강인하고 정이 별로 없는 아이니까. 이곳에 온 뒤로 난 그 아이가 눈물을 흘리는 것을 한 번도 본 적이 없어."

엘리자베스 이모가 말했다.

"그 아이는 자기 아버지한테 마지막 작별인사도 하지 않았어. 다들 봤지?"

그때 지미가 천장을 향해 휘익 휘파람을 불었다.

"그 아이는 그런 모습을 남에게 보이지 않으려고 무척 노력하고 있는 거야."

로라 이모가 이렇게 말하자 월리스 삼촌이 콧방귀를 뀌었다.

"우리가 데리고 가면 어떨까, 엘리자베스 언니?"

로라 이모가 조심스럽게 말을 꺼냈다.

엘리자베스 이모가 초조한 듯이 말했다.

"뉴문 같은 곳에 가고 싶어 할까? 우리 같은 늙은이들 셋만 있는 곳에."

'갈게요! 가겠어요!'

에밀리가 마음속으로 소리쳤다.

월리스 삼촌이 루스 이모에게 물었다.

"루스, 넌 어떻게 생각하니? 넌 그렇게 큰 집에서 혼자 살고 있으니까 같이 살 사람이 있으면 좋을 것 같은데."

루스 이모가 날카로운 목소리로 말했다.

"난 그 아이가 마음에 들지 않아요. 그 아이는 응큼해."

'그렇지 않아요!'

"잘 가르치면 저 아이의 나쁜 점도 꽤 고칠 수 있을 거야."

월리스 삼촌이 점잖빼며 말했다.

'고쳐주는 건 바라지도 않아요!' 테이블 밑에서 에밀리는 점점 더 화가 났다. '나쁜 점이 있는 편이 더 나아. 댁들의, 댁들의…….' 에밀리는 마음속으로 적당한 말을 찾다가 아버지가 하던 말이 떠오르자 기뻤다. '댁들처럼 꺼림칙한 선행을 하는 것보다는.'

"그걸 어떻게 믿어?" 루스 이모가 찌르듯이 날카로운 어조로 말했다. "천성적으로 타고난 성품은 좀처럼 고치기 힘든 법이라구. 저 아이를 빈털터리로 남겨놓고 죽다니, 더글러스 스타라는 사람은 정말 무책임한 사람이라고 생각해."

"일부러 그런 것은 아니지."

지미가 부드럽게 말했다. 그가 입을 연 것은 그때가 처음이었다.

"한심하고 못난 사람이야, 그 사람은."

루스 이모가 심한 말을 했다.

"그렇지 않아요, 절대로 그렇지 않아요!"

에밀리가 그렇게 소리치면서 테이블보를 들치고 밑에서 불쑥 얼굴을 내밀었다.

그 순간 머리 집안 사람들은 할 말을 잊은 채 얼어붙은 듯 앉아있었다. 에밀리의 말이 그들을 돌로 변하게 한 것 같았다. 이윽고 루스 이모가 일어서서 성큼성큼 걸어오더니 테이블보를 들쳐올렸다. 에밀리는 그때서야 자기가 한 일에 깜짝 놀라 숨듯이 몸을 웅크렸다.

"일어서서 나오너라, 에밀리 스타!"

에밀리 스타는 일어서서 모두들 앞에 섰다. 에밀리는 이제 두려워하지 않았다. 다만 말할 수 없이 화가 났을 뿐이었다. 눈길은 어두웠고 뺨은 새빨갛게 달아올라 있었다.

"오, 정말 예쁜 얼굴이야, 정말 예뻐!"

지미가 말했지만 아무도 듣고 있지 않았다. 루스 이모가 입을 열었다.

"몰래 엿듣고 있다니 정말 부끄러움을 모르는 아이로구나! 스타 집안의 본성이 나온 거야. 머리 집안 사람이라면 절대로 그런 짓은 하지 않아. 넌 벌을 받지 않으면 안 되겠다."

"아빠는 한심하고 못난 사람이 아니란 말예요."

에밀리가 소리쳤다. 분노로 숨이 막힐 것만 같았다.

"이모는 아빠를 한심하고 못난 사람이라고 말할 권리가 없어요. 아빠처럼 사랑받은 사람이 한심한 사람일 리가 없죠. 아마 이모 같은 사람은 누구한테서도 사랑받은 일이 없을 거예요. 그러니까 한심한 사람은 바로 이모예요. 그리고 전 절대로 몸이 약해서 죽지는 않을 거예요."
"네가 얼마나 부끄러운 짓을 했는지 알고 있기나 하니?"
루스 이모가 무섭게 화를 내며 소리쳤다.
"전 제 운명이 앞으로 어떻게 될지 알고 싶었을 뿐이에요. 그게 그렇게 잘못된 일인 줄은 몰랐어요. 어른들이 저에 대해 그렇게 심한 말을 할 줄은 몰랐어요."
"엿듣는 짓을 하는 사람은 좋은 소리를 못 듣는 법이야."
엘리자베스 이모가 거만하고 불쾌한 태도로 말했다.
"네 엄마 같으면 그런 짓은 하지 않았을 거다, 에밀리."
그 말에 에밀리는 갑자기 풀이 죽고 말았다. 아무래도 절대로 해서는 안 되는 짓을 저지른 것 같아서 떳떳치 못한 기분에 빠져버린 것이다.
"2층으로 올라가거라."
루스 이모가 말했다.
에밀리는 거역하지 않고 나갔다. 하지만 나오기 전에 에밀리는 살짝 방을 둘러보며 힘없이 말했다.
"테이블 밑에 숨어 있으면서 전 월리스 삼촌한테 얼굴을 찡그렸고 에바 숙모한테 혀를 내밀었어요."
에밀리는 자신의 잘못을 고백하려는 생각에서 비참한 마음으로 그렇게 말한 것이었다. 하지만 에밀리의 그런 마음을 알아주는 사람은 아무도 없었고, 머리 집안 사람들은 그녀가 버릇없이 무례한 말을 하며 어른들을 놀리고 있는 거라고 생각했을 뿐이었다. 에밀리 뒤에서 문을 닫더니 그들은 모두──로라 이모와 지미만 빼고──

고개를 설레설레 흔들며 탄식했다.

에밀리는 부끄러운 마음으로 2층에 올라가면서 생각했다.

'머리 집안 사람들에게 경멸받을 만한 짓을 저지르고 말았어.'

그들은 에밀리가 스타 집안의 본성을 드러냈다고 생각하고 있었다. 에밀리는 앞으로 자신의 운명이 어떻게 될지 전혀 알 수 없었다.

에밀리는 '거울 속의 에밀리'를 어두운 표정으로 바라보며 작은 소리로 속삭였다.

"난 몰랐어, 정말 몰랐어. 하지만 이젠 알았어."

갑자기 기운을 되찾은 에밀리가 덧붙였다.

"그래서 앞으로는 절대로 그런 짓 안 할 거야."

에밀리는 그대로 침대에 몸을 던지고 울고 싶었다. 마음속에서 불타오르는 괴로움과 부끄러움을 견딜 수 없을 것 같았다. 그때 작은 책상 위의 낡아빠진 노란색 공책이 에밀리의 눈에 들어왔다. 잠시 뒤 에밀리는 침대에 엎드려 그 낡은 공책에 몽당연필로 열심히 글을 쓰고 있었다. 손가락 끝이 공책 위를 달리는 동안 에밀리의 얼굴은 발갛게 달아오르고 눈은 빛났다. 에밀리는 머리 집안 사람들에 대해 쓰고 있으면서도 그들을 잊고 있었다. 방금 일어난 일을 적고 있으면서 부끄러움을 잊고 있었다. 한 시간쯤 그렇게 작은 램프의 초라한 불빛 아래서 에밀리는 쉬지 않고 줄기차게 써내려갔다. 가끔 적당한 단어가 생각나지 않을 때에만 창 쪽으로 시선을 주어 안개 짙은 밤의 어슴푸레한 아름다움을 응시할 뿐, 찾던 말이 떠오르면 기쁜 듯이 한숨을 쉬며 다시 쓰기 시작하는 것이었다.

머리 집안 사람들이 올라오는 소리를 듣고 에밀리는 공책을 치웠다. 다행히 막 작문을 끝낸 참이었다. 에밀리는 그 부끄러운 일과 머리 집안 사람들의 가족회의를 전부 글로 적었다. 그것은 머리 집안 사람들이 자기에게 용서를 구하고 있는, 자신의 가슴 아픈 임종

장면에서 끝나고 있었다. 처음에 에밀리는 루스 이모가 눈물을 흘리면서 무릎을 꿇고 자기에게 용서를 구하는 광경을 그렸다. 하지만 그녀는 곧 그것을 지워버렸다. '루스 이모는 어떤 일에도 그렇게까지는 후회하지 않을 거야' 하고 생각한 것이다.

글을 쓰는 동안 괴로움과 부끄러움이 모두 사라졌다. 다만 피곤하면서도 오히려 행복한 느낌이 들었다. 월리스 삼촌에게 딱 어울리는 말을 찾아내는 것은 무척 재미있었다. 그리고 루스 이모를 '땅딸보 아줌마'라고 썼을 때는 뭐라 표현할 수 없는 만족감을 느꼈다.

"삼촌과 이모들이 내 속마음을 알면 뭐라고 할까?"

침대에 들어가면서 에밀리는 중얼거렸다.

지혜 겨루기

아침식사 때 머리 집안 사람들은 에밀리에게 아무 말도 걸지 않았지만, 식사가 끝나자 모두들 앉아 있는 응접실로 에밀리를 불렀다. 에밀리는 봄볕을 쬐며 앉아있는 월리스 삼촌을 보았을 때, 그의 성격을 잘 나타내는 적당한 말을 결국 찾아내지 못했다고 생각했다.

엘리자베스 이모가 몇 장의 종이를 들고 웃음기 없는 얼굴로 테이블 옆에 서 있다가 말했다.

"에밀리. 간밤엔 누가 너를 데리고 갈지 결정하지 못했다. 아마 모두들 데려가고 싶은 마음이 없었던 게지. 넌 여러 면에서 행실이 좋지 않았으니까."

"어머나, 언니! 이 아이는, 애는 우리들 동생의 딸이야." 로라가 항의했다.

엘리자베스는 제왕처럼 한 손을 쳐들었다.

"로라, 지금은 내가 얘기하고 있지 않니? 얘기 도중에 끼어들지 말아줘. 방금 말한 것처럼 에밀리, 너를 누가 맡아줄지 결정하지 못했어. 그래서 지미가 제비뽑기로 결정하자고 제안했고 모두 거기에 찬성했다. 여기 있는 이 종이에 우리들의 이름이 적혀 있어. 너는 이 가운데 한 장에 줄을 그어라. 줄이 그어진 종이에 적힌 사람이 너를 맡게 될 거야."

엘리자베스 이모가 몇 장의 종이를 내밀었다. 에밀리는 너무 떨려 처음에는 줄을 긋지 못했다. 자기의 운명이 이렇게 아무렇게나 결정된다는 사실이 괴로웠다.

"어서 줄을 그어."

엘리자베스의 재촉에 에밀리는 이를 악물고 마치 운명에 도전하듯 고개를 돌린 채 줄을 그었다. 엘리자베스 이모는 떨고 있는 작은 손에서 그 종이를 받아 높이 쳐들었다. 거기에는 그녀 자신의 이름이 적혀 있었다! '엘리자베스 머리'.

로라 머리는 갑자기 손수건을 눈시울로 가져갔다.

"자, 이것으로 결정되었다."

월리스 삼촌이 안도한 듯 일어서며 말했다.

"기차를 타려면 서둘러야겠어. 비용 문제라면 엘리자베스, 물론 나는 내 몫을 낼 거야."

"우린 뉴문에서 굶고 살지는 않아."

엘리자베스 이모가 차갑게 말했다.

"이 아이를 데리고 갈 의무가 생긴 이상 필요한 것은 다해줄 생각이야, 월리스. 난 내 의무를 소홀히 하진 않을 거야."

'난 엘리자베스 이모의 의무인 거야. 의무를 좋아하는 사람은 아무도 없다고 아빠가 말씀하셨어. 그러니까 엘리자베스 이모도 틀림없이 나를 좋아하지 않을 거야.' 에밀리는 생각했다.

"엘리자베스 누나에겐 머리 집안의 자존심이 우리들 모두를 합친 것보다도 더 많다니까." 월리스 삼촌은 이렇게 말하며 웃었다.

모두들 그의 뒤를 따라 방을 나갔다. 로라 이모만이 남았다. 그녀는 방 가운데 혼자 서 있는 에밀리에게 다가와 그녀를 껴안으며 속삭였다.
"난 무척 기뻐, 에밀리. 너무너무 기쁘단다. 걱정할 것 없어. 난 전부터 널 좋아했어. 뉴문은 좋은 곳이야, 에밀리."

"뉴문이라니, 예쁜 이름이군요. 전 늘 생각했어요, 로라 이모를 따라갈 수 있으면 좋겠다고요. 전 울음이 터져나올 것만 같아요. 하지만 뉴문에 가는 것이 슬퍼서가 아니에요. 그리고 모두가 생각하는 것처럼 전 나쁜 아이가 아니에요, 로라 이모. 그리고 어젯밤에도 그게 나쁜 일인 줄 알았으면 엿듣지 않았을 거예요." 에밀리는 자신을 억제하며 말했다.

"물론 그랬을 테지."

"그리고 전 머리 집안 사람을 닮지 않았어요."

그러자 로라 이모가 머리 집안 사람치고는 묘한 말을 했다.

"그편이 차라리 다행이야."

에밀리가 방에서 나오자 지미가 현관의 작은 홀까지 그녀를 따라와, 주의 깊게 주위를 둘러보며 아무도 없는 것을 확인한 뒤 작은 소리로 말했다.

"꼬마 아가씨. 로라 이모는 말이야, 사과파이를 참 맛있게 만든단다."

에밀리는 사과파이가 어떤 것인지 몰랐지만 그 말의 느낌이 참 좋다고 생각했다. 에밀리는 엘리자베스 이모는 물론이고 로라 이모에게조차 묻지 못할 것 같은 질문을 작은 소리로 말했다.

"지미, 뉴문에서 과자를 만들면 저에게 그릇에 붙은 찌꺼기를 긁어먹게 해줄까요?"

"엘리자베스는 안 되겠지만 로라는 아마 그렇게 해줄걸."

지미가 진지한 얼굴로 말했다.

"그리고 발이 차가울 때는 난로에서 녹이게 해줄까요? 자기 전에 과자를 줄까요?"

"아까와 똑같은 대답이야. 난 내가 지은 시를 너에게 읽어줄게. 내가 시를 읽어주는 사람은 그리 흔치 않지. 난 지금까지 천 편의 시를 지었어. 써놓지는 않고 여기에 넣어두었단다."
지미가 자기 이마를 두드려 보였다.
"시를 쓰는 건 어려운 일인가요?"
존경어린 눈빛으로 지미를 응시하며 에밀리가 물었다.
"리듬만 발견하면 통나무를 굴리는 것만큼이나 쉬운 일이지."
뉴문 사람을 제외하고는 모두 그날 아침에 떠났다. 엘리자베스 이모는 짐을 꾸려 에밀리를 데리고 가기 위해 하루 더 머물기로 했다.
"가구가 거의 붙박이라 짐을 꾸리는 데 그다지 시간이 걸리진 않을 거야. 네 아버지의 책과 간단한 소지품만 챙기면 되겠구나."
"고양이는 어떻게 데리고 가죠?"
에밀리가 걱정스럽게 물었다.
"고양이라니! 고양이는 데리고 갈 수 없어."
"하지만 전 마이크와 소시 샐을 데리고 가야 해요. 두고 갈 수는 없어요. 고양이가 없으면 살 수 없는걸요."
에밀리가 열심히 말했다.
"바보 같은 소리! 뉴문에도 헛간에 고양이가 있지만 집안에는 절대로 들여놓지 않아."
"고양이를 좋아하지 않으세요?"
에밀리가 이상하다는 듯이 물었다.
"그래."
"예쁘고 통통한 고양이의 부드럽고 따뜻한 느낌을 좋아하지 않으세요?"
에밀리는 다시 한번 물었다.
"좋아하지 않아. 차라리 뱀을 만지는 편이 낫지."
로라 이모가 에밀리를 달래듯이 말했다.

"2층에 네 엄마가 가지고 놀던 귀여운 밀랍인형이 있어. 그 인형에게 옷을 입혀주자."
"전 인형은 싫어요. 말을 못하는걸요."
에밀리가 소리쳤다.
"고양이도 그렇잖니?"
"어머나! 고양이는 말할 수 있어요. 마이크와 소시 샐은 말을 할 줄 알아요. 네? 전 데리고 가야 해요. 부탁이에요, 엘리자베스 이모. 전 고양이가 좋단 말예요. 그리고 절 사랑해주는 건 이제 이 세상에 그 고양이들 말고는 없어요. 제발 부탁이에요!"
지미가 턱수염을 잡아당기면서 말했다.
"200에이커의 땅에 고양이 한두 마리쯤 더 있다 한들 뭐 어떻겠어? 데리고 가자구, 엘리자베스."
엘리자베스 이모는 잠시 생각에 잠겼다. 그녀는 고양이를 좋아하는 사람의 마음을 이해할 수가 없었다. 엘리자베스 이모는 무슨 일에 대해 비교적 쉬운 말로 명확히 설명을 해주어야 이해하는 사람들 중 하나였다. 그런 뒤에야 비로소 마음이 아닌 머리로 이해하는 것이다.
"한 마리라면 괜찮아."
마침내 그녀는 대단한 양보라도 한 듯한 표정으로 말했다.
"한 마리뿐이야, 그 이상은 안 돼. 그만! 더 이상 말하지 마라. 내가 무슨 말을 할 때는 진정으로 하는 말이라는 것을 알아둬야 할 거야, 에밀리. 이제 그만해, 지미."
지미는 뭔가 말하려다가 그만두고 주머니에 손을 찔러 넣더니 천장을 향해 휘파람을 불었다.
"이모가 안 된다고 하면 안 되는 거야. 정말 머리 집안 사람답지. 우리 집안은 모두 그런 고집을 갖고 태어났단다, 꼬마 아가씨. 넌 그걸 견디지 않으면 안 돼. 그리고 너도 그런 면에서는 대단한 것 같던데? 네가 머리 집안 사람 같지 않다니, 천만에! 스타 집안을 닮은 건 네 외모뿐이야."

"아니에요. 전 머리끝에서 발끝까지 스타 집안 사람이에요. 전 그게 좋아요. 하지만, 아! 마이크와 소시 샐 가운데 누구를 데려가야 할까?" 에밀리가 소리쳤다.

그것은 정말 큰 문제가 아닐 수 없었다. 에밀리는 하루 종일 그 일로 고민에 빠졌다. 가슴이 찢어질 것만 같았다. 그녀는 사실 마이크를 더 좋아했다. 그렇다고 소시 샐을 엘렌에게 맡길 수는 없었다. 엘렌도 샐은 싫어하고 마이크를 좋아해서 마이크에게는 잘해주었다. 엘렌은 메이우드 마을에 있는 자신의 작은 집으로 돌아갈 예정인데, 고양이를 한 마리 원하고 있었다. 드디어 저녁 무렵 에밀리는 쓰라린 결심을 했다.

'소시 샐을 데리고 가자.'

지미가 말했다.

"수고양이를 데리고 가는 편이 나아, 에밀리. 그러면 새끼고양이 때문에 고민할 필요도 없을 테니까."

"지미!"

엘리자베스 이모가 험악한 얼굴로 소리쳤다. 에밀리는 이모가 왜 그런 얼굴을 하는지 의아했다. 새끼고양이에 대한 말을 해서는 왜 안 되는 걸까? 하지만 마이크를 '수고양이'라고 부르는 건 듣고 싶지 않았다. 어쩐지 불쾌한 느낌이 들었던 것이다.

에밀리는 짐을 꾸리느라 어수선한 것이 싫었다. 옛날의 조용함을 그리워하며 그녀는 아버지와 나눈 즐거운 대화를 떠올렸다. 머리 집안 사람들이 찾아와 시끄럽게 구는 바람에 아버지는 멀리 내쳐진 것 같은 느낌이었다.

"이건 뭐니?"

문득 엘리자베스 이모가 짐 꾸리던 것을 멈추고 말했다. 에밀리는 엘리자베스 이모가 낡은 공책을 손에 들고 있는 것을 보고, 깜짝 놀라 펄쩍 뛰면서 공책을 나꿔챘다.
에밀리는 화가 나서 소리쳤다.
"읽으면 안 돼요, 엘리자베스 이모! 이건 제 거예요. 제 비밀 재산이란 말이에요."
"아이구 저런, 스타 양!"
엘리자베스 이모가 에밀리를 노려보면서 말했다.
"말해 두지만, 나한테는 네 공책을 읽을 권리가 있단다. 너에 대해선 이제부터 나한테 모든 책임이 있으니까. 나는 무슨 일이든 감추거나 비밀로 하게 하지는 않을 테니 그리 알고 있도록 해라. 틀림없이 남에게 보이기 부끄러운 것을 써놓았겠지. 나는 반드시 그걸 봐야겠다. 자, 그 공책을 이리 다오."
"전 부끄럽지 않아요."
에밀리는 소중한 공책을 가슴에 꼭 껴안고 뒷걸음질치며 소리쳤다.
"하지만 이모한테는, 아니, 누구한테도 보여주고 싶지 않아요."
엘리자베스가 에밀리를 쫓아갔다.
"에밀리 스타, 내 말 안 들려? 그 공책을 이리 줘, 지금 당장!"
"싫어요, 싫어요!"
에밀리는 몸을 홱 돌려 달리기 시작했다. 엘리자베스 이모에게는 절대로 보여 주고 싶지 않았다. 에밀리는 부엌에 있는 아궁이로 달아나서 눈 깜짝할 사이에 표지를 찢고 타오르는 불길 속에 공책을 던져넣었다. 불이 옮겨 붙자 공책은 기세 좋게 타올랐다. 에밀리는 마치 제 몸의 일부가 타들어가는 것처럼 비통한 얼굴로 그것을 바라보았다. 하지만 엘리자베스 이모한테는 절대로 보여주고 싶지 않았다. 에밀리가 써서 아버지한테 읽어준 여러 가지 일들을 보여줄 수는 없었다. '바람 아주머니'와 '거울 속의 에밀리'에 대한 공상도, 고양이와의 대화도, 간밤에 머리 집안 사람들에 대해 쓴 것도. 보고 있으니 공책 한 장 한 장이 마치 영혼을 가지고 있는 것처럼 오그라들고 떨기도 하면서 점차 검은색으로 변해갔다.

하얀 페이지의 한 줄이 선명하게 보였다. '엘리자베스 이모는 무척 냉정하고 거만하다'. 엘리자베스 이모가 이것을 보면 뭐라고 할까? 만약 지금 이모가 이것을 보고 있다면? 에밀리는 걱정이 되어 뒤를 돌아보았지만 아무도 없었다. 엘리자베스 이모는 방으로 들어가서 문을 쾅 닫았다. 공책은 타오르는 석탄 위에 하얀 재가 되어 쌓여 있었다.

에밀리는 아궁이 옆에 쪼그리고 앉아서 울었다. 뭔가 굉장히 소중한 것을 잃어버린 느낌이었다. 소중한 것이 완전히 사라졌다고 생각하니 마음이 쓰라렸다. 결코 두 번 다시 그것을 쓸 수 없을 것이고 쓰고 싶은 마음도 들지 않았다. 이제부터 엘리자베스 이모가 하나하나 읽을 거라면 다시는 쓰고 싶지 않았다. 아버지는 한 번도 보여달라고 한 적이 없었지만 에밀리는 아버지한테 읽어주는 것을 좋아했다. 하지만 에밀리가 그러고 싶지 않을 때는 아버지는 절대로 강요하지 않았다. 갑자기 에밀리는 뺨에 눈물을 빛내면서 머릿속의 공책에 한 줄을 더 적어넣었다.

'엘리자베스 이모는 냉정하고 거만하다. 그리고 불공평하다.'

이튿날 아침 지미가 좌석이 두 개 있는 사륜마차에 짐을 싣고, 엘리자베스 이모가 엘렌에게 마지막 지시를 하고 있는 동안, 에밀리는 모든 것에 작별을 고했다. "내가 없으면 무척 쓸쓸할 거야. 이제 사랑해줄 사람이 아무도 없을 테니까" 하고 말하는 에밀리의 목소리에는 동경이 가득했다. 에밀리는 수탉 소나무와 '아담과 이브', 부엌 창문의 작은 틈새, 낡은 안락의자, 줄무늬 풀이 자라고 있는 꽃밭, 은색의 자작나무 부인들에게 작별 인사를 했다. 2층에 올라가서 그리운 자기 방 창문으로 갔다. 그 작은 창문은 에밀리에게는 언제나 신비로운 세계를 향해 열려 있는 듯이 생각되었다. 불탄 공책에는 에밀리가 특별히 자랑스럽게 생각했던 작문이 하나 있었는데, '내 방 창문에서 바라본 풍경'이라는 제목의 글이었다. 에밀리는 자주 창가에 앉아 공상에 잠겼다. 밤이면 그곳에 무릎을 꿇고 앉아 소박한 기도를 올렸다. 어떤 때는 거기서 별이 반짝이는 것을 보았고, 어떤 때는 빗방울이 창문을 때리는 것을 보았다. 이따금 잿빛의 작은 새와 제비가 찾아왔고, 또 어떤 때는 사과와 리라꽃의 은은한 향기가 풍겨왔다.

때때로 '바람 아주머니'가 창가에서 웃고 한숨짓고 노래하고 휘파람을 불기도 했다. 에밀리는 어두운 밤이나 겨울에 거센 눈보라가 칠 때 그 소리를 들었다. '바람 아주머니'한테는 작별인사를 하지 않았다. '바람 아주머니'는 뉴문에도 있을 것이므로. 그러나 작은 창과 사랑하는 초록빛 언덕에는 작별을 고했다. 그리고 자주 갔던 메마른 땅과 작은 '거울 속의 에밀리'에게도. '거울 속의 에밀리'는 뉴문에도 있을지 모르지만, 아마 똑같은 모습은 아닐 것이다.

에밀리는 패션 광고지에서 오려낸 야회복 사진을 벽에서 떼어내 주머니 속에 넣었다. 그것은 정말 아름다운 드레스였다. 온통 하얀 레이스와 꽃봉오리 조화가 달려 있고, 바닥에 끌리는 길고 긴 주름 장식이 옷자락에 붙어 있었다. 에밀리는 그 드레스를 입고 아름다운 여왕처럼 무도장 바닥에 옷자락을 끌고 있는 자신의 모습을 천 번도 더 그려보았을 것이다.

아래층에서는 모두들 에밀리를 기다리고 있었다. 에밀리는 엘렌 그린에게 약간 쌀쌀하게 작별인사를 했다. 에밀리는 원래 엘렌 그린을 좋아하지 않았지만, 엘렌이 아버지가 곧 죽을 거라고 자기에게 말해준 그날 밤부터 더욱 싫어하고 두려워하고 있었다.

엘렌은 왈칵 울음을 터뜨리면서 에밀리를 껴안아 그녀를 놀라게 했다. 엘렌은 에밀리에게 자기를 잊지 말고 편지를 보내달라고 말하며 에밀리를 '나의 행복한 아기'라고 불렀다.
"난 아줌마의 행복한 아기가 아니에요. 하지만 편지는 쓸 생각이에요. 마이크에게 친절하게 해주셔야 해요."
"넌 나하고 헤어지는 것보다 저 고양이하고 헤어지는 것이 더 슬픈 모양이구나."
엘렌이 비꼬듯 말했다.
"그야, 물론이지요."
당연하지 않느냐는 듯 깜짝 놀라며 에밀리가 말했다.
울지 않고 마이크에게 작별을 고하기 위해서는 굳은 의지가 필요했다. 마이크는 뒤뜰의 양지바른 풀 위에 몸을 둥글게 말고 누워 있었다.
"언젠가 다시 만날 거야."
마이크를 꼭 껴안으며 에밀리는 작은 소리로 말했다.
"착한 고양이는 틀림없이 천국에 갈 거니까."
이윽고 그들은 좌석이 두 개 있는 사륜마차를 타고 출발했다. 마차 덮개에는 가장자리 장식이 달려 있었는데, 뉴문의 머리 집안에서 즐겨 사용하는 것이었다. 에밀리는 그렇게 좋은 마차를 타본 적이 별로 없었다. 아버지가 허버드 씨의 낡은 사륜마차와 작은 잿빛 말을 빌려와서 샬럿타운까지 한두 번 나간 적이 있었을 뿐이다. 사륜마차는 덜컹거렸고 말은 느림보였지만 아버지가 길을 가는 내내 재미있는 이야기를 해주었기 때문에 무척 즐거웠었다.
지미와 엘리자베스 이모가 앞자리에 앉았다. 엘리자베스 이모는 머리에 검은 레이스 보닛을 쓰고 망토를 두른 당당한 모습이었다. 로라 이모와 에밀리는 뒷좌석을 차지했다. 두 사람 사이에 놓인 바구니 속에서 소시 샐이 가냘픈 비명을 내질렀다.
마차가 풀이 무성한 오솔길을 달릴 때 에밀리는 뒤를 돌아보았다. 에밀리의 눈에는 골짜기의 낡고 작은 갈색 집이 낙담하고 있는 듯 보였다. 그녀는 달려가서 위로해주고 싶었다. 굳게 결심했는데도 눈물이 솟았다. 로라 이모가 샐의 바구니 너머로 양가죽 장갑을 낀 손을 뻗어 위로하듯 에밀리의 손을 꼭 잡아주었다.
"아, 전 이모가 좋아요, 로라 이모."
에밀리가 속삭였다.
로라 이모의 눈은 깊고 푸르고 따뜻했다.

뉴문

 에밀리는 꽃피는 6월 마차를 타고 달리는 것이 즐거웠다. 모두들 말이 없었다. 소시까지 아까부터 소리없이 체념한 듯 조용히 있었다. 이따금 지미가 뭔가 말을 했는데, 그것은 다른 사람에게 얘기하는 것이라기보다 자신한테 말하고 있는 것 같았다. 엘리자베스 이모는 거기에 대꾸할 때도, 그렇지 않을 때도 있었다. 그녀는 여전히 거침없이 말했고 필요 없는 말은 하지 않았다.
 그들은 샬럿타운에서 마차를 멈추고 점심을 먹었다. 에밀리는 아버지가 돌아가신 이후로 식욕이 전혀 없었기 때문에, 종업원이 가지고 온 쇠고기 구이를 전혀 먹지 못했다. 그러자 엘리자베스 이모는 종업원에게 뭔가 귓속말을 했고, 종업원은 알았다는 표정으로 나가더니 곧 부드럽고 차갑게 만든 어린 닭요리를 한 접시 가지고 왔다. 하얗게 토막낸 닭고기 둘레에 양상추가 예쁘게 장식되어 있었다.
 "이거면 먹을 수 있겠지?"
 엘리자베스 이모는 마치 다그치듯 말했다.
 "먹어보도록 할게요."

에밀리가 작은 소리로 말했다. 무서워서 더 이상은 말할 수 없었지만, 속으로는 닭고기를 억지로라도 조금 먹은 뒤 역시 분명히 말해야겠다고 결심을 굳혔다.

"엘리자베스 이모."

에밀리는 조금 창백하게 굳은 얼굴로 말했다.

"응, 뭐지?"

엘리자베스 이모의 강철 같은 푸른 눈이, 난처한 듯 깜박이고 있는 조카의 눈을 똑바로 들여다보았다.

에밀리는 한껏 용기를 짜내 또박또박 말했다.

"전 쇠고기 구이를 싫어해서 먹지 않았던 것이 아니에요. 배가 조금도 고프지 않아서예요. 이모 말씀대로 이걸 조금 먹어보기는 했지만, 그렇다고 닭고기를 좋아해서가 아니에요."

"어린이는 주는 대로 얌전하게 먹으면 되는 거야. 영양가 있는 좋은 음식에서 코를 돌리는 건 좋지 않은 행동이야."

엘리자베스 이모가 엄격하게 말했다. 에밀리는 그 말을 듣고 결국 아무것도 이해받지 못한다는 생각이 들어 슬퍼지고 말았다.

식사가 끝나 엘리자베스 이모는 로라 이모에게 물건을 좀 사러가자고 했다.

"이 아이한테 필요한 것들을 사줘야겠어."

엘리자베스 이모가 말하자 에밀리가 소리쳤다.

"저, '이 아이'라고 부르지 말아주세요, 부탁이에요. 마치 제가 어느 집 아이도 아닌 것처럼 들리잖아요. 제 이름이 마음에 안 드세요, 엘리자베스 이모? 엄마는 무척 예쁜 이름이라고 하셨는데. 그리고 전 아무것도 필요 없어요. 속옷이 두 벌이나 있는 걸요, 하나는 기운 데가 있기는 하지만."

"쉿!"

지미가 테이블 밑으로 에밀리의 정강이를 살짝 찼다.

지미는 엘리자베스 이모가 사주고 싶어할 때 잠자코 받으라는 뜻이었다. 그것을 에밀리는 자기가 속옷 같은 단어를 입에 올렸기 때문에 나무라는 것으로 생각해 얼굴이 빨개져서 입을 다물었다. 엘리자베스 이모는 아무 말 못 들었다는 듯 계속 말을 이었다.

"블레어워터에서 저 싸구려 상복 같은 걸 입게 놔둘 순 없어. 도대체 10살밖에 안 된 아이한테 온통 검은색 옷만 입히다니 말이 되는 얘기야? 검정 벨트가 달린 예쁘고 하얀 드레스를 외출복으로 사주마. 그리고 학교에 입고 가려면 검은색과 흰색 체크무늬 무명옷도 한 벌 있어야 겠다. 지미, 아이를 두고 갈 테니까, 잘 봐줘."

에밀리는 지미와 함께 있는 것이 무척 즐거웠다. 지미는 에밀리를 거리에 있는 한 레스토랑에 데리고 가서 아이스크림을 실컷 먹게 해 주었다. 아이스크림을 별로 먹어본 적이 없었던 에밀리는 식욕이 떨어졌다면서도, 또 그리 권하지도 않았는데 두 접시나 비웠다. 지미는 만족스런 표정으로 말했다.

"엘리자베스가 보고 있는 앞에서는 너에게 뭘 사주고 싶어도 소용 없어. 그 사람은 네 마음을 몰라주니까. 이런 기회를 놓치면 안 되지. 또 언제 사줄 수 있을지 알 수 없는 일이거든."

"뉴문에서는 아이스크림을 먹지 않나요?"

지미는 고개를 저었다.

"엘리자베스 이모는 새로운 것을 싫어해. 집안에서 우리는 50년 전과 똑같은 생활을 하고 있단다. 하지만 농장에 나가면 이모도 뜻을 굽히지 않을 수 없어. 집안에서는 촛불을 켜고, 우유를 짤 때 아직도 이모의 할머니가 쓰시던 냄비를 사용한단다. 하지만 꼬마 아가씨, 그래도 뉴문은 정말 아름답고 좋은 곳이야. 너도 곧 틀림없이 좋아하게 될 거다."

"그곳에는 요정이 있나요?"

생각에 잠기면서 에밀리가 물었다.

"숲 속에 가득 있지. 오래된 과수원에 매발톱꽃이 자라고 있으니까. 요정을 위해 일부러 심어두었거든."

에밀리는 한숨을 내쉬었다. 이미 8살 때부터 에밀리는 세상 어디에도 요정이 없다는 걸 알고 있었다. 하지만 그래도 한두 명의 요정은 사람들 눈에 띄지 않는 고풍스러운 장소에서 놀고 있을지 모른다는 희망을 완전히 버리지 않았다. 그리고 뉴문만큼 요정이 살고 있을 것 같은 장소가 또 있을까?

"정말 진짜 요정이에요?"

"뭐라고? 정말 진짜라고 생각한다면 그건 이미 요정이 아닌 게 아닐까? 에밀리, 안 그래?"

지미가 진지한 얼굴로 말했다.

에밀리가 거기에 대해 생각해보기도 전에 이모들이 돌아와서 그들은 다시 출발했다. 그들이 블레어워터에 도착한 것은 저녁 무렵이었다. 주홍색 도로와 거무스름한 전나무 언덕이, 긴 해안선의 모래땅을 장밋빛으로 물들이고 있는 저녁 노을 속에 선명하게 떠올라 있었다. 에밀리는 이 새로운 땅을 둘러보며 좋은 곳이라고 생각했다. 울창하게 자란 키 큰 고목 사이에 한 채의 커다란 집이 보였다. 아무렇게나 마구 자란 나무가 아니라, 3대에 걸쳐서 사랑하고 사랑받아 온 나무들이었다. 거무스름한 가문비나무 숲 사이로 은빛 물이 반짝이고 있었다. 블레어워터 연못이었다. 교회의 높다란 금빛 탑이 아래 쪽 골짜기의 단풍나무 숲 위에 우뚝 솟아 있었다.

하지만 그녀에게 '번뜩임'을 가져다준 것은 그런 것이 아니었다. '번뜩임'은 지붕 위의 덩굴풀 사이로 사랑스럽고 친밀한 작은 지붕밑 창이 얼핏 눈에 들어왔을 때 찾아왔다. 그 위로는 오팔색 하늘에 금빛의 날씬한 진짜 뉴문(초승달)이 떠 있었다. 지미가 에밀리를 마차에서 안아내려 부엌으로 데리고 가는 동안, 에밀리는 그것을 바라보며 감동에 젖어 있었다.
 에밀리는 오랜 세월 동안의 걸레질로 공단처럼 윤기가 흐르는 긴 나무벤치에 앉아 엘리자베스 이모가 여기저기 반짝반짝 빛나는 커다란 놋촛대에 불을 밝히는 것을 보고 있었다. 창과 창 사이의 선반 위에, 에밀리를 다정하게 환영하는 듯 빛나기 시작한 푸르고 하얀 접시들이 정연하게 진열되어 있는 높은 조리대 위에, 구석에 있는 좁고 긴 테이블 위에도 촛불이 켜졌다. 엘리자베스 이모가 촛불을 하나하나 켜감에 따라 창 밖의 숲 속에서는 요정들의 '토끼 촛불'이 환하게 켜졌다.
 에밀리는 그때까지 이런 부엌은 한 번도 본 적이 없었다. 거무스름한 벽, 낮은 천장, 천장을 가로지르는 검은 서까래. 그 서까래에는 햄, 베이컨, 약초 다발, 새 양말, 벙어리 장갑, 그 밖에도 에밀리에게는 그 이름도 사용법도 짐작이 가지 않는 물건들이 매달려 있었다. 모래로 문지른 바닥은 티 하나 없이 하얬지만, 바닥 판자는 오랜 세월로 인해 군데군데 옹이가 튀어나와 있었고, 난로 앞의 바닥은 휘어져서 얕게 패어 있었다. 천장 한구석에는 커다랗고 네모난 구멍이 있었는데, 그것이 촛불 때문에 시커멓게, 마치 유령이라도 튀어나올 것처럼 보여서, 에밀리는 오싹 소름이 돋았다.
 '나쁜 짓을 하면 저런 구멍에서 뭔가가 불쑥 나올지도 몰라.'
 게다가 촛불이 물건들의 그림자를 기분 나쁘게 흔들어대고 있었다. 에밀리는 뉴문의 이 부엌이 마음에 드는지 어떤지 알 수 없었지만 어쨌든 재미있는 장소였다. 만약 저 오래된 공책을 태워버리지 않았더라면 이 얘기를 써넣었을 텐데 하고 생각하다가, 에밀리는 갑자기 울음이라도 터뜨릴 듯한 표정으로 몸을 떨기 시작했다.
 "춥니?"
 로라 이모가 다정하게 물었다.
 "6월이긴 하지만 밤이 되면 아직 추워. 응접실에 가 있어. 지미가 저쪽 난로에 불을 지폈으니까."

에밀리는 간신히 울음을 참으며 응접실로 들어갔다. 그곳은 부엌보다 훨씬 기분 좋은 곳이었다. 바닥에는 밝은 줄무늬의 모직깔개가 깔려 있고, 테이블에는 선명한 주홍색 테이블보가 덮여 있었다. 벽지는 예쁜 다이아몬드 무늬였고, 커튼은 양치류 무늬를 가득 넣은 엷은 붉은색의 멋진 다마스크(무늬직물의 일종)였다. 그런 것들은 무척 화려하고 호사스러워 자못 머리 집안다웠다. 에밀리는 그런 커튼은 한 번도 본 적이 없었다. 하지만 무엇보다 좋았던 것은 난로에서 나무가 밝게 흔들리며 타오르는 그 낯익은 불빛이었다. 그것은 촛불의 기분 나쁜 빛을 따뜻한 장밋빛으로 바꾸는 것 같았다. 에밀리는 그 앞에 발을 내밀어 불을 쬐면서, 주위 것들에 흥미가 솟아나는 것을 느꼈다.

키가 크고 검은빛이 나는 벽난로 양쪽에 중국풍 책장이 있었는데, 그 납색 유리문이 어찌나 멋있던지! 옆 선반에 조각된 장식이 뒤쪽 벽에 얼마나 재미있고 유쾌한 그림자를 던지고 있던지! 마치 흑인의 옆얼굴 같다고 에밀리는 생각했다. 사라사(명주의 일종) 커튼을 친 책장 유리문 뒤에는 한없는 신비가 깃들어 있었다. 책은 어디서나 에밀리의 친구였다. 에밀리는 책장으로 달려가 유리문을 열었다. 하지만 아직 책을 제대로 살펴보기도 전에 엘리자베스 이모가 들어왔다. 그녀는 우유잔과 작은 오트밀 과자를 두 개 얹은 접시를 들고 있었다.

"에밀리."

엘리자베스 이모가 엄한 목소리로 말했다.

"그 문을 닫아라. 알겠니? 다음부터는 자기 물건이 아닌 것은 만져선 안 된다."

"전, 책은 모두의 것이라고 생각했어요."

"우리 집 책은 그렇지 않아."

엘리자베스 이모는 뉴문의 책은 특별하다는 인상을 심어주려고 했다.

"자, 저녁식사다, 에밀리. 오늘은 모두 피곤하니까 있는 것으로 간단하게 먹자. 어서 먹어. 먹고 나서 잘 거니까."

에밀리는 우유를 마시고 오트밀 과자를 먹으면서 주위를 둘러보았다. 황금색 다이아몬드 안에 장미꽃 무늬를 넣은 벽지는 어쩜 저렇게도 아름다울까? 에밀리는 그 무늬가 허공에 떠 있는 것처럼 보일지 궁금해졌다. 에밀리는 시험해보았다. 보였다! 눈에서 약 1미터쯤 되는 곳에 작고 예쁜 무늬가 허공에 떠 있는 것처럼 보였다. 에밀리는 자기가 이 신기한 재주를 가지고 있다는 사실을 6살 때 알았다. 스스로도 확실히 알 수 없지만, 눈의 근육 어딘가를 움직이면 눈앞의 허공에 벽지 무늬가 떠오르는 것이었다. 게다가 그것은 언제까지나 그 자리에 띄워놓고 원하는 만큼 실컷 바라볼 수도 있고, 앞으로 가져오거나 뒤로 밀어내며 마음대로 거리를 조정할 수도 있었다. 새로운 방이면 어디에 가더라도 '벽지를 허공에 띄워 보는' 것이 에밀리의 은밀한 즐거움 가운데 하나였다. 그리고 이 뉴문의 벽지는 그녀가 그때까지 본 것 가운데 가장 아름다운 무늬를 만들었다.

"왜 그렇게 이상하고 멍한 눈길을 하고 있는 거냐?"

엘리자베스 이모가 갑자기 돌아와서 물었다.

에밀리는 몸이 움츠러들었다. 엘리자베스 이모한테는 아무것도 설명할 수가 없었다. 엘리자베스 이모는 엘렌 그린과 마찬가지로 에밀리의 머리가 이상하다고 할 것이 틀림없었기 때문이다.

"멍하니 있지 않았어요."

"말대꾸하지 마라. 넌 멍하니 있었어."

엘리자베스 이모가 기분이 꺼림칙하다는 듯 말했다.

"다음부터는 그런 짓 해서는 안 된다. 얼굴이 이상해지지 않니? 자, 따라오너라. 2층에 올라갈 거니까. 너는 나와 함께 잘 거야."

에밀리는 깜짝 놀라 숨이 막힐 것만 같았다. 로라 이모와 함께 자기를 바라고 있었던 것이다. 엘리자베스 이모와 함께 자는 건 어쩐지 무서울 것 같았다. 하지만 거역할 용기가 없었던 에밀리는 엘리자베스 이모를 따라 작고 어두컴컴한 침실로 올라갔다. 그 방의 벽지는 어둡고 위압적이었기 때문에 허공에 예쁜 무늬로 뜰 것 같지 않았다. 방향을 마음대로 바꿀 수 있는 작은 거울이 달린 검은 화장대가 있었는데, 너무 높아서 '거울 속의 에밀리'를 만날 수도 없었다. 어두운 녹색 커튼을 친 창문은 굳게 닫혀 있었다. 역시 어두운 녹색 지붕이 달린 침대. 숨이 막힐 것처럼 커다랗게 부푼 깃털이불. 높고 딱딱한 베개.

에밀리는 주위를 둘러보며 말없이 서 있었다.

"왜 옷을 벗지 않니?"

엘리자베스 이모가 물었다.

"전, 전, 이모 앞에서 옷을 벗기 싫어요."

에밀리가 우물거리면서 그렇게 말하자, 엘리자베스 이모는 안경 낀 눈으로 에밀리를 차갑게 쳐다보며 말했다.

"어서 옷을 벗어."

분노와 수치심에 화가 나면서도 에밀리는 시키는 대로 했다. 소름이 끼칠 정도로 싫은, 뭐라 표현할 수 없는 기분이었다. 엘리자베스 이모 앞에서 기도를 하는 것은 더욱 괴로웠다. 이런 분위기에서 기도해봤자 아무 소용도 없을 거라고 에밀리는 생각했다. 아버지의 신은 아주 먼 곳에 있는 듯한 느낌이었고, 엘리자베스 이모의 신은 엘렌 그린의 신과 무척 닮은 것처럼 생각되었다.

"잘 자거라."

옷을 개키면서 엘리자베스 이모가 말했다.

에밀리는 커튼이 쳐진 창문을 바라보고 있었다.

"창문은 열지 않나요, 이모?"

엘리자베스 이모는 마치 에밀리가 지붕을 걷어내겠다고 말하기라도 한 것처럼 깜짝 놀라며 에밀리를 노려보았다.
"창문을 열어 밤공기가 들어오게 한다고?"
그녀는 기겁을 하며 소리쳤다.
"그건 절대로 안 돼."
"아빠하고 전 언제나 창문을 열었어요."
"네 아버지가 건강을 해쳐서 죽은 것도 무리가 아니구나. 밤 공기는 독이나 마찬가지야."
"밤에 밤 공기 말고 어떤 공기가 있을까요?"
에밀리가 물었다.
"에밀리! 어서 자지 못하겠니?"
엘리자베스 이모가 냉정하게 말했다.
에밀리는 하는 수 없이 침대에 들어갔다.

그렇지만 보이는 건 시커먼 구름뿐, 늘 익숙하게 보아오던 별은 어디에도 빛나고 있지 않았다. 또 자기를 삼켜버릴 것만 같은 두툼한 침대에 누워서는 자려고 해도 잠이 오지 않았다. 게다가 엘리자베스 이모의 뼈가 앙상한 몸이 딱딱하게 옆에 누워 있지 않은가?

'마치 그리스 신화에 나오는 괴물 그리핀과 함께 자는 것 같아. 아! 아! 아! 울고 싶어, 정말.'

눈물을 참으려고 애썼지만 소용없었다. 눈물이 저절로 흘러나오고 외로움이 오싹오싹 가슴을 파고들었다. 주위는 낯설고 차갑고 냉정한 세계로 둘러싸여 있었고, 게다가 지금은 어두운 밤이었다. 떨고 있는 에밀리를 더욱 위협하듯 멀리서 기분 나쁜 이상한 소리가 들려왔다. 그게 수런거리는 바닷소리라는 걸 모르는 에밀리는 겁을 먹었다. 자신의 작은 침대와 아버지의 부드러운 숨소리, 낯익은 별들이 깜박거리면서 열린 창문을 통해 친숙하게 들어오는, 그리운 그 집으로 에밀리는 돌아가고 싶었다. 이런 곳에는 있을 수 없었다. 여기서는 도저히 행복해질 수 없을 것이다! 하지만 돌아갈 곳은 어디에도 없었다. 집도 없고 아버지도 없었다. 격렬한 흐느낌이 터져 나왔다. 주먹을 쥐고 이를 악물어 보아도, 입술을 깨물어보아도 아무 소용이 없었다.

자연은 에밀리의 자존심과 의지를 무참하게 꺾어버렸다.

"왜 우는 거냐?"

엘리자베스 이모가 물었다.

사실은 엘리자베스 이모도 에밀리와 마찬가지로 답답하여 잠이 오지 않았다. 다른 사람과 함께 자는 것에 익숙하지 않아서였다. 에밀리가 그녀와 함께 자고 싶지 않은 것과 마찬가지로 그녀도 에밀리와 함께 자고 싶지 않았다. 하지만 뉴문의 크고 썰렁한 방에 어린 여자아이를 혼자 재울 수는 없다고 생각한 것이다. 로라는 좀처럼 잠을 이루지 못하는 체질이었고 잠이 들었다가도 조그만 소리에도 잠을 깼다. 아이는 자는 동안 자주 발길질을 한다는 말을 들은 적이 있는 엘리자베스 머리는 예민한 로라와 에밀리를 함께 자게 할 수 없다고 생각했다. 그래서 불편을 감수하며 자기가 에밀리를 데리고 자려 했던 것인데, 에밀리는 고마운 줄은 모르고 불평하듯이 울고 있지 않은가.

"왜 울고 있냐고 묻지 않니, 에밀리?"

그녀는 짜증을 내며 다시 물었다.

"집이 그리워요."

에밀리가 울면서 대답하자 엘리자베스 이모는 화가 났다.

"그렇게 그리워할 만큼 좋은 집이었던 것 같지는 않던데."

그녀가 날카롭게 말하자 에밀리가 흐느끼면서 말했다.

"물론 뉴문만큼 좋지는 않지만 아빠가 계셨잖아요. 아마 아빠가 보고 싶어서 그런가봐요, 엘리자베스 이모. 이모는 외할아버지가 돌아가셨을 때 무척 외롭다고 느끼지 않으셨어요?"

아버지 아치벌드 머리가 죽었을 때는, 그렇게 생각하는 것이 나쁜 줄 알면서도 안도하는 마음이 들었던 것을 엘리자베스는 떠올렸다. 그는 당당한 체격의 소유자로 외고집이었으며 완고한 노인이었다. 평생 쇠채찍으로 가족을 지배하고 5년 동안 병으로 고생한 끝에 생을 마감했는데, 그동안 뉴문의 생활은 말할 수 없이 비참했다. 머리 집안의 유족들은 흠잡을 데 없이 훌륭하게 행동하며 그럴듯한 얼굴로 울었고, 멋진 문구로 씌어진 장문의 부고를 냈다. 하지만 아치벌드 머리의 죽음을 진정으로 슬퍼한 사람이 한 사람이라도 있었을까? 엘리자베스는 그때의 기억을 떠올리게 한 에밀리에게 화가 났다.

엘리자베스는 냉담하게 말했다.

"나는 모든 걸 신의 뜻이라 생각하고 체념했다, 에밀리. 네가 알아야할 건 넌 은혜를 아는 고분고분하고 착한 아이가 되어야 한다는 사실이야. 너를 위해 우리가 어떤 일을 했는지 잘 생각해 봐. 그리고 난 눈물이나 불평은 딱 질색이다. 널 맡아줄 사람이 없었더라면 넌 도대체 어떻게 됐겠니? 말해보렴."

"틀림없이 굶어죽었을 거예요."

에밀리는 자신이 죽는 극적인 광경을 떠올렸다. 그것은 엘렌 그린의 선교잡지에서 본, 기근에 허덕이는 인도 사람들과 몹시 닮아있었다.

"그렇지 않아, 아마 어느 고아원에 수용되어 굶어죽지 않을 만큼 얻어먹고 있겠지. 네가 어떤 신세가 될 뻔한 것을 면하게 되었는지 넌 모르고 있어. 넌 훌륭한 가정에 맡겨진 거야. 이제부터 여러 모로 보살핌을 받을 것이고 제대로 된 교육도 받게 될 테니까."

에밀리는 '제대로 된 교육을 받는다'는 말의 느낌이 무척 싫었지만, 조심스럽게 이렇게 말했다.

"뉴문에 데리고 와 주셔서 정말 감사하게 생각해요, 엘리자베스 이모. 하지만 오래 신세질 생각은 없어요. 저도 조금 있으면 어른이 되어 혼자 살아갈 수 있게 될 테니까요. 어른이라고 불리게 되는 건 최소한 몇 살 때부터예요, 엘리자베스 이모?"
"그런 건 생각하지 않아도 돼."
엘리자베스 이모는 쌀쌀맞게 대답했다.
"머리 집안의 여자가 자립하지 않으면 안 될 처지에 놓인 일은 한 번도 없었으니까. 넌 불평하지 않고 착한 아이가 되어주기만 하면 되는 거야. 도리를 잘 알고 얌전하게 있어주면 그것으로 족해."
그것은 몹시 어려운 일처럼 들렸다.
"그렇게 할게요."
책에서 읽은 이야기 속의 소녀처럼 에밀리는 갑자기 용감해져야겠다고 생각하며 이렇게 말했다.
"어쩌면 그리 어려운 일은 아닐지도 몰라요, 엘리자베스 이모."
이때 에밀리는 마침 언젠가 아버지한테서 들었던 말이 떠올라, 그것을 써먹을 좋은 기회가 왔다고 생각하여 이렇게 덧붙였다.
"신은 선하고 악마는 나쁜 거잖아요."
가엾은 엘리자베스! 이 밤에 그녀의 질서정연한 생활과 평화로운 침대에 끼어든 이 거추장스럽고 달갑지 않은 어린 손님한테서 그런 말을 들을 줄이야! 잠시 동안 너무 놀라서 아무 말도 하지 못하고 있던 그녀는 겨우 입을 열어 두렵다는 듯이 말했다.
"에밀리, 두 번 다시 그런 말을 해선 안 된다."
"네."
에밀리는 고분고분하게 대답했다. 하지만 마음속으로는 지지 않고 이렇게 생각하고 있었다.
'그래도 난 언제까지나 그렇게 생각할 거야.'
"그리고" 하고 엘리자베스 이모가 덧붙였다. "넌 어떨지 모르겠지만 난 밤새도록 수다를 떠는 덴 익숙하지 않단다. 이제 그만 자도록 해라. 내가 하는 말 알아들었지? 잘 자거라."

엘리자베스 이모가 "잘 자거라"라고 한 말의 어조에는 세상에서 가장 기분 좋은 밤조차 멀리 달아나고 말 것 같았다. 하지만 에밀리는 조용히 누워 있었다. 한동안 어둠 속에서 눈물이 소리 없이 뺨을 타고 흘러내렸지만 더 이상 울지 않았다. 에밀리가 조용했기 때문에 엘리자베스 이모는 이제 그녀가 잠들었다고 생각하고 자기도 잠에 빠져들었다.

'세상에 나 말고 또 누가 자지 않고 있을까? 소시 샐만 옆에 있어주면 좋을 텐데. 샐은 마이크만큼 귀엽지는 않지만 아무도 없는 것보다는 나을 거야. 어디에 있을까? 저녁밥은 먹었을까?' 외로움에 떨면서 에밀리는 생각했다.

엘리자베스 이모는 "맙소사, 이 고양이 좀 봐" 하고 꺼림칙하다는 듯이 말하며 샐의 바구니를 지미에게 넘겨주었고, 지미는 그것을 어디론가 가지고 갔다. 지미는 그것을 어디에 두었을까? 어쩌면 소시 샐은 이곳을 빠져나가 집으로 돌아가버렸을지도 모른다. 에밀리는 고양이는 언제든 집을 찾아 돌아가는 법이라는 말을 들은 적이 있었다. 소시가 달아나서 집으로 돌아갔으면 좋겠다고 생각하며, 에밀리는 자기와 고양이가 별이 깜박이는 어두운 길을 열심히 달려 골짜기의 작은 집을 향해 가는 것을 상상해보았다. 자작나무와 '아담과 이브'와 마이크가 있는 곳으로 돌아가는 거야. 낡은 안락의자, 그리운 작은 침대, '바람 아주머니'가 노래를 불러주는 열린 창문, 새벽에 언덕마다 안개가 파란 띠처럼 서려 있는 광경이 보이는 활짝 열린 창문!

"어서 아침이 되었으면 좋겠어. 아침이 되면 틀림없이 이렇게 지루하지는 않을 거야."

그때 창 쪽에서 '바람 아주머니'가 노래하는 소리가 들려왔다. 그것은 6월 밤의 산들바람이 부르는 조촐하고 나지막하며 귀에 익은,

사랑스러운 노래였다.

"어머나, 거기 계시는군요, 아주머니!"

작은 소리로 그렇게 말하면서 에밀리는 팔을 뻗었다.

"아! 아주머니의 목소리를 다시 듣게 돼서 너무 좋아요. 아주머닌 내 친구니까요, '바람 아주머니'. 이제 난 외롭지 않아요. 게다가 아까는 '번뜩임'도 찾아와 준걸요. 뉴문에서는 '번뜩임'이 찾아오지 않는 게 아닐까 걱정하고 있었거든요."

에밀리의 영혼은 그 순간 엘리자베스 이모의 답답한 깃털이불과 음산한 침대와 굳게 닫힌 창문에서 빠져나갔다. 그리고 '바람 아주머니'와, 반디, 나방, 시냇물, 구름과 같은 밤의 집시들과 함께 자유롭게 자연 속을 뛰어다녔다. '바람 아주머니'가 뉴문의 무성한 덩굴풀 속에서 마음에 스며드는 듯한 다정한 노래를 부르는 동안, 에밀리는 여기저기 상상의 세계를 헤매다니 드디어 꿈의 바닷가에 이르러 기분 좋게 잠이 들었다.

지난날의 책

뉴문에서 보낸 첫 번째 토요일과 일요일은 에밀리의 추억 속에 언제나 멋진 날들로 기억되었다. 그만큼 그 이틀 동안은 새롭고 즐거운 인상으로 가득했다. 그것은 에밀리에게 단 이틀이 아니라 2년이나 산 것 같은 느낌을 주었다. 에밀리가 번쩍번쩍 길이 잘 든 기다란 층계를 내려가, 창문의 붉은 유리를 통해 비쳐 들어오는 부드러운 장밋빛으로 가득한 넓은 응접실에 들어선 순간부터 모든 것이 그녀의 마음을 끌어당겼다. 에밀리는 기쁜 마음으로 창문을 바라보았다. 신비롭고 매혹적인 붉은색의 세계가 보였다. 기이할 정도로 지독하게 붉은 하늘은 마지막 심판의 날을 연상케했다.

그 오래된 집에는 어딘가 마음을 끌어당기는 데가 있었다. 에밀리는 아직 너무 어려서 잘 몰랐지만, 그래도 민감하게 그것을 느끼고 마음이 움직이는 걸 느꼈다. 그 집에도 전에는 발랄한 신부와, 어머니와 아내가 있었던 것이다. 그리고 그녀들의 사랑과 생활은 엘리자베스와 로라의 노처녀 티가 나는 가정 속에서도 사라지지 않고 아직 그 주위를 맴돌고 있었다.

"아! 난 뉴문이 좋아질 것 같아."

에밀리는 스스로도 놀라지 않을 수 없었다.

로라 이모가 부엌에서 아침식사를 준비하고 있었다. 아침 햇살 속의 식탁은 참으로 밝고 즐겁게 보였다. 천장의 검은 구멍도 이젠 무섭지 않았고, 그저 부엌의 다락으로 통하는 흔하디 흔한 입구로 여겨졌다. 뒷문의 붉은 사암 층계에서는 소시 샐이 마치 태어났을 때부터 그곳에서 살았던 것처럼 더할 나위 없이 만족한 모습으로 털을 다듬고 있었다. 에밀리는 몰랐지만 샐은 이미 그날 아침 다른 고양이들과 결투를 벌여 헛간의 고양이들에게 그들의 위치를 확인시켜 주었던 것이다. 지미가 키우고 있는 커다란 노란색 고양이 톰은 심하게 얻어맞아 몸에 군데군데 상처가 났고, 건방진 검은 암고양이는 상당히 자만심이 강했기 때문에, 어디서 굴러들어 왔는지 모르는 저 가늘고 긴 얼굴을 한 잿빛과 흰빛의 얼룩고양이가 이제부터 뉴문에서 살 거라면, 자기는 이곳에 더 이상 있을 수 없다고 결심한 듯했다.

에밀리는 샐을 팔에 안고 기분 좋게 키스했다. 때마침 베이컨이 담긴 접시를 들고 부엌에서 나오던 엘리자베스 이모는 그것을 보고 깜짝 놀라 기겁을 했다.

"고양이한테 키스하는 모습을 두 번 다시 보이지 말아다오."

그녀가 명령하자 에밀리가 명랑하게 대답했다.

"네, 이모. 다음부터는 이모가 보지 않는 곳에서 키스할게요."

"고집 부리면 안 돼. 고양이한테 키스하는 건 절대로 금지야."

"입에 키스한 건 아닌걸요, 엘리자베스 이모. 귀 사이에 키스했을 뿐이에요. 정말 기분 좋아요, 이모도 한 번 해보시겠어요?"

"그만 해, 에밀리. 더 이상 듣고 싶지 않다."

엘리자베스 이모는 그렇게 말하고 점잔을 빼며 부엌으로 들어갔다. 에밀리는 잠시 동안 비참한 기분이 되었다. 엘리자베스 이모를 화나게 만들었다는 건 알았지만 어째서 화를 내는 건지 전혀 짐작할 수 없었다.

하지만 눈앞의 광경이 무척이나 재미있었기 때문에 에밀리는 엘리자베스 이모에 대해서는 곧 잊어버렸다. 맛있는 냄새가 부엌에서 솔솔 풍겨왔다. 부엌은 한구석에 있는 작은 건물로, 여름이지만 커다란 요리용 화덕이 놓여 있었다. 부엌은 뉴문의 다른 건물과 마찬가지로 무성한 홉 덩굴로 뒤덮여 있었다. 그 오른쪽에 '새 과수원'이 있었는데 마침 꽃이 한창 피어 있어서 보기가 좋았다. 그렇지만 굳이 말하자면 그곳은 지미가 요새 유행하는 식으로 가꾼 평범한 장소였다. 지미는 모두 비슷비슷한 나무들이 여러 줄로 나란히 서 있는 사이사이의 넓은 빈터에 곡물을 심었다. 헛간 옆 오솔길의 다른 한쪽에는 바로 샘 뒤에 '옛날 과수원'이 있었다. 지미가 그곳에 매발톱꽃이 자라고 있다고 말했는데 즐거운 장소인 것 같았다.

나무들은 저마다 땅을 헤치고 나와 하나하나 다른 모양과 크기로 자라고 있었고, 그 뿌리에는 푸른 담쟁이덩굴이 엉켜 있었으며, 야생 들장미가 주위의 잿빛 울타리를 타고 흐드러지게 피어 있었다. 그 앞쪽에는 거대한 자작나무들로 덮인 작은 언덕길이 두 과수원 사이를 갈라놓고 있었다. 자작나무 숲 사이에는 뉴문의 커다란 헛간이 여러 채 있었다. 새 과수원 저쪽에는 사랑스러운 붉은 오솔길이, 끝까지 가면 하늘의 싱그러운 푸른빛에 닿을 것처럼 언덕 위를 구불구불 달리고 있었다.

지미가 우유를 찰랑찰랑하게 담은 양동이를 들고 헛간 쪽에서 오자, 에밀리는 그를 따라 부엌 뒤쪽 버터 제조장으로 달려갔다. 그곳은 숲속에 있는 새하얗고 작은 건물로 정말 흥미로운 곳이었다. 잿빛 지붕 여기저기에 비로드 같은 초록 이끼가 끼어 있었다. 주위에 풀고사리가 무성한 층계를 여섯 단 내려간 뒤, 유리창이 있는 하얀 문을 열고 다시 세 계단을 내려가니, 흙냄새가 나는, 축축하면서도 시원하고 아담한 장소가 나왔다. 바닥은 흙이었고 창문은 예쁜 에메랄드 빛의 어린 홉 덩굴로 덮여 있었다. 둘레에 설치된 널찍한 나무 선반에 주둥이가 넓고 바닥이 얕은 도기 냄비가 올려져 있었는데, 냄비에 가득 찬 우유가 노란색으로 보일 만큼 많은 크림으로 덮여 있었다.

로라 이모가 거기서 기다리고 있다가 빈 냄비에 우유를 거르고 넘칠 것 같은 크림을 걷어냈다. 에밀리는 그것이 무척 재미있어 보여 자기도 해보고 싶어졌다. 그리고 그곳에 앉아 즐거운 버터 제조장에 대한 작문도 쓰고 싶었다. 하지만 공책은 이제 없었다. 에밀리는 대신 머릿속에 글을 쓸 수 있었기 때문에, 어둑한 구석에서 다리가 세 개 달린 의자에 앉아 쓰기 시작했다. 에밀리가 너무나 조용했기 때문에 지미와 로라는 에밀리에 대해 까맣게 잊어버리고 있다가 나중에 10분 동안이나 에밀리를 찾아다니지 않으면 안 되었다. 그 때문에 아침식사에 늦어서 엘리자베스 이모의 기색이 좋지 않았다. 그렇지만 에밀리는 버터 제조장에 비쳐든, 투명하고도 초록빛이 나는 빛깔을 제대로 표현하는 좋은 문장을 찾아내 무척 기뻤기 때문에, 엘리자베스 이모의 불쾌한 얼굴도 전혀 마음에 걸리지 않았다.

아침을 먹은 뒤 엘리자베스 이모는 에밀리에게 앞으로 매일 아침 암소에게 풀을 먹이러 가는 것이 에밀리의 일과 가운데 하나라고 일러주었다.

"지미는 지금 일꾼을 쓰고 있지 않으니까 그렇게 하면 조금이라도 도움이 될 거야."

그러자 로라 이모가 말했다.

"무서워할 것 없단다, 에밀리. 소가 길을 잘 알고 있어서 스스로 걸어갈 거니까 넌 그저 뒤따라가서 문을 닫기만 하면 돼."

"무섭지 않아요."

에밀리는 말은 그렇게 했지만 내심 걱정이 되었다. 에밀리는 소에 대해 아무것도 몰랐다. 하지만 머리 집안 사람들한테 스타 집안 사람은 겁이 많다는 소리를 듣지는 않겠노라고 굳게 결심했다. 그래서 가슴이 두근거리면서도 겉으로는 용감한 척 나섰는데, 곧 로라 이모가 말한 대로 소가 그리 무서운 동물이 아니라는 걸 알게 되었다. 소떼는 느릿느릿 걸어갔고 에밀리는 다만 그 뒤에서 따라가기만 하면 되었다. '옛날 과수원'을 거쳐 야트막한 단풍나무 숲을 지나 풀고사리가 자라고 있는 구불구불한 길로 나아갔다. 단풍나무 숲 근처에서 '바람 아주머니'가 작은 소리로 속삭이면서 엿보고 있었다.

에밀리는 그 근처의 지형과 풍경을 호기심이 가득한 눈 속에 다 담아넣을 때까지 목장 문 옆에서 어슬렁거렸다. 목장은 블레어워터까지 이어지고 있었다. 블레어워터는 둥그런 못인데, 못 가장자리는 풀은 자라지만 나무는 없는 완만한 비탈이었다. 그 앞이 블레어워터 골짜기인데 거기에는 농장이 여럿 있었고, 더 앞쪽은 만을 이루고 있었다. 초록 그늘과 푸른 물이 몹시 마음을 끌게 하는 멋진 곳이었다. 목장 한구석에 머리 집안의 조상이 묻혀있는 작은 묘지들이 오래된 돌 병풍에 에워싸여 있었다. 에밀리는 가까이 가서 살펴보고 싶었지만 목장 안을 지나갈 자신이 없어서 망설였다.

"소하고 친해진 뒤에 곧 가봐야지." 에밀리는 결심했다.

오른쪽 앞의 가파른 언덕 꼭대기에 어린 자작나무와 전나무로 둘러싸인 집 한 채가 에밀리의 호기심을 끌었다. 그 잿빛이 감도는 집은 비바람에 닳았지만, 그리 오래된 것 같지는 않았다. 게다가 아직 완성된 것도 아니었다. 지붕은 덮여 있었지만 벽은 아직 미완성이었고 창문은 판자로 막혀 있었다. 집이 왜 완성되지 않았을까? 하지만 그것은 틀림없이 예쁘고 아담하며 누구나 좋아할 수 있는 집, 멋진 의자와 마음 푸근해지는 난로와 책장과 가르릉가르릉 목구멍을 울리는 귀엽고 통통한 고양이와 신기한 방들이 있는 집으로 지을 계획이었으리라. 에밀리는 곧 그 집을 '실망의 집'이라고 이름지었다.

그리고 그때부터 몇 시간 동안 그 집에 넣을 가구와 그 집에 어울리는 사람들과 동물을 차례차례 생각했다.

목장 왼쪽에 분위기가 정반대인 집이 한 채 있었다. 덩굴풀이 무성한 크고 오래된 집이었는데, 지붕은 납작하고 그 아래 창이 있었으며 어딘지 버림받은 것 같은 분위기가 느껴졌다. 잔디는 손질이 되지 않은 채, 도저히 베어낼 수 없을 것 같은 관목이나 나무와 함께 제멋대로 뻗어서, 아래쪽 못까지 퍼져 있었다. 못가에는 버드나무가 물 위에 가지를 늘어뜨리고 있었다. 에밀리는 기회가 있으면 이 두 채의 집에 대해 지미한테 물어봐야겠다고 생각했다.

돌아오기 전에 목장 울타리를 따라 걸어보고 그 앞쪽의 가문비나무와 단풍나무 숲으로 통하는 오솔길을 확인해두고 싶어서 에밀리는 그쪽으로 발길을 옮겼다. 오솔길은 폭이 넓었고 아름다운 시내를 따라 똑바로 '요정의 보금자리'로 통하고 있었다. 그것은 풀고사리가 무성한 오솔길이었는데, 길 양옆으로 전나무 밑에 요정 같은 종 모양의 꽃이 수줍고 사랑스럽게 흔들리고 있었다. 에밀리는 전나무의 향기를 들이마셨다. 고개를 드니 큰 가지에 거미집이 반짝반짝 빛나고 있는 것이 눈에 들어왔다. 주위 곳곳에서 요정의 빛과 그림자가 서로 희롱하는 듯이 보였다. 나무 요정의 얼굴을 숨겨주는 가리개처럼 여기저기서 어린 단풍나무가지들이 서로 뒤엉켜 있었다. 아버지 덕택에 에밀리는 나무 요정에 대해 잘 알고 있었다. 나무 밑 커다란 이끼 깔개는 여왕요정의 침대로 안성맞춤일 것 같았다.

"이런 곳에서 꿈이 자라는 거야."

에밀리는 행복한 기분으로 말했다.

오솔길이 영원히 이어졌으면 좋겠다고 생각했지만 길은 어느덧 시냇물에서 벗어났다. 이끼가 자라고 있는 낡은 판자담장을 기어올라가 보니, 그곳은 바로 뉴문의 앞뜰이었고 지미가 관목을 베어내고 있었다.

"있잖아요, 지미. 저, 아름다운 오솔길을 발견했어요."
에밀리가 가쁜 숨을 몰아쉬며 말했다.
"키다리 존의 숲을 지나오는 오솔길 말이냐?"
"그거 우리 숲 아니에요?"
에밀리는 약간 실망하여 물었다.
"원래는 우리 숲이었는데 50년 전에 아치벌드 삼촌이 그 울퉁불퉁한 땅을 키다리 존의 아버지인 마이크 설리번한테 팔았지. 마이크 설리번은 아래쪽의 못 근처에 작은 집을 짓고 살았는데, 얼마 지나지 않아서 아치벌드 삼촌과 싸움이 벌어지고 말았어. 그래서 마이크 설리번은 도로 반대쪽으로 이사했고 지금은 그 집에 키다리 존이 살고 있단다. 엘리자베스는 존한테서 그 땅을 되사려고 했지, 시세보다 훨씬 비싼 값으로. 그런데 존은 팔려고 하지 않았단다. 자기한테는 좋은 농장이 있고, 그 땅은 그리 좋지 않았는데 심술을 부리고 있는 거지. 존은 여름에만 그 땅에 송아지를 풀어 놓고 기를 뿐이란다. 그렇게 해서 일단락된 문제가 단풍나무가 자라면서 다시 불거졌어. 엘리자베스는 그 문제로 골치를 앓고 있지만, 키다리 존이 계속 심술을 부리는 한 어쩔 수 없는 일이지."
"왜 키다리 존이라고 불러요?"
"키가 크니까 그렇지. 그 사람한테는 신경쓸 필요 없다. 너에게 우리 집 뜰을 한바퀴 구경시켜 주마. 내 뜰이란다. 농장 주인은 엘리자베스지만 뜰은 나한테 맡겼으니까. 나를 우물에 밀어넣은 보상으로 엘리자베스가 그렇게 하고 있는 거지만."
"이모가 정말로 그렇게 했어요?"
"그래. 물론 그럴 생각은 아니었겠지. 둘 다 어렸을 적 얘기다. 난 이 집에 놀러와 있었는데 어른들이 새 우물뚜껑을 만들고 우물을 청소하고 있었단다. 우물뚜껑이 열려 있었고 우리는 우물 주위에서 술래잡기를 하고 있었지. 그러다가 내가 엘리자베스를 몹시 화나게 만들었어. 무슨 말을 했는지는 벌써 옛날에 잊어버렸는데, 그녀를 화나게 하는 건 문제도 아니지. 그러자 엘리자베스가 내 머리를 때리려 했어. 내가 맞지 않으려고 뒤로 물러서다가 그만 거꾸로 떨어진 거란다. 지금은 다른 일은 다 잊어버렸다. 우물 바닥은 진흙투성이였는데 내 머리가 옆벽의 돌에 부딪히고 말았어. 모두들 내가 죽은 줄 알았다더구나. 머리가 완전히 깨져 있었거든. 불쌍한 엘리자베스!"

엘리자베스가 얼마나 불쌍했는지 도저히 말로 다할 수 없다는 듯 지미는 고개를 설레설레 저었다.

"하지만 한참 뒤 나는 원래대로 회복되었단다. 정말 원래대로 돌아갔어. 세상 사람들은 그때부터 내가 조금 이상해졌다고 하는데, 그건 내가 시인이고 아무런 걱정이 없기 때문이지. 블레어워터에는 시인이 흔치 않아서 시인이 뭔지 모르는 거야. 게다가 세상 사람들은 모두 걱정거리를 붙들고 있기 마련이라서, 걱정이 없는 사람을 보면 제정신이 아닌 것처럼 취급한단다."

"저에게 아저씨의 시를 낭독해 주세요, 지미."

에밀리가 열심히 말했다.

"시흥이 솟아나면 그렇게 해주마. 그럴 기분이 아닐 때는 아무리 부탁해도 소용없어."

"아저씨가 그럴 기분인지 아닌지 제가 어떻게 알 수 있어요, 지미?"

"그럴 때 내 입에서 저절로 시가 나온단다. 내가 그럴 기분이 되는 건 주로 가을에 헛간에서 돼지감자를 삶고 있을 때지. 그것을 잊지 않고 있다가 그때쯤 내 옆에 있으면 되지 않겠니?"

"어째서 시를 종이에 적어두지 않아요?"

"뉴문에는 종이가 아주 귀해. 엘리자베스가 지독한 구두쇠라 여간해서는 종이를 사지 않거든."

"하지만 아저씨도 돈이 있을 것 아니에요?"
"그야 그렇지. 엘리자베스는 나한테 후한 급료를 주고 있거든. 하지만 엘리자베스는 내 돈을 전부 은행에 넣어버리고 이따금 2, 3달러씩 나에게 줄 뿐이란다. 내가 이곳에 일하러 온 무렵에는 월말이면 어김없이 급료를 내 손에 쥐어주었지. 그런데 하루는 그 돈을 은행에 맡기기 위해 슈루즈베리로 가다가 돈 한 푼 없이 의지할 데조차 없는 불쌍한 사람을 만났지 뭐냐. 난 그 사람한테 내 돈을 몽땅 줘버렸어. 안 될 것 없었지. 나에게는 좋은 집이 있고 일자리도 있는걸. 옷도 몇 년이나 입을 수 있을 만큼 있었고. 난 지금까지 내가 한 일 중에서 그게 가장 바보 같은 짓이지만, 또한 가장 멋진 일이었다고 생각해. 그런데 엘리자베스는 도저히 참을 수 없었던 모양이야. 그 뒤부터 엘리자베스가 내 돈을 쥐고 있는 거란다. 이제 날 따라오너라. 순무 씨를 뿌리러 가기 전에 내 뜰을 보여주마."

뜰은 지미가 자랑하는 것도 무리가 아닐 만큼 무척 아름다웠다. 서리 때문에 시들거나 강한 바람이 부는 일이 없는 뜰 같았다. 지나가 버린 수많은 여름의 추억을 간직한 뜰. 주위에는 잘 손질된 높은 가문비나무 산울타리가 있었다. 북쪽은 울창한 가문비나무 숲으로 에워싸여 있고, 그 숲을 배경으로 작약이 길게 줄을 서서 자라고 있었으며, 크고 붉은 꽃들이 검은 숲 위로 떠올라 있는 모습이 무척 아름다웠다. 뜰 한가운데 커다란 가문비나무 한 그루가 서 있고 그 아래에 돌 벤치가 있었다. 벤치는 바닷가의 평평한 돌로 되어 있었는데, 오랜 세월 동안 바람과 파도에 씻겨 매끈매끈했다. 동남쪽 구석에는 큰 라일락 수풀이 가지를 늘어뜨린 커다란 한 그루의 나무처럼 손질되어, 전체가 붉은 보랏빛을 띠고 있었다. 여름에만 사용하는 별채가 덩굴풀로 덮인 채 남서쪽 구석을 차지하고 있었다. 줄무늬 풀이 바깥으로 나 있고 분홍조개가 군데군데 박혀 있는 넓고 붉은 길, 키다리 존의 숲으로 사라져가는 북서쪽 언저리에는 잿빛 해시계가 놓여 있었다. 에밀리는 해시계를 한 번도 본 적이 없어서 흥미를 느끼고 가까이 갔다.

지미가 말했다.

"네 고조할아버지인 휴 머리가 고향에서 가지고 온 것이란다. 연해주에서는 그렇게 예쁜 건 찾아볼 수 없지. 그 뒤 조지 머리 삼촌이 인도제도에서 이 조개를 가지고 왔다. 삼촌은 선장이었거든."

에밀리는 신기한 듯 사방을 둘러보았다. 뜰도 건물도 아주 멋있었다. 별채 현관은 웅장했고 기둥은 그리스 양식이었다. 이 부근에서는 그리스식 기둥이 매우 우아한 것으로 여겨지고 있어서, 그 기둥은 머리 집안의 자랑거리였다. 그것이 고전적인 분위기를 더해준다고 전에 어떤 학교 선생님 한 분이 말했었다. 그러나 에밀리가 보기에 그 고전적인 효과는, 계단 가장자리에 늘어선 새빨간 제라늄 화분과 현관 전체를 뒤덮고 있는 연녹색 홉 덩굴 때문에 꽤 감소되었다.

에밀리의 가슴은 자긍심으로 부풀어올랐다.

"멋진 집이군요."

"내 뜰은 어떠냐?"

지미가 샘내듯 물었다.

"여왕님에게 어울릴 것 같은 뜰이에요."

에밀리가 정색을 하며 진지하게 말했다.

지미는 기분이 좋아져서 고개를 끄덕였다. 그러자 그의 목에서 이상한 목소리가 새어나오더니 눈빛이 이상해졌다.

"이 뜰에는 저주가 걸려 있어. 그래서 해충도 이 뜰을 피해가고 초록색 벌레도 그냥 지나가버리지. 가뭄도 이 뜰을 덮칠 용기가 없고 비도 이곳에서는 부드럽게 내린단다."

에밀리는 자기도 모르게 뒷걸음질쳤다. 거의 달아나고 싶을 정도였다. 하지만 지미는 곧 원래대로 돌아왔다.

"해시계 주위의 이 풀은 마치 초록색 비로드 같지 않니? 이 정도로 키우는 데 무척 정성을 기울였단다. 이 뜰에 오면 편안하게 쉬어도 돼."

지미는 과장된 몸짓을 하며 말을 이었다.

"나는 너에게 이곳을 마음대로 걸어다니는 것을 허락하노라. 너의 행운을 기원하마. 네가 '잃어버린 다이아몬드'를 찾을 수 있게 해달라고 기도해 주지."

"잃어버린 다이아몬드라니요?"

에밀리가 이상하다는 듯이 물었다. 그건 또 어떤 멋진 얘기일까?

"그 이야기를 들은 적이 없니? 그럼 내일 그 얘기를 해주마. 내일은 일요일이고 뉴문에서 게으름을 부려도 되는 날이니까. 난 엘리자베스가 내다보기 전에 순무 씨를 뿌리러 가야겠다. 엘리자베스는 아무 말도 하지 않고 그저 노려보기만 한단다. 머리식으로 노려보는 걸 본 적 있니?"

"루스 이모가 테이블 밑에서 절 끌어냈을 때 본 것 같아요."

에밀리가 분하다는 듯 말했다.

"아니야, 그것하고는 달라. 그건 루스 더튼식이지. 원한과 심술과 냉정함 그 자체 같은 눈길. 난 루스 더튼이 정말 싫다. 루스는 내 시를 조롱했어. 시 같은 건 한번도 들은 적이 없으면서 말이다. 루스가 옆에 있으면 절대로 시상이 떠오르지 않을 거야. 정말 그런 여자는 왜 태어났는지 모르겠다. 엘리자베스는 괴짜지만 정신만은 틀림없지. 그리고 로라는 성인이야. 그런데 루스는 병들었어. 머리식으로 노려보는 눈길은 앞으로 직접 보면 알게 될 거다. 머리 집안의 자존심만큼이나 유명하니까. 우린 정말 괴상한 사람들이야. 하지만 전에 없이 훌륭한 사람들이기도 하지. 우리에 대해선 내일 얘기해주마."
 이모들이 교회에 가고 없는 동안 지미는 그 약속을 지켰다. 그날 에밀리를 교회에 데리고 가지 않기로 가족회의에서 결정한 것이다.
 엘리자베스 이모가 말했다.
 "입고 갈 만한 옷이 없구나. 다음 주 일요일까지는 하얀 옷이 완성될 거야."
 교회에 갈 수 없게 된 에밀리는 실망했다. 그녀는 교회에 갈 기회가 몇 번 없었지만 늘 재미있는 곳이라고 생각하고 있었다. 메이우드 교회는 너무 멀어서 아버지는 걸어갈 수 없었고, 이따금 엘렌 그린의 오빠가 에밀리와 엘렌을 데리고 가준 적이 있었다.
 "엘리자베스 이모."
 에밀리는 생각에 잠긴 얼굴로 말했다.
 "제가 상복을 입고 가면 하느님께서 언짢아 하실까요? 물론 이 옷은 싸구려지만. 엘렌 그린이 산 걸 거예요. 하지만 몸은 제대로 가리고 있는걸요."
 "세상 물정을 모르는 어린아이가 나설 일이 아니야. 난 블레어워터 사람들에게 내 조카가 그런 초라한 옷을 입고 있는 모습을 보여주고 싶지 않아. 그리고 엘렌 그린이 그 옷을 사주었다면 그 여자에게 돈을 보내주어야겠구나. 메이우드를 출발하기 전에 그 애기를 해줬어야지. 오늘 교회에 갈 수는 없지만 내일 학교에는 입고 가도 좋아. 앞치마로 가리면 될 테니까."
 에밀리는 실망의 한숨을 내쉬며 단념하고 집에 있기로 했다. 하지만 그 뒤에 무척 즐거운 시간을 보낼 수 있었다. 지미가 함께 못으로 산책하러 가서 묘지를 보여준 것이다.
 "머리 집안 사람들은 어째서 모두 이곳에 묻혀 있어요? 훌륭한 사람들이니까 보통 사람들과 함께 묻힐 수 없다는 건가요?"
 "아니야, 그렇지 않아요, 꼬마 아가씨. 그것은 말이야, 휴 머리가 뉴문에 왔을 무렵에는 이 부근은 모두 숲이었고 샬럿타운까지 나가지 않으면 묘지가 없었어. 그래서 머리 집안의 조상은 모두 이곳에 묻혀 있는 거란다. 그 뒤부터 머리 집안에서는 이곳을 묘지로 쓰고 있는 셈이지. 자기 땅에 묻히고 싶었던 거야. 이 정든 뉴문의 짙은 초록 언덕 위에 말이다."
"마치 시의 한 구절처럼 들려요, 지미."
"그래, 내 시의 한 구절이지."
"저도 이런 자기 가족들만의 묘지를 좋아해요."
에밀리는 만족스러운 표정으로 주위를 둘러보았다. 비로드 같은 풀밭이 아름다운 푸른 못으로 뻗어있고, 예쁜 오솔길과 잘 손질된 무덤, 모든 것이 아름답게 느껴졌다.
지미가 쿡쿡 웃으며 말했다.
"네가 머리 집안 사람이 아닌 것처럼 말하는구나. 너는 틀림없이 머리 집안 사람이고, 거기에 버드와 스타, 그리고 아주 조금은 쉽리 사람이기도 하단다. 그렇지 않다면 이 지미 머리가 잘못 본 거지."
"쉽리라고요?"
"그래, 휴 머리의 아내, 즉 네 고조할머니란다. 쉽리 집안 사람이었지, 영국인이고. 머리 집안 사람들이 어떻게 뉴문에 오게 됐는지 얘기 들은 적 있니?"
"아뇨, 없어요."
"그들은 처음엔 퀘벡으로 갈 예정이었다. 프린스에드워드 섬에 올 생각이 아니었어. 오랫동안 배를 타고 힘든 여행을 하다가 물이 떨어져서 물을 구하기 위해 도중에 이곳에 들렀단다. 메리 머리는 배멀미로 시달린 끝에 다리가 후들거려 걸음을 걸을 수도 없었다. 선장은 그런 메리에게 뭍에 내려서 바람을 좀 쐬라고 충고했어. 한 시간쯤 걸으면 다리가 떨리지 않게 될 거라면서. 그녀는 좋아라하고 배에서 내려 뭍으로 올라가더니 '난 여기 있겠어요'라고 했다는구나. 그녀는 거기 있었어. 그 무엇으로도 그녀를 움직일 수 없었어. 그 무렵 아직 젊었던 휴는 물론 아내를 달래고 어르고 화도 내보고 설득하기도 했단다, 고함까지 지르면서. 그래도 메리는 꿈쩍도 하지 않았지. 드디어 휴도 두 손 들고 배에서 짐을 내려 눌러앉은 거야. 그렇게 해서 머리 집안 사람들은 이 프린스에드워드 섬에 정착하게 된 거란다."

"그러길 잘했지 뭐예요."

"휴도 나중에는 잘했다고 생각했지. 그래도 마음이 완전히 풀리지는 않았단다, 에밀리. 마음이 풀리지 않았어. 그는 마음 속으로 절대로 아내를 용서하지 않았다. 메리의 무덤은 저 구석에 있는데 그 평평한 붉은 돌 있는 곳이다. 휴가 메리의 묘비에 뭐라고 새겨 놓았는지 가서 보렴."

에밀리는 흥미를 느껴 달려갔다. 커다랗고 평평한 돌에는 먼 옛날의 산문으로 된 묘비명이 길게 새겨져 있었다. 그러나 묘비명 밑에는 성경 구절이나 경건한 싯구 같은 것은 없었다. 그대신 '난 여기 있겠어요'라는 말이 새겨져 있었는데, 세월이 흘러 닳고 이끼가 낀 비석 위로도 그 문구는 뚜렷하게 남아 있었다.

"그것으로 휴의 마음을 알 수 있지. 그는 좋은 남편이었고 메리도 좋은 아내로 아이들을 낳아 잘 길렀어. 휴는 아내가 죽자 몹시 낙심했다는구나. 하지만 그 일만은 죽을 때까지 휴의 마음속에 가시처럼 남아 있었던 거야."

에밀리는 몸 속에서 획 하며 차가운 것이 달리는 듯해서 몸서리가 쳐졌다. 가장 가깝고 가장 사랑하는 사람에게 죽을 때까지 원한을 품고 있었던 휴를 생각하니 너무 무서웠던 것이다.

'난 반만 머리 집안 사람이어서 다행이야.'

에밀리는 마음속으로 그렇게 생각한 뒤 말했다.

"원한을 무덤까지 가지고 가지 않는 것이 머리 집안 가풍이라고 아빠가 말씀하셨는데요."

"지금은 그렇지. 하지만 그것도 사실은 방금 얘기한 일에서 비롯된 거란다. 휴의 자식들은 그 일을 무척 두렵고 나쁜 일이라고 생각했다. 세상에서는 휴가 부활을 믿지 않는다는 소문까지 나돌아 그것 때문에 재판으로까지 발전되었다고 하는데, 그런 소문도 어느덧 사라지고 말았지."

에밀리는 얼른 옆의 무덤으로 달아났다.

"엘리자베스 번리, 이 사람은 누구예요, 지미?"

"윌리엄 머리의 아내야. 윌리엄은 휴의 동생인데 휴가 이곳에 온 지 5년 뒤에 찾아왔단다. 그의 아내는 굉장한 미인으로 유명했지. 그녀는 프린스에드워드 섬의 숲이 싫어서 고향을 그리워했어, 에밀리. 차마 볼 수 없었을 만큼. 이곳에 온 지 몇 주일 동안이나 그녀는 모자도 벗지 않고 그저 서성이면서 돌아가게 해달라고 조르기만 했지."

"잘 때도 모자를 벗지 않았나요?"

"그거야 모르지. 어쨌든 윌리엄은 절대로 그녀를 데리고 돌아가려고 하지 않았어. 그래서 결국 엘리자베스도 모자를 벗고 단념했단다. 그 사람 딸이 휴의 아들과 결혼했으니 엘리자베스는 네 고조할머니가 되는 셈이다."

에밀리는 흙 속에 박혀 있는 녹색 비석을 내려다보면서, '엘리자베스 번리는 긴 잠 속에서 아직도 고향을 그리워하는 꿈을 꾸고 있을까?' 하고 생각했다.

"고향이 그리워지는 건 무서운 일이에요. 저도 알고 있지만요."

에밀리가 동정하듯 말했다.

"어린 스티븐 머리가 거기 묻혀 있단다. 이 묘지에서 대리석을 쓴 건 스티븐의 무덤이 처음이란다. 그는 네 할아버지의 형제다. 12

살 때 죽었어."
그렇게 말한 지미는 다시금 덧붙였다.
"머리 집안의 전설이 되어 있지."
"어떻게요?"
"그는 무척 잘생긴 데다 영리하고 선량했어. 결점이라곤 하나도 없었지. 물론 그래서 오래 살지 못했던 건지도 몰라. 친척을 통틀어 그렇게 잘생긴 사내아이는 없었다더라. 누구라도 그를 한 번 보면 사랑하지 않을 수 없었다는구나. 죽은 지 90년이 지났으니 지금 살아 있는 머리 집안 사람 가운데는 그를 본 사람이 아무도 없는 셈이지. 그래도 친척들이 모이면 모두들 그에 대한 얘기를 한단다, 마치 아직도 살아 있는 사람인 것처럼. 그러니 그는 보기 드문 아이였던 게 틀림없어. 하지만 지금은 이곳에 잠들어 있지."
지미가 그렇게 말하며 풀이 난 비석과 하얀 묘표를 가리켰다.
'내가 죽은 지 90년이 지난 뒤에도 누군가가 나를 기억해줄까?'
에밀리는 생각했다.
"이제 이 묘지도 꽉 차고 말았구나. 저쪽에 엘리자베스와 로라, 그리고 내가 묻힐 빈 자리가 있을 뿐이야. 네 자리는 없구나, 에밀리."
에밀리는 생각에 잠긴 얼굴로 말했다.
"전 이곳에 묻히고 싶지 않아요. 이런 가족 묘지가 있다는 건 멋있다고 생각하지만 전 아빠, 엄마와 함께 샬럿타운에 묻힐 생각이에요. 그런데 한 가지 걱정이 있어요, 지미. 제가 폐병으로 죽을 거라고 생각하세요?"
지미는 정면으로 에밀리를 빤히 쳐다보면서 단호하게 말했다.
"아니. 그렇게 보이지 않아요, 꼬마 아가씨. 씩씩하니까 오래 살 거야. 일찍 죽을 것 같지는 않은데?"
에밀리는 고개를 끄덕이며 말했다.

"저도 그렇게 생각해요. 그리고요, 지미, 저 집은 왜 저렇게 되었어요?"

"어느 집? 아! 프레드 클리포드네 집 말이구나. 프레드 클리포드는 30년 전에 저 집을 짓기 시작했지. 그는 결혼할 예정이었고 부인 될 사람이 설계했어. 그런데 집이 바로 저 정도쯤 지어졌을 때 그 여자는 프레드를 배신했단다. 그때부터 저 집에는 못 하나 박히지 않았지. 프레드는 영국령 콜롬비아로 가버렸고 거기서 결혼해 지금까지 행복하게 살고 있어. 하지만 그는 저 집과 땅을 아무한테도 팔려고 하지 않아. 틀림없이 아직도 원한이 남아 있는 거겠지."

"전 저 집이 무척 불쌍해요. 완성되면 좋을 텐데. 저 집도 그걸 바라고 있을 거예요."

"그래, 하지만 절대로 완성되지 않을 거다, 틀림없이. 프레드도 집시의 피를 조금 이어받았거든. 휴의 딸 가운데 한 사람이 그의 할머니니까. 그리고 저쪽의 커다란 회색 집에 살고 있는 닥터 번리도 그 피를 이어받았지."

"그 사람도 우리 친척이에요, 지미?"

"먼 친척이지. 거슬러 올라가면 메리 쉽리의 사촌 가운데 한 사람이 그의 먼 친척이다. 좋은 의사지만 괴짜야. 나보다 훨씬 더 괴짜지. 그런데도 그의 머리가 이상하다고 말하는 사람은 아무도 없단다. 왜 그럴까? 그는 신을 믿지 않지만, 난 그 정도로 바보는 아닌데 말이야."

"어떤 신도 믿지 않아요?"

"어떤 신도 믿지 않아. 그는 이단자란다. 그리고 자기 딸도 그렇게 키우고 있어. 나는 그런 건 수치스러운 일이라고 생각해, 에밀리."

"어머니가 딸에게 여러 가지를 가르치지 않나요?"

"그 애 엄마는 죽었어."

지미는 잠시 난처한 듯 망설이다가 그렇게 대답했다. 하지만 곧 원래의 말투로 돌아가서 아무렇지도 않게 얘기를 계속했다.

"일저 번리는 좋은 아이야. 머리카락이 수선화 같고 눈은 노란 다이아몬드와 꼭 닮았지."

"아참! 지미, 어제 '잃어버린 다이아몬드' 얘기를 해주신다고 약속하셨잖아요?"

에밀리가 신이 나서 소리쳤다.

"아, 그랬지 참! 저기다, 저 오래된 여름 별채 안이나 그 부근에서 잃어버렸을거야. 50년 전 에드워드 머리와 그 부인이 킹스포트에서 찾아왔어. 그 부인은 미인은 아니었지만 비단과 다이아몬드로 여왕처럼 치장하고 있었지. 그녀는 말이다, 에밀리, 200파운드나 하는 보석반지를 끼고 있었어. 그녀가 별채 층계를 올라가면서 드레스 자락을 살짝 잡았을 때, 그 반지는 그녀의 하얀 손가락에서 빛나고 있었단다. 그런데 층계를 내려올 때는 그것이 사라지고 없었던 거야."

"그래서 결국 찾지 못했어요?"

에밀리가 숨을 삼키며 물었다.

"못 찾았다, 샅샅이 찾아보았지만. 에드워드 머리는 집을 부수고 싶어했어. 하지만 아치벌드 삼촌은 들어주지 않았지. 새 부인을 위해 지은 집이었거든. 두 형제는 그 일로 다투고 두 번 다시 화해하지 않았다. 친척들은 모두 저마다 그 다이아몬드를 찾아보았어. 대부분의 사람들은 그것이 별채 밖의 꽃과 수풀 안에 떨어졌을 거라고 생각하고 있지만 거기에 대해선 내가 더 잘 알고 있단다, 에밀리. 미리엄 머리의 다이아몬드는 저 낡은 집 주위 어딘가에 아직도 있는 거야. 달 밝은 밤에 말이다, 에밀리, 난 그것이 반짝반짝 빛나는 것을 보았어. 반짝거리면서 손짓하고 있는 거지.

하지만 한 곳에 있는 것이 아니야, 다가가면 사라져버리거든. 그리고 어딘가 다른 곳에서 우리를 비웃고 있는 거야."

또다시 그 불길한, 뭐라 표현할 수 없는 것이 지미의 목소리와 표정에 나타났다. 에밀리는 한순간 오싹하면서 몸이 오그라붙는 것 같았다. 하지만 에밀리는 지미의 이야기 방식이 좋았다. 자기를 어른처럼 대해주기 때문이었다. 에밀리는 이 아름다운 땅도 좋았다. 물론 아버지와 골짜기를 그리워하며 밤이면 몰래 눈물로 베개를 적시고 있었지만, 그래도 다시 전처럼 해지는 광경이나 새소리, 초저녁의 하얀 별 같은 것을 보면 기뻤고, 달 밝은 밤에 바람의 노랫소리를 들으면 황홀했다. 이곳의 생활이 하루하루 즐거워지고 있는 것을 느꼈다. 멋지고 재미있었다. 바깥의 부엌, 온통 크림이 묻어 있는 버터 제조장, 못으로 가는 오솔길의 해시계, '잃어버린 다이아몬드', '실망의 집', 어떤 신도 믿지 않는 사람들. 에밀리는 그 사람들 중에 닥터 번리를 만나고 싶었다. 이단자가 어떤 얼굴을 하고 있을지 그녀는 몹시 궁금했다. 그리고 '잃어버린 다이아몬드'를 반드시 찾아내고 말리라고 결심했다.

시련

 이튿날 아침 엘리자베스는 마차를 타고 에밀리를 학교에 데리고 갔다. 로라 이모는 방학까지 한 달밖에 남지 않았기 때문에 굳이 그럴 필요가 없다고 생각했지만, 엘리자베스 이모는 어린 조카가 뉴문 주위를 돌아다니면서 사소한 것에까지 호기심을 가지는 건 좋지 않다고 생각하여, 에밀리를 학교에 보내기로 한 것이다. 에밀리는 학교에 몹시 가고 싶었지만, 그래도 마차를 타고 가는 동안 반항심이 솟아났다. 엘리자베스 이모가 뉴문의 다락방에서 보기 흉한 무명앞치마와 무명보닛을 꺼내와서 에밀리에게 입혔기 때문이다. 앞치마는 긴 자루처럼 생긴 데다 소매가 달려 있었다. 그 소매가 끔찍하리만치 보기 싫어 에밀리의 마음에 들지 않았다. 여자아이가 소매 달린 앞치마를 입고 있는 것은 한 번도 본 적이 없었던 에밀리는 거의 울음을 터뜨릴 듯 입고 싶지 않다고 불평했지만, 엘리자베스 이모는 완강하게 들어주지 않았다. 에밀리는 하는 수 없이 앞치마를 입었다.
 "네 엄마가 어렸을 때 입던 앞치마야."
 로라 이모가 달래듯이 말했다. 먼 옛날 일을 떠올리고 있는 듯한 말투였다.
에밀리가 불만을 토로했다.
"그렇다면 엄마가 어른이 된 뒤 아빠하고 함께 달아난 것도 무리가 아니에요."
엘리자베스 이모는 앞치마 단추를 채워주고 나서 에밀리의 등을 밀며 말했다.
"보닛을 쓰도록 해라."
"아, 엘리자베스 이모, 이런 끔찍한 걸 저더러 쓰란 말인가요?"
엘리자베스 이모는 한 마디도 하지 않고 보닛을 집어들더니 에밀리의 머리에 가차없이 씌워버렸다. 에밀리는 잠자코 이모가 하는 대로 있을 수밖에 없었다.
"하지만 이모는 신까지 이모 마음대로 할 수는 없을 거예요."
에밀리는 분노로 떨리는 목소리로 그렇게 말하고 걷기 시작했다.
엘리자베스 이모는 화가 나 있었기 때문에 학교에 도착할 때까지 내내 한 마디도 하지 않았다. 그녀는 에밀리를 브라우넬 선생님에게 소개하고 돌아갔다. 수업이 이미 시작되었기 때문에, 에밀리는 보닛을 입구의 모자걸이에 걸어놓고 브라우넬 선생님이 가리킨 책상으로 걸어갔다. 에밀리는 한눈에 브라우넬 선생님이 마음에 들지 않았고 앞으로도 좋아질 것 같지 않았다.
브라우넬 선생님은 블레어워터에서 훌륭한 교사라는 평판을 얻고 있었다. 그것은 그녀가 무척 엄격하며 '명령'에는 반드시 따르게 했기 때문이었다. 그녀는 중년의 여교사로, 마른 체격에 얼굴에는 핏기가 없었으며, 뻐드렁니여서 웃으면 이가 다 드러났다. 그녀의 잿빛 눈은 루스 이모의 눈보다 더 차갑고 빈틈없어 보였다. 에밀리는 그 마노(보석의 하나) 같은 차가운 두 눈이 자신의 민감하고 섬세한 영혼의 깊숙한 곳까지 들여다보는 것처럼 느껴졌다. 에밀리는 용감한 소녀였지만, 자신을 좋게 생각하지 않는 사람 앞에 서면 두려워서라기보다 피하고 싶은 마음에서 몸이 움츠러들었다.
 그녀는 매일 아침 호기심 많은 눈들이 자기를 힐끗힐끗 쳐다보는 것을 느꼈다. 블레어워터 학교는 컸기 때문에 또래의 소녀들이 20명쯤 있었다. 에밀리 역시 흥미로운 시선으로 그들을 쳐다보았지만, 그들이 에밀리를 보며 손이나 책으로 얼굴을 가리고 서로 소곤대는 것은 몹시 무례한 행동이라고 생각했다. 갑자기 자기가 불행하다는 생각이 들면서 집이 그립고 외로운 기분이 들었다. 아버지와 그리운 집과 자기가 좋아했던 수많은 사랑스러운 것들이 그리웠다.
 "뉴문의 여자애가 울고 있어."
 통로 건너 쪽에서 검은 눈의 아이가 작은 소리로 말하며 킥킥 웃는 소리가 들려왔다.
 "에밀리, 왜 그러는 거지?"
 갑자기 브라우넬 선생님이 화난 것처럼 물었다.
 에밀리는 아무 말도 하지 않았다. 그런 식으로 차갑게 물으면 자신의 마음을 브라우넬 선생님한테 설명할 수가 없었다.
 "내가 뭔가 물었을 때는 언제나 대답하도록 해, 에밀리."
 저쪽에서 다시 킥킥 웃는 소리가 들렸다. 에밀리는 생각다 못해 눈물에 젖은 두 눈을 들어 아버지가 하던 말을 했다.
 "그건 제 문제예요."
 갑자기 브라우넬 선생님의 핏기 없는 뺨이 붉어졌다. 그녀의 눈이 차갑고 심통스럽게 빛났다.
 "넌 예의없는 말을 한 벌로 쉬는 시간에 교실에 남아 있도록 해."
 브라우넬 선생님은 그날 하루 종일 에밀리를 교실에 혼자 남겨두었다.
 쉬는 시간에 교실에 남아 있는 것은 에밀리에게 벌이 아니었다. 주변 분위기에 민감한 에밀리는 학교 안의 공기가 자기에 대한 적의로 가득 차 있음을 느꼈기 때문이다. 에밀리에게 쏠리는 시선은 호기심뿐만 아니라 심술로 가득해서, 그런 소녀들과 함께 학교마당에 나가고 싶은 마음이 나지 않았다. 에밀리는 블레어워터 학교에 다니고 싶지 않았지만 더 이상 울지 않았다. 에밀리는 꼿꼿하게 앉아서 꼼짝 않고 책을 들여다보고 있었다. 그때 통로 저쪽에서 악의에 찬 험담이 희미하게 들려왔다.

"미스 거만, 미스 거만!"

에밀리는 그 여자아이를 똑바로 쳐다보았다. 에밀리의 보랏빛 감도는 커다란 회색 눈이, 반질반질 빛나는 작은 구슬 같은 검은 눈을 뚫어지게 응시했다. 그 눈길에는 쏘는 듯한 강한 광채가 느껴졌다. 검은 눈이 쩔쩔매며 시선을 돌렸다. 그리고 분하다는 듯이 일부러 다시 한 번 킥킥 웃으면서 짧게 땋은 머리를 흔들었다.

'난 저 아이를 이길 수 있어.'

승리의 기쁨을 느끼며 에밀리는 생각했다.

그렇지만 여러 명의 아이들을 한꺼번에 당해내기는 쉽지 않았다. 에밀리는 점심시간에 학교마당에서 많은 짓궂은 얼굴들 앞에 홀로 서 있었다. 때로 아이들은 몹시 잔인해질 때가 있다. 아이들은 이방인에 대해 동물 같은 본능적인 반감을 품었고 그것을 뚜렷이 드러냈다. 에밀리는 이방인인 데다 거만한 머리 집안 사람이었다. 그 두 가지는 에밀리에게 불리하게 작용했다. 에밀리는 작은 체격에 무명 앞치마를 입고 무명 보닛을 쓰고는 있었지만, 어딘가 새침한 듯한 기품과 당당함이 있었기 때문에 아이들은 더욱 화가 났다. 새로 온 이방인은 대개 수줍어 고개를 숙이기 마련인데, 에밀리는 그 검은 머리를 한 얼굴을 똑바로 쳐들고 그들을 거리낌없이 응시했던 것이다.

"넌 참 거만하구나. 뭐, 너에겐 단추 달린 장화가 있을지 모르지만 그래도 거지나 다름없지 않니?"

검은 눈의 아이가 말했다.

에밀리는 단추 달린 장화를 신고 싶지 않았다. 여느때처럼 여름에

시련 115

는 맨발로 걷고 싶었다. 하지만 엘리자베스 이모가 뉴문의 아이는 학교에 맨발로 다니지 않는다고 하면서 허락해주지 않았던 것이다.
"어머머, 저 갓난아기 앞치마 좀 봐."
밤색 머리를 곱슬곱슬하게 손질한 다른 아이가 그렇게 말하며 웃었다.
이번에는 에밀리도 얼굴이 확 붉어졌다. 확실히 그건 에밀리의 급소였던 것이다. 밤색 머리는 에밀리에게 창피를 주는 데 성공하자 기분이 좋아져서 다시 덧붙였다.
"그거 너네 이모 보닛이니?"
까르르…… 일제히 웃음이 터져나왔다.
그러자 덩치 큰 아이가 말했다.
"햇볕에 그을리는 게 싫어서 보닛을 쓰고 있는 거지? 머리식 자존심이야. 머리 집안 사람들은 자존심 때문에 망했다고 우리 엄마가 말씀하셨어."
다음은 키와 몸둘레가 거의 비슷한 땅딸막하고 살찐 아이였다.
"정말 못 봐주겠다. 네 몸은 마치 고양이의 몸 같아."
"그렇게 거만 떨 필요 없어. 너네 집 부엌 천장에도 회반죽을 바르지 않은 건 마찬가지잖아?"
검은 머리가 말하자 밤색 머리가 덧붙였다.
"그리고 너희 집 지미는 바보야."
그 말에 에밀리가 소리쳤다.
"아니야! 지미는 너희들 중 누구보다 머리가 좋아. 나에 대해선 뭐라고 말해도 상관없지만 우리 가족을 흉보는 건 그냥 두지 않겠어. 만약 더이상 우리 가족의 험담을 하면 나는, 너희들을 불길한 눈(불길한 눈으로 노려보면 불행한 일이 일어난다고 함)으로 노려봐 줄 테니까!"
이 위협의 말이 무슨 뜻인지는 아무도 몰랐지만 그런 만큼 더욱 효과적이었다. 모두들 잠시 말이 없었다. 하지만 곧 다른 방법으로 다시 괴롭힘이 시작되었다.

"너 노래부를 줄 아니?"

주근깨투성이 소녀가 물었다. 그녀는 주근깨투성이인 데다 비쩍 말랐지만 예쁘게 보이도록 정성들여 꾸미고 있었다.

"아니."

"춤출 줄 아니?"

"아니."

"바느질 할 줄 아니?"

"아니."

"요리는?"

"못해."

"레이스 뜨기 할 줄 알아?"

"아니."

"뜨개질은?"

"못해."

"그럼 넌 할 줄 아는 게 도대체 뭐니?"

주근깨투성이 소녀가 경멸하는 투로 말했다.

"시를 쓸 줄 알아."

에밀리는 그런 말을 할 생각은 전혀 없었지만 자기도 모르게 그렇게 말하고 말았다. 그 순간 자기도 시를 쓸 수 있을 거라는 생각이 들었다. 그때 '번뜩임'이 찾아왔다. 짓궂고 차가운 아이들에게 에워싸여 감싸주는 사람도 없이 혼자 싸우고 있을 때 그 멋진 순간이 찾아온 것이다. 영혼이 육체의 고삐를 끊고 별을 향해 날아오르는 것 같았다. 에밀리의 얼굴에 떠오른 꿈꾸는 듯한 기쁜 표정은 소녀들을 놀라게 하고 화나게 하기도 했다. 소녀들은 그것을 머리식 자존심이 이상한 형태로 나타난 것이라고 생각했다.

"거짓말쟁이!"

검은 눈이 사납게 말했다.

"스타 집안 사람은 거짓말하지 않아."

에밀리는 그렇게 말해주었다. '번뜩임'은 이미 사라졌지만 그 여운은 아직 남아 있었다. 에밀리가 무시하듯이 차갑게 그들을 바라보았기 때문에 소녀들은 잠시 잠잠해졌다.

"너희들은 왜 나를 싫어하니?"

에밀리가 거침없이 물었다.

대답이 없었다. 에밀리는 밤색 머리 소녀를 지그시 바라보며 같은 질문을 다시 한번 되풀이했다. 밤색 머리 소녀는 대답하지 않을 수 없었다.

"넌 우리하고는 전혀 비슷하지 않잖아."

"난 너희들과 조금도 비슷해지고 싶지 않아."

에밀리가 냉정하게 말하자 검은 눈이 빈정댔다.

"아! 너도 선택받은 사람 가운데 하나였지, 참!"

"물론이야."

에밀리는 의기양양하게 교실을 향해 걸어갔다.

하지만 에밀리에 대한 아이들의 반감은 그 정도에서 쉽사리 사라지지 않았다. 에밀리가 교실에 들어가자 소녀들은 작은 소리로 소곤거리면서 뭔가 의논했다. 급기야 여자아이들에게 고급 연필과 껌을 받고 네댓 명의 남자아이들까지 가세하게 되었다.

브라우넬 선생님은 에밀리가 철자를 틀리게 쓰자 조롱하듯 웃었지만, 에밀리는 그날 오후 내내 기분 좋은 승리감과 '번뜩임'의 여운을 느끼고 있었기 때문에 조금도 마음에 두지 않았다. 브라우넬 선생님은 학생들을 조롱하고 비웃는 것을 좋아했다. 학급의 소녀들이 모두들 킥킥거리며 웃었다. 웃지 않은 사람은 지각해서 맨 뒤에 앉아 있던 아이뿐이었다.

에밀리는 그 소녀가 누구인지 궁금했다. 그 아이는 에밀리처럼 다른 아이들과는 다른 데가 있었지만, 에밀리와는 전혀 다른 차림을 하고 있었다. 큰 키에 빛바랜 줄무늬가 들어있는 옷을 입고 있었는데, 옷이 너무 길어 이상하게 보였다. 게다가 맨발이었다. 짧게 자른 머리가 얼굴 주위에 탐스럽게 늘어져서 반짝반짝 빛나는 금색 실 같았고, 빛나는 눈은 투명하리만치 엷은 갈색이어서 호박을 연상케 했다. 입은 크고, 턱은 맵시 있고 야무졌다. 예쁘다고는 할 수 없었지만 생기가 넘치고 표정이 풍부했기 때문에, 에밀리는 사로잡힌 듯이 그 아이한테서 눈을 뗄 수가 없었다. 그 아이는 다른 아이들과 마찬가지로 실수를 많이 했지만, 수업 시간에 브라우넬 선생님한테서 싫은 소리를 듣지 않는 유일한 아이였다.

  쉬는 시간에 한 아이가 상자를 들고 에밀리에게 다가왔다. 에밀리는 그 아이의 이름이 로더 스튜어트라는 걸 알고 있었고 무척 예쁘고 귀여운 아이라고 생각하고 있었다. 로더는 점심시간에 에밀리를 에워쌌던 아이들 틈에 있었지만 말은 한 마디도 하지 않았던 아이다. 그녀는 풀먹인 분홍색 무명옷을 입고 있었다. 다갈색의 매끄럽고 윤기 나는 머리카락, 푸른 눈, 장미 꽃봉오리 같은 입매, 인형 같은 이목구비, 다정다감한 목소리. 만약 브라우넬 선생님의 마음에 드는 아이가 있다고 한다면, 그건 단연 로더 스튜어트였다. 로더는 친구들 사이에서도 인기가 있었지만, 그 이상으로 상급생들한테서 귀여움을 받고 있었다.

  "이거, 너한테 선물할게."

  로더가 상냥하게 말하자 에밀리는 별 생각 없이 그 상자를 받아들었다. 로더의 상냥한 미소를 보았기 때문에 조금도 의심하지 않았다. 에밀리는 즐거운 기대로 가슴을 떨면서 상자뚜껑을 열었다. 다음 순간 에밀리는 비명을 지르며 상자를 내던지고, 새파랗게 질린 얼굴로 머리 꼭대기에서 발끝까지 떨면서 얼어붙은 듯 서 있었다. 상자 속에 뱀이 들어 있었던 것이다. 살아 있는 뱀이냐 아니냐는 중요하지 않았다. 에밀리는 뱀에 대해서는 어찌할 수 없는 공포와 불쾌감을 지니고 있었다. 한 번 보기만 해도 온몸이 굳어졌다.
입구 쪽에서 까르르 웃음소리가 일었다.
"죽은 뱀 가지고 그렇게 놀라다니 우습지 않니?"
검은 눈이 놀렸다.
"그걸 가지고 시를 쓸 수 있겠니?"
밤색 머리 소녀가 웃었다.
"너희들이 싫어, 정말 싫어. 야비하고 흉칙해!"
에밀리가 그렇게 말하자 주근깨 소녀가 말했다.
"욕을 하다니 귀한 집 아가씨답지 않구나. 머리 집안 사람은 훌륭해서 그러지 않을 줄 알았는데."
검은 눈이 짐짓 침착하게 말했다.
"만약 네가 내일 또 학교에 온다면 스타 양, 그때는 그 뱀을 네 목에 감아주겠어."
"그런 짓 하기만 해봐!"
그때 갑자기 맑고 쩌렁쩌렁한 목소리가 들려왔다. 소녀들 가운데로 호박색 눈에 짧은 머리를 한 소녀가 뛰어든 것이다.
"너희들, 그런 짓 다시 또 할래? 제니 스트랭!"
제니가 발끈해서 말했다.
"네가 상관할 일 아니야, 일저 번리."
"뭐, 내가 상관할 일 아니라고? 건방진 소리 하지 마. 돼지 같은 눈알을 한 주제에."
일저는 뒷걸음질치는 제니에게 다가가서 그 얼굴 앞에 햇볕에 그을린 주먹을 치켜들었다.
"만약 내일도 그 뱀으로 에밀리 스타를 괴롭히는 것이 보이면, 그 뱀의 꼬리를 붙잡고 또 네 꼬리도 붙잡은 뒤 그 뱀으로 얼굴을 갈겨줄 테니까. 잊지 마, 돼지 눈! 이제 너의 그 소중한 뱀을 집어서 쓰레기통에 버리고 와!"
제니는 정말 그대로 했다. 일저는 다른 소녀들을 향해 말했다.
"모두들 나가. 이제부터 뉴문의 아이를 혼자 있게 해줘. 몰래 괴롭히는 것이 내 눈에 띄면 너희들의 목을 찢고 심장과 눈을 도려내줄 테니까. 아니야, 너희들 귀를 잘라 내 옷에 핀으로 달고 다닐 거야."
이 무서운 으름장에 겁을 먹어서인지, 아니면 일저의 성품에 위압되어서인지 에밀리를 괴롭히던 소녀들은 슬그머니 사라져버렸다. 일저는 에밀리 쪽으로 돌아서서 부드럽게 말했다.
"저 아이들에 대해선 신경 쓸 것 없어. 다 널 시기해서 그러는 것뿐이니까. 네가 뉴문에서 살고 있고 장식이 달린 마차를 타고 온 데다, 단추 달린 장화를 신고 있기 때문에 질투가 나서 그러는 거야. 또 무슨 소리를 하면 뺨을 찰싹 갈겨주면 돼."
일저는 그렇게 말한 뒤 뒤도 돌아보지도 않고 가볍게 울타리를 넘어 단풍나무 숲속으로 달려갔다. 남은 것은 로더 스튜어트뿐이었다.
"에밀리, 미안해."
그녀는 커다랗고 푸른 눈을 호소하듯이 굴리면서 말했다.
"난 그 상자 속에 뱀이 들어있는 줄 몰랐어. 정말이야. 그 애들이 너한테 주는 선물이라고 했거든. 화내지 말아줘. 난 널 좋아해."
에밀리는 몹시 화나 있었지만 이 조그마한 우정이 금세 그녀의 마음을 누그러뜨렸다. 잠시 뒤 에밀리와 로더는 다정하게 손을 잡고 학교마당을 걸었다.
"나, 너하고 함께 앉게 해달라고 브라우넬 선생님한테 부탁해볼래. 애니 그레그와 함께 앉았었는데 이사 가버렸거든. 나하고 함께 앉아줄 거지, 응?"
"응, 좋아."
에밀리가 부드럽게 말했다. 에밀리는 아까 슬펐던 것만큼이나 이번에는 행복했다. 늘 꿈꿔왔던 친구가 생긴 것이다.
로더가 자랑스럽게 말했다.
"우린 함께 앉아야 해. 우린 블레어워터에서 가장 좋은 집안의 아이들이니까. 사실은 우리 아빠가 영국의 왕좌에 오르셨을지도 모른다는 거, 너 아니?"
"영국이라고!"
에밀리는 깜짝 놀라 그 이상 말이 나오지 않았다.
"응. 우리 집은 스코틀랜드 왕족의 피를 이어받았어. 그래서 물론 아무하고나 가까이 교제하지 않아. 아빠는 가게를 가지고 계시고 난 피아노 레슨을 받고 있어. 너네 엘리자베스 이모는 너에게 피아노 레슨을 받게 해주실까?"
"몰라."
"그렇게 해야 해. 무척 부자니까, 그렇지 않니?"
"모르겠어."
에밀리는 다시 한번 되풀이했다. 그런 것은 묻지 말아줬으면 좋겠다고 생각했다. 예의 바른 행동이 아니라고 생각했고, 스튜어트 왕가의 후손인 것이 사실이라면 그만한 예의범절 정도는 알고 있어야 했다.
"너희 이모는 화를 잘 내시지?"
로더가 물었다.
"아니야, 그렇지 않아!"
에밀리가 큰 소리로 말했다.
"그분은 언젠가 화가 나서 지미를 죽일 뻔했잖아. 정말이야, 엄마가 그러셨는걸. 로라 이모는 왜 결혼하시지 않니? 좋은 사람이 없는 걸까? 엘리자베스 이모는 지미한테 얼마나 주고 계시니?"
"몰라."
"그렇겠지."

로더는 얼마쯤 기대가 어긋났다는 표정으로 말했다.
"넌 뉴문에 온 지 얼마 안 되었기 때문에 아직 잘 모르는 것 같구나. 하지만 틀림없이 지금까지와는 상당히 다를 거야. 너희 아빠는 돈이 한푼도 없었다면서?"
"우리 아빠는 무척 부자였어."
에밀리가 생각에 잠긴 듯한 얼굴로 말했다.
로더는 깜짝 놀라 눈을 동그렇게 떴다.
"난 한푼도 없는 줄 알았어."
"그래. 하지만 돈이 없어도 부자가 될 수 있어."
"난 모르겠어. 하지만 어쨌든 넌 언젠가 부자가 될 거야. 엘리자베스 이모는 돈을 전부 너에게 남겨주실 거라고 엄마가 말씀하셨거든. 그러니까 네가 더부살이를 한다 해도 상관없어. 난 네가 좋아. 그러니까 네 편이 될 거야. 넌 남자친구가 있니, 에밀리?"
"없어."
에밀리는 얼굴이 빨개져서 소리쳤다. 그런 걸 생각하다니! 그녀는 몹시 화가 났다.
"난 이제 겨우 11살이야."
"하지만 우리 반 여자아이들한테는 모두 남자친구가 있어. 내 남자친구는 테디 켄트야. 난 아홉 밤 동안 하루도 빠지지 않고 아홉 개의 별을 센 뒤 개랑 악수했어. 너도 그렇게 별을 센 뒤 처음으로 악수하는 남자아이가 네 남자친구가 될 거야. 하지만 쉬운 일은 아니야. 난 꼬박 겨울 한 철이 걸렸어. 테디는 오늘 학교에 오지 않았어. 6월 내내 병으로 쉬고 있거든. 테디는 블레어워터의 남자아이들 가운데 제일 잘생겼단다. 너도 남자친구를 만들어야 해, 에밀리."
"난 그런 것 필요 없어. 남자친구니 하는 건 전혀 모르고, 알고 싶지도 않아."

에밀리는 계속 화가 나서 말했다.

로더는 무시하듯 턱을 치켜들었다.

"그래, 틀림없이 넌 뉴문 사람에게는 적당한 상대가 없다고 생각하는 거겠지. 하지만 남자친구가 없으면 클랩인 클랩아웃 놀이를 할 수 없어."

에밀리는 클랩인 클랩아웃이 어떤 건지 몰랐고 관심도 없었다. 어쨌든 남자친구를 만들 생각이 없었기 때문에, 그것을 단호하게 되풀이해서 말했다. 로더는 이 이야기는 더 이상 하지 않는 것이 좋겠다고 생각했다.

에밀리는 수업종이 울린 것을 기쁘게 생각했다. 브라우넬 선생님이 로더의 청을 상냥하게 들어주었기 때문에 에밀리는 소지품을 모두 로더의 옆자리로 옮겼다. 마지막 시간에 로더가 작은 소리로 쉴 새없이 얘기를 해서 짜증이 났지만, 신경쓰지 않기로 했다.

"7월 첫째 주에 내 생일파티가 있어. 만약 너희 이모가 허락해 주신다면 너도 초대할게. 하지만 일저 번리는 부르지 않을 거야."

"그 앨 싫어하니?"

"싫어. 정말 왈가닥인걸. 게다가 그 애 아버진 이단자이고 그 애도 그래. 그 앤 받아쓰기할 때 신(God)의 G를 언제나 소문자로 써. 그래서 브라우넬 선생님은 화를 내시지만 그 앤 끝까지 그렇게 써. 그래도 브라우넬 선생님은 일저를 때리진 않아. 닥터 번리한테 홀딱 반해 있거든. 하지만 닥터 번리는 여자를 싫어해서 브라우넬 선생님 차지가 되지 않을 거라고 엄마가 말씀하셨어. 그런 사람들과 교제하는 건 좋지 않다고 생각해. 일저는 아주 거칠고 이상한 아이야. 게다가 성질도 굉장히 급해. 그 애 아버지도 그렇대. 일저는 아무하고도 친하지 않아. 그 애 머리모양 우스꽝스럽지 않니? 에밀리, 넌 앞머리를 뱅 스타일(짧은 앞머리를 이마 위에 늘어뜨린 모양)로 잘라야 해. 지금 굉장히 유행하고 있거든. 넌 이마가 넓어서 틀림없이 잘 어울릴 거야. 그렇게 하면 정말 예뻐질 것 같아. 어머, 네 머린 정말 멋지다, 손도 귀엽고. 머리 집안 사람들은 모두 예쁜 손을 가지고 있어. 그리고 네 눈은 정말 예뻐, 에밀리."

에밀리는 그때까지 한꺼번에 그렇게 많은 칭찬을 들은 적이 없었다. 로더는 칭찬을 늘어놓으며 에밀리의 비위를 맞추었다. 완전히 기분이 좋아진 에밀리는 엘리자베스 이모한테 앞머리를 뱅 스타일로 잘라달라고 부탁하기로 결심하고 집으로 돌아갔다. 그렇게 해서 정말 예뻐질 수 있다면 무슨 일이 있어도 그렇게 하고 싶었다. 또 내일부터 베니스제 진주목걸이를 걸고 학교에 가도 되는지 엘리자베스 이모한테 물어봐야겠다는 생각도 했다.

"그러면 다른 아이들도 나를 존중해줄지 몰라."

네거리에서 로더와 헤어진 에밀리는 혼자가 되었다. 에밀리는 그날 있었던 일을 떠올려 보았다. 뱀 사건에서는 졌지만 다른 시간에는 언제나 스타 집안의 깃발을 휘날렸다고 생각했다. 학교는 생각하고 있던 것과는 아주 달랐다. 하지만 로더는 마음에 들었고 또 일저번리도 어딘가 호감을 주는 데가 있었다. 다른 아이들은 에밀리에게 무척 심술궂은 짓을 했지만 그 보상은 충분히 받았다고 생각했기 때문에, 이제 그 아이들에게 아무런 원망도 느끼지 않았다. 하지만 지금의 에밀리에게는 이야기를 들어줄 아버지도 글을 쓸 수 있는 공책도 없었기 때문에, 마음의 응어리를 풀 길이 없었다.

집에 돌아와 보니 뉴문에는 손님이 와 있었고, 이모들은 정성 들여 요리하느라 바빴기 때문에, 머리 얘기를 꺼낼 기회가 없었다. 하지만 잼이 나와 손님의 얘기가 잠시 끊긴 사이에 에밀리는 재빨리 입을 열었다.

"엘리자베스 이모, 저 뱅 스타일로 앞머리를 잘라도 될까요?"

엘리자베스 이모는 어이가 없다는 듯 에밀리를 빤히 쳐다보았다.

"안 돼. 그건 허락할 수 없어. 요즘 유행하고 있는 바보 같은 짓들 가운데 그게 가장 바보 짓이야."
"이모, 앞머리를 자르게 해 주세요, 네? 그렇게 하면 제가 아주 예뻐질 거라고 로더가 말했어요."
"네가 예뻐지려면 앞머리를 자르는 정도로는 도저히 무리야, 에밀리. 뉴문 사람이 그런 머리를 하고 다니게 할 수는 없어. 그건 품위 없는 사람이나 하는 짓이니까."
엘리자베스 이모가 테이블 옆에서 거만하게 웃었다. 엘리자베스 이모는 때때로 그런 식으로 웃을 때가 있었다. 에밀리는 뱅 스타일을 하기는 틀렸다고 생각했다. 예뻐질 수 있음에도 불구하고 앞머리를 자르는 건 단념해야 할 것 같았다. 실망한 에밀리는 머리에 대한 것은 포기하고 생각하고 있던 다른 것을 물었다.
"일저 번리의 아버지는 어째서 신을 믿지 않을까요?"
"그건 일저의 아버지가 일저의 어머니한테 감쪽같이 넘어갔기 때문이지."
엘리자베스 이모는 대답하지 않고 손님인 슬레이드 씨가 킬킬 웃으면서 말했다. 슬레이드 씨는 뚱뚱하고 쾌활한 노인으로, 텁수룩한 머리와 구레나룻을 기르고 있었다. 그가 하는 말이 무슨 뜻인지 에밀리는 알 수가 없었다. 얌전한 슬레이드 부인이 무척 난감해 했다.
"일저의 어머니가 어떻게 했는데요?"
에밀리는 무척 흥미가 느껴져 물었다.
그러자 로라 이모는 엘리자베스 이모를 응시했고 엘리자베스 이모는 로라 이모를 바라보았다. 엘리자베스 이모가 말했다.
"가서 병아리에게 모이를 주고 오너라, 에밀리."
에밀리는 천천히 일어섰다.
"제 앞에서 일저 어머니에 대한 얘기는 할 수 없다는 말씀이군요. 잘 알겠어요."
에밀리는 그렇게 말하며 테이블을 떠났다.

신의 특별한 뜻

학교에 간 첫날, 에밀리는 학교를 좋아하게 되지 않을 거라고 확신했다. 물론 에밀리는 공부를 하려면 학교에 가야 한다고 생각했다. 하지만 그것은 엘렌 그린이 늘 심각한 얼굴로 '수난'이라고 불렀던 것과 같을 거라고 생각했다. 그런데 에밀리는 학교에 며칠 다니는 동안 자기가 학교를 좋아하기 시작한 것을 알고 깜짝 놀랐다.

브라우넬 선생님은 역시 에밀리와 가까워지려고 하지 않았지만, 다른 아이들은 이제 더 이상 에밀리를 괴롭히지 않았다. 놀랍게도 그 소녀들은 지금까지 있었던 일은 완전히 잊어버린 것처럼 에밀리를 친한 친구의 한 사람으로 받아들였다. 에밀리는 그들의 친구가 되었다. 이따금 사소한 다툼이 일어나면 아기가 입는 것 같은 앞치마와 머리식 자존심을 두고 약간 빈정대는 말은 했지만, 대단한 정도는 아니었다. 뿐만 아니라 에밀리는 그 아이들에 대해 많은 것을 알게 됨에 따라, 이번에는 자기 쪽에서 '빈정대는 말'을 하는 것을 완전히 터득하여, 아무렇지도 않게 가차없이 그들을 야유해줄 수 있었기 때문에, 나중에는 그들도 에밀리를 화나게 하지 않도록 조심할 정도가 되었다.

밤색 머리 소녀 그레이스 웰스, 주근깨투성이 캐리 킹, 그리고 제니 스트랭은 에밀리와 아주 친한 사이가 되었다. 제니는 이제 킥킥 웃는 걸 그만두고 셀로판 종이에 싼 껌을 몰래 쥐어주기도 했다. 하지만 에밀리가 진심으로 마음을 허락한 친구는 로더뿐이었다. 일저 번리는 그때부터 내내 학교에 오지 않았다. 로더의 말로는 일저는 마음이 내킬 때만 학교에 나온다고 했다. 일저의 아버지는 딸을 나무라지 않았다. 에밀리는 일저에 대해 더 알고 싶었지만 좀처럼 이루어질 것 같지 않았다.

뉴문의 생활에 익숙해지자 에밀리는 다시 조금씩 행복해지고 있었다. 에밀리는 죽은 머리 집안의 조상들에 대해 많은 생각을 하며, 조상들이 뉴문의 세계로 다시 찾아오는 광경을 마음에 그려보았다. 고조할머니는 촛대를 닦거나 치즈를 만들고, 할머니뻘인 미리엄은 자신의 잃어버린 보석을 찾아 몰래 돌아다니고 있다. 증조할머니뻘인 엘리자베스는 고향을 그리워하며 머리에 보닛을 쓰고 당당하게 걸어다닌다. 조각상 같은 용감한 조지 선장은 인도제도에서 반점이 있는 조개껍질을 가지고 돌아온다. 모든 사람들의 사랑을 받았던 스티븐은 창가에서 미소짓고 있고, 에밀리의 어머니는 아버지를 생각하고 있다. 그들은 모두 에밀리가 전부터 잘 알고 있었던 것처럼 생생한 모습을 하고 있다.

아버지가 그리운 나머지 마음이 슬픔으로 가득 차거나, 뉴문의 즐거운 생활조차 그들 두 사람이 그토록 서로 사랑하면서 살았던 그 골짜기의 초라하고 작은 집에 대한 향수를 달래주지 못할 때는, 에밀리는 역시 쓸쓸했다. 그런 때 에밀리는 어딘가 아무도 보지 않는 곳으로 달아나서 실컷 울곤 했다. 그리고 울어서 새빨개진 눈으로 나타나면 엘리자베스 이모는 언제나 난처하다는 표정을 지었다. 엘리자베스 이모는 에밀리가 뉴문의 생활에 익숙해졌어도 에밀리에게 다정히 대하는 법이 없었다. 그것이 언제나 에밀리의 마음을 아프게 했다.

그렇지만 로라 이모와 지미는 에밀리를 사랑해주었고, 소시 샐과 로더도 있었다. 어디 그뿐인가! 클로버로 덮인 들판과 호박색 하늘에 살그머니 떠오르는 검은 윤곽의 나무들, 그리고 '바람 아주머니'가 뒤에서 똑바로 달려오면서 헛간 뒤쪽의 전나무 숲에서 연주하는 음악도 있었다. 인생이라는 나무 위에 피어나기 시작한 작은 금빛 봉오리처럼, 에밀리의 하루하루는 작은 즐거움과 기쁨으로 넘쳐, 활기차고 재미있는 나날이 되어갔다. 낡은 노란색 공책, 뭔가 그것을 대신할 만한 것만 있으면 에밀리는 그야말로 대만족이었으리라.

에밀리는 그 공책이 아버지 다음으로 그리웠다. 그래서 마음에도 없이 그걸 불태워버린 것을 엘리자베스 이모 탓으로 돌렸고, 그래서 엘리자베스 이모를 진심으로 용서할 수 있을 것 같지 않았다. 그것을 대신할 만한 것을 손에 넣는다는 것은 도저히 불가능해 보였다.

지미의 말대로 뉴문에는 종이가 귀했다. 모두들 여간해서는 편지를 쓰지 않았고, 설사 쓴다고 해도 공책을 한 장 찢어내면 그것으로 충분했다. 에밀리는 엘리자베스 이모에게 종이를 달라고 부탁하고 싶지 않았다.

마음에 떠오르는 생각을 글로 쓸 수 없어 가슴이 찢어질 것 같은 기분이 될 때도 종종 있었다. 에밀리는 학교의 석판에 쓰기로 했지만 그렇게 휘갈겨 쓴 것은 언젠가는 지워버려야 했고, 그럴 때마다 에밀리는 뭔가 소중한 것을 잃는 것 같은 기분이 드는 것이었다. 게다가 언제 브라우넬 선생님의 눈에 띨지 몰랐다. 그것은 에밀리로서는 견딜 수 없이 싫은 일이었다. 그 신성한 작품들은 절대로 남의 눈에 띄어서는 안 되었다. 로더가 에밀리의 상상의 세계를 놀릴 때에는 속이 상하기도 했지만, 이따금 로더에게는 읽게 할 때도 있었다. 로더는 아주 좋은 아이라고 에밀리는 생각했다. 다만 남을 잘 놀리는 것만은 옥의 티였다.
 하지만 태어나면서부터 글을 쓰고 싶은 욕망을 가지고 태어난 소녀들은 언젠가는 목적을 달성하는 법, 때가 이르자 운명은 에밀리에게도 벅찬 희망을 가져다주었다. 게다가 에밀리에게 그것이 가장 절실했던 바로 그날 주어진 것이다. 참으로 불운한 날이었다. 그날 브라우넬 선생님은 5학년 학생들에게 〈뿔피리의 노래〉를 정확하게 읽는 법을 설명하다가 직접 시범을 보이기로 결심했다.
 발성법의 비결을 약간 터득하고 있었던 브라우넬 선생님은 교단에 서서 멋진 3편의 시를 낭송했다. 에밀리는 두 자릿수의 나눗셈을 하도록 되어 있었는데, 그만 연필을 놓은 채 넋을 잃고 듣고 있었다. 에밀리는 그때까지 〈뿔피리의 노래〉를 한 번도 들은 적이 없었다. 그것을 지금 들을 수 있게 된 것이다. 시의 한 구절 한 구절을 듣는 동안 에밀리의 영혼 속에 장밋빛 광채가 비쳐 들고 신비로운 울림을 가진 메아리가 차례차례 울리는 것 같았다. 브라우넬 선생님이 "요정 나라의 뿔피리가 희미하게 울려퍼진다"고 하는 부분을 읽었을 때, 에밀리는 기쁨에 몸을 떨었다. 에밀리는 완전히 열중해 있었다. 모든 것을 잊은 그녀의 마음속에는 오직 그 비할 데 없이 매력적인 한 구절뿐이었다. 에밀리는 꿈꾸듯이 자리에서 일어나, 석판이 바닥에 떨어진 것도 모르고 통로를 성큼성큼 걸어가서, 브라우넬 선생님의 팔을 붙잡았다.
 에밀리는 긴장한 얼굴로 열심히 말했다. "선생님, 그 구절을 한 번만 더 읽어주세요, 네? 그 구절을 한 번만 더 읽어주세요."
 갑자기 낭송을 방해받은 브라우넬 선생님은 황홀한 눈길로 자신을 쳐다보고 있는 조그만 얼굴을 내려다보았다. 보랏빛이 감도는 커다란 회색 눈동자 두 개가 맑은 빛을 뿜으며 빛나고 있었다. 브라우넬 선생님은 화가 났다. 자신의 엄격한 교육이 이 아이 때문에 무너진 것이 화가 났고, 두 자릿수 나눗셈을 하고 있어야 할 3학년 학생이 자기가 할 일보다 다른 일에 정신을 팔고 있는 것에도 화가 났다. 브라우넬 선생님은 책을 덮었다. 그리고 입을 굳게 다물고 손바닥으로 에밀리의 뺨을 찰싹 때렸다.

"에밀리 스타, 어서 자리로 돌아가서 네 공부나 해."

브라우넬 선생님의 차가운 눈은 격렬한 분노로 이글거렸다.

뺨을 맞은 에밀리는 멍하니 자기 자리로 돌아갔다. 뺨은 빨갛게 물들었지만 더욱 아픈 것은 마음이었다. 방금 전에는 더할 나위 없는 행복감에 잠겨 있었는데 지금은 고통과 모욕과 오해 속에 있는 것이다. 에밀리는 견딜 수 없이 힘들었다. 왜 내가 이렇게 심하게 당해야 하는 것일까? 그때까지 따귀를 맞은 적이 한 번도 없었던 에밀리는, 이 지나친 처사에 대한 억울함과 분노가 찌르듯 마음에 파고드는 것을 느꼈다. 에밀리는 울 수도 없었다. 그 슬픔은 '눈물을 흘리기에는 너무 깊었기' 때문이다. 괴로움과 수치심과 억울함이 뒤섞인 마음을 꾹꾹 참으며 에밀리는 집으로 돌아갔다. 뉴문에서는 그 일에 대해 얘기할 사람이 없었기 때문에 마음의 상처를 풀 길이 없었다. 엘리자베스 이모는 틀림없이 브라우넬 선생님의 처사가 옳았다고 할 것이 뻔했고, 로라 이모도 친절하고 다정하긴 했지만 이해해주지는 않을 것 같았다. 로라 이모는 에밀리가 학교에서 잘못을 저질러 벌을 받은 사실만을 슬프게 여길 것이다.

'아, 아빠한테 모든 걸 얘기할 수만 있다면.'

에밀리는 저녁을 먹지 못했다. 아, 저 밉살스럽고 불쾌한 브라우넬 선생님! 에밀리는 브라우넬 선생님을 절대로 용서할 수 없었다. 어떻게 해서든 브라우넬 선생님한테 보복을 해주리라고 생각했다. 창백한 얼굴로 뉴문의 저녁 테이블에 말없이 앉아 있던 에밀리는, 아무도 눈치채지 못했지만 끔찍한 괴로움과 슬픔에 휩싸여 있었다. 어느 누가 이런 괴로움을 견디며 살 수 있을까?

그런데 운명의 힘이었는지, 로라 이모가 무슨 편지를 찾느라 응접실 책장 아랫단을 들여다보게 되었다. 이모는 에밀리도 데리고 가서 휴 머리의 유품인 오래되고 신기한 코담뱃갑을 보여주려 했다. 그녀는 코담뱃갑을 꺼내기 위해 먼지로 뒤덮인 크고 납작한 한 다발의 종이를 들어올렸다. 그것은 진분홍색의 길쭉한 종이였다.

"이 옛날 종이는 이제 불태워버려야겠다. 쓸모가 없게 되었어. 몇 년이나 여기서 먼지만 뒤집어쓰고 있거든. 옛날 네 외할아버지가 뉴문에서 우체국을 연 적이 있었어, 에밀리. 그때는 일주일에 세 번밖에 우편물이 배달되지 않았지. 그 우편물에는 언제나 이 빨간 종이——모두들 그렇게 불렀어——가 붙어 있었어. 어머닌 그것을 빠짐없이 이렇게 챙겨두셨지. 뭔가에 사용하려고 했지만 결국 아무 데도 쓸 일이 없었단다. 이제 이런 건 태워버려야겠다."

"아! 로라 이모!" 에밀리가 놀라 소리쳤다. "그러지 마시고 저한테 주시면 안 될까요? 부탁이니까 저한테 주세요."

"응? 도대체 이걸로 뭘 하려고?"

"이모, 뒤에는 아무것도 적혀 있지 않으니까 글을 쓰기에 좋잖아요. 네? 이모, 이 종이를 태워버리는 건 정말 아까운 일이에요."

"그럼 너에게 주마. 하지만 엘리자베스 이모 눈에는 띄지 않도록 하는 게 좋을 거야."

"그럴게요, 보이지 않도록 할게요."

에밀리는 안도의 한숨을 내쉬었다.

에밀리는 소중한 보물을 가슴에 안고 서둘러 2층으로 올라갔다. 그리고 전에 발견해 둔 지붕 밑의 '마음에 드는 은신처'로 다시 올라갔다. 그곳에 있으면 종종 머나먼 상상의 나라로 떠나는 에밀리의 버릇이 엘리자베스 이모를 짜증나지 않게 할 수 있었다. 그곳은 지붕 밑 창 부근의 조용한 곳으로 늘 무언가가 고요히 돌아다니면서, 깔개를 깔지 않은 바닥 위에 아름다운 모자이크 무늬를 만들었다. 거기서는 나무들의 우듬지 너머로 블레어워터가 내려다보였다. 벽에는 당장이라도 실을 뽑아낼 수 있도록 감아둔 솜뭉치와 아직 꼬지 않은 털실을 걸쳐놓은 실패가 여러 개 매달려 있었다. 이따금 로라 이모가 반대쪽 다락에서 커다란 물레로 물레질을 할 때가 있는데, 에밀리는 그 소리를 좋아했다.

에밀리는 다락방 구석에 쪼그리고 앉았다. 그리고 숨을 죽이며 빨간 종이 한 장을 꺼내고 주머니에서 연필을 꺼냈다. 낡은 마분지가 책상이었다. 에밀리는 열심히 쓰기 시작했다.

"그리운 아빠." 에밀리는 그날 있었던 모든 일들을 적어 넣었다. 그 〈뿔피리의 노래〉를 듣고 무척 기뻐했던 일도, 그 뒤 마음이 아팠던 일도. 날이 저물어 어둑어둑 별빛이 떠오를 때까지 에밀리는 열심히 글을 썼다. 그 때문에 그날 저녁 병아리는 모이를 얻어먹지 못했고, 지미는 혼자 암소 젖을 짜야 했으며, 소시 샐은 신선한 우유를 먹을 수 없었고, 로라 이모가 설거지를 해야 했다. 하지만 그런 일이 뭐 어쨌단 말인가? 글을 쓴다는 기쁜 고통의 한가운데에서 에밀리는 세상 일은 완전히 잊고 있었다.

네 장의 종이 뒷면을 다 채우고 나서야 쓸 것이 바닥났다. 에밀리는 마음속을 완전히 비우고 불쾌한 고통에서 벗어났다. 이제 브라우넬 선생님에 대해선 이상하리만치 원망하는 마음이 사라져 있었다. 에밀리는 네 장의 종이를 접고 그 위에 다음과 같이 예쁘게 썼다.

　　천국으로 가고 계시는
　　더글러스 스타 씨께

그런 다음 에밀리는 방을 가로질러 반대쪽 구석에 있는 낡은 소파가 있는 곳까지 가만히 걸어가서는, 웅크리고 앉아 소파 밑에 못을 박아 건너지른 판자 사이 작은 선반에 그 편지와 '빨간 종이'를 깊숙히 밀어넣었다. 어느 날 이 다락에서 놀다가 그것을 발견하고, 비밀

서류를 숨기는 데 딱 좋은 장소라 생각하여 점찍어두었던 곳이다. 거기라면 누구한테도 발견되지 않을 것이고 글을 쓸 종이라면 몇 달을 써도 다 못 쓸 만큼 있었다. 이제부터 종종 오늘처럼 즐거운 마음으로 글을 쓸 수 있으리라.

"어머나!" 다락방의 층계를 춤추듯이 내려오면서 에밀리가 소리쳤다. "내가 마치 수많은 별이 된 것 같아!"

에밀리는 그 뒤 며칠 동안 아버지한테 보내는 편지를 쓰지 않았다. 에밀리의 마음에서 고통이 사라졌기 때문이었다. 아버지한테 보내는 편지를 쓰면, 아버지 옆으로 가까이 가는 느낌이 들었다. 에밀리는 편지로 아버지한테 모든 것을 얘기했다. 잘한 일, 잘못한 일, 기쁜 일, 슬픈 일을 하나도 빠짐없이 기록했다. 그 빨간 종이는 한 장당 50센티미터는 족히 되었고, 에밀리는 글씨를 작게 써서 충분히 활용했다.

전 뉴문이 좋아요. 무척 넓고 멋있어요. 그리고 해시계가 있다는 건 매우 귀족적인 일인 것 같아요. 전 해시계를 자랑하지 않을 수 없었어요. 제가 너무 자만심을 가지는 게 아닌가 걱정돼서 매일 밤 하느님께 자만심을 가져가 달라고 기도하고 있지만, 그래도 전 부는 가져가시지 말라고 부탁하고 있어요. 블레어워터 학교에서 자존심이 강하다는 평판을 받기는 무척 쉬운 일이랍니다. 자세를 바르게 하고 머리를 꼿꼿하게 쳐들고 걸으면 이미 그것으로 거만한 사람이 되거든요. 로더도 자존심이 강한 아이예요. 로더의 아버지는 영국 국왕이 되어야 할 사람이라고 하니까요. 만약 빅토리아 여왕께서 이 말을 들으시면 어떤 기분이 될까요? 어쩌면 공주가 되었을지도 모르는 사람이 제 친구라니, 멋진 일 아니에요? 전 로더를 진심으로 사랑해요. 로더는 무척 상냥하고 친절하거든요. 하지만 그 아이가 킥킥거리고 웃을 땐 싫어요. 제가 학교 벽지의 무늬를 허공에 작게 떠 있는 것처럼 볼 수 있다고 하자 로더는 거짓말이라고 했어요. 가장 친한 친구한테 그 말을 들으니 아주 불쾌했어요. 더욱 불쾌한 것은 한밤중에 문득 깨어나 그런 일을 생각할 때예요. 전 옆으로 몸을 세워서 자다가 자세가 불편해서 잠에서 깨면 좀처럼 잠을 이룰 수가 없어요. 돌아누우면 엘리자베스 이모가 깰지도 모르기 때문에 하는 수 없답니다.

'바람 아주머니'에 대해서는 로더에게 얘기하지 않을 작정이에요. 제게는 진짜로 있는 것처럼 생각되지만 거짓말처럼 들리니까요. 지금도 지붕 위 커다란 굴뚝 언저리에서 아주머니의 노래 소리가 들려요. 이곳 뉴문에는 '거울 속의 에밀리'는 없어요. 제가 있는 방의 거울은 모두 너무 높이 달려 있거든요.

전 아직 '전망의 방'에는 들어가보지 못했어요. 그 방은 언제나 자물쇠가 채워져 있어요. 그건 엄마가 쓰던 방인데, 지미의 말에 의하면 엄마가 아빠와 함께 달아난 뒤로 외할아버지가 자물쇠를 채워버렸대요. 엘리자베스 이모는 지금도 할아버지의 유품이라면서 그대로 두고 있지요. 하지만 엘리자베스 이모는 할아버지가 살아계셨을 때 할아버지하고 끔찍하리만큼 다투었다고 지미가 말해줬어요. 머리 집안의 자존심 때문에 세상 사람들은 아무도 모른대요.

저도 자존심을 느끼고 있답니다. '너희 엘리자베스 이모가 촛불만 켜시는 건 시대에 뒤떨어졌기 때문 아니니?' 하고 로더가 물었을 때, 전 '아니야, 그건 머리 집안 가풍이야' 하고 고자세로 대답해 주었답니다. 지미가 머리 집안의 가풍을 모두 얘기해 주었어요. 소시 샐은 아주 건강하게 헛간에서 활개를 치고 있지만, 아직도 새끼고양이는 낳지 않고 있어요. 어째서일까요? 엘리자베스 이모한테 그걸 물었더니 이모는 착한 아이는 그런 걸 입에 올리는 게 아니라고 했어요. 어째서 새끼고양이가 더러운 것인지 알 수가 없어요. 엘리자베스 이모가 없을 때 로라 이모와 전 샐을 몰래 집안에 들여놓는데, 엘리자베스 이모가 돌아오면 전 언제나 양심에 찔려서 그러지 말걸 그랬다고 생각해요. 하지만 또 그렇게 하고 말아요. 그게 참 이상해요.

　귀여운 마이크에 대해선 그 뒤로 한 번도 소식을 듣지 못했어요. 엘렌 그린 아줌마한테 편지를 써서 마이크에 대해 물어보았지만, 마이크에 대해선 한 마디도 하지 않고 그저 자기 류머티즘에 대한 푸념만 잔뜩 적어 보낸답니다. 마치 제가 아줌마의 류머티즘을 걱정하고 있기라도 하는 것처럼요.

　로더는 얼마 뒤 생일파티를 열 예정인데 저도 초대해 주기로 했어요. 전 기뻐서 가슴이 설레요. 아직 한 번도 파티에 가본 적이 없거든요. 늘 파티를 생각하면서 이리저리 상상해보고 있어요. 로더는 여자아이들을 모두 초대하지 않고 마음에 드는 몇 명만 초대할 거래요. 엘리자베스 이모가 하얀 옷과 외출용 모자를 쓰고 가게 해주면 얼마나 좋을까요?

　있잖아요, 아빠, 그 레이스가 달린 예쁜 야회복 그림 생각나시죠? 그걸 엘리자베스 이모 방의 벽에 핀으로 꽂아놓았거든요, 집에서 했던 것처럼요. 그랬더니 엘리자베스 이모는 그걸 떼어내 태우고 말았어요. 그리고 전 벽지에 핀 자국을 남겼다고 꾸중을 들었고요. "그 그림을 불태우지 않았으면 좋았을 텐데요. 어른이 되어 그런 야회복을 만들 때 필요하거든요" 하고 제가 말했더니 엘리자베스 이모는 이렇게 말했어요. "실례되는 말이지만, 아가씬 여기저기 무도회에 다닐 생각인가요?" 전 "네, 부자가 돼서 유명해지면요" 하고 대답했지요. 그러니까 엘리자베스 이모가 뭐라고 말한 줄 아세요? "그래, 만약 달님이 녹색 치즈가 되는 세상이 온다면야."

　어제 닥터 번리가 엘리자베스 이모한테 달걀을 사러왔기 때문에, 전 그분을 볼 수 있었어요. 그런데 그분이 다른 사람들과 똑같은 얼굴을 하고 있어서 전 그만 맥이 빠지고 말았어요. 신을 믿지 않는 사람은 어딘가 이상할 거라고 생각했거든요. 닥터 번리는 신을 나쁘게 얘기하지도 않았어요. 전 아직 누가 신을 나쁘게 얘기하는 것을 들은 적이 없어서 무척 듣고 싶었기 때문에 조금 실망했어요. 닥터 번리의 눈은 일저의 눈처럼 크고 노랬어요. 목소리가 무척 컸는데, 로더의 말로는 화가 나면 온 블레어워터에 들릴 만큼 큰 소리를 지른대요. 일저의 어머니에 대해선 뭔가 비밀이 있는 것 같은데 전 무슨 일인지 도통 모르겠어요.

닥터 번리와 일저는 마을에서 떨어진 곳에서 살고 있어요. 로더가 그러는데, 닥터 번리는 자기 집에 지긋지긋한 여자들은 절대로 들여놓지 않겠다고 말했대요. 그건 아주 심술궂은 말이지만 굉장히 인상적이었어요. 심스 할머니가 가서 두 사람의 점심과 저녁을 차려주고 돌아오는데, 아침은 자기들끼리 만들어 먹는대요. 닥터 번리는 이따금 집을 청소하는데 일저는 아무 것도 하지 않고 그저 자기 하고 싶은 일만 한대요. 닥터 번리는 절대로 웃지 않는다고 로더가 말했어요. 닥터 번리는 틀림없이 헨리 2세 같은 남자일 거라고 생각해요.

전 일저와 가까워지고 싶어요. 일저는 로더처럼 친절하지는 않지만 전 일저의 얼굴이 맘에 들어요. 하지만 일저는 학교에 거의 나오지 않고 로더는 자기 말고 다른 친구를 사귀면 안 된다고 해요. 그러면 눈이 짓무를 때까지 울겠다나요. 저도 로더가 굉장히 좋지만 로더도 거기에 지지 않을 만큼 절 좋아해요. 우리는 둘이서 평생 함께 살고 같은 날에 죽게 해달라고 기도할 생각이에요.

제 도시락은 언제나 엘리자베스 이모가 싸준답니다. 이모는 보통 빵과 버터 말고는 아무것도 넣어주지 않지만, 빵을 굉장히 두껍게 자르고 버터도 듬뿍 발라주는 데다 엘렌 그린의 버터처럼 이상한 맛이 나지 않아요. 로라 이모는 엘리자베스 이모가 보고 있지 않은 틈을 타서 케이크와 사과파이를 살짝 도시락 속에 넣어줘요. 엘리자베스 이모의 말로는 사과파이는 건강에 좋지 않대요. 아빠, 그렇게 맛있는 것이 어째서 건강에 좋지 않을 수가 있을까요? 엘렌 그린도 그런 말을 자주 했지만.

우리 선생님의 이름은 '브라우넬'이에요. 전 브라우넬 선생님의 낯짝이 정말 보기 싫어요. 이건 품위 있는 말시는 아니지만 지미가 자주 써요. '말시'의 글자가 틀렸다는 건 알고 있지만 뉴문에는 사전이 한 권도 없어요. 그래도 발음은 여기에 적힌 것과 비슷해요. 하여튼 선생님은 끔찍하게 불쾌한 말을 잘 하고 사람을 아주 멸시한답니다. 게다가 기분 나쁘게 웃으면서 남을 깔보고 조롱해요. 그래도 전 선생님이 절 때린 걸 너그러이 용서하고, 이튿날 화해하기 위해 학교에 꽃다발을 가지고 갔어요. 선생님은 그 꽃을 말할 수 없이 쌀쌀하게 받아서는, 책상 위에 둔 채 그대로 시들게 했어요.

만약 이것이 소설 속의 얘기라면 선생님은 제 목을 껴안고 눈물을 흘려야 하는 것 아니에요? 남을 너그럽게 용서해주는 것이 무슨 소용이 있는 건지 알 수가 없어졌어요. 하지만 틀림없이 좋은 일인 것 같기는 해요. 마음이 가벼워진 것을 느끼거든요.

아빠는 어릴 때 사내아이였으니까 아기가 입는 것 같은 앞치마를 걸치거나 햇빛 가리는 보닛을 쓰지 않아도 되셨죠? 그래서 아빠는 제 기분을 모르실 거예요. 게다가 그 앞치마는 천이 무척 질겨서 좀처럼 낡지 않을 거예요. 그러니 그 앞치마를 벗으려면 앞으로 몇 년이 더 걸릴지 알 수가 없어요. 하지만 교회에 갈 때, 검은 비단 띠가 달린 하얀 옷을 입고, 검은 끈이 달린 밀짚모자를 쓰고, 검은 양가죽 실내화를 신으면, 제가 무척 고상해진 것 같은 기분이 들어요. 전 앞머리를 자르고 싶은데 엘리자베스 이모가 허락해주지 않아요. 로더는 제 눈이 예쁘다고 했어요. 로더가 절 좋아해서 제 눈도 예쁘게 봐주는 게 아닐까요? 전 오래전부터 제 눈이 예쁜 것 같다고 생각했지만 자신이 없었어요. 하지만 자기 눈이 예쁘다는 걸 알면, 그때부터는 남이 그걸 알아줄까 하고 언제나 신경쓰게 되는 것 같아요.

전 8시 반에는 자지 않으면 안 되는 것이 불만이에요. 그래서 침대 속에서 자지 않고 어두워질 때까지 창밖을 바라보며 파도 소리를 듣는답니다. 그렇게 하면 엘리자베스 이모한테 받은 것을 다시 돌려주는 기분이 들어요. 파도 소리를 들으면 언제나 마음이 슬퍼지지만 지금은 좋아하게 되었어요. 슬픔이라 해도 뭔가 기분 좋은 달콤한 슬픔이에요.

전 엘리자베스 이모와 함께 자는 것이 싫어요. 제가 아주 약간만 몸을 움직일라치면 이모는 산만하고 침착하지 못한 아이라고 꾸중하는 걸요. 하지만 이모도 제가 자면서 발길질을 하지 않는다는 것만은 인정하고 계신 모양이에요. 이모는 창문도 못 열게 해요. 집안에 신선한 공기와 빛이 들어오는 것을 싫어하나봐요. 그래서 응접실은 무덤 속처럼 어둡답니다.

하루는 제가 응접실에 들어가서 창문을 모두 열었어요. 이모는 몹시 화가 나서 저를 왈가닥이라고 하면서 머리식 눈길로 노려보았어요. 그런 눈으로 노려보면 그만 제가 나쁜 짓을 한 것 같은 기분이 들어요. 전 몹시 마음이 상해 다락방으로 올라가 '빨간 종이'에 파묻혀서 그걸 작문으로 썼어요. 그러자 기분이 좀 풀렸어요. 허락 없이는 다시는 응접실에 들어가면 안 된다고 엘리자베스 이모는 말했지만, 들어갈 마음도 없어요. 전 응접실이 무섭거든요.

벽이라는 벽에는 죄다 조상들의 초상화가 걸려 있는데, 머리 할아버지 말고는 멋진 얼굴을 하고 있는 사람이 한 사람도 없어요. 머리 할아버지는 몹시 까다로워보이기는 하지만 아주 잘생긴 분이에요. 손님용 침실은 2층에 있는데 거기도 응접실과 마찬가지로 음침해요. 엘리자베스 이모는 높은 사람이 아니면 그 방에 재우지 않아요. 전 대낮의 부엌이 좋아요. 그리고 다락과 거실, 홀도 좋아해요. 홀 정면에는 예쁜 붉은색 문이 있거든요. 버터 제조장도 좋아해요. 하지만 뉴문에 있는 다른 방들은 싫어요. 아참, 내 정신 좀 봐, 지하실 찬장을 까맣게 잊고 있었네요. 전 지하실에 내려가서 잼과 젤리병이 가지런히 주욱 놓여 있는 것을 보는 게 좋아요. 지미는 잼병을 비워두지 않는 것이 뉴문의 가풍이라고 했어요. 뉴문에는 정말 많은 가풍이 있어요. 집은 아주 넓고 나무들은 아름다워요. 뜰의 문 앞의 세 그루의 포플러 나무에 전 '세 왕녀'라는 이름을 붙여주었고, 오래된 여름 별채에는 '에밀리의 휴식처'라는 이름을, 또 옛날 과수원 옆의 커다란 사과나무에는 '기도하는 나무'라는 이름을 지어줬어요. 그 사과나무는 교회에서 데어 목사님이 기도할 때 두 팔을 쳐드는 것과 똑같은 모양으로 길고 큰 가지를 쳐들고 있거든요.

　엘리자베스 이모는 저의 여러 가지 물건을 넣도록 책상 오른쪽 위의 작은 서랍을 쓰라고 했어요. 아빠, 전 큰 발견을 했어요. 틀림없이 아빠도 알고 싶어하실 테니까 아빠가 살아 계셨을 때 그걸 발견했으면 좋았을 거라고 생각해요. 그것은 제가 시를 쓸 수 있다는 거예요. 그럴 마음만 있었으면 틀림없이 훨씬 전부터 쓸 수 있었을 거예요. 학교에서의 그날 이후, 전 아무래도 제가 시를 쓸 운명이라는 것을 느꼈어요. 그러자 시를 쓰는 것이 아주 쉽게 느껴졌어요. 엘리자베스 이모의 책장 안에 《톰슨의 사계》라는 검은 표지의 작은 책이 있어요. 그래서 저도 계절을 주제로 한 시를 쓰기로 했죠. 처음 석 줄은 이렇답니다.

　　어느덧 복숭아와 배와 함께 가을은 익어가고
　　사냥꾼의 뿔피리가 사방에서 들려오면

가엾은 자고새는 깃을 파닥이며 죽어가네

물론 프린스에드워드 섬에는 복숭아가 없고 사냥꾼의 뿔피리 소리도 들은 적이 없지만, 시는 사실에 너무 얽매일 필요는 없다고 생각해요. 전 빨간 종이 한 장을 그 시로 완전히 채운 뒤 서둘러 로라 이모한테 가서 읽어주었어요. 조카가 시를 쓸 줄 안다는 것을 알게 되면 이모가 얼마나 기뻐할까 하고 생각했는데, 이모는 시큰둥하게 그리 시 같은 느낌이 나지 않는다고 말했어요. 이건 무운시(약강 5보격의 형식으로 되어 있으며 각운이 없다)예요, 하고 전 말해주었죠.

엘리자베스 이모는 내가 감상을 물어보지도 않았는데 이모는 과연 그렇구나, 하면서 잔뜩 빈정대는 투로 말했어요. 전 오해를 받지 않도록 다음에는 운을 맞춘 시를 쓰려고 해요. 그리고 어른이 되면 여류시인이 되어 유명해질 생각이에요. 여류시인은 바람의 요정처럼 부드럽고 맵시가 있어야 해요.

지미도 시를 쓰는데 지금까지 천 편이 넘는 시를 썼지만, 한 번도 그것을 종이에 쓴 적은 없고 언제나 머릿속에 넣어두고 있대요. 전 지미한테 빨간 종이 가운데 몇 장을 주었는데——지미는 저한테 무척 잘해 주거든요——지미는 자기는 이제 나이를 먹어서 새로운 습관을 들일 수가 없다고 했어요. 지미의 시흥이 아직 솟아나지 않아서 지미의 시를 들은 적이 없지만, 무척 듣고 싶답니다. 전 지미가 점점 좋아지고 있어요. 다만 그 이상한 눈길로 중얼거리는 버릇만 없었으면 좋겠어요. 그것을 보면 무서운 생각이 들거든요. 하지만 그리 길게 계속되지는 않아요.

전 뉴문의 책장에 있는 책을 많이 읽었어요. 프랑스 혁명 이야기는 아주 종교적이고 슬픈 이야기였어요. 그리고 영국의 사계에 대해 쓴 두껍고 작은 책과 아까 말한 《톰슨의 사계》라는 책. 이 책들에는 아름다운 말이 가득 적혀 있어서 읽는 것은 좋지만, 책의 감촉은 싫어요. 그 두껍고 거친 종이를 만지다보면 소름이 끼치거든요. 《스페인 여행기》, 이것은 내용도 무척 재미있고 종이도 매끄럽고 윤기가 나요. 《태평양 제도에서의 전도서》, 이 책의 그림에 나오는, 이단의 섬에 사는 추장의 머리 모양은 무척 재미있었어요. 추장들은 그리스도교로 개종한 뒤 머리를 잘랐다고 하는데, 저는 아깝다고 생각해요. 《해먼즈 부인의 시집》, 전 시를 무척 좋아하지만, 사람이 아무도 살지 않는 무인도 이야기도 좋아해요. 《롭로이》, 이것은 소설인데 조금밖에 읽지 못했어요. 엘리자베스 이모가 소설 같은 건 읽으면 안 된다고 금지했거든요. 로라 이모는 몰래 읽으라고 했어요. 하지만 이상하게도 로라 이모의 말대로 할 수 없어서 아직 몰래 읽지는 않았어요. 《호랑이 이야기》, 이 책에는 호랑이의 그림과 이야기가 많이 적혀 있어서 가슴이 콩닥거릴 정도로 재미있어요. 《왕도》도 종교적인 이야기이지만 무척 재미있고 일요일에 읽기에 좋은 책인 것 같아요. 《르우벤과 그레이스》는 장편 소설이 아니라 짤막한 이야기예요. 르우벤과 그레이스는 남매라서 결혼을 하지 않지요. 《케이티 아가씨와 유쾌한 짐》도 그것과 비슷한 종류의 이야기인데, 그다지 재미도 없고 비극적이지도 않아요. 《대자연의 7대 불가사의》는 재미도 있고 유익하기도 해요. 《이상한 나라의 앨리스》, 이것은 정말 재미있었어요. 《안조네타 B. 피터스의 추억》도 그래요. 그녀는 7살 때 개종하여 12살 때 죽었는데, 누가 질문을 하면 찬송가 구절로 대답했대요. 물론 그녀가 개종한 뒤의 얘기지요. 그 전에는 영어로 얘기했대요. 엘리자베스 이모는 저도 안조네타처럼 되어야 한다고 했어요. 전 주위 여건이 좀더 갖춰진다면 앨리스처럼 될 수는 있을 거라고 생각하지만, 안조네타처럼 훌륭한 여성은 절대로 될 수 없을 것 같고 또 되고 싶지도 않아요. 안조네타는 조금도 재미있지 않은걸요. 안조네타는 개종하자마자 병에 걸려 여러 해 동안 고생했어요. 게다가 만약 제가 다른 사람들에게 찬송가로 얘기하면 틀림없이 웃음거리가 되고 말 거예요. 그것을 한번 시험해 본 적이 있거든요. 어느 날 로라 이모가 겨울 양말에 푸른 줄무늬가 좋을지 빨간 줄무늬가 좋을지 물었을 때, 전 바로 안조네타가 비슷한 질문에 대답했을 때와 같이 대답했어요. 하기는 안조네타는 양말이 아니고 주머니였지만.

   예수님의 핏빛이야말로
   나의 아름다움, 나의 의복이 되리라

  그러자 로라 이모는 이 아이가 머리가 이상해진 것 같다고 말했고 엘리자베스 이모는 시건방진 아이라고 했어요. 그래서 이런 방법은 조금도 도움이 되지 않는다는 걸 알았죠. 게다가 안조네타는 위궤양을 앓았기 때문에 몇 년 동안 아무것도 먹지 못했는데, 전 맛있는 것을 먹는 걸 아주 좋아하거든요.
  데리폰드 로드의 웰스 할아버지가 암으로 죽어가고 있어요. 제니 스트랭의 얘기로는 웰스 할아버지의 부인은 이미 장례식 준비를 완벽하게 끝냈대요.
  전 오늘 소시 샐의 전기와 '키다리 존의 숲' 속에 난 길에 대해 작문을 썼어요. 그 두 가지를 이 편지에 동봉할 테니까 읽어보세요. 그럼 그리운 아빠, 안녕히 주무세요.
아빠의 착한 딸
에밀리 B. 스타

  추신 : 로라 이모는 절 사랑하는 것 같아요. 전 사랑받는 것을 좋아해요, 아빠.
E.B.S

깊어가는 괴로움

6월의 마지막 한 주일 동안 학교 여자아이들 사이에는 긴장된 흥분이 감돌았다. 그 까닭은 7월 초에 열릴 예정인 로더 스튜어트의 생일파티 때문이었다. 그 파티에 누가 초대받느냐 하는 것이 커다란 관심거리였다. 자기가 초대받으리라는 것을 이미 알고 있는 아이도 있었고, 또 자기는 초대받지 않을 줄 알고 있는 아이도 있었다. 그렇지만 대부분의 아이들은 마음이 더할 수 없이 조마조마했다. 모두들 에밀리에게 잘 보이려고 애를 썼는데, 그것은 로더의 초청자 명단에 에밀리의 입김이 작용할지도 모른다는 생각에서였다.

제니 스트랭은 노골적으로 만약 자기를 초대하게 해주면 뚜껑에 빅토리아 여왕의 얼굴이 그려져 있는 하얗고 예쁜 필통을 주겠다는 말까지 했다. 에밀리는 이 제안을 딱 잘라 거절하고 그런 예민한 문제에 자신은 끼어들 수 없다고 단호하게 말했다. 사실 이 소동 때문에 에밀리는 조금 으쓱해져 있었다. 자기가 초대받을 것을 분명히 알고 있었기 때문이다. 로더는 몇 주일 전부터 에밀리에게 생일파티에 대한 얘기를 했고, 이후에도 여러 번 두사람은 그 계획에 대해 얘기를 나눈 바가 있었다. 파티는 무척 화려하게 꾸밀 것이라고 했다. 분홍색 크림이 덮힌 생일케이크 위로 열 자루의 길다란 분홍색 양초가 꽂히고 아이스크림과 오렌지가 나올 것이다. 그리고 금테를 두른 분홍색 초대장을 모두 우편으로 보낼 것이라고 한다. 에밀리는 내내 파티에 대한 것만 생각하며 지냈다. 로더에게 줄 생일선물도 벌써 준비해놓고 있었다. 로라 이모가 슈루즈베리에서 사다준 예쁜 머리끈이었다.

6월 첫 일요일 주일학교의 개교 기념식장에서 에밀리는 제니 스트랭과 나란히 앉게 되었다. 여느때는 로더와 함께 앉는데, 그날 로더는 세 줄쯤 앞자리에서 처음 보는 소녀하고 앉아 있었다. 옆자리의 소녀는 무척 밝고 화사한 차림을 하고 있었다. 푸른 비단옷을 입고, 예쁜 곱슬머리에는 커다란 꽃장식이 달린 밀짚모자를 썼으며, 통통한 다리에 하얀 레이스 양말을 신고, 짧게 자른 앞머리는 눈언저리까지 내려와 있었다. 하지만 그렇게 멋을 부렸어도 그 아이는 전혀 멋있어 보이지 않았다. 조금도 예쁘지 않았고 얼굴은 신경질적이고 거만해보였다.

"로더 옆에 앉아 있는 저 애, 누군지 아니?"

에밀리가 작은 소리로 제니에게 물었다.

"아, 재? 뮤리엘 포터야. 시내에 사는 아이인데, 제인 비티 아주머니의 집에서 여름방학을 지내려고 왔대. 난 저 애 너무 싫어. 만약 내가 저 애라면 저렇게 피부가 검은데도 푸른 옷을 입을 생각은 하지 않을 거야. 하지만 뮤리엘의 집은 부자고 뮤리엘은 자기가 멋있는 줄 알아. 뮤리엘이 온 뒤부터 로더는 뮤리엘과 아주 친한 사이가 됐대. 로더는 상류층 아이라면 누구한테나 알랑거린다니까."

에밀리의 얼굴이 굳어졌다. 에밀리는 자기 친구를 나쁘게 얘기하는 말에는 귀를 기울이지 않기로 했다. 제니는 에밀리의 얼굴이 굳어진 것을 느끼고 말투를 조금 누그러뜨렸다.
"어쨌든 난 로더의 구식 파티에 초대받지 않아서 다행이야. 저렇게 잘난 체하는 뮤리엘 포터가 있는 곳에는 가고 싶지 않아."
"초대받지 않은 걸 어떻게 알았어?"
에밀리는 이상하게 생각하고 물었다.
"어제 초대장이 발송됐잖아. 너 받지 못했니?"
"응."
"다른 우편물은 왔어?"
"왔어. 지미가 받았는걸."
"그래? 그럼 아마 비처 부인이 지미한테 주는 걸 깜박 잊은 거겠지. 내일은 틀림없이 올 거야."

에밀리도 그럴 거라고 생각했다. 하지만 어쩐지 실망스럽고 싸늘한 느낌이 들었다. 주일학교가 끝나 로더가 다른 데에는 눈길도 주지 않고 뮤리엘 포터와 함께 빠져나간 뒤에도 그 느낌은 사라지지 않았다. 월요일에 에밀리는 직접 우체국에 가보았지만, 그녀 앞으로 온 분홍색 봉투는 보이지 않았다.

그날 밤 에밀리는 울면서 잠들었지만 화요일까지는 희망을 완전히 버리지 않았다. 하지만 에밀리는 결국 무서운 진실과 맞닥뜨리지 않을 수 없었다. 에밀리, 뉴문의 '에밀리 버드 스타'는 로더의 파티에 초대되지 않았던 것이다. 믿을 수 없는 일이었다.

무언가 잘못된 게 틀림없었다. 지미가 집으로 돌아오는 도중에 초대장을 잃어버린 것은 아닐까? 초대장을 쓴 로더의 언니가 에밀리의 이름을 빠뜨린 건 아닐까? 하지만 가엾은 에밀리의 의혹은 제니의 말에 의해 모두 밝혀졌다. 우체국에서 나올 때 에밀리는 제니와 딱 마주쳤다.

제니의 동그란 눈에서 심술궂은 기색이 엿보였다. 제니는 에밀리와 처음 만난 날에는 싸움을 했지만 지금은 에밀리를 아주 좋아하고 있었다. 하지만 그래도 에밀리의 자존심이 짓밟히는 모습을 보고 싶어했다.
"그럼 넌 로더의 파티에 초대받지 못했구나."
"응."
참으로 괴로운 순간이었다. 머리의 자존심이 무참하게 짓밟혔을 뿐만 아니라, 그 자존심의 그늘에서 또 다른 무언가가 상처를 입고 있었다.
제니는 고소해 하면서도 반면 에밀리를 동정했다.
"정말 야비한 아이로구나. 그렇게도 네게 잘 보이려고 하고 친한 척하더니! 하지만 로더 스튜어트는 원래 그런 아이니까 너무 마음 쓰지 마."
"로더가 날 배신했다고 생각하지 않아. 틀림없이 뭔가 잘못된 거야."
제니가 눈을 동그랗게 떴다.
"그럼 너 그 이유를 아직 모르는구나. 베스 비티가 나한테 다 얘기해줬어. 뮤리엘 포터는 널 굉장히 싫어해. 그래서 만약 네가 초대된다면 자기는 파티에 가지 않겠다고 로더에게 말했대. 그런데 로더는 자기 생일파티에 시내에 사는 아이를 오게 하고 싶어서 안달이 나 있었기 때문에 널 초대하지 않겠다고 약속하고 만 거래."
"뮤리엘 포터는 날 모르는데 어떻게 나를 싫어할 수 있지?"
에밀리가 깜짝 놀라자 제니는 장난스럽게 해죽 웃었다.
"그게 어떻게 된 건가 하면, 뮤리엘은 프레드 스튜어트한테 반했는데, 프레드는 그걸 알고 뮤리엘을 약올려주기 위해 그 애 앞에서 일부러 널 칭찬했어. 네가 블레어워터에서 제일 예쁜 여자아이라느니, 네가 조금만 더 크면 널 애인으로 삼겠다느니 한 거야. 그러자 뮤리엘은 질투 때문에 심술이 나서 로더에게 너하고 사귀지 말라고 한 거지. 내가 만약 너라면 무시해버리겠어. 뉴문의 머리 집안 사람은 그런 하찮은 일에는 매달리지 않을 거라고 생각해. 넌 아니라고 하지만 난 로더가 배신자라고 생각해. 그 앤 너에게 상자 속에 뱀이 들어있는 줄 몰랐다고 얘기했지? 하지만 그 장난을 맨 먼저 생각해낸 건 그 애였어."

에밀리는 참담한 심정이 되어 아무 말도 할 수 없었다. 제니가 자기 집으로 향하는 샛길로 들어서자 비로소 안도하는 마음이 들었다. 집에 도착할 때까지 눈물을 참지 못할 것 같아 에밀리는 걸음을 서둘렀다. 파티에 초대받지 못한 실망감과 모욕감은 사라지고, 우정을 배신당한 데서 오는 고통이 마음속에서 격렬하게 소용돌이쳤다.

그것은 에밀리에게 엄청난 타격이었다. 게다가 더욱 괴로운 것은 그것을 이해해줄 사람이 아무도 없다는 사실이다. 엘리자베스 이모는 생일파티 같은 건 아예 경멸하고 있었고, 스튜어트 따위는 머리 집안이 교제할 만한 집안이 못 된다고 말했다. 로라 이모는 에밀리를 위로해주긴 했지만, 에밀리가 받은 마음의 상처가 얼마나 깊고 끔찍한 것인지 알지 못했다. 사실 에밀리의 상처는 도저히 말로 표현할 수 없는 것이어서 아버지한테조차 글을 쓸 수 없을 정도였다. 에밀리를 괴롭히는 이 고통스러운 감정의 배출구는 어디에도 없었다.

다음 일요일 로더는 주일학교에 혼자 앉아 있었다. 뮤리엘 포터는 아버지가 병이 나서 급히 집으로 돌아가야 했기 때문이었다. 로더가 에밀리 쪽으로 다정한 시선을 보냈다. 에밀리는 고개를 꼿꼿하게 치켜들고 얼굴 전체에 경멸의 빛을 띠며 로더 옆을 스쳐 지나갔다. 에밀리는 두 번 다시 로더 스튜어트와 가깝게 지내고 싶지 않았다. 그런 일은 불가능했다. 뮤리엘이 가버리자 다시 자기에게 접근하려는 로더에 에밀리는 환멸을 느꼈다. 로더와 친하게 지낼 수 없게 된 것 때문이 아니라 소중한 우정을 잃은 것 때문에 에밀리는 슬퍼했다. 로더는 적어도 겉으로는 에밀리에게 친절하고 다정했으므로 에밀리는 그런 로더와의 우정에 큰 행복을 느끼고 있었다. 하지만 지금은 그 행복도 사라져버렸고, 에밀리는 이제 누구도 사랑할 수 없었으며 믿을 수도 없었다. 마음에 깊은 상처를 받았기 때문이다.

에밀리는 무슨 일이든 깊이 생각하는 성격이었기 때문에, 그 일은 그녀에게 좋지 않은 영향을 미쳤다. 뉴문을 멍하니 걸어다니고 식욕을 잃어 몸이 쇠약해진 것이다. 다른 아이들이 자기가 당한 일을 재미있어 할 것 같아서 에밀리는 주일학교에도 가지 않았다. 지나치게 예민해져 있었던 것이다. 아이들이 서로 소곤대거나 웃고 있으면, 에밀리는 자기 얘기를 하며 조롱하고 있는 거라고 생각했다. 집으로 돌아올 때도 누가 자신과 함께 걸으려고 하면, 자기에게 친구가 없는 것을 동정하는 거라고 여겼다. 한 달 동안이나 에밀리는 블레어 워터에서 가장 불행한 소녀였다.

'난 태어나면서부터 저주를 받은 게 틀림없어.'

에밀리는 우울한 기분으로 그렇게 생각했다.

엘리자베스 이모는 에밀리가 갑자기 여위고 식욕이 없어진 까닭을 엉뚱한 데서 찾아냈다. 에밀리가 기운을 잃은 것은 단순히 머리숱이 많아서이기 때문에, 머리카락을 잘라버리면 기운을 되찾아 건강해질 거라고 했다. 엘리자베스 이모의 판단은 곧바로 실행을 의미했다. 어느 날 아침, 이모는 에밀리에게 그녀의 머리를 짧게 자를 거라고 선언했다.

에밀리는 자기 귀를 의심했다.

"제 머리를 자른다고 말씀하신 건 아니겠죠, 엘리자베스 이모?"

에밀리는 새파랗게 질려서 소리쳤다.

하지만 엘리자베스 이모는 가차없이 말했다.

"그래, 자를 생각이야. 날씨가 점점 더 더워질 텐데 네 머리는 숱이 너무 많고 또 너무 길어. 요즘 네가 기운이 없는 건 틀림없이 그 때문일 거다. 자, 우는 소리 그만해라."

하지만 에밀리는 눈물을 흘리면서 애원했다.
"그럼 전부 다 자르지는 말고 앞머리만 잘라주세요. 다른 아이들은 거의 머리 꼭대기에서 뱅 스타일로 앞머리를 예쁘게 내려뜨리고 있거든요. 반 정도는 남겨주세요. 반 정도라면 그리 기운을 뺏기지는 않을 거예요."
"뱅 스타일은 안 돼. 내가 항상 얘기하지 않았니? 더워질 거니까 시원하게 잘라주마. 나중엔 너도 틀림없이 그렇게 하길 잘했다고 생각할 거다."
에밀리는 그 편이 더 나을 거라는 생각은 도저히 들 것 같지 않았다. 그녀는 흐느껴 울며 말했다.
"이 머리가 저한테는 하나뿐인 자랑거린데요. 머리와 속눈썹이요. 설마 제 속눈썹도 잘라버리시려는 건 아니겠죠?"
엘리자베스 이모는 에밀리의 길게 굽이치는 앞머리를 예쁘다고 생각하지 않았기 때문에, 에밀리의 심정은 조금도 생각하지 않고 머리는 역시 잘라야 한다고 믿었다. 이모는 기다리고 있으라고 이르고 가위를 가지러 갔다.
에밀리는 기다렸다, 비참한 심정으로. 에밀리는 아름다운 머리카락을 자르지 않으면 안 되었다. 아버지가 그토록 자랑으로 여겼던 머리를.
머리는 시간이 흐르면 다시 자란다, 엘리자베스 이모가 다시 자르지 않는 한. 하지만 다 자라려면 몇 년은 걸릴 것이다. 그때까지 에밀리는 얼마나 보기 흉한 모습으로 있어야 할까? 로라 이모와 지미는 밖에 나가고 없었다. 힘이 되어줄 사람이 아무도 없는 것이다. 이젠 어쩔 도리가 없었다.
엘리자베스 이모가 가위를 들고 돌아왔다. 이모가 가위를 벌렸을 때 무언가를 암시하듯 찰칵! 하는 소리가 났다. 그 소리를 듣는 순간 에밀리는 자신의 영혼 속에서 신비하고 무서운 힘이 솟아나는 것을 느꼈다.

에밀리는 결심하고 엘리자베스 이모를 뚫어지게 응시했다. 그녀는 이상한 모양으로 눈썹이 꿈틀거리는 것을 느꼈다. 그리고 무언가 저항할 수 없는 힘이, 깊이를 알 수 없는 저 심연의 바닥으로부터 물결처럼 밀려 올라오는 것을 느꼈다.

에밀리는 가위를 손에 든 이모를 똑바로 응시하면서 말했다.

"엘리자베스 이모, 전 머리를 자르지 않겠어요. 이제 그 얘기는 그만해주세요."

놀랍게도 그 순간 이모는 새파랗게 질려서 가위를 손에서 떨어뜨리더니, 잠시 동안 경악한 표정으로 에밀리를 쳐다보았다. 엘리자베스 머리는 마침내 태어나서 처음으로 꼬리를 감추듯 부엌으로 달아나버렸다.

"왜 그래, 엘리자베스 언니?"

요리실에서 달려온 로라가 놀라서 소리쳤다.

"난 보았어. 아버지가, 아버지가, 그 아이 얼굴에서 나를 보고있는 것을."

엘리자베스는 몸을 떨면서 숨이 막히는 듯 말했다.

"그리고 그 아이는 이렇게 말했어. '이제 그 얘기는 그만해주세요.' 아버지하고 똑같은 말투로."

어쩌다 이모의 이 말을 엿듣게 된 에밀리는 책장의 거울로 달려갔다. 그녀는 이모의 얘기를 듣고 제 얼굴이 마치 제 얼굴이 아닌 것 같은 불길한 느낌이 들었다. 그때 이미 그 얼굴은 사라지려 하고 있었다. 하지만 에밀리는 그 그림자를 얼핏 본 것 같았다. 그것이 머리의 얼굴이란 말인가. 그 얼굴이 엘리자베스 이모를 그토록 두려워하게 했단 말인가. 에밀리 자신도 그 사실이 무서웠다. 그래서 그 그림자가 사라져버린 것을 다행으로 생각했다. 그녀는 몸서리 치며 다락의 은신처로 달아나서 울음을 터뜨렸다. 하지만 어쨌든 머리카락을 자르지 않아도 되어서 다행이라고 생각했다.

머리카락은 자르지 않았다. 엘리자베스 이모는 두 번 다시 그 문제를 끄집어내지 않았다. 대엿새 동안 이모는 에밀리를 전혀 상대하지도 않았다.

이상하게 그날부터 에밀리는 친구를 잃은 것을 슬퍼하지 않게 되었다. 왠지 그 사건은 아주 오래전에 있었던 일 같았고, 이따금 생각날 때는 있어도 그리 슬픈 기분이 들지 않았다. 그리고 갑자기 식욕과 기운을 되찾았고 다시 아버지 앞으로 편지도 쓸 수 있게 되었다. 생활은 다시 즐거워졌다. 다만 엘리자베스 이모가 에밀리에게 당한 것을 마음에 담고 있다가 언젠가 되갚으려 할 거라는 꺼림칙한 예감은 있었다.

예고된 사건은 그 주가 지나기 전에 일어났다.

이모는 에밀리에게 물건을 사오도록 심부름을 시켰다. 타는 듯이 무더운 날이었기 때문에 에밀리는 집안에서 맨발로 다녀도 된다는 허락을 받았다. 하지만 밖으로 나가려면 구두와 양말을 신지 않으면 안 되었다. 에밀리는 구두를 신지 않겠다고 했다. 이렇게 더운데 단추를 채운 구두를 신고 1킬로미터나 되는 길을 걸을 수는 없었다. 그러나 엘리자베스 이모는 심하게 화를 냈다. 머리 집안 사람이 집 밖에서 맨발로 다니는 모습을 사람들에게 보여서는 안 된다는 것이었다. 두 사람은 오랫동안 팽팽하게 맞섰다. 이윽고 에밀리는 밖으로 나갔는데, 뉴문의 문을 나서자마자 작정한대로 구두와 양말을 벗어 둑의 구멍에 숨기고 발걸음도 가볍게 맨발로 걸어갔다.

에밀리는 심부름을 마치고 별다른 가책도 느끼지 않은 채 집으로 돌아갔다. 바깥은 너무나 아름다웠다. 크고 둥근 블레어워터 연못의 푸른 물은 더 없이 부드럽게 빛났고, '키다리 존의 숲' 아래, 축축한 밭에 피어 있는 '미나리아재비꽃'은 한 송이의 기적과 같았다. 그것을 본 에밀리는 멈춰 서서 시를 짓기 시작했다.

미나리아재비, 노란 꽃이여
사랑스런 너의 얼굴은
늘 어디서나
상냥히 인사하구나

밭이며 한길가, 농부의 뜰에서도
공단처럼 부드러운 꽃잎을
희롱하네
골짜기 밑에서조차

여기까지는 꽤 잘 된 것 같았다. 그러나 에밀리는 여기에 3연을 추가하여 시를 제대로 완성하고 싶었다. 그리하여 꿈꾸는 듯한 기분으로 길을 더듬어 뉴문에 도착했을 때쯤 또 한 구절을 완성하여 흡족한 마음으로 흥얼거렸다.

어디서나 너는
애교가 넘치는구나
미나리아재비, 언제까지나 너는
사랑스런 나의 꽃.

에밀리는 하늘을 오를 것 같은 기분이었다. 이것은 에밀리의 세 번째 시로, 확실히 가장 잘된 시였다. 에밀리는 아무도 이 시를 시시하다고 말할 수는 없을 거라고 생각했다. 서둘러 다락에 올라가서 빨간 종이에 시를 적어두기 위해 달려가던 에밀리는 층계 밑에서 엘리자베스 이모와 딱 마주치고 말았다.
"에밀리! 네 구두와 양말은 어떻게 했니?"
에밀리는 한순간에 멋진 꿈나라에서 불쾌한 진흙탕 속으로 추락

하고 말았다. 그녀는 구두와 양말을 까맣게 잊고 있었던 것이다.
"문 옆 구멍 속에 있어요."
에밀리는 침착하게 대답했다.
"그럼 맨발로 갔다온 거냐?"
"네."
"맨발로 가선 안 된다고 했는데도?"
에밀리는 이런 질문은 의미가 없는 것이라고 생각해 아무 대답도 하지 않았다.
드디어 엘리자베스 이모에게 기회가 온 것이다.

가엾은 일저

에밀리는 손님용 침실에 갇혀서 잠잘 때까지 그곳에 있으라는 명령을 받았다. 에밀리는 반발했지만 소용없었다. 그래서 지난번처럼 머리식 표정을 지어보려 했지만 그마저 뜻대로 되지 않았다.

"네? 엘리자베스 이모, 그런 곳에 저 혼자 있게 하지 말아주세요. 제가 잘못했어요. 제발 손님용 침실에 가두지 말아주세요."

에밀리가 아무리 애원해도 엘리자베스 이모는 완강했다. 이모는 에밀리처럼 감수성이 예민한 아이를 그런 어두컴컴한 방에 가두는 것이 심한 처사라는 건 알고 있었지만 에밀리의 버릇을 고쳐주기 위해서 하는 수 없다고 생각했다. 머리카락 사건이 있던 날 자신이 에밀리에게 당했기 때문에 더 심하게 벌을 주고 있다는 생각은 하지 못했다. 그녀는 그때 공교롭게도 에밀리의 얼굴이 아버지 얼굴과 똑같게 보인 것이 무서워서 달아났다고 생각했다. 그러나 시간이 흐를수록 엘리자베스는 그렇게 달아난 자신이 한없이 창피하게 여겨졌다. 그때 상처받은 자존심은 가련한 죄인의 코앞에서 손님용 침실의 열쇠를 돌렸을 때에야 비로소 조금 회복되었다.

에밀리는 잔뜩 오그라들어 불안한 얼굴을 하고 있었다. 눈에는 두려운 빛이 역력했다. 에밀리는 문에 기대어 몸을 떨었다. 그렇게 하고 있으니 조금은 견딜만했다. 뒤에 뭐가 있는지 상상조차 할 수 없었다. 실내는 넓고 어두컴컴해서 그 속에는 틀림없이 무시무시한 것들이 가득 차 있는 것 같았다. 방이 크고 어두컴컴하다는 것은 그 자체만으로도 에밀리를 공황 상태에 빠뜨려 어떻게 해야 할지 알 수 없게 만들었다. 철이 들고 나서부터 에밀리는 어두컴컴한 곳에 혼자 남겨지는 것을 몹시 두려워했다. 바깥에 있으면 어두워도 무섭지 않았지만, 사방 벽으로 막힌 이 어둠은 손님용 침실을 몹시 무서운 장소로 만들고 있었다.

창문은 짙은 녹색 커튼이 무겁게 드리워진 채 굳게 닫혀 있었다. 덮개가 있는 커다란 침대가 벽에서 방 한가운데까지 차지하고 있었는데, 거무스름한 휘장이 내려져 있는, 높고 딱딱한 침대였다. 그런 침대에서는 꼭 뭔가가 불쑥 튀어나와 에밀리에게 달려들 것만 같았다. 침대에서 검고 커다란 손이 쑥 나와서 에밀리를 붙들기라도 하면 어쩔 것인가. 응접실 벽과 마찬가지로 이곳 벽에도 조상들의 초상화가 걸려 있어서, 죽은 머리 집안 사람들의 냄새가 강하게 느껴졌다. 창문 너머로 희미하게 비쳐 들어오는 몇 줄기 빛이 그 유리액자에 음산하게 반사되고 있었다. 더 무서운 것은 맞은편의 검은 옷장 위에 있는 박제된 올빼미였다. 기분 나쁜 눈길로 자신을 응시하고 있는 커다랗고 하얀 올빼미를 본 에밀리는 큰 소리로 비명을 질렀다. 그리고 고요한 방에서 자기가 지른 비명소리가 울리는 것에 더욱 놀라 구석으로 달려가 웅크려 앉았다. 차라리 침대에서 뭐가 튀어나와 자기를 죽여주면 좋겠다고 생각했을 정도였다.

'내가 만약 여기에 죽어있으면 엘리자베스 이모는 어떤 기분이 들까?'

에밀리는 원망하는 기분으로 그렇게 생각했다.

무서움을 느끼면서도 에밀리는 이 생각에 스스로 도취하여, 그렇게 되면 엘리자베스 이모가 틀림없이 후회할 거라고 생각했다. 그래서 기절한 척 있다가 모두가 놀라고 깊이 후회하는 기색이 보이면, 그때 정신을 차리기로 결심했다. 하지만 이 방에서는 수많은 사람들이 죽었다. 지미의 얘기에 의하면, 가족 가운데 누가 죽을 때가 되면 서둘러 이 손님용 침실로 옮겨서 장엄한 분위기 속에서 임종을 하게 해주는 것이 뉴문의 가풍이었다고 한다. 에밀리에게는 눈앞의 무서운 침대에서 그들이 죽어가는 모습이 보이는 것 같았다. 에밀리는 또다시 소리를 지르고 싶었지만 가까스로 참았다. 스타 집안 사람이 겁쟁이가 되어서는 안 되기 때문이었다. 아, 저 올빼미! 올빼미가 보이지 않도록 등을 돌리자, 이번에는 올빼미가 옷장에서 뛰어내려 자기 쪽으로 날아오는 듯한 느낌이 들어 견딜 수가 없었다. 에밀리는 당장이라도 그런 일이 일어날 것 같은 느낌이 들어 올빼미를 똑바로 쳐다볼 수 없었다. 커튼이 흔들린 것 같은데……. 에밀리는 이마에 식은땀이 배어나오는 것을 느꼈다.

바로 그때였다. 한 줄기 햇살이 덧문 틈새로 흘러들어와 벽난로 위에 걸려 있는 머리 할아버지의 초상화 위에 비스듬하게 비쳤다. 그 초상화는 아래층 응접실에 걸려 있는 사진을 보고 크레파스로 똑같이 그린 것이었다. 괴로운 듯 찡그린 얼굴을 기묘하게 과장해 그린 할아버지의 얼굴은 그 밝은 빛을 받자 정말로 어둠 속에서 튀어나와 에밀리에게 달려들 것만 같았다. 에밀리는 완전히 공포에 사로잡히고 말았다. 그녀는 무서움을 견디지 못하고 미친 듯 방을 가로질러 창문으로 가서 커튼을 확 제치고 창문을 밀어올렸다. 기분 좋은 햇살이 한꺼번에 쏟아져 들어왔다. 창문 밖에는 상쾌하고 그리운 세계가 펼쳐져 있었다. 그리고 정말 다행스럽게도 바로 그 창문 아래 사다리가 놓여져 있지 않은가? 순간 에밀리는 자기를 구출해주기 위해 기적이 일어난 것이라고 생각했다.

그날 아침 지미는 버터 제조장 뒤 우엉을 묻어둔 곳에 뒹굴고 있던 사다리에 발이 걸려 넘어졌다. 지미는 이제 그 썩은 사다리를 처분할 때가 되었다고 생각하여, 풀을 베고 돌아오면 잊지 않고 그것을 볼 수 있도록 거기에 걸쳐두었던 것이다.

에밀리는 창문을 열고 창턱에 기어올라, 사다리를 타고 내려갔다. 그녀는 그 무서운 방에서 탈출하는 것만 생각하고 있었기 때문에 사다리가 썩어서 삐걱거리는 것도 깨닫지 못했다. 땅에 내려서자 에밀리는 쏜살같이 달려나가 담장을 뛰어넘은 뒤, '키다리 존의 숲' 속에 들어가서도 달리는 것을 멈추지 않고 시냇물 옆 오솔길까지 왔다.

거기서 겨우 에밀리는 걸음을 멈추고 깊이 숨을 들이마셨다. 말할 수 없이 기뻤다. 가슴속이 즐거움으로 가득 찼다. 풀고사리 위로 스쳐 지나가는 바람은 자유롭고 상쾌했다. 에밀리는 망령들이 들끓고 있는 침실에서 탈출하여 저 고지식한 엘리자베스 이모의 의지에 맞선 것이다.

"마치 새장에서 막 빠져나온 작은 새 같은 기분이야."

에밀리는 오솔길 끝까지 폴짝폴짝 뛰어갔다. 그러자 담장 위에 걸터앉아 있는 일저 번리가 보였다. 어두컴컴한 어린 전나무 숲을 배경으로 일저의 엷은 금발머리가 빛을 발하고 있었다. 에밀리는 학교에 간 그 첫날 뒤로 한 번도 일저를 보지 못했는데, 일저는 여전히 다른 아이들과 아주 달라 보였다.

"어머, 뉴문의 에밀리 아냐? 어디로 가는 거니?"

"나 도망쳐 나왔어."

에밀리는 숨기지 않고 말했다.

"내가 잘못을 저질렀거든. 적어도 조금은 잘못했어. 그래서 엘리자베스 이모가 날 손님용 침실에 가두어버렸어. 하지만 그런 심한 벌을 받아야할 만큼 나쁜 짓을 한 건 아니었는데 너무해. 그래서 창문에서 사다리를 타고 도망쳐 온 거야."

"야! 너도 말괄량이구나. 너에게 그런 용기가 있는 줄 몰랐어."
에밀리는 깜짝 놀랐다. '말괄량이'라니 너무 심한 말이라고 생각됐다. 하지만 일저는 감탄했다는 뜻으로 그렇게 말한 것이었다.
"용기가 있어서 그랬던 건 아니야. 무서워서 그런 방에는 더 있을 수 없었던 것뿐이지."
에밀리가 솔직하게 말했다.
"그래서 이제부터 어디로 갈 건데? 어디론가 가야 하잖아? 밖에 있을 수는 없어. 곧 폭풍이 불어닥칠 테니까."
일저의 말대로였다. 에밀리는 천둥을 싫어했다. 그녀는 양심의 가책을 느꼈다.
"아, 내가 달아났기 때문에 하느님이 폭풍으로 나를 벌주려 하시는 걸까?"
"그럴 리가 있겠니? 설사 신이 있다 해도 아무것도 아닌 일에 화를 내거나 하지는 않을 거야." 일저가 비웃는 듯한 투로 말했다.
"어머, 일저! 넌 신을 믿지 않니?"
"몰라. 아버지는 신 같은 건 없다고 하시지만. 만약 그게 사실이라면 누가 이 모든 것을 만들었을까? 난 신이 있다고 생각할 때도 있고 없다고 생각할 때도 있어. 너, 우리 집에 안 갈래? 아무도 없어. 우리 집은 너무 쓸쓸해서 난 숲을 좋아해."
일저는 훌쩍 뛰어내려 햇볕에 그을린 손을 에밀리에게 내밀었다. 두 사람은 손을 잡고 키다리 존의 목장을 가로질러 일저네 집인 낡은 건물 쪽으로 걸어갔다. 그 집은 오후의 따뜻한 햇살을 듬뿍 받고 있는 커다란 잿빛 고양이 같았다. 집안은 가구들로 가득 차 있었다. 그 가구도 옛날에는 틀림없이 훌륭했던 것일 텐데 지금은 낡은 데다 함부로 다뤄지고 있었다. 집안에는 물건들이 여기저기 어지럽게 널려 있었고, 오랫동안 청소하지 않아 먼지가 쌓여 있었다. 손질은커녕 청소도 제대로 되어 있지 않은 것을 한눈에 알 수 있었다. 만약 로라 이모가 부엌을 보았다면 그 끔찍한 모습에 기절했을 것이다.
　하지만 놀기에는 더할 나위 없이 좋은 장소였다. 물건을 깨지 않을까 조심할 필요가 전혀 없었다. 일저와 에밀리는 재미있게 숨바꼭질을 하며 온 집안을 뛰어다녔는데, 이윽고 폭풍이 심해지고 번쩍번쩍 번개까지 치기 시작하자, 에밀리는 소파에 쪼그리고 앉아 다시 기운이 날 때까지 기다렸다.
　"넌 번개가 무섭지 않니?"
　에밀리가 일저에게 물었다.
　"무섭지 않아. 내가 무서운 건 악마뿐이야."
　"넌 악마도 믿지 않는 줄 알았어. 로더가 그렇게 말했는걸."
　"아냐, 악마는 분명히 있어. 아버지가 그렇게 말씀하셨어. 아버지가 믿지 않으시는 건 신뿐이야. 그래서 악마는 있지만 그 악마를 응징할 신이 없으니 내가 악마를 무서워하는 건 당연한 일 아니겠니? 날 봐, 에밀리 버드 스타. 난 네가 무척 좋아. 처음 봤을 때부터 네가 마음에 들었어. 그 얼굴 창백한 거짓말쟁이 로더 스튜어트 같은 아이한테는 넌 틀림없이 얼마 못 가 싫증을 내고 말 거라는 걸 진작부터 알고 있었어. 난 절대로 거짓말은 하지 않아. 아버지가 나에게 거짓말을 하면 가만 안 두겠다고 하셨거든. 우리 친하게 지내자. 너하고 함께 앉을 수 있다면 학교에도 제대로 나갈 텐데."
　"그래, 나도 좋아."
　에밀리는 시원스럽게 대답했다. 그녀는 이제 로더처럼 영원한 헌신을 맹세하는 감상적인 방법에는 더이상 흥미가 없었다.
　"네가 여러 가지 얘기를 해주면 좋겠어. 나한테 얘기를 해주는 사람은 아무도 없거든. 나도 많은 얘기를 해줄게. 그 동안 얘기할 상대가 아무도 없었어. 내 옷이 이상하다거나 내가 신을 믿지 않는다고 해서 나를 부끄럽게 여기지는 않겠지?"

"물론이야. 하지만 네가 만약 우리 아빠의 신을 알게 되면 틀림없이 믿을 거야."

"믿지 않아. 그리고 만약 신이 있다 해도 신은 단 하나일 거야."

"그럴까?" 에밀리가 난처하다는 듯이 말했다. "아니야. 그럴 리가 없어. 엘렌 그린의 신은 아빠의 신과 조금도 닮지 않았고 엘리자베스 이모의 신도 역시 닮지 않았어. 난 엘리자베스 이모의 신이 좋다고는 생각하지 않지만, 이모의 신은 적어도 위엄이 있는데 엘렌 아줌마의 신은 그렇지 않아. 그러니까 로라 이모의 신은 틀림없이 또 다를 거라고 생각해."

"아무래도 상관없어, 그런 건. 난 신에 대한 얘기는 하기 싫어." 일저는 얼굴을 찡그리며 불쾌한 듯이 말했다.

"난 좋아해. 그건 무척 재미있는 문제라고 생각하거든. 일저, 난 너를 위해 네가 우리 아빠의 신을 믿게 해달라고 기도할 테야."

"쓸데없는 짓 하지 마. 기도해주지 않아도 돼." 일저가 소리를 질렀는데, 거기에는 뭔가 깊은 까닭이 있는 것 같았다.

"넌 기도해본 적 없니, 일저?"

"있어, 이따금. 밤에 외로움을 느낄 때나 걱정이 있을 때. 하지만 나를 위해 누군가가 기도해주는 건 좋아하지 않아. 얘, 에밀리 스타, 네가 만약 그런 짓을 하고 있는 것이 내 눈에 띄면 네 눈을 뽑아버릴 거야. 내가 보고 있지 않을 때도 나를 위해 몰래 기도하면 안 돼."

"알았어, 안 할게."

에밀리는 단호하게 말했다. 일저를 생각하는 마음이 받아들여지지 않았기 때문에 조금 분한 마음이 들었다.

"난 내가 아는 모든 사람을 위해서 기도하지만, 너만은 제외하겠어."

일저는 이 말이 마음에 들지 않았는지 잠시 동안 가만히 있다가 이윽고 소리 높여 웃으면서 에밀리를 와락 끌어안았다.
"어쨌든 네가 날 좋아했으면 좋겠어. 아무도 나를 좋아해주지 않는걸."
"너희 아버지는 틀림없이 널 좋아하실 거야, 일저."
"그런데 그렇지 않아."
일저가 딱 잘라 말했다.
"아버진 나 같은 건 눈곱만큼도 생각하지 않으셔. 이따금 나를 쳐다보는 것조차 싫어하시는 것 같아. 나를 좋아해 주시면 정말 좋을 텐데. 아버지는 좋아하는 사람에게는 아주 잘해주시거든. 난 어른이 되면 무엇이 되고 싶은지 아니? 연설가가 될 생각이야."
"그게 뭔데?"
"무대에 연설하는 사람이지. 난 연설을 잘해. 넌 뭐가 되고 싶니?"
"시인이 되려고 해."
"정말?"
일저는 감탄한 듯 소리를 질렀다.
"네가 시를 쓰리라고는 생각지 못했어."
"나도 그랬어. 지금까지 세 편을 썼는데, 〈가을〉이라는 것과 〈로더에게 바치는 노래〉──하지만 그건 불태워버렸어. 그리고 〈미나리아재비에게 보내는 노래〉야. 오늘 지었는데 나의…… 나의 걸작이라고 할 수 있어."
"어디 한번 들려줘 봐."
일저가 부탁했다.
에밀리는 기쁜 마음으로 자기가 지은 시를 낭송했다. 일저에게 들려주는 것은 조금도 싫지 않았다.
"에밀리 버드 스타. 그거 정말 네가 지은 거니?"
"응."

"정말이야?"

"응, 정말이야."

"그래." 일저는 긴 한숨을 쉬며 덧붙였다. "넌 틀림없이 훌륭한 시인이 될 거야."

에밀리에게 참으로 기쁘고 자랑스러운 순간이었다. 평생 동안 몇 번 찾아올까 말까 한 멋진 순간이었다. 에밀리는 처음으로 인정받은 것이다. 하지만 지금은 그게 문제가 아니었다. 폭풍은 어느새 멎어 있었고 저녁이 가까워 오고 있었다. 곧 어두워질 것이다. 에밀리는 몰래 빠져나온 것을 들키지 않도록 집으로 가서 침실로 다시 돌아가지 않으면 안 되었다. 집으로 돌아가는 건 생각만 해도 끔찍했지만, 엘리자베스 이모한테 더 심한 벌을 받지 않으려면 역시 그렇게 하는 수밖에 없었다. 게다가 일저를 만나 에밀리도 기운이 다시 넘쳐나고 있었고, 이제 잘 시간도 다 됐으므로 이 집에서도 곧 나가야 했다. 에밀리는 '키다리 존의 숲'을 지나 터벅터벅 집으로 돌아갔다. 숲속은 어지러이 날아다니는 영롱한 반딧불이 가득했다. 에밀리는 몰래 창 밑으로 다가갔다. 그런데 이게 어찌된 일인가? 사다리가 사라지고 없었다!

에밀리는 벌을 받을 것을 각오하고 부엌문으로 돌아갔다. 일단 마음을 먹으니 발걸음이 가벼웠다. 부엌에 혼자 있던 로라 이모가 놀라 소리쳤다.

"에밀리! 너 어디서 오는 길이니? 널 꺼내주려고 방금 2층에 갔다 왔어. 엘리자베스 이모가 꺼내줘도 좋다고 했거든. 엘리자베스 이모는 기도회에 갔어."

로라 이모는 몇 번이나 침실에 몰래 가보았던 것도, 방안이 너무 조용해서 몹시 걱정했던 것도 얘기하지 않았다. 천둥과 비가 거세어져도 엘리자베스는 문을 열어줄 기색이 없었다. 그런데 에밀리는 그리 무서워한 흔적도 없이, 태연한 얼굴로 저녁 어둠 속에서 나타난 것이다. 한동안 로라 이모는 어리둥절한 표정이었다. 그렇지만 에밀리의 얘기를 다 듣더니, 에밀리가 썩은 사다리에서 내려오느라 목이 부러지지 않은 것만도 다행이라며 그저 가슴을 쓸어내릴 뿐이었다.

에밀리는 뜻밖의 행운으로 꾸중을 듣지 않아도 될 거라는 것을 알았다. 로라 이모가 비밀을 지켜주리라는 건 잘 알고 있었다. 로라 이모는 소시 샐의 밥그릇에 먹을 것을 수북이 담아주고, 에밀리에게는 건포도가 듬뿍 들어간 커다란 과자를 주었고, 몇 번이나 키스를 해준 뒤 침대에 재워주기까지 했다.

에밀리는 과자를 맛있게 먹으며 말했다.

"저 오늘은 나쁜 아이였으니까 그렇게 잘해주지 않으셔도 돼요. 맨발로 돌아다니는 건 역시 머리 집안의 수치라고 생각하거든요."

"내가 너였어도 집 밖에 나갈 때마다 구두를 벗어 숨겨두었을 거야. 하지만 돌아올 때는 절대로 잊어버리지 말고 신고 들어와야지. 그러면 엘리자베스 이모도 모르고 넘어갈 테니까."

에밀리는 과자를 다 먹을 때까지 이 말에 대해 생각했다. 그리고 이렇게 말했다.

"그러는 편이 더 낫겠지만 전 이제 다시는 그런 짓 하지 않을 거예요. 전 역시 엘리자베스 이모의 말을 들어야 한다고 생각해요. 이모는 우리 집안의 가장이니까요."

"어떻게 그런 생각을 다 했니?"

"그건 사실인걸요. 아참, 로라 이모! 저, 일저 번리와 친구하기로 했어요. 전 그 애가 좋아요. 늘 친하게 지내고 싶다고 생각하고 있었거든요. 이제 어떤 아이와도 두 번 다시 진한 우정을 나눌 수는 없을 테지만, 그래도 그 애는 마음에 들어요."

"가엾은 일저!"

로라 이모가 한숨을 섞어 말했다.

"정말 그래요. 일저 아버지는 일저를 좋아하시지 않는대요. 너무 하지 않아요? 왜 그럴까요?"

"사실은 좋아한단다. 다만 좋아하지 않는다고 생각하고 있을 뿐이야."

"왜 그렇게 생각하는 걸까요?"

"넌 말야, 에밀리, 아직 어려서 잘 몰라."

에밀리는 너무 어려서 모른다는 말을 듣는 것이 무척 싫었다. 귀찮아하지 않고 사실대로 이야기해주면 잘 알아들을 텐데 말이다.

"전 일저를 위해 기도하고 싶지만, 일저가 싫어하니까 그럴 수 없어요. 하지만 전 늘 모든 친구의 행복을 위해 기도하고 있으니까 일저의 행복을 위해서도 기도하는 거나 마찬가지예요. 그 애에게 뭔가 좋은 일이 생기면 좋겠어요."

탠시패치

　에밀리와 일저는 처음 2주일 동안은 무척이나 즐거운 나날을 보냈다. 그러나 '키다리 존의 숲' 속에서 놀이집을 짓다가 응접실을 만드는 문제로 심하게 다퉜다. 에밀리는 응접실이 있으면 좋겠다고 했고 일저는 응접실 같은 건 필요 없다고 했다. 일저는 금방 샐쭉하더니 곧 번리 집안의 아이답게 화가 폭발하고 말았다. 일저는 화가 날 때 쉴새없이 온갖 거친 욕지거리를 에밀리에게 퍼부어댔다.
　블레어워터 대부분의 아이들은 그런 소리를 들으면 그저 어쩔 줄 몰라 하며 멍하니 있었을 테지만, 에밀리는 그리 호락호락 당하지 않았다. 에밀리 역시 화가 났다. 하지만 마구 화를 발산하지는 않고 오히려 냉정하고 위엄 있는 머리식 태도로 맞섰다. 일저가 한숨 돌리기 위해 욕설을 잠시 멈춘 사이 커다란 돌 위에 책상다리를 하고 앉아 있던 에밀리는, 붉게 상기된 얼굴로 검은 눈을 크게 뜨고 일저에게 조롱하듯 말을 내뱉아 그녀의 화를 한층 돋구곤 했다. 그러면 일저의 얼굴도 새빨갛게 달아올랐고 엷은 갈색 눈은 날카로운 빛을 내뿜었다.

두 소녀 모두 화를 내면 무척 예뻤다. 내내 화를 내고 살 수 없는 것이 안타까울 정도였다.
"뉴문에 산다고 해서 나한테 명령할 수 있다고 생각한다면 큰 착각이야, 이 울보 계집애야!"
일저는 발을 동동 구르며 소리쳤다.
"난 너한테 명령 같은 건 하지 않았어. 너 같은 아이는 절대 다시 상대하지 않을 거야."
에밀리는 멸시하듯 되받았다.
"너 같은 아이하고 절교할 수 있다니 정말 다행이지, 흥! 이 잘난 척에, 거만한 새침데기에, 두 발 달린 짐승 같으니! 앞으로 다시는 나한테 말 걸지 마. 그리고 내 얘기를 온 블레어워터에 떠들고 다니지도 말아줘."
지금의 친구와 전에 친구였던 사람에 대해 남에게 이러쿵저러쿵 얘기한 적이 없던 에밀리에게 그 말은 참을 수 없는 모욕이었다.
에밀리는 일부러 어깃장을 놓았다.
"난 너에 대한 얘기를 막 떠들고 다닐 거야. 지금 무슨 얘기를 할까 생각하고 있는 중이야."
일저한테는 욕설보다 이쪽이 훨씬 더 효과가 있다는 것을 에밀리는 잘 알고 있었다. 그 말을 들은 일저는 무서운 기세로 날뛰기 시작했다. 에밀리가 자신에 대해 어떤 상상도 할 수 없는 일을 생각해낼지 모르는 일이었기 때문이다. 에밀리의 풍부한 상상력을 일저는 진작부터 알고 있었다.
"네 생각 따위에 내가 신경이나 쓸 것 같니? 넌 참 멍청하구나. 어쩌면 너는 센스라고는 눈곱만큼도 없니?"
"나한테는 센스보다 더 좋은 것이 있어." 에밀리는 경멸의 미소를 지으며 계속 말했다. "너는 갖고 싶어도 가질 수 없는 것이 나한테 있다구, 일저 번리!"

일저는 에밀리를 때려눕히기라도 할 듯이 마구 주먹을 휘둘렀다.
"너보다 시를 잘 쓸 수 없다면 난 목을 매고 말겠어."
에밀리는 비웃었다.
"목을 맬 끈을 사는 데 10센트 빌려줄게."
일저도 이 말에는 당해내지 못하고 에밀리를 증오의 눈길로 노려보며 소리쳤다.
"지옥에나 떨어져라!"
에밀리는 일어서서 지옥이 아닌 뉴문으로 돌아갔다. 일저는 분풀이로 자신들이 지은 집을 몽땅 때려부수고 '이끼정원'을 짓밟은 뒤 그곳을 떠났다.
에밀리는 기분이 몹시 상했다. 또다시 우정이 깨진 것이다. 일저가 무척 좋은 친구였다는 데에는 의심의 여지가 없다. 에밀리는 기분이 진정되자 다락방 창가에 가서 소리쳤다.
"세상에 나처럼 불쌍한 애가 또 있을까!"
에밀리는 서럽게 흐느껴 울었다.
그러나 로더하고 싸웠을 때 같은 마음의 고통은 없었다. 이번 싸움에는 확실한 이유가 있었고, 배신을 당한 것이 아니었기 때문이다. 그래도 에밀리는 일저와 두 번 다시 친구가 될 수 없었다. 울보 계집애라느니 두 발 달린 짐승이라느니 하며 자신에게 온갖 욕설을 다 퍼부었을 뿐만 아니라, 지옥에 떨어지라는 말까지 한 아이와 친구가 되다니, 그런 일은 있을 수 없었다. 뿐만 아니라 일저도 에밀리를 절대로 용서해주지 않을 것이다. 에밀리도 일저를 화나게 하는 말을 많이 했으니까.
하지만 이튿날 아침 에밀리가 깨진 접시와 판자를 찾아오려고 놀이집으로 가보니, 일저가 먼저 와서 부지런히 일하고 있는 게 아닌가! 선반은 완전히 원래대로 돌아왔고 이끼정원도 다시 만들어져 있었다. 뿐만 아니라 예쁜 응접실까지 만들어져 있었는데, 그것은 가문비나무 아치를 지나 응접실로 통하고 있었다.
 "안녕! 이것 좀 봐, 네 응접실이 완성되었어. 이제 이 정도면 만족하겠지? 왜 이렇게 늦게 왔어? 다시는 안 오는 줄 알았지 뭐야."
 일저가 밝은 목소리로 말했다.
 그토록 괴로운 밤을 보낸 에밀리는 어이가 없었다. 간밤에 그녀는 두 번째 우정을 매장하고 그 무덤 옆에서 슬피 울지 않았던가? 이렇듯 빠른 화해는 예상치 못했던 것이다. 그런데 일저는 마치 언제 싸웠느냐는 듯 태연한 얼굴이었다.
 에밀리가 살짝 어제 일을 언급하자 일저는 놀란 목소리로 "그건 어제였잖아!" 하고 말했다. 일저의 사고방식으로는 어제와 오늘은 완전히 다른 날이었다. 에밀리는 일저의 사고방식을 받아들이지 않을 수 없었다. 일저라는 아이는, 가끔 화를 내지 않으면 직성이 풀리지 않고, 금세 다시 명랑해져서 에밀리와 화해하고지 않고는 못 배기는 성질이라는 것을 깨닫게 된 것이다. 에밀리가 놀란 것은 자신은 그런 일들이 무척 오랫동안 마음에 남아 있는데, 일저는 싸움이 끝나고 돌아선 순간 금세 잊어버린다는 사실이다. 욕을 하다가도 다음 순간 다정하게 껴안는 일저의 성격은 에밀리에게 시간이 흘러 거기에 익숙해지기 전까지 무척 갈피를 잡을 수 없는 일이었다.
 "나는 금방 잊어버리는 성격이야. 넌 도트 페인처럼 화를 내지 않는 아이와 친하고 싶니?"
 "아니, 그 앤 너무 멍청해."
 "로더 스튜어트도 화를 내지 않지만 넌 그 애하고 멀어졌잖아. 내가 너에게 그 애처럼 대한 적 있니?"
 그런 일은 없었다. 그 점에서는 에밀리도 일저를 믿고 있었다. 일저가 어떤 일을 하든 언제나 충실하고 성실한 것만은 분명한 사실이었다. 일저와 그들과는 '달빛과 햇빛, 물과 포도주' 만큼이나 차이가 있었다.
"좋은 점만 가진 사람은 없는 거야. 난 아버지의 급한 성격을 물려받았어. 단지 그뿐이야. 우리 아버지가 화내시는 모습을 보면 틀림없이 너도 알게 될 거야."

에밀리는 아직 그런 일저 아버지의 모습을 본 적이 없다. 일저의 집에는 가끔 갔지만 닥터 번리가 집에 있는 일은 거의 없었고, 있어도 그저 무뚝뚝하게 에밀리에게 고개를 끄덕여보일 뿐이었다. 그는 몹시 바쁜 사람이었다. 그에게 어떠한 단점이 있다 해도 그의 실력만큼은 두말할 나위 없이 뛰어났기 때문에 그는 의사로서 상당한 인기가 있었다. 그는 늘 무뚝뚝하고 빈정거리기 잘하는 사람이었지만 환자 앞에서는 친절하고 동정심 넘치는 사람으로 돌변했다. 닥터 번리는 환자를 위해서라면 무슨 일이든 마다하지 않았다. 그러나 일단 병이 나으면 그것으로 끝이었다.

7월 내내 그는 탠시패치에 사는 테디 켄트의 목숨을 구하기 위해 바쁘게 뛰어다니고 있었다. 그 덕택에 테디도 위험한 고비를 넘기고 이제 일어나 앉게 되었지만, 닥터 번리를 만족시킬 만큼 빠른 회복을 보이고 있지는 않았다. 어느 날 에밀리와 일저가 잔디가 깔린 오솔길을 지나 연못을 향해 걸어가고 있을 때 닥터 번리가 아이들을 불러 세웠다. 아이들은 낚시바늘과 징그러운 벌레가 들어 있는 깡통을 들고 있었다. 닥터 번리는 둘에게 탠시패치에 가서 테디 켄트와 놀아주라고 말했다.

"테디가 무척 외롭고 울적해하고 있다. 기운을 차릴 수 있도록 가서 함께 놀아주지 않겠니?"

테디를 좋아했지만 그 어머니는 썩 좋아하지 않았던 일저는 내키지 않아 했고, 에밀리는 그리 싫지 않았다. 테디가 병에 걸리기 전날 주일학교에서 그를 단 한 번 보았을 뿐이지만 에밀리는 한눈에 테디가 좋아졌다. 그때 에밀리는 자신과 두세 줄 떨어진 자리에서 테디가 수줍은 눈길로 몇 번이나 자기를 쳐다보고 있는 것을 느꼈다. 에밀리는 테디가 매우 잘생겼다고 생각했다. 짙은 갈색 머리카락과 검은 눈썹에 푸른 눈이 마음에 들었다. 그때 처음으로 에밀리는 남자친구가 있는 것도 괜찮은 일일지 모른다고 생각했다. 물론 '애인'이라는 의미는 아니다. 이따금 어떤 남자아이가 여자아이에게 연필과 사과를 주거나 자주 그 아이하고 놀거나 하면, 그 남자아이는 그 여자아이의 '애인'으로 통하게 되는 것을 에밀리는 좋아하지 않았다.

"테디는 좋은 아이지만 그 애 엄마는 무척 이상한 사람이야."

둘이서 탠시패치로 가는 길에 일저가 말했다.

"아무 데도 가지 않고 집에만 있거든. 교회에도 안 가. 틀림없이 얼굴 흉터 때문일 거야. 원래 테디 집안 사람들은 블레어워터 사람이 아니야. 작년 가을부터 탠시패치에 살고 있는데, 가난하면서도 자존심이 강해서 찾아가는 사람이 별로 없대. 하지만 테디는 굉장히 잘생겼으니까, 테디 엄마가 우리에게 좋은 얼굴을 하지 않아도 신경쓸 필요는 없어."

켄트 부인의 태도는 상당히 냉랭했지만 특별히 다른 사람에게 나쁘게 대하지는 않았다. 아마 그녀도 닥터 번리한테서 미리 얘기를 들었으리라. 그녀는 작은 몸집에 명주실처럼 부드럽고 새끼사슴처럼 어두운 갈색 머리카락, 그리고 슬픈 눈매를 하고 있었고, 창백한 얼굴에 커다란 흉터가 비스듬이 나 있었다. 그 흉터만 없었으면 미인이었을 것이다. 그녀의 목소리는 탠시패치를 스쳐 지나가는 바람처럼 부드럽고 불분명했다. 에밀리는 사람을 만날 때면 직관적으로 그 사람이 어떻다는 것을 알아보는 재능이 있었는데, 켄트 부인은 결코 행복하지 않다는 걸 느낄 수 있었다.

탠시패치는 '실망의 집' 동쪽, 블레어워터 연못과 모래언덕 사이에 있었다. 대부분의 사람들은 그곳을 쓸쓸하고 잊혀진 땅으로 여기고 있었지만, 에밀리는 멋진 장소라고 생각했다. 언덕 꼭대기에 작은 판잣집이 서 있고, 언덕에는 향기로운 쑥이 빼곡하게 자라고 있었다. 숨막힐 듯이 흐드러진 장미덩굴 울타리가 뜰을 에워싸고 있으며, 몹시 허름하고 기울어진 작은 문이 길에서 뜰 안으로 통하는 것이 보였다. 언덕 중턱에서 집 현관까지 네댓 줄로 돌이 깔려 있어 계단을 이루고 있었다. 집 뒤에는 다 쓰러져가는 헛간이 한 채 있고, 거기서부터 블레어워터 쪽으로 엷은 녹색 꽃이 피어 있는 메밀밭이 완만하게 펼쳐져 있었다. 또 크기가 저마다 다른 돌을 깐 집 앞 베란다에는 붉은 양귀비꽃들이 무리지어 피어 있었다.

테디는 두 사람을 진심으로 반겼고 그들은 함께 즐거운 오후를 보냈다. 돌아올 때쯤에는 테디의 투명한 올리브색 피부에 화색이 돌고, 짙푸른 눈이 한층 밝아졌다. 켄트 부인은 테디의 그런 모습을 보고, 에밀리와 일저에게 또 놀러오라고 여러 번 당부했다. 하지만 아직 진심이 어려 있는 것 같지는 않았다. 그래도 에밀리와 일저는 탠시패치를 무척 즐거운 장소라고 생각하고 기꺼이 놀러다녔다. 여름방학 동안 두 사람이 탠시패치에 가지 않은 날은 거의 하루도 없었다. 특히 곧 해가 질 듯하면서도 지지 않는 8월의 저녁은 즐거웠다. 하얀 나방이 쑥밭 위를 날아다니고, 먼 곳의 푸른 산줄기 뒤로 저녁 해가 기울면, 못가에서 반딧불이 엷은 빛을 내뿜기 시작했다.

이따금 세 사람은 탠시패치에서 여러 가지 놀이를 했는데, 그럴 때는 대개 테디와 에밀리가 함께 짝을 이루었지만, 그래도 동작이 재빠르고 재치 있는 일저한테는 당하지 못했다. 어느 날 테디는 에밀리와 일저를 헛간 지붕 아래로 데려가 자기가 그린 그림들을 보여주었다. 그것들은 그림 볼 줄 모르는 두 소녀의 눈에도 무척 멋진 그림으로 보였다. 테디가 연필과 종이를 손에 들고 가느다란 갈색 손가락을 몇 번 쓱쓱 움직이기만 하면, 순식간에 일저와 에밀리, 스모크와 버터컵의 스케치가 완성됐다. 그것은 정말 놀라운 일이었다.

스모크와 버터컵은 탠시패치에서 키우는 고양이들이었다. 버터컵은 통통하게 살이 찌고 털이 노란 애교 많은 고양이로, 이제 막 어른이 된 참이었다. 스모크는 커다란 말타 고양이인데 머리에서 꼬리 끝까지 귀공자티가 났다. 눈은 에메랄드색이고 털은 비로드처럼 부드러웠는데, 귀여운 가슴털 부분만 하얀색이었다.

에밀리가 탠시패치에서 보낸 시간 중에서 가장 즐거웠던 시간은 헛간 뒤 가문비나무 숲이 유령의 나무들처럼 아름답고 거무스름하게 보이는 저녁 무렵, 놀다가 지쳐 셋이서 제멋대로 생긴 돌이 깔린 베란다에 앉아 있을 때라고 생각했다. 서쪽의 구름이 잿빛으로 물들고, 들판 위로 떠오른 크고 둥그런 달이 연못의 물 속에서 노랗게 흔들거리며, 그 위를 '바람 아주머니'가 살짝 지나가면 빛과 그림자가 영롱하게 뒤섞여 향연을 벌이는 것이었다.

켄트 부인은 그들 사이에 끼어들지는 않았다. 하지만 에밀리는 켄트 부인이 부엌 창문 뒤에서 몰래 자기들을 엿보고 있다는 것을 어렴풋이 느낄 수 있었다. 테디와 일저가 학교에서 배운 노래를 부르고, 일저가 시를 암송하면, 에밀리는 이야기를 했다. 또 어떤 때는 셋이서 조용히 앉아 저마다 마음속에 간직하고 있는 꿈의 세계를 떠다녔다. 두 마리의 고양이는 마치 무엇에 홀린 듯 집 주위를 신나게 뛰어다니거나 언덕과 쑥밭을 달리면서 서로를 쫓고 쫓았다. 그러다가 갑자기 어린아이처럼 그들에게 달려드는가 하면 어느새 다시 들판을 달려 내려갔다. 고양이들의 눈은 보석처럼 빛났고 꼬리는 깃털처럼 흔들렸다.

"아, 살아있다는 건 정말 멋진 일이야."

에밀리가 말했다.

하지만 모든 것이 밝기만 한 것은 아니었다. 엘리자베스 이모가 늘 눈을 빛내고 있었던 것이다. 그녀는 에밀리가 탠시패치에 놀러가는 것을 마지못해 허락했을 뿐이고, 그것도 닥터 번리가 부탁했기 때문이었다.

"엘리자베스 이모는 테디를 인정해 주지 않아요."

에밀리는 아버지한테 보낸 편지에 이렇게 썼다. 아버지한테 보내는 편지는 낡은 다락 소파 아래의 선반에 차곡차곡 쌓여가고 있었다.

"제가 처음으로 테디네 집에 놀러가도 되냐고 이모한테 물었을 때, 이모는 무서운 얼굴로 절 쳐다보며 이렇게 말했어요. "테디라니, 누구 말이냐? 우린 켄트 집안 사람들을 전혀 알지 못해. 얘야, 에밀리, 머리 집안 사람은 아무하고나 교제하지 않는단다." 그래서 "전 스타 집안 사람이에요" 하고 말했어요. 아빠는 언젠가 제가 머리 집안 사람이 아니라고 했죠, 네? 아빠, 전 건방지게 굴려고 그런 말 했던 게 아닌데 엘리자베스 이모는 절 건방지다고 하며, 그날 하루 종일 저한테 말도 걸지 않았어요. 이모는 그렇게 하는 것이 벌이라고 생각하는 모양이지만, 전 별로 신경쓰이지 않았어요. 다만 가족이 저에게 화가 나서 말을 하지 않는 것이 불쾌했지요. 하지만 그 뒤 이모는 제가 탠시패치에 가도 좋다고 허락했어요. 닥터 번리가 찾아와 그렇게 해달라고 이모한테 부탁했거든요.

닥터 번리는 엘리자베스 이모에게 이상한 영향력을 발휘하는 것 같아요. 왜 그런지는 잘 모르겠어요. 언젠가 로더가 말하기를 엘리자베스 이모는 닥터 번리와 로라 이모가 짝이 되기를, 그러니까 결혼하기를 원하고 있다고 말했지만, 전 그렇지 않다고 생각해요.

어느 날 밤 토머스 앤더슨 부인이 차를 마시러 왔는데요(토머스 앤더슨 부인은 굉장히 몸이 크고 뚱뚱한데, 부인의 할머니가 머리 집안 출신이래요. 그 외에는 앤더슨 부인에 대해서 특별히 할 말은 없어요). 그때 앤더슨 부인이 엘리자베스 이모한테 닥터 번리가 재혼할 생각이 있는 것 같으냐고 물었는데, 엘리자베스 이모는 "아뇨, 재혼하지 않을 거예요. 나 역시 사람이 두 번 결혼하는 건 옳지 않다고 생각해요" 하고 말했어요. 앤더슨 부인이 '닥터 번리가 로라하고 결혼하고 싶어하는 게 아닐까' 하고 이따금 생각한 적이 있다고 하자 엘리자베스 이모는 경멸하는 듯한 시선으로 앤더슨 부인을 쏘아보기만 했어요. 전 엘리자베스 이모를 좋아하지 않지만 이따금 이모가 아주 자랑스럽게 생각될 때가 있어요.

테디는 멋진 아이예요, 아빠. 아빠라면 테디를 인정해 주실 거라고 생각해요. 테디는 그림을 무척 잘 그려서 언젠가 유명한 화가가 될 거래요. 곧 제 초상화를 그려준다고 했어요. 테디의 어머니가 테디의 그림을 보고 싶어하지 않기 때문에 테디는 그것을 헛간 지붕 밑에 숨겨두었어요. 테디는 새처럼 휘파람도 불 줄 알아요.

탠시패치는 무척 신기한 곳이에요. 특히 밤에는 더 그래요. 전 황혼 무렵의 탠시패치를 좋아해요. 저녁이 되면 우리는 언제나 즐거워져요. '바람 아주머니'가 작은 요정처럼 작아지고 고양이들이 흥분하기 시작하지요. 이 고양이들은 켄트 부인이 기르는데, 테디는 어머니가 고양이를 물에 빠뜨려 죽일까봐 일부러 예뻐하지 않는대요. 켄트 부인은 언젠가 테디가 자기보다 새끼고양이를 더 좋아한다고 여겨 고양이를 물에 빠뜨려 죽여버렸대요.

하지만 테디가 새끼고양이를 더 사랑했다는 건 사실이 아니예요. 테디는 자기 어머니를 무척 사랑하고 있는걸요. 테디는 어머니를 위해 설거지를 하고 집안일도 도와드려요. 일저의 말에 따르면 그래서 학교의 남자아이들이 테디를 여자아이 같다고 놀린다지만, 전 그건 무척 고상하고 남자다운 일이라고 생각해요. 테디는 어머니가 개를 키우도록 허락해주길 바라지만 테디의 어머니는 꿈쩍도 하지 않아요. 전 엘리자베스 이모를 무척 폭군이라고 생각했는데, 어떤 면에서는 켄트 부인이 훨씬 더 나쁜 것 같아요. 그러나 켄트 부인은 테디를 사랑하는 데 엘리자베스 이모는 절 사랑하지 않는 것 같아요.

켄트 부인은 일저와 절 좋아하지 않아요. 그런 말을 한 적은 한 번도 없지만 우린 그걸 느낄 수 있어요. 켄트 부인은 우리에게 차를 마시고 가라고 말한 적도 없는걸요. 우리는 켄트 부인한테 언제나 예의 바르게 행동했어요. 아마 테디가 우릴 좋아하기 때문에 켄트 부인이 질투하고 있는 것 같아요. 테디는 크고 하얀 조개껍질 위에 블레어워터 연못을 멋지게 그려 저한테 주었는데, 어머니가 알면 서운해 울 거니까 비밀로 해야 한다고 했어요.

켄트 부인은 정말 이상해요. 책에서나 볼 수 있는 사람이에요. 전 이상한 사람을 좋아하긴 하지만 별로 가까이 지내고 싶은 마음은 없어요. 켄트 부인은 먹을 것이 많이 있는데도 언제나 굶주린 듯한 눈을 하고 있어요. 얼굴에 불에 덴 흉터가 있어서 아무 데도 나가지 않아요. 램프가 폭발해 화상을 입었대요. 아빠, 그런 말을 들으면 전 오싹 소름이 끼쳐요. 엘리자베스 이모가 양초만 사용하는 것이 얼마나 다행인지 모른답니다. 머리 집안의 가풍 가운데에는 무척 현명한 것도 있어요.

켄트 부인은 신앙심이 깊은 분이에요. 물론 그분 나름의 신앙심이지만요. 켄트 부인은 정오에도 기도를 해요. 테디는 자기가 이 세상에 태어나기 전에 붉고 푸른 두 개의 태양이 있는 세상에서 살았다고 말했어요. 낮에는 붉고, 밤에는 푸른색이라나요. 테디가 어떻게 그런 생각을 하게 됐는지는 모르지만, 무척 재미있는 생각 같아요.

테디는 그곳의 시내에는 물 대신 꿀이 흐른다고 했어요. "그렇다면 목이 마를 때 넌 어떻게 했는데?" 하고 제가 물었더니, "그거? 거기서 우린 전혀 목이 마르지 않아'라고 하는 거예요. 하지만 전 목이 마르는 편이 낫다고 생각해요. 목마를 때 시원한 물을 마시면 얼마나 맛있는데요. 전 달에서 살고 싶어요. 그곳은 온통 은빛으로 가득한 정말 멋진 세상일 거예요.

일저는 저보다 자기가 더 재밌는 아이니까, 테디가 자기를 더 좋아할 게 틀림없다고 말하지만, 그건 사실이 아니에요. 저도 양심의 가책을 느끼지 않을 때는 일저 못잖게 재밌는 아이인걸요. 일저는 테디가 자기를 더 좋아해주길 바라지만, 그렇다고 해서 저를 질투하는 건 아니에요.

엘리자베스 이모와 로라 이모가 일저를 제 친구로 인정해주어서 얼마나 기뻤는지 몰라요. 이모들이 함께 인정해 주는 건 거의 드문 일이거든요. 전 지금은 일저와 싸우는 것에 익숙해져서 싸워도 그리 마음에 두지 않아요. 화가 나면 저도 일저 못지않게 마구 퍼붓는걸요. 우리는 거의 일주일에 한 번은 싸우는데, 싸우고 나서는 깨끗하게 잊어버려요. 일저는 만약 싸움 같은 게 전혀 없다면 세상이 너무 재미없어질 거라고 해요. 전 싸움은 없는 편이 좋다고 생각하지만, 일저가 어떤 일로 화를 낼지 전혀 짐작을 못하겠어요. 일저는 같은 일로 두 번 화를 내지는 않거든요.

일저는 무서운 욕도 막 해요. 어제도 저에게 이가 들끓는 도마뱀이라느니, 이빨 빠진 살무사라고 욕했어요. 하지만 전 제가 도마뱀도 아니고 이가 빠지지도 않았다는 걸 알고, 일저도 그걸 알고 있으니까 그리 기분 나쁘게 생각하지 않아요. 욕을 하는 건 숙녀답지 않은 일이라 전 욕 같은 건 하지 않고 그저 웃기만 해요. 그러면 일저는 제가 자기처럼 기분 나쁜 표정으로 발을 동동 구르지 않는 것에 더 화를 내는데, 전 그걸 알고 일부러 그러는 거예요. 로라 이모는 일저가 쓰는 말을 흉내내지 않도록 주의해야 하며, 가르쳐줄 사람이 없는 가엾은 일저에게 모범이 되어야 한다고 했어요. 하지만 전 일저가 쓰는 말을 흉내내고 싶어요. 무척 특이하거든요. 일저는 그런 말을 아버지한테서 배운대요.

일저 아버지에 비해 이모들은 너무 까다로운 것 같아요. 어느 날 밤 데어 목사님이 차를 마시러 왔을 때, 제가 얘기 도중에 '수소'라는 말을 사용했어요. 전 이렇게 말했죠. 일저와 전 제임스 리 씨의 목장을 지나가는 것이 무서워 죽겠다고, 그곳에는 굉장히 화를 잘 내는 교배종 수소가 있기 때문이라고요. 데어 목사님이 가신 뒤 엘리자베스 이모는 저를 몹시 나무라며, 그런 말은 두 번 다시 사용하면 안 된다고 했어요. 하지만 이모도 선교사에 대해 얘기할 때 호랑이 얘기를 했는데, 어째서 호랑이에 대한 얘기는 괜찮고 수소에 대한 얘기는 실례가 되는 건지 이해가 안 돼요. 물론 수소는 무서운 동물이지만, 그렇게 말하자면 호랑이도 마찬가지인걸요.

엘리자베스 이모는 제가 손님이 오면 언제나 무례한 말을 한다고 해요. 지난주 록우드 부인이 슈루즈베리에서 왔을 때, 모두들 갓 결혼한 포스터 백 부인에 대한 얘기를 했는데, 그때 전 이렇게 말했죠. 닥터 번리가 포스터 백 부인이 무지 예쁘다고 말했다고요. 그러자 엘리자베스 이모는 무서운 목소리로 '에밀리!' 하고 소리쳤어요. 이모는 화가 나서 얼굴이 새빨개졌죠. '닥터 번리가 그렇게 말했단 말이에요. 전 그저 들은 대로 말했을 뿐이에요' 하고 저도 소리를 질렀지요. 닥터 번리는 제가 저녁초대를 받아 일저와 함께 있었을 때 정말 그렇게 말했거든요. 그 자리에 슈루즈베리의 제임슨 씨도 있었어요.

그날 오후에 저는 닥터 번리가 매우 화난 모습을 보았어요. 그는 심스 할머니가 진찰실에서 한 일 때문에 마구 화를 내고 있었는데, 정말 볼 만했어요. 커다란 노란색 눈을 이글거리면서 마구

왔다갔다하며 의자를 차고, 매트를 벽에 집어던지고, 꽃병을 창문 밖으로 내던지고, 욕을 했어요. 전 소파에 앉아 숨도 쉬지 않고 닥터 번리를 쳐다보고 있었죠. 무척 재미있는 구경거리였기 때문에 막상 닥터 번리가 화를 가라앉히자 서운한 마음이 들 정도였어요. 닥터 번리는 일저와 마찬가지로 오래 화를 내지 않거든요. 특히 닥터 번리는 일저한테 절대로 화내지 않아요. 일저는 자기한테도 화를 내주면 좋겠대요. 그게 전혀 무관심한 것보다 차라리 낫다는 거죠. 일저도 저와 마찬가지로 고아나 다름없는 아이예요.

지난주 일요일에 일저는 색 바랜 낡은 감색 옷을 입고 교회에 갔는데, 가엾게도 옷 앞부분이 찢어져 있었어요. 로라 이모는 교회에서 돌아오자 눈물을 흘렸고, 닥터 번리한테는 말할 용기가 없어 심스 할머니에게 그 얘기를 했어요. 심스 할머니는 막 화를 내며 일저의 옷을 챙겨 입히는 것은 자기의 의무가 아니라고 했어요. 심스 할머니의 얘기로는 자신이 닥터 번리에게 얘기해서 일저에게 작은 나뭇가지 무늬가 있는 예쁜 모슬린 옷을 사준 적이 있대요. 그런데 일저가 그만 실수로 새 옷에 달걀을 묻혀버린 거예요. 그것을 본 심스 할머니가 조심성 없는 일저의 행동을 꾸짖었는데, 이에 심하게 화가 난 일저는 곧장 2층으로 올라가 그 옷을 갈기갈기 찢어버렸대요. 그 뒤부터 심스 할머니는 일저의 옷에 더 이상 간섭하지 않았고, 그 때문에 일저한테는 입을 것이 감색 옷밖에 없었던 거예요. 그런데 그 옷이 찢어져 있는 줄은 심스 할머니도 몰랐대요. 그래서 전 일저의 옷을 살짝 뉴문으로 가지고 와서 로라 이모한테 꿰매달라고 했어요. 로라 이모는 찢어진 부분을 호주머니로 가려서 예쁘게 꿰매주었어요.

일저는 자기가 모슬린 옷을 찢은 것은 신을 믿지 않았던 때의 일이며, 그때 일에 대해서는 별로 죄책감이 없다고 했어요. 또 어느날 밤 일저는 자기 침대에 생쥐가 있는 것을 발견했는데, 그것을 쫓아버리고 침대에 들어갔대요. 정말 용감하죠? 전 절대로 그런 용기는 없어요.

 닥터 번리가 웃지 않는다는 건 거짓말이에요. 닥터 번리가 웃는 것을 본 적이 있거든요. 뭐 그리 자주 있는 일은 아니지만요. 닥터 번리는 다만 입끝으로 웃을 뿐 절대로 눈은 웃지 않아요. 그래서 왠지 어색한 느낌이 들어요. 닥터 번리는 '유쾌한 짐'의 삼촌처럼 몹시 빈정대듯 웃어요.

 우린 그날 저녁에 보리 수프를 먹었어요. 아주 묽은 수프였어요.

 로라 이모는 제가 설거지를 하는 대가로 일주일에 5센트씩 준답니다. 전 그중에서 1센트만 쓰고 나머지 4센트는 응접실 벽난로 위에 있는 두꺼비 모양의 저금통에 넣어두지요. 그 두꺼비 저금통은 놋쇠로 만든 것인데 한 번에 1센트씩 입에 넣도록 되어 있어요. 두꺼비가 그것을 삼키면 돈이 뱃속으로 들어간답니다. 무척 멋있는 저금통이죠(전 다시는 멋있다는 말을 쓰지 말아야 할 것 같아요. 같은 말을 너무 여러 번 사용하면 안 된다고 아빠가 그러셨잖아요. 하지만 제 마음을 이보다 더 잘 표현해주는 말이 달리 생각나지 않는걸요)? 두꺼비 저금통은 로라 이모의 것인데 제가 사용해도 좋다고 허락하셨어요. 전 그때 로라 이모를 와락 끌어안았어요. 물론 엘리자베스 이모를 끌어안는 일은 절대로 없어요. 엘리자베스 이모는 뼈만 앙상해서 딱딱한 느낌이 들거든요.

 엘리자베스 이모는 로라 이모가 설거지한 대가로 저한테 돈을 주는 것을 좋게 생각하지 않아요. 지미가 지난주 몰래 저에게 1달러를 준 것을 알면 엘리자베스 이모가 뭐라고 할까요? 생각만 해도 소름이 끼쳐요. 그렇게 많은 돈은 주지 않으면 좋겠어요. 큰 돈은 걱정의 씨앗이고 무서울 만큼 책임을 느끼거든요. 게다가 엘리자베스 이모한테 들키지 않고 감쪽같이 그 돈을 쓰는 건 무척 어려운 일일 거예요. 백만 달러나 되는 돈은 어른이 된 뒤에도 갖고 싶지 않아요. 그런 큰돈에는 틀림없이 깔려 죽고 말겠죠? 전 그 1달러를 편지를 보관하는 선반에 넣어두었어요. 헌 봉투에 넣어서 그 위에 이렇게 적어두었죠.
'지미 머리가 이 돈을 주었습니다. 제가 갑자기 죽어서 엘리자베스 이모가 이것을 발견하더라도 절대로 나쁜 돈이 아니라는 것을 알아주시기를.'
날씨가 점점 서늘해지자, 엘리자베스 이모는 저에게 두꺼운 플란넬 페티코트를 입혔어요. 전 그 옷이 무척 싫어요. 그것을 입으면 몸이 부풀어 보이는걸요. 이모는 그 옷을 입지 않으면 폐병에 걸려 죽을 거라고 했어요. 전 옷이라는 건 보기에도 좋고 건강에도 좋아야 한다고 생각해요. 오늘 전 빨간 포장마차 얘기를 읽었어요. 가장 재미있는 등장인물은 늑대예요.

어제는 두 편의 시를 썼어요. 하나는 짧은 것인데 제목은 〈옛날 과수원에서 꺾어온 파란 눈의 화초에게 보내는 노래〉라는 것이에요.

　　상냥한 작은 꽃이여, 네 얌전한 얼굴은
　　늘 하늘을 우러러보는 구나
　　하늘을 떠가는 흰구름이
　　네 푸른 눈 속에 들어 있구나
　　목장의 여왕은 늘씬하고 아름답지
　　매발톱꽃 역시 어여쁘구나
　　그러나 내 빈약한 재능은
　　푸른 꽃이여, 네게 영예의 관을 돌리노라

또 하나의 시는 긴 시인데 빨간 종이 뒤에 적어 두었어요. 〈숲의 왕)이라는 시예요. '숲의 왕'이라는 건 '키다리 존의 숲' 속에 있는 커다란 자작나무를 가리키는 말이에요. 전 그 숲을 무척 좋아해요. 가슴이 아플 만큼요. 그런 종류의 아픔을 아빠도 이해하실까요? 일 저도 그 숲을 좋아하기 때문에 우린 탠시패치에 가지 않을 때는 대개 거기서 놀아요.

그 숲 속에는 오솔길이 세 개 있어요. 우리는 그것을 '오늘의 길', '어제의 길', '내일의 길'이라고 부른답니다. '오늘의 길'은 시냇가에 있는데 지금이 한창 아름답기 때문에 그렇게 불러요. '어제의 길'은 키다리 존이 나무를 베어낸 그루터기 사이를 빠져나가는 길인데, 그렇게 부르는 이유는 옛날에 아름다웠기 때문이지요. '내일의 길'은 단풍나무를 심은 곳에 있는 작은 오솔길로, 장차 단풍나무가 자라면 틀림없이 아름다운 길이 될 거라고 생각하기 때문에 그렇게 부른답니다.

하지만 아빠, 전 그 골짜기의 집에 있던 그리운 고목들을 잊지 않고 있어요. 잠자리에 들면 전 자주 그 나무들이 생각나요. 하지만 이곳에서도 행복해요. 행복해서는 안 되는 것일까요, 아빠? 엘리자베스 이모는 제가 생각보다 빨리 향수병을 이겨냈다고 하지만, 마음속으로는 아직도 이따금씩 향수병에 걸리는걸요. 전 키다리 존 아저씨와 아는 사이가 되었어요. 일저는 키다리 존 아저씨와 무척 친해서 이따금 놀러가서 아저씨가 가게 앞에서 목수일을 하는 걸 구경한대요. 아저씨는 신부님 없이 하늘에 닿을 수 있는 사다리를 만들었다고 큰소리치는데, 그건 농담이에요. 사실 아저씬 신앙심이 깊은 가톨릭 신자로, 일요일마다 화이트크로스에 있는 성당에 나가거든요. 저는 일저와 함께 아저씨한테 놀러가요. 키다리 존 아저씨는 머리 집안의 원수라서 말을 해서는 안 되는 건지도 모르지만, 아저씬 태도가 훌륭하고 무척 신사적이에요. 저한테 친절하게 대해주시지만, 그렇다고 항상 아저씨가 좋은 건 아니에요. 제가 뭔가 진지한 질문을 하면 아저씬 대답할 때 언제나 윙크를 해서, 뭔가 무시당하는 기분이 들어요.

물론 전 종교적인 것은 묻지 않지만, 일저는 다르답니다. 일저는 아저씨를 좋아하지만, 그 애의 말로는 키다리 존 아저씨는 만약 그만한 힘만 있다면 우리를 모두 화형에 처할 거래요. 일저가 그것에 대해 존 아저씨한테 물었더니 아저씬 저에게 윙크하며, "너희처럼 예쁘고 귀여운 신교도를 화형에 처하고 싶지는 않아. 화형에 처하는 건 늙고 못생긴 신교도뿐이지" 하고 말했어요. 시시한 대답이었죠. 키다리 존 아저씨의 부인은 무척 예쁜데도 조금도 거만하지 않아요. 마치 작은 장밋빛 사과 같은 아주머니예요.

비가 오는 날에는 우린 일저의 집에서 놀아요. 층계의 난간을 미끄럼처럼 타고 내려올 수도 있고, 뭐든지 하고 싶은 대로 할 수 있기 때문이죠. 아무도 뭐라 그러지 않아요. 다만 닥터 번리가 집에 있을 때만은 조용히 있어야 하지만요. 닥터 번리는 자기가 내는 소리 말고는 집안에서 들리는 어떤 소리도 참지 못해요. 일저네 집은 지붕이 납작하기 때문에 다락방 천장을 통해 지붕으로 올라갈 수 있는데, 굉장히 재미있어요.

얼마 전 밤에 지붕 위에서 누가 더 크게 소리지를 수 있는지 내기를 했어요. 놀랍게도 제 소리가 더 컸답니다. 해보기 전에는 자기가 무엇을 할 수 있는지 모르는 건가봐요. 하지만 우리 목소리가 너무 많은 사람들에게 들려서, 엘리자베스 이모가 노발대발하고 말았어요. 그리고 어째서 그런 짓을 했느냐고 물었지요. 이따금 저 스스로도 어째서 이런 짓을 하는 건지 알 수 없을 때가 있을 정도이니, 그런 질문에는 대답할 말이 없지 않겠어요? 전 그런 일을 하면 어떤 기분이 될까 궁금할 때가 있어요. 또 때로는 제 손자들에게 들려줄 만한 재미있는 얘기를 만들기 위해 할 때도 있구요.

벌써부터 손자를 생각하는 건 잘못된 건가요? 저는 제 아이에 대해 벌써부터 얘기하는 건 잘못이라고 배웠어요.
　어느 날 밤 많은 손님들이 집에 오셨을 때 로라 이모가 무척 다정하게 저한테 물었어요. "뭘 그렇게 심각한 얼굴로 생각하고 있니, 에밀리?" 그래서 전 "제 아이들에게 지어줄 이름을 생각하고 있어요"라고 대답했죠. 전 10명의 아이들의 엄마가 될 생각이거든요. 그러자 손님들이 돌아간 뒤 엘리자베스 이모가 로라 이모한테 쌀쌀맞은 말투로 말했어요. "로라, 저 아이가 무슨 생각을 하고 있는지 앞으로는 묻지 않는 게 좋겠다." 하지만 만약 로라 이모가 물어주지 않는다면 전 섭섭할 거예요. 저는 재미있는 생각을 하면 그것을 사람들에게 얘기하는 걸 좋아하거든요.
　다음주부터 다시 학교에 나간답니다. 일저는 저하고 함께 앉아도 되는지 브라우넬 선생님께 물어볼 생각이래요. 전 로더는 전혀 모르는 사람처럼 대할 생각이에요. 테디도 학교에 갈 거예요. 닥터 번리는 테디가 이제 완전히 나았으니까 학교에 가도 좋다고 하지만, 테디 어머니는 테디를 학교에 보내고 싶어하지 않아요. 테디 말로는 늘 그랬대요. 하지만 테디가 브라우넬 선생님을 좋아하지 않아서 어머니가 기뻐하고 있대요. 친한 친구 앞으로 보내는 편지의 맺음말은 '친애하는 누구누구로부터'라고 하는 거라고 로라 이모가 말했어요.
　그래서 저도 그렇게 쓸 거예요.

　　　　　　　　　　　친애하는 에밀리 버드 스타로부터

　추신 : 왜냐하면 아빠는 지금도 저의 가장 사랑스러운 친구인걸요. 일저는 세상의 그 무엇보다 저를 가장 사랑하고 그 다음으로 심스 할머니가 준 빨간 가죽구두를 사랑한대요.

이브의 딸

　뉴문은 사과로 유명하다. 에밀리가 뉴문에서 지낸 첫해 가을에는 '옛날 과수원'도 '새 과수원'도 대풍작이었다. '새 과수원'에는 품종이 좋은 사과가 잔뜩 열렸고, '옛날 과수원'에는 원예도감에도 나오지 않는 맛좋은 야생 사과가 열렸다.
　에밀리는 어느 과수원의 사과든 마음대로 따먹을 수 있었지만, 침대 안에서 먹는 것만은 금지되어 있었다. 엘리자베스 이모는 깔끔한 것을 무척 좋아해 침대에 사과 씨앗이 흩어져 있는 것을 몹시 싫어했다.
　반면 로라 이모는 어두운 곳에서 사과를 먹는 것을 두려워했다. 어두운 곳에서 사과를 먹다가 모르고 사과벌레까지 먹게 될지 모르기 때문이다. 그런데 사람의 마음은 이상해서 자기 밭 사과보다 남의 밭 사과가 훨씬 더 맛있어 보이는 모양이다. 에밀리도 키다리 존 아저씨네 사과보다 더 맛있는 사과는 없다고 생각했다.
　존 아저씨는 작업장 들보에 사과를 한 줄로 죽 늘어놓는 습관이 있었다. 일저와 에밀리가 그 먼지 자욱하고 대팻밥이 펄펄 날리는 작업장에 놀러가면 마음껏 그 사과를 먹을 수 있었다.

 아이들은 키다리 존 아저씨의 사과 중에서도 특히 세 가지 별종을 좋아했다. '딱지투성이 사과'라고 하는 것은 보기에는 그리 맛있어 보이지 않는 사과였지만 이상하게도 그 얼룩덜룩한 껍질 속은 뭐라 표현할 수 없이 맛있었다. '작고 빨간 사과'는 크기는 작지만 전체가 진홍색이며 공단처럼 광택이 있는 사과로, 말할 수 없이 달콤한 맛이 났다. 그리고 커다란 녹색의 '달콤한 사과'는 대부분의 아이들이 가장 맛있어하는 사과였다. 에밀리는 키다리 존 아저씨의 특별히 커다란 이 '달콤한 사과'를 특별히 맛있게 먹었던 그날 저녁을 생각하면 언제나 후회가 된다.

 에밀리도 속으로는 키다리 존 아저씨한테 놀러가면 안 된다는 것을 알고 있었다. 그렇지만 이모들이 에밀리에게 거기에 가면 안 된다고 말한 것은 아니었다. 이모들로서는 뉴문에 사는 사람이 할아버지 때부터 이어져내려오는 머리와 설리번 집안 사이의 해묵은 원한을 잊어버린다는 것을 상상할 수 없었기 때문이다. 그것은 머리 집안 사람이라면 앞으로 영원히 지켜나가야 할 규칙 같은 것이었다. 하지만 장난꾸러기 일저와 함께 일단 밖으로 나가기만 하면, 에밀리는 키다리 존 아저씨의 '빨간 사과'와 '딱지투성이 사과'의 유혹에 빠져 규칙 같은 것은 까무룩 잊고 말았다.

 9월 어느 날 늦은 오후, 에밀리는 적적한 마음으로 어슬렁거리다가 키다리 존의 작업장에 들어갔다. 학교에서 돌아온 이후로 그녀는 내내 혼자였다. 이모들과 지미는 해가 질 때까지는 돌아오겠다는 말을 남기고 슈루즈베리에 나가고 없었다. 또 닥터 번리는 심스 부인의 성화로 일저에게 겨울 코트를 사주기 위해 그녀를 데리고 살럿타운으로 갔다. 처음에 에밀리는 혼자 남았다는 사실이 몹시 기분 좋았다. 혼자 뉴문을 관리하게 된 것이 무척 자랑스럽게 여겨졌던 것이다. 로라 이모가 부엌 찬장에 넣어둔 저녁을 먹은 뒤 에밀리는 버터 제조장에 가서 6개의 커다란 냄비에 담긴 우유에서 크림을 걷어냈다. 이것은 에밀리가 할 일이 아니었지만, 전부터 무척 해보고 싶었기 때문에 이번 기회를 놓치고 싶지 않았던 것이다. 그녀는 그 일을 훌륭하게 해냈다. 게다가 아무한테도 들킬 염려가 없었다. 이모들은 서로 상대방이 했을 거라고 생각할 것이기 때문에 꾸중을 들을 리도 없었다.

크림을 건지고 커다란 돌항아리에 넣어 잘 휘저었을 때 이미 해가 지고 있었지만, 아무도 돌아오지 않았다. 텅 빈 집에 들어가는 것은 생각만 해도 싫었다. 그래서 부랴부랴 키다리 존의 작업장에 갔는데 거기도 텅 비어 있었다. 하지만 작업대 위에 대패가 놓여 있는 걸 보니 키다리 존이 조금 전까지 거기서 일했을 것 같고, 금방 돌아올 것 같았다. 에밀리는 둥근 통나무 위에 앉아 뭐 먹을 게 없나 하고 주위를 둘러보았다. 작업장 벽에 '빨간 사과'와 '딱지투성이 사과'가 한 줄로 진열되어 있었지만 '달콤한 사과'는 보이지 않았다. 에밀리는 '달콤한 사과'가 먹고 싶었다.

바로 그때 그 '달콤한 사과'가 눈에 띄었다. 유난히 큰 사과였다. 그때까지 한 번도 본 적이 없는 크고 '달콤한 사과'가 다락으로 올라가는 층계 위에 딱 한 개 놓여 있었다. 에밀리는 층계를 올라가 그것을 집어들고 바로 베어 물었다. 에밀리가 행복한 기분으로 사과 속을 갉아먹고 있는데 키다리 존이 들어왔다. 그는 겉으로는 무심한 얼굴로 에밀리에게 고개를 끄덕였다.

"저녁 먹으러 갔다 왔다. 마누라가 집에 없어서 내가 만들어 먹었지."

그는 곧바로 대패질을 시작했다. 에밀리는 층계에 앉아서 자기가 먹은 크고 '달콤한 사과'의 씨앗을 헤아리고 있었다. 씨앗의 수로 운을 점치려는 것이다. 다락의 옹이 구멍으로 '바람 아주머니'가 살짝 지나가는 소리를 들으면서, 에밀리는 나중에 빨간 종이에 써넣을 셈으로 '램프불에 비친 키다리 존의 작업장'에 대한 작문을 머릿속에서 구상하고 있었다. 웃음이 나올 정도로 반대편 벽에 길게 비치고 있는 키다리 존의 코 그림자를 표현할 그럴듯한 말을 찾고 있는데, 갑자기 코 그림자가 마치 천장을 뚫기라도 할 듯이 위로 향하는가 싶더니 키다리 존이 돌아보며 깜짝 놀란 목소리로 물었다.

"층계 위에 있던 크고 달콤한 사과 못 봤니?"
"네? 그거요, 저, 제가 먹었는데요."
에밀리가 우물거리며 대답했다.
키다리 존은 대패질하던 손을 딱 멈추더니 두 팔을 치켜들면서 큰일 났다는 표정으로 에밀리를 쳐다보았다.
"오, 하느님! 도와주소서. 정말로 그 사과를 먹은 건 아니겠지? 제발 그 사과를 먹었다는 말은 하지 말아다오."
"하지만 전 정말 먹은걸요. 독이라도 들었나요……."
에밀리가 불안한 듯이 말했다.
"저런! 그 사과에는 쥐약이 들어있었어. 이곳에 쥐가 하도 들끓어서 놈들을 소탕하려고 쥐약을 넣어두었는데 그걸 네가 먹었단 말이지? 거기에는 12명의 여자아이도 눈 깜짝할 사이에 죽을 만큼의 독이 들어 있었는데."
키다리 존의 말이 채 끝나기도 전에 에밀리는 새파랗게 질려 빛처럼 빠른 속도로 작업장을 빠져나갔다. 에밀리는 오로지 집으로 돌아가야한다는 생각밖에 없었다. 죽기 전에 집으로 돌아가야 했다. 그녀는 밭도 수풀도 뜰도 일직선으로 가로질러 집으로 뛰어들어갔다. 집안은 여전히 조용하고 어두웠다. 아무도 돌아오지 않은 것이다. 에밀리는 어떻게 하면 좋을지 몰라 작고 날카로운 비명을 질렀다. 모두들 돌아오면 그녀가 차갑게 굳어 있는 모습을 발견할 것이다. 에밀리는 이 세상의 모든 것과 영원히 작별해야 한다. 맛있게 보이는 사과를 먹었다는, 단지 그것 하나만으로 모든 것이 끝나는 것이다. 그건 불공평했다. 그녀는 죽고 싶지 않았다.
 하지만 에밀리는 죽을 것이다. 다만 죽기 전에 누군가가 와준다면……. 텅 빈 집에서 홀로 죽어가는 건 너무 무서운 일이었다. 도움을 청하러 어디론가 달려갈 용기도 없었다. 벌써 너무 어두워졌기 때문에 가다가 길에 쓰러져 죽어버릴 것만 같았다. 바깥의 어둠 속에서 홀로 죽다니, 아! 그건 너무 무서워……. 살아날 길이 있을 거라는 생각은 꿈에도 하지 못했다. 일단 독이 몸에 퍼지면 그걸로 끝이라고 그녀는 생각했다.
 에밀리는 떨리는 손으로 촛불을 켰다. 그렇게 하면 조금 편해질지도 모른다고 생각한 것이다. 빛이 있으면 무서움도 줄어들지 않을까? 에밀리는 새파랗게 질려 있으면서도 용기를 내기로 결심했다. 스타 집안과 머리 집안의 수치가 되어서는 안 되었다. 에밀리는 차가워진 두 손을 마주잡고 떨지 않으려고 애썼다.
 죽기까지 시간이 얼마나 남았을까? 키다리 존 아저씨는 그 사과를 먹으면 눈 깜짝할 사이에 죽는다고 했는데 그건 어떤 의미일까? 눈 깜짝할 사이란 도대체 어느 정도의 시간을 말하는 걸까? 벌써 독이 온몸에 퍼진 건 아닐까? 독이 몹시 치명적이라는 것을 그녀는 어렴풋이 알고 있었다.
 아! 조금 전까지는 그렇게도 행복했는데. 앞으로 오래오래 살며 훌륭한 시를 써서 해먼즈 부인(19세기 영국의 여류시인)처럼 유명해지려고 했건만. 그 전날 밤 에밀리는 일저와 싸움을 한 뒤 아직 화해하지 않고 있었는데, 이제 영원히 화해할 수 없게 되고 말았다. 일저는 틀림없이 무척 후회하며 괴로워할 것이다. 일저에게 용서한다는 편지를 쓰지 않으면 안 된다. 그럴 시간이 있을까? 아, 이렇게 손이 차갑다니! 죽음이 가까워졌다는 증거임에 틀림없었다. 죽을 때, 몸이 차가워진다는 건 얘기로도 듣고 책에서도 읽은 적이 있었다. 얼굴이 검게 변했을지도 모른다는 생각도 들었다. 에밀리는 촛불을 들고 급히 층계를 올라가 손님용 침실로 들어갔다. 그곳에는 그 집에서 유일하게 에밀리가 자기 모습을 비춰볼 수 있는 낮은 거울이 있었다. 여느때 같았으면 촛불밖에 없는 어슴푸레한 손님용 침실에 들어간다는 건 생각만 해도 무서웠지만, 지금은 더 큰 공포가 다른 모든 공포를 삼켜버렸다. 어두운 방에서 한 자루의 촛불이 반짝이는 검은 머리카락 뒤의 그녀의 얼굴을 비추었다. 그 얼굴은 이미 죽은 사람이라 해도 좋을 만큼 창백했다. 분명히 그것은 죽어가는 사람의 얼굴이었다.

에밀리의 마음속에 훌륭한 조상들로부터 물려받은 용기가 솟았다. 그녀는 떠는 것을 멈추고 격심한 후회 속에서도 침착하게 자신의 운명을 받아들였다.

'난 죽고 싶지 않지만, 그래도 죽어야 한다면 머리 집안 사람으로서 부끄럽지 않게 죽고 싶어.'

그렇게 결심한 에밀리는 서둘러 해야 할 일이 있었다. 일저에게 편지를 써야 했던 것이다. 에밀리는 먼저 엘리자베스 이모의 방에 가서 오른쪽 맨 윗서랍이 잘 정리되어 있는지 확인했다. 그런 다음 다락의 층계를 급히 올라가 지붕밑 창 쪽으로 갔다. 다락은 캄캄했지만 에밀리는 조금도 무섭지 않았다.

'무거운 페티코트가 몸에 감겨 종일 기분이 좋지 않았다.'

빨간 종이를 한 장 꺼내면서 에밀리는 생각했다. 그것이 그녀가 쓸 마지막 문장이었다. 아버지 앞으로는 쓸 필요가 없다. 이제 곧 만날 테니까. 하지만 일저한테는 꼭 써야 한다. 사랑스럽고 명랑하고 성질 급한 일저. 바로 전날 일저는 에밀리에게 큰 소리로 욕을 해댔기 때문에, 만약 에밀리가 용서한다는 편지를 남기지 않으면 평생 후회하는 마음으로 살게 될 것이다. 에밀리는 편지를 쓰기 시작했다. 손은 조금 떨렸지만 입은 굳게 다물어져 있었다.

사랑하는 일저, 난 지금 죽어가고 있어. 키다리 존 아저씨가 쥐약을 넣어둔 사과를 먹었기 때문이야. 난 이제 다시는 널 만날 수 없지만, 널 사랑하고 있다는 것, 그리고 어제 네가 나보고 '스컹크'라느니 피에 굶주린 '밍크'라고 욕한 일로 후회할 필요가 없다는 걸 말하기 위해 이 편지를 쓰고 있어. 난 이미 널 용서했어. 그러니까 그 일로 가슴 아파하지 말아줘. 그리고 난 널 경멸한다고 말한 것을 후회하고 있어. 그 말은 진심이 아니었어. 놀이집에 있는 내 몫의 깨진 접시는 모두 너에게 줄게. 테디에게 인사 전해줘. 이제 테디에게 낚시바늘에 벌레를 끼우는 방법을 배울 수 없게 되었구나. 난 테디한테 겁쟁이로 보이는 것이 싫어서 가르쳐달라고 부탁해 두었는데, 이제는 그걸 배울 필요가 없어져서 기뻐.

아직 몸에 이상이 오지는 않고 있지만 독이 퍼지면 어떻게 되는지 난 알고 있어. 키다리 존의 말로는 그 사과에는 나 같은 여자아이를 12명이나 죽일 수 있는 독이 들어 있다니까 그리 오래 살지는 못할 거야. 엘리자베스 이모가 허락해 준다면, 난 베니스제 진주 목걸이를 너에게 줄 생각이야. 그것이 내가 가지고 있는 단하나의 재산이거든.

키다리 존 아저씨는 나를 독살할 생각이 있어서 그랬던 건 아니니까, 아저씨한테 누구도 무슨 짓을 못하게 해줘. 모든 잘못은 먹보인 나한테 있는 거니까. 사람들은 내가 신교도라서 키다리 존이 일부러 나를 독살했다고 생각할지도 모르지만, 나는 그렇게 생각하지 않으니까 아저씨에게 스스로를 책망하지 말라고 전해줘. 배가 슬슬 아파 오는 것 같아. 마지막 순간이 가까워진 거겠지. 안녕! 어린 나이에 죽은 나를 영원히 잊지 말기를······.

너의 벗 에밀리로부터

에밀리가 편지를 막 접었을 때 뜰에서 바퀴소리가 들려왔다. 잠시 뒤에 엘리자베스 이모와 로라 이모는, 부엌에서 한 손에 촛불을 들고 또 한 손에는 빨간 종이를 쥔 채 비장한 얼굴을 한 소녀 에밀리와 마주쳤다.

"에밀리, 대체 무슨 일이니?"

로라 이모가 놀라서 물었다.

"전 지금 죽어가고 있어요. 키다리 존 아저씨가 쥐약을 넣어둔 사과를 먹었거든요. 이제 시간이 얼마 안 남았어요, 로라 이모!" 에밀리가 소리쳤다.

로라 머리는 가슴에 손을 얹은 채 벤치에 쓰러지듯 앉았고, 엘리자베스 이모는 에밀리와 마찬가지로 얼굴이 새파래졌다.

"에밀리, 그거, 연기 아니니?"

그녀가 엄한 목소리로 그렇게 묻자 에밀리가 발끈해서 소리쳤다.

"아니에요. 정말이에요. 죽음을 코앞에 둔 사람이 어떻게 연기를 할 수 있겠어요? 네? 엘리자베스 이모, 부탁이에요, 이 편지를 일저한테 전해주세요. 그리고 말썽만 피운 절 용서해주세요. 이모가 생각하고 계신 만큼 말썽꾸러긴 아니었지만요. 그리고 제가 죽으면 아무한테도 제 얼굴을 보여주지 마세요. 얼굴이 검게 변한 뒤에는 말이에요. 특히 로더 스튜어트한테는 절대로 보여주면 안 돼요."

이때는 엘리자베스 이모도 제정신이 돌아와 있었다.

"그 사과를 먹은 지 얼마나 됐니, 에밀리?"

"한 시간쯤 됐어요."

"한 시간이나 전에 독이 든 사과를 먹었다면 지금쯤 벌써 죽어있거나 상태가 이상해져 있어야 해."

"아!"

에밀리는 그 순간 얼굴색이 변해 소리쳤다. 달콤한 희망이 가슴에서 힘차게 솟아났다. 하지만 곧 그녀는 다시 절망적으로 말했다.

"하지만 전 아래층에 내려온 뒤부터 배가 아픈걸요."
"로라! 이 아이를 요리실로 데려가서 얼른 겨자하고 물을 먹여. 어쩌면 효과가 있을지도 몰라. 난 의사한테 다녀올게. 지금쯤이면 돌아와 있겠지. 하지만 그전에 키다리한테 먼저 들러보겠어." 엘리자베스 이모가 소리쳤다.

엘리자베스 이모가 뛰다시피 밖으로 나갔다. 로라 이모는 에밀리에게 곧 토하게 하는 약을 먹였는데, 2분쯤 뒤에 에밀리는 자기가 틀림없이 그 자리에서 죽을 거라고 생각했다. 그리고 어차피 죽는다면 차라리 빠른 편이 나을 것 같았다. 엘리자베스 이모가 돌아와 보니 에밀리는 머리 밑의 베개하고 똑같이 새파란 얼굴을 한 채 부엌 소파에 시든 백합처럼 연약한 모습으로 누워 있었다.

"의사 선생님은 안 계셨어?"
로라 이모가 불안한 표정으로 물었다.
"그건 나도 몰라. 의사를 부르러 갈 필요가 없었으니까. 내 처음부터 그럴 줄 알았어. 키다리 존이 감쪽같이 에밀리를 속인 거였어. 에밀리에게 겁을 줄 생각으로 그랬대. 재미있대나? 그 사람다운 짓이지 뭐냐? 정말이지! 에밀리 아가씨는 이제 가서 자거라. 애초에 그런 곳엘 드나드니까 이런 일이 생기는 거야. 모두 자업자득이지. 난 조금도 가엾다는 생각 안 들어. 이런 소동은 두 번 다시 일으키지 말아줬으면 좋겠다."
"전 정말 배가 아팠어요."
에밀리는 흐느껴 울었다. 그녀는 공포로 새파랗게 질린 참에 겨자까지 먹게 되어 결국 기진해버렸던 것이다.
"아침부터 밤까지 사과를 먹어댔으니 누군들 배가 안 아프겠니? 오늘 밤은 설마 더 먹고 싶은 생각 없겠지. 겨자를 먹었으니 곧 나을 거다. 자, 촛불을 들고 가거라."
"아!"

에밀리는 비틀비틀 일어서며 말했다.
"그 얄밉고 못 돼먹은 키다리 존!"
"에밀리!" 두 이모가 동시에 소리쳤다.
"그런 사람은 욕을 먹는 게 당연해요."
에밀리가 분한 듯이 그렇게 말했다.
"저런! 에밀리, 그렇게 심한 말을 하다니!"
로라 이모가 몹시 당황하여 소리쳤다.
"어머! 못 돼먹었다는 말이 뭐 어때서요? 지미도 뭐가 잘 안 될 때는 늘 그렇게 말해요. 오늘도 그렇게 말한걸요. 못 돼먹은 암소가 또 묘지의 풀밭을 파헤쳐 놓았다고요." 왜 그러는지 알 수 없다는 표정으로 에밀리가 말했다.
"에밀리, 지미는 남자야. 남자는 가끔 화가 나면 그런 심한 말을 할 수 있지만, 여자아이는 그런 말을 절대로 흉내내선 안 돼."
엘리자베스 이모가 말하자 에밀리는 집요하게 물었다.
"하지만 못 돼먹었다는 말이 왜 나빠요? 어째서 하면 안 되는 건지 모르겠어요."
"그건 말이야……, 어엿한 숙녀가 입에 올릴 말이 아니기 때문이야."
로라 이모가 말했다.
"그래요? 그럼, 저 이제부터 그러지 않을게요."
에밀리는 단념하고 그렇게 말했다.
"그래도 키다리 존은 못 돼먹었어요!"
에밀리가 2층으로 올라간 뒤 로라 이모는 너무 웃는 바람에 엘리자베스 이모로부터 언제나 철이 들겠느냐는 핀잔을 들었다.
"하지만 언니도 우습지 않우?"
에밀리가 가버린 것을 확인한 엘리자베스도 그제서야 쓴웃음을 지었다.

"난 키다리 존에게 싫은 소리를 좀 해주고 왔어. 앞으로 두 번 다시 어린아이한테 독이 든 것을 먹었다는 거짓말은 하지 말아달라고 말야. 돌아올 때는 어찌나 화가 나던지!"

에밀리는 몹시 피곤해 침대에 들자마자 금세 잠들어버렸다. 하지만 한 시간쯤 지나자 저절로 눈이 떠졌다. 엘리자베스 이모는 아직 자러오지 않았기 때문에 창문은 열린 채였다. 다정한 별들이 반짝반짝 에밀리를 내려다보고 있었고 멀리서는 바다가 유혹하듯 신음하고 있었다.

아, 살아 있는 것은 얼마나 멋진 일인가! 에밀리에게는 삶이 다시 즐거운 일로 다가왔다. 앞으로도 빨간 종이에 작문을 쓸 수 있고, 시도 쓸 수 있다. 에밀리는 '죽음을 예고받은 자의 생각'이라는 제목의 시를 쓰고 있는 자신의 모습을 상상했다. 그리고 일저와 테디와 함께 놀고 있는 모습, 소시 샐과 헛간 속을 뛰어다니는 모습, 로라 이모가 버터 제조장에서 크림을 거르고 있는 것을 구경하는 모습, 뜰에서 지미를 돕고 있는 모습 등 여러가지를 상상했지만, 그 상상 속에 키다리 존의 작업장에 놀러간 모습은 없었다.

그런 심한 짓을 당했으니 다시는 키다리 존을 상대하지 않겠다고 결심했다. 그렇게 사이가 좋았는데 이런 식으로 나를 놀라게 하다니! 에밀리는 키다리 존을 몹시 증오했다. 그리하여 그녀는 자신의 독살사건과, 그것 때문에 키다리 존이 재판을 받고 사형선고를 받은 뒤, 그의 키만큼이나 큰 교수대에 매달리고, 그의 범죄 때문에 죽은 에밀리는 죽어서도 그 무서운 광경을 지켜보고 있다는 이야기를 만들어내기 전에는 잠들 수가 없었다.

이윽고 그녀가 그의 사체를 내려서 욕을 하며 매장하는 장면에서 갑자기 키다리 존의 부인이 불쌍하다는 생각이 들어 눈물이 뺨을 타고 흘러내렸다. 에밀리는 존을 용서하기로 했다. 결국 존은 못 돼먹은 사람이 아닐지도 모른다는 생각이 들었다.

이튿날 지붕 밑 방에서 에밀리는 그 얘기를 하나도 빠짐없이 빨간 종이에 기록했다.

공상 속에서

10월에 들어서자 지미는 돼지감자를 삶기 시작했다. 하고많은 이름 가운데 하필이면 '돼지감자'라니! 낭만적인 것과는 너무 거리가 멀다고 에밀리는 생각했다.

옛날 과수원 한구석에 있는 가문비나무 숲 아래쪽에 큰 돌이 여러 개 둥그렇게 놓여 있고, 그 위에 커다란 쇠솥이 올려져 있었다. 소 한 마리를 통째로 삶아도 될 만큼 큰 솥이었다. 에밀리는 그 솥은 옛날이야기 속에 나오는 것과 같은 것이며, 거인이 먹을 죽을 끓이는 솥으로 사용하던 것이 틀림없을 거라고 생각했다. 하지만 지미의 얘기로는 백 년 정도밖에 안 되었으며, 조상인 휴 머리가 영국에서 가지고 온 것이라고 했다.

"그 뒤로 뉴문에서 돼지에게 먹일 감자를 삶을 때는 늘 이 솥을 사용하고 있어. 블레어워터 사람들은 이런 방법을 구식이라고 생각하지. 지금은 모두들 작업실을 만들어 그 안에 붙박이 솥을 설치하고 있거든. 하지만 엘리자베스가 뉴문의 주인으로 있는 한 계속 이것을 사용할 거다."

붙박이 솥은 틀림없이 그 큰 솥처럼 멋있지 않을 거라고 에밀리는 생각했다. 에밀리는 학교에서 돌아오면 지미가 그 냄비에 감자를 가득 넣는 것을 거들었다. 지미는 저녁식사를 마친 뒤에 솥에 불을 지피고 밤새도록 그 옆을 지켰다. 이따금 불을 들쑤시기도 했는데 에밀리는 그게 마음에 들었다. 그러면 어둠 속에 장밋빛 불꽃이 기세 좋게 튀어올랐다. 또 지미는 막대기로 감자를 휘저었다. 그럴 때의 지미는 잿빛 턱수염이 이상한 모양으로 두 갈래로 갈라진 데다 벨트가 달린 점퍼를 입고 있었기 때문에, 마치 북쪽 나라의 옛날이야기에 나오는 늙은 난쟁이가 마법의 솥을 휘젓고 있는 것처럼 보였다. 또 때로는 솥 옆의 잿빛 화강암에 에밀리와 나란히 걸터앉아 자기가 지은 시를 낭송해 주었다. 에밀리는 무엇보다 그것이 마음에 들었다. 지미의 시는, 적어도 부분적으로는 놀라울 만큼 훌륭했기 때문이었다. 그리하여 창백하면서도 열정적인 표정으로 눈을 빛내며 귀를 기울이는 이 연약한 소녀는 지미의 '몇 안 되는 선택받은 청중'이 되었다.

두 사람 사이는 좀 별났지만 둘 다 몹시 행복했다. 블레어워터 사람들은 지미를 모자라는 사람으로 생각하고 있었다. 하지만 그는 세상 사람들이 모르는 이상 세계에 살고 있었다. 돼지감자를 삶으면서 그는 이렇게 수십 번씩 자신의 시를 흥얼거렸고, 그래서 가을의 영혼도 수십 번씩 가문비나무 숲을 찾아왔다. 시를 흥얼거리며 과장된 몸짓을 하는 그는, 얼굴은 주름투성이었고 옷은 남루하며 허리가 굽었기 때문에, 무척 괴상하고 우스꽝스럽게 보였다. 하지만 그것은 완전한 그의 시간이었고, 그는 '바보, 지미 머리'가 아니라 왕국의 왕자였다. 잠시 동안이지만 그는 젊고 힘이 있었으며 굉장히 아름다웠다. 넋을 잃은 채 그의 시에 귀를 기울이는 주위의 모든 것을 지배하고 있었다. 에밀리는 지미의 시를 들으며, 만약 뉴문의 우물에 빠지지 않았더라면 그녀 옆에 나란히 앉아 있는 이 이색적인 작은 남자는 틀림없이 왕이 되었을 거라고 생각했다.

그렇지만 엘리자베스가 뉴문의 우물에 그를 빠뜨렸기 때문에, 그는 돼지감자를 삶으며 에밀리에게 시를 읊어 주고 있는 것이다. 마찬가지로 시를 쓰는 에밀리는 그렇게 보내는 밤들이 너무 좋아서 잠자기 전에 그 이야기를 자세히 쓰고 나서야 잠들 수 있었다.

그런 밤에는 어김없이 '번뜩임'이 찾아왔다. '바람 아주머니'는 나뭇가지를 힘차게 흔들며 돌아다니거나 희미한 소리를 내기도 했다. 에밀리는 그때까지 '바람 아주머니'를 그렇게 가까운 데서 본 적이 없었다. 살을 에는 듯한 밤공기는 지미가 솥 밑에 삽으로 퍼넣은 가문비나무 열매의 기분 좋은 향내로 가득했다. 털이 부드러운 에밀리의 새끼고양이, 마이크 2세는 귀여운 모습으로 밤의 작은 악마처럼 뛰어다녔다. 불길이 아름답고 붉게 타오르면서 어둠을 비추었다. 곳곳에서 사각사각하는 소리가 낮게 들려왔다. 햇빛으로도 결코 비추어낼 수 없는 신비를 품은 어둠이 끝없이 펼쳐져 있었다. 고개를 들어 보면 보랏빛 하늘에 수많은 별들이 여기저기 흩어져 있었다.

때로는 일저나 테디가 올 때도 있었다. 에밀리는 언제나 휘파람 소리로 테디가 왔다는 것을 금세 알 수 있었다. 그 휘파람 신호는 테디가 오직 에밀리를 위해서만 사용하는 것으로, 세 마리의 새가 차례로 지저귀는 것처럼 즐겁고 귀여운 신호였다. 처음에는 중간 음으로 시작되어 다음에는 약간 높게, 마지막에 여운이 듬뿍 담긴 낮고 감미로운 선율로 사라져 간다. 그것은 사라져가면서 더욱더 또렷해지는 〈뿔피리의 노래〉의 메아리와 흡사했다. 그 신호를 들으면 에밀리는 언제나 신비로운 감동을 받았다. 그 소리는 그녀의 마음을 끌어, 소리가 들리면 에밀리는 자기도 모르게 그 쪽을 향해 나아가게 된다. 테디의 신호에는 마법의 힘이 있어 지구 반대편에서도 들을 수 있을 거라고 에밀리는 생각했다.

에밀리는 테디의 휘파람 신호가 들려오면 얼른 과수원을 가로질러, 테디가 오는 것을 지미가 허락해 주었는지 아닌지 테디에게 알려주었다. 지미가 에밀리 외의 다른 사람이 오는 것을 허락해 주는 밤은 어쩌다 한번 있었기 때문이다. 지미는 일저와 테디 앞에서는 절대로 자신이 지은 시를 낭송하지 않았다. 그들이 있을 때는 옛날 이야기나 연못 옆의 묘지에 잠들어 있는 머리 집안의 조상들에 대한 얘기를 해주었다. 머리 집안의 조상들에 대한 얘기에는 때때로 동화처럼 신비로운 데가 있었다. 그곳에 있으면 일저마저 무척 얌전해져서 시를 읊고 싶은 기분이 되는 것이었다. 이따금 테디는 솥 옆의 땅바닥에 배를 깔고 엎드려 타오르는 불빛 속에서 그림을 그렸다. 감자를 휘젓고 있는 지미와 솥 둘레를 돌며 두 난쟁이처럼 손에 손을 잡고 춤추는 일저와 에밀리, 그리고 오래된 돌 틈에서 수염투성이의 교활한 얼굴을 들이미는 마이크 등을 그렸다. 그들 세 아이들은 그곳에서 정말 즐거운 밤들을 보냈다.

"있잖아, 넌 밤의 세계가 좋지 않니, 일저?"

어느 날 에밀리가 꿈결처럼 그렇게 말했다.

일저는 행복한 듯 주위를 둘러보았다. 사랑을 받아보지 못한 가엾은 일저. 그녀는 에밀리와의 우정 속에서 지금까지 그녀가 간절히 원해왔던 것을 발견하고 있었다.

"좋아. 난 이곳에 이렇게 있을 때면 신이 정말 있는 것 같은 기분이 들어."

이윽고 감자가 다 익었다. 지미는 밀기울에 감자를 섞기 전에 아이들에게 감자를 하나씩 나눠주었다. 그들은 자작나무 껍질을 접시 삼아 감자를 으깬 뒤, 에밀리가 가장 큰 가문비나무 밑동에 숨겨둔 작은 상자에서 소금을 꺼내 감자에 뿌리고 맛있게 먹었다. 신들이 먹는 성찬이라도 이때의 감자만큼 맛있지는 않았으리라.

그런 뒤, 선뜩한 어둠 속에서 로라 이모의 부드럽게 속삭이는 목소리가 들려오면 일저와 테디는 서둘러 집으로 돌아가고, 에밀리는 마이크 2세를 붙잡아 개집에 넣었다. 그 개집은 여러 해 동안 개가 산 적이 없었지만, 매년 봄에 청소를 하며 지금까지 소중하게 관리해 두었던 것이다. 마이크 2세한테 만약 무슨 일이 생긴다면 에밀리는 무척 가슴이 아플 것 같았다.

마이크 2세는 철물장수 켈리 할아버지가 에밀리에게 준 것이었다. 30년 전부터 켈리 할아버지는 해마다 5월에서 11월 사이에 2주일에 한번씩 블레어워터에 들렀다. 그는 빨간색 행상용 마차를 타고 다녔는데, 마차 지붕에는 팔아야할 철물들이 햇빛에 반사되어 번쩍거렸고, 마차는 연신 삐걱거리는 소리를 냈다. 마차의 네 귀퉁이에는 새 빗자루가 하나씩 당당하게 세워져 있어서, 마치 승리에 도취해 있는 전차 같았다. 에밀리는 켈리 할아버지의 마차에 한 번 타보고 싶었다. 굉장히 재미있을 것 같았기 때문이다.

켈리 할아버지와 에밀리는 아주 친한 사이가 되었다. 에밀리는 할아버지의 실크해트 밑으로 보이는, 수염을 말끔하게 깎은 붉은 얼굴과 깜박이는 푸른 눈, 곤추선 모래빛 머리카락, 그리고 우스꽝스럽게 오므린 입매를 좋아했다. 그 입매는 원래 그렇게 생기긴 했지만 할아버지가 늘 휘파람을 불고 있어서 더 그렇게 보였다.

할아버지는 에밀리를 위해 늘 레몬사탕이 들어 있는 삼각형의 작은 종이주머니나 여러 색깔의 사탕을 가지고 와서, 엘리자베스 이모가 보지 않을 때 몰래 에밀리의 주머니에 넣어주곤 했다. 그리고 할아버지는 '에밀리도 곧 시집갈 나이가 되었구나' 하고 말하는 것을 결코 잊지 않았다. 켈리 할아버지는 여자는 나이가 몇 살이든 결혼에 관한 농담을 하면 틀림없이 좋아하는 법이라고 생각했다.

어느 날 할아버지는 사탕 대신 마차 뒤의 서랍에서 통통하게 살이 오른 잿빛 새끼고양이를 꺼내 에밀리에게 주었다. 에밀리는 기뻐하며 그 선물을 받았지만, 켈리 할아버지가 덜컹거리며 마차를 몰고 가버리자, 엘리자베스 이모는 뉴문에서는 고양이를 더 기를 수가 없다고 말했다. 에밀리는 간청했다.

"엘리자베스 이모, 부탁이에요, 이 고양이를 기르게 해주세요. 절대로 귀찮게 하지 않을게요. 전 고양이를 키워본 적이 있어요. 그리고 새끼고양이를 꼭 갖고 싶었어요. 소시 샐은 헛간의 고양이들과 뛰어다니기만 해서 옛날처럼 귀엽다는 생각이 들지 않아요. 이젠 안아주고 싶은 마음도 나지 않는걸요. 네? 부탁이에요, 이모."

그러나 엘리자베스 이모는 에밀리의 청을 들어주려 하지 않았다. 그 이유를 아는 사람은 아무도 없었지만, 어쨌든 그날 이모는 몹시 기분이 좋지 않았다. 그럴 때 이모는 특별히 더 완고하여 누구의 말도 들으려 하지 않았다. 로라 이모와 지미도 입을 다물지 않을 수 없었다. 지미는 그 잿빛 새끼고양이를 블레어워터 연못으로 데리고 가서 물 속에 넣으라는 지시를 받았다. 그 잔인한 지시를 들은 에밀리는 울음을 터뜨렸고 이것이 엘리자베스 이모의 기분을 더욱 언짢게 했다. 이모가 몹시 화가 나 있어서 지미도 처음에 생각했던 대로 새끼고양이를 헛간에 몰래 넣어둘 용기가 사라졌다.

"그 도둑고양이를 못에 데리고 가서 던져넣은 뒤 곧장 돌아와서 나에게 알려. 알아들었지? 뉴문을 조크 켈리 영감이 고양이를 갖다버리는 장소로 만들지는 않을 테니까."

지미는 시키는 대로 했다. 에밀리는 저녁식사를 할 기분이 아니었다. 그러나 저녁식사 마친 후 그녀는 슬픈 마음으로 몰래 옛날 과수원을 지나 목장을 내려가서 못 쪽으로 걸어갔다. 왜 그곳에 갔는지 스스로도 알 수 없었지만, 왠지 가지 않으면 안 될 것 같은 기분이었다. 키다리 존의 시냇물이 블레어워터로 흘러드는 샛강의 둑에 이르렀을 때, 무언가가 가냘프게 우는 소리가 들려왔다. 샛강 한가운데에 있는 바짝 마른 늪의 풀밭에서 그 가엾은 새끼고양이가 홀로 울고 있었던 것이다. 물에 젖은 털이 배에 찰싹 달라붙은 채 새끼고양이는 차가운 가을바람에 오들오들 떨고 있었다. 지미가 새끼고양이를 넣었던 낡은 귀리 자루가 물에 둥둥 떠 있었다.
　에밀리는 이것저것 생각할 겨를도 없이 고양이를 구하기 위해 다짜고짜 샛강에 뛰어들어, 무릎까지 잠기면서 풀숲까지 걸어가 고양이를 안아들었다. 그녀는 분노에 사로잡혀 있었기 때문에 뉴문으로 달려가면서도 물과 바람의 차가움을 전혀 느끼지 못했다. 괴로워하고 있는 동물을 보면, 그녀는 언제나 차오르는 동정심에 끌려 그만 자신을 잊어버리는 것이었다. 그녀가 힘차게 요리실로 뛰어들었을 때 엘리자베스 이모는 도넛을 튀기고 있었다.
　에밀리는 새된 목소리로 소리를 질렀다.
　"엘리자베스 이모! 새끼고양이는 물에 빠져 죽지 않았어요. 전 이 고양이를 기를 거예요."
　"안 돼!"
　에밀리는 이모를 뚫어지게 쳐다보았다. 엘리자베스 이모가 에밀리의 머리카락을 자르기 위해 가위를 가지고 왔을 때와 똑같은 그 신비로운 느낌을 에밀리는 또다시 느꼈다.
　"이모, 이 불쌍한 새끼고양이는 추위에 떨고 있고 배도 고파요. 너무 불쌍해요. 몇 시간이나 고통에 떨고 있었어요. 이제 다시는 물에 빠지게 하지 않을 거예요."
　에밀리의 얼굴 위로 아치벌드 머리의 얼굴이 떠오르고, 에밀리의 목소리에서 아치벌드 머리의 목소리가 울렸다. 에밀리의 마음이 무언가 특별히 격렬한 감정으로 인해 깊은 곳에서부터 흔들릴 때에 한해 이런 일이 일어나는 것 같았다. 이때도 에밀리는 견딜 수 없는 슬픔과 분노를 느끼고 있었던 것이다.
　엘리자베스 머리는 에밀리의 작고 하얀 얼굴에서 아버지가 나타나 자신을 뚫어지게 쳐다보는 것을 보자 곧 항복하고 말았다. 그것은 그녀가 지닌 단 하나의 약점이었다. 에밀리가 머리 집안 사람과 닮지 않았더라면 오싹한 기분이 좀 덜했을지도 모른다. 하지만 갑자기 마치 가면을 쓴 것처럼 머리 집안 사람의 얼굴이 에밀리의 얼굴 위로 겹치는 것을 보면, 이모는 아무래도 섬뜩한 느낌이 들지 않을 수 없었다. 그리고 도저히 거기에 저항할 힘이 없었다. 무덤에서 나온 유령한테도 그렇게 쉽사리 손을 들지 않았을 그녀가.

 이모는 말없이 에밀리로부터 등을 돌렸고 에밀리는 자기가 두 번째 승리를 거둔 것을 알았다. 이렇게 하여 잿빛 새끼고양이는 뉴문에서 살게 되었고, 통통하게 살찐 귀여운 고양이로 자랐다. 엘리자베스 이모는 에밀리가 없을 때면 그 고양이를 집 밖으로 내쫓았지만, 그럴 때 말고는 새끼고양이를 전혀 상관하지 않게 되었다. 하지만 에밀리가 진짜 허락을 받은 것은 그 일이 있은 지 몇 주일이나 지난 뒤의 일로, 그때까지는 상당히 불편한 마음으로 지내야 했다. 엘리자베스 이모는 이겼을 때는 관대했지만, 졌을 때는 고약하게 굴었다. 그나마 에밀리가 마음대로 아치벌드 머리의 얼굴을 불러낼 수 없는 것은 이모에게 매우 다행스러운 일이었다.

갖가지 비극

에밀리는 엘리자베스 이모의 명령에 따라 수소라는 말을 쓰지 않기로 했다. 하지만 그렇다고 해서 수소가 없어질 리는 없었다. 제임스 리 씨의 영국 수소의 경우는 특히 더 그랬다. 블레어워터의 서풍을 강하게 받는 넓은 목장에서 사육되고 있는 이 수소는 매우 악명이 높았다. 에밀리는 이따금 무서운 얼굴을 한 그 수소에 쫓겨 옴짝달싹할 수 없게 되는 꿈을 꾸곤 했다. 그런데 바람이 차갑게 불던 11월 어느 날, 그 꿈이 현실로 나타났다.

목장의 가장 끝자락에 우물이 하나 있었는데, 에밀리는 지미한테서 그 우물에 대한 무서운 얘기를 들은 뒤 거기에 흥미를 느끼고 있었다.

우물은 60년 전 바닷가 근처의 작은 집에 살던 두 형제가 판 것이었다. 몹시 깊은 우물이었는데 가까운 곳에 못과 바다가 있는 저지대치고는 이상하게도 3미터쯤이나 파내려 갔을 때야 겨우 물이 솟아나왔다. 그들은 우물 안쪽에 돌벽을 쌓았지만 작업은 거기서 중단되었다. 토머스와 사일러스 리 형제가 그 우물에 어떤 뚜껑을 덮을까 하는 문제로 서로 의견이 엇갈려 싸움이 벌어졌기 때문이다. 사일러스는 불같이 화가 나서 망치로 토머스의 머리를 내리쳐 죽이고 말았다.

우물은 영원히 완성되지 않았고 사일러스 리는 살인죄로 감옥에 들어가 죽었다. 농장은 또 한 명의 형제――제임스 리의 아버지――― 손에 넘어갔고, 집은 목장 반대쪽으로 옮겨졌으며 우물은 판자로 막아 폐쇄돼 버렸다.

지미의 얘기로는 토머스 리의 망령이 그가 비명에 죽은 장소에 나타난다는 소문이 있다고 하는데, 지미는 그 일에 대해 시를 쓰기는 했지만 그 소문이 사실이라고 단언할 수는 없다고 했다. 지미의 그 시 또한 매우 불길해서, 지미가 어느 안개가 짙은 밤 감자 삶는 솥 옆에서 에밀리에게 그 시를 들려주었을 때, 에밀리는 무서우면서도 희열을 느끼며 자기도 모르게 몸을 떨었다. 그때부터 에밀리는 오래된 그 우물이 보고 싶었다.

어느 토요일 에밀리가 혼자 묘지를 서성이고 있을 때 기회가 찾아왔다. 묘지 앞쪽이 리의 목장이었는데 그날은 그 주변에 수소가 없는 듯했다. 에밀리는 우물을 찾아보기로 결심하고 항만에서 불어오는 북풍을 받으며 들판을 걸어갔다. '바람 아주머니'가 바닷가에 무척 강한 회오리바람을 일으키고 있었다. 하지만 에밀리가 큰 모래언덕에 다가감에 따라 우물 근처에는 바람이 약간 잦아들고 있었다.

에밀리는 천천히 판자 한 장을 벗겨낸 뒤 남은 판자에 무릎을 꿇고 속을 들여다보았다. 다행히 판자는 새것처럼 튼튼했다. 그렇지 않았더라면 아무것도 모르는 에밀리는 벌써 우물에 거꾸로 떨어졌을지도 모른다. 에밀리는 무사했지만 우물 속은 잘 보이지 않았다. 커다란 풀고사리가 사방의 돌벽 틈새에서 무성하게 뻗어나와 우물을 막고 있어서 어두운 바닥은 보이지 않았다. 에밀리는 실망해 판자를 원래대로 덮어놓고 집을 향해 걷기 시작했다. 열 발자국쯤 걸었을 때 에밀리는 갑자기 걸음을 멈췄다. 제임스 리의 수소가 에밀리 쪽으로 똑바로 걸어와 20미터도 떨어지지 않은 곳에 있었던 것이다.

바다 쪽으로 둘러진 울타리는 에밀리 뒤로 그리 멀지 않은 곳에 있었기 때문에, 만약 힘껏 달리면 달아날 수 있었을지도 몰랐다. 하지만 에밀리는 달릴 수 없었다. 그날 밤 아버지한테 보낸 편지에서 쓴 대로, 꿈에서 보았던 것과 똑같이 공포 때문에 전혀 몸을 움직일 수 없었던 것이다. 그때 바닷가 울타리에 걸터앉아 있던 한 소년이 없었더라면 무서운 일이 벌어졌을지도 모른다. 에밀리가 우물을 들여다보고 있을 때 그 소년은 내내 그곳에 걸터앉아 있었는데 에밀리는 미처 보지 못했던 것이다.

에밀리는 용감한 물체가 자기 옆으로 달려가는 것을 보았다. 아니, 보았다기보다 느꼈다고 하는 편이 더 정확할 것이다. 그 물체의 주인공은 수소한테서 8미터쯤 되는 곳까지 달려가서 털이 더부룩한 그 괴물의 콧등에 돌멩이를 던져 정통으로 맞힌 뒤, 몸을 틀어 옆쪽의 울타리를 향해 직각으로 달려갔다. 돌멩이에 맞은 수소는 소리를 지르며 방향을 바꾸더니 그 훼방꾼을 쫓아 무서운 기세로 달리기 시작했다.

"어서 달아나!"

소년이 어깨 너머로 에밀리에게 소리쳤다.

하지만 에밀리는 달아나지 않았다. 그녀는 말할 수 없이 무서웠지만 그 늠름한 구원자가 무사히 달아나는 것을 지켜본 뒤가 아니면 달릴 수가 없었다. 소년은 아슬아슬한 순간에 울타리에 다다랐다. 그것을 보고서야 에밀리도 달리기 시작했다. 에밀리가 바닷가 울타리에 기어오른 바로 그때 수소가 목장 안쪽으로 방향을 바꾸었다. 수소는 누구든 희생시키지 않고는 성이 풀리지 않는 것 같았다. 에밀리는 몸서리 치면서 풀잎이 몸을 따끔따끔 찌르는 모래언덕을 지나 소년이 있는 울타리 모퉁이까지 달려갔다. 둘은 멈춰 서서 한동안 서로를 쳐다보았다.

낯선 소년이었다. 힘이 있고 단정하면서도 건방져 보이는 얼굴에, 잿빛 눈은 날카로웠고 짙은 갈색의 머리카락은 풍성했다. 간소한 옷을 입고 있었으며, 단 하나 멋을 부린 것이 있다면 모자였다. 에밀리는 금방 그 소년이 좋아졌다. 그 소년한테서는 테디 같은 섬세한 매력은 아니지만 독특하고 강한 매력이 느껴졌고, 더욱이 방금 무서운 죽음으로부터 그녀를 구해주었기 때문이다.

"고마워."

에밀리는 커다란 잿빛 눈으로 소년을 올려다보며 수줍게 말했다. 에밀리의 잿빛 눈은 긴 속눈썹 밑에서 푸른색으로 보였다. 에밀리는 자기가 지금처럼 갑자기 수줍은 눈을 들어올릴 때 얼마나 애교가 넘치는지 아직 모르고 있었다.

"사나운 소였지?"

소년이 친근하게 말하며 두 손을 너덜너덜한 주머니에 찔러넣은 채 에밀리를 지그시 바라보자 에밀리는 거북해져서 시선을 떨어뜨렸다.

"무서웠어. 겁이 나서 죽는 줄 알았어."

에밀리가 몸서리를 치며 말했다.

"아직도 무섭니? 난 네가 그 녀석을 침착하게 노려보고 있는 걸 보고 무척 용감한 아이라고 생각했는데. 무섭다는 건 어떤 기분이니?"

"넌 지금까지 무언가 무섭게 느껴진 적이 없니?"

"없어. 그래서 어떤 느낌인지 전혀 몰라."

소년은 자못 심드렁하게 말했지만 조금 으스대고 있는 것 같기도 했다.

"넌 이름이 뭐니?"

"에밀리 버드 스타라고 해."
"이 근처에 사니?"
"뉴문에서 살고 있어."
"아, 그 어수룩한 지미 머리가 사는 데?"
"지미는 어수룩한 사람이 아니야."
에밀리가 발끈하여 소리쳤다.
"응, 그래? 난 잘 몰라. 하지만 이제부터 아는 사이가 될 거야. 겨울 동안 난 지미 머리 씨의 일을 돕기로 했거든."
에밀리가 깜짝 놀라며 말했다.
"난 몰랐어. 그게 정말이야?"
"정말이야. 나도 사실은 방금 전까지 몰랐어. 지난주, 지미 머리 씨가 우리 고모한테 내 얘기를 한 모양인데, 그때는 일할 마음이 없었지. 하지만 이젠 일할 마음이 생겼어. 내 이름이 뭔지 알고 싶니?"
"물론이야."
"난 페리 밀러야. 스토브파이프타운에서 늙은 할망구 톰 고모하고 같이 살고 있어. 아버지는 선장이었는데 아버지가 살아계셨을 때는 함께 배를 타고 어디든지 갔지. 안 가본 데가 없을 정도야. 넌 학교에 다니니?"
"응."
"난 안 다녀. 한번도 가본 적이 없어. 고모집이 학교에서 무척 멀거든. 어쨌든 난 학교를 좋은 곳으로 생각하지 않았어. 하지만 이제부터는 다닐 생각이야."
"넌 글을 읽을 줄 모르니?"
에밀리가 이상하다는 듯이 물었다.
"읽을 줄 알아, 조금은. 그리고 산수도 조금 알고. 아버지가 살아계셨을 때 조금 가르쳐주셨거든. 그때 이후로는 공부를 별로 하지 않았어. 그것보다 항구에 가는 게 더 좋았으니까. 항구는 정말 재미있는 곳이야. 하지만 한번 학교에 가기로 결정한 이상 열심히 공부할 생각이야. 넌 틀림없이 영리할 것 같아."
"아니야, 그리 영리하지 않아. 아버지는 나를 천재라고 했지만 엘리자베스 이모는 그저 괴상할 뿐이라고 하셔."
"천재가 뭔데?"
"나도 확실하게는 몰라. 하지만 예를 들면 시를 쓰는 사람이 천재래. 나는 시를 써."
페리가 에밀리를 뚫어지게 쳐다보았다.
"그래? 그럼 나도 시를 쓰겠어."
"넌 시를 쓸 수 있을 것 같지 않아. 테디도 쓸 줄 몰라, 무척 영리하지만."
에밀리의 말투에는 분명히 상대방을 조금 깔보는 듯한 데가 있었다.
"테디가 누군데?"
"내 친구."
에밀리의 목소리가 조금 딱딱하게 들렸다.
"그렇다면 난 네 친구의 머리를 때려주겠어."
페리가 가슴 위로 팔짱을 끼며 험악한 표정으로 말했다.
"그러면 안 돼!"
에밀리가 소리쳤다. 에밀리는 화가 나서 페리가 자기를 수소로부터 구해주었다는 사실을 잠시 잊고 있었다. 그녀는 몸을 돌려 집을 향해 걷기 시작했다. 페리도 돌아섰다.
"나도 집에 돌아가기 전에 지미한테 일하게 해 줄 건지 물어봐야 해. 이제 그만 화내. 네가 싫다면 누군가의 머리를 때리는 일 같은 것은 하지 않을게. 하지만 그건 네가 나도 좋아해줄 때의 일이야."
"그야 물론 좋아하구말구."

에밀리는 너무나 당연하다는 듯이 말했다. 에밀리가 페리에게 그녀 특유의 천천히 피어오르는 화사한 미소를 보냈기 때문에 페리는 그만 마음을 빼앗기고 말았다.

이틀 뒤 페리 밀러는 뉴문에서 일하게 되었고, 2주일쯤 지나자 에밀리는 페리를 옛날부터 뉴문에 있었던 사람처럼 느끼기 시작했다. 에밀리는 아버지한테 보내는 편지에서 페리에 대한 이야기를 썼다.

엘리자베스 이모는 지미가 페리를 고용하는 것을 탐탁치 않게 생각했어요. 페리가 작년 가을 어느 날 밤, 어떤 소년들과 나쁜 짓을 했기 때문이에요. 어느 일요일 밤 설교가 진행되고 있는 동안 소년들이 울타리에 매어둔 말들을 모두 풀어주는 바람에 큰 소동이 벌어졌대요.

엘리자베스 이모는 그런 아이를 가까이 두는 건 위험한 일이라고 말했어요. 하지만 지미가 일꾼 구하기가 하늘의 별따기라고 하면서 저를 구해준 은인이라는 점을 강조해서 겨우 엘리자베스 이모의 허락을 받았답니다.

페리는 우리와 함께 식사를 하지만 잠은 부엌에서 자야 한대요. 하지만 전 나가서 페리의 공부를 돌봐주어도 된다고 허락을 받았어요. 양초가 한 자루밖에 없어서 몹시 어두컴컴했기 때문에 심지를 자주 잘라줘야 하는데, 양초의 심지를 자르는 일은 무척 재미있어요.

페리는 12살인데도 아직 3학년 책을 공부하지만 벌써 1등을 했어요. 학교 첫날 브라우넬 선생님이 페리에게 기분 나쁜 말을 하자 페리는 고개를 뒤로 젖히고 큰 소리로 한참 동안 웃기만 했어요. 브라우넬 선생님은 그래서 페리를 채찍으로 때렸지만 그 뒤로 다시는 페리에게 기분 나쁜 말을 하지 않게 되었어요. 브라우넬 선생님은 누가 자기 보고 웃는 것이 싫은가 봐요. 페리는 무서운 걸 모르는 아이예요. 페리가 채찍으로 맞았을 때 저는 이제 끝이구나 싶었어요. 그런데 페리는 공부하기로 결심한 이상 그런 하찮은 일로 결심을 헛되이 해서는 안 된다고 했어요. 페리는 의지가 강한 아이죠?

엘리자베스 이모도 의지가 강한 분이에요. 하지만 엘리자베스 이모는 페리보고 고집쟁이래요. 전 지금 페리에게 문법을 가르치고 있어요. 페리는 바른 말 하는 것을 배우고 싶댔어요. 제가 톰 고모를 늙은 할망구라고 하면 안 된다고 했더니 고모는 젊지 않으니까 그렇게 불러도 괜찮다고 했어요. 페리는 자기가 살고 있는 동네가 스토브파이프타운(연통마을)이라고 불리는 건 집집마다 벽돌로 만든 굴뚝 대신 지붕 위로 연통이 나와 있기 때문인데, 자기는 언젠가는 으리으리한 저택에서 살 거라고 했어요.

엘리자베스 이모는 저에게 일꾼과 친하게 지내면 안 된다고 했어요. 페리는 좀 버릇이 없긴 하지만 좋은 아이예요. 로라 이모는 페리가 예의를 모른다고 해요. 아마 페리가 언제나 생각한 것을 그대로 말하고 콩을 칼로 찍어서 먹기도 하기 때문인 것 같아요.

전 페리를 좋아하지만 테디와는 다른 의미로 좋아해요. 사람을 좋아하게 되는 데도 여러 가지 방식이 있으니 참 재미있죠, 아빠? 일저는 페리를 좋아하지 않는 것 같아요. 일저는 페리가 뭘 모르는 걸 우습게 여기고 자기 옷도 이상한 주제에 페리가 누덕누덕 기운 옷을 입었다고 놀리거든요.

테디도 페리를 그리 좋아하지 않아요. 테디는 페리가 단두대에 거꾸로 매달려 있는 우스꽝스러운 그림을 그렸어요. 그 얼굴은 페리하고 비슷하면서도 조금 달랐어요. 지미는 그것을 풍자화라고 하며 웃었는데, 페리가 보면 테디의 머리를 때려줄 것 같아서 보여주고 싶지 않았어요. 그 그림을 일저에게 보여줬더니 일저는 막 화를 내며 찢어버렸어요. 왜 그러는지 전 모르겠어요.

페리가 말하기를 자기는 일저 못지않게 시를 낭송할 줄 알고, 마음만 먹으면 그림도 그릴 수 있대요. 페리는 자기가 할 수 없는 일을 남들이 할 수 있다는 것이 못마땅한가 봐요. 그렇지만 페리는 저처럼 벽지의 무늬를 허공에 보이게 할 수는 없어요. 페리는 그것을 여러 번 시도해 봤지만 아무리 해도 안 돼서, 전 저러다가 페리의 눈이 이상해지는 게 아닌가 하는 생각까지 들더라니까요. 페리는 누구보다 말을 잘 해요. 페리는 전에는 아버지를 따라서 선원이 되고 싶었다는데, 지금은 어른이 되면 변호사가 되어 의회에 나갈 거라고 해요. 테디는 어머니가 허락해준다면 화가가 되고 싶다고 하고, 일저는 시를 낭송하는 사람──따로 이름이 있는데 어떻게 쓰는지 몰라요──이 될 거라고 하고, 전 시인이 될 생각이에요. 우린 모두 재능이 있는 것 같아요. 이런 말을 하는 건 어쩌면 쓸데없는 일인지도 모르겠지만요.
　엊그제 무척 난처한 사건이 있었어요. 토요일 아침에 모두들 부엌에서 경건하게 무릎을 꿇고 기도를 하고 있는데, 어쩌다가 페리와 눈이 마주쳤어요. 페리가 무척 재미있는 표정을 지어 보였기 때문에 전 참지 못하고 그만 큰 소리로 웃고 말았어요(난처한 사건이라는 건 이 일이 아니에요).
　엘리자베스 이모는 화가 머리끝까지 났어요. 전 페리가 쫓겨날까봐 페리가 절 웃겼다는 얘기를 도저히 할 수 없었어요. 엘리자베스 이모는 저에게 벌을 줘야 한다며, 그날 오후 제니 스트랭의 집에서 열리는 파티에 보내지 않겠다고 했어요(그래서 제가 몹시 실망한 건 사실이지만 난처한 사건이라는 건 이 일도 아니랍니다).
　페리는 하루 종일 지미와 밖에서 일하고 밤에 집에 돌아와서 무척 거친 말투로 "누가 널 울렸어?" 하고 물었어요. 기도할 때 웃었기 때문에 파티에 가지 못하게 되어 조금──그리 많이는 아니에요──울었다고 했더니 페리는 곧장 엘리자베스 이모한테 가서 제가 웃었던 건 모두 자기 때문이라고 말했어요. 엘리자베스 이모는 어쨌든 제가 웃어서는 안 될 때 웃은 건 사실이라고 말했고, 로라 이모는 "무척 안됐어" 하면서 벌이 너무 가혹했다고 했어요. 그리고 로라 이모는 이 가혹한 벌에 대한 보상으로 월요일에 이모의 진주 반지를 끼고 학교에 가도 좋다고 했어요. 무척 예쁜 반지인 데다 다른 아이들은 아무도 반지를 끼고 있지 않아서 전 뛸 듯이 기뻤지요.

월요일 아침 출석을 부르자마자 전 브라우넬 선생님께 질문을 하기 위해서 손을 들었어요. 하지만 사실은 반지를 자랑하고 싶어서였죠. 허영심에 대한 대가로 전 벌을 받아야 했어요. 쉬는 시간에 덩치 큰 6학년 코러 리가 와서 잠깐만 반지를 껴보게 해달라고 했어요. 전 그러고 싶지 않았지만 만약 거절하면 반 아이들 모두와 함께 절 따돌릴 거라고 하는 거예요(아빠, 따돌림을 당하는 게 얼마나 괴로운 일인지 아세요? 마치 귀양을 간 것처럼 비참한 기분이 든답니다).

그래서 전 리에게 반지를 빌려주었어요. 리는 그것을 끼고 있었는데, 오후의 쉬는 시간에 다시 와서 시냇가에서 잃어버렸다는 게 아니겠어요(난처한 일이란 바로 이 일이에요)! 아빠, 전 거의 까무러칠 정도로 놀라고 말았어요. 집에 돌아가 로라 이모의 얼굴을 볼 용기가 나지 않았어요. 반지를 잘 갖고 있겠다고 이모한테 굳게 약속했거든요.

전 돈을 모아 이모한테 다른 반지를 사드리려고 생각했지만, 석판에 계산해보고 20년 동안 설거지를 하지 않으면 불가능하다는 사실을 알았어요. 전 실망해서 울기 시작했어요. 페리가 그걸 보고 학교가 파한 뒤 코러 리에게 뚜벅뚜벅 걸어가서 "반지를 돌려줘, 안 그러면 브라우넬 선생님한테 이를 거야"라고 하는 거예요.

코러 리는 얌전하게 반지를 꺼내어 "안 그래도 그럴 생각이었어. 그냥 좀 놀려줬을 뿐이야" 하더군요. "다시는 에밀리를 놀릴 생각하지 마. 그랬다간 내가 널 놀려줄 테니까" 하고 페리가 말했어요. 그렇게 보호해주는 사람이 있으니 무척 마음이 든든했어요. 만약 집에 돌아가서 로라 이모한테 반지를 잃어버렸다고 말해야 했다면 어떻게 되었을까 생각하니 등골이 오싹해요. 잃어버리지도 않았으면서 잃어버렸다고 거짓말하여 제 마음을 그렇게 괴롭히다니, 코러 리는 정말 나쁜 아이예요. 전 부모가 없는 아이한테 그런 심한 짓은 할 수 없을 것 같아요.

집으로 돌아가서 전 거울을 들여다보며 머리카락이 하얗게 세지 않았는지 살펴보았어요. 그런 일이 가끔 있다는 말을 들었거든요. 다행히 머리카락은 그대로 있었어요.

페리는 아버지와 함께 세계 여러 곳을 가보았기 때문에 우리들 가운데 누구보다도 지리를 잘 알고 있어요. 페리는 학교 공부가 끝나면 재미있는 얘기를 많이 해준답니다. 페리는 촛불이 다 탈 때까지 얘기를 하다가 부엌 다락에 있는 자기 잠자리로 올라갈 때도 그것을 사용해요. 엘리자베스 이모는 하룻밤에 양초를 하나밖에 주지 않기 때문이에요.

잔다르크 같은 여자가 되어야 하나, 프랜시스 윌라드(19세기 미국 여성사회개혁자. 금주운동의 선구자) 같은 여자가 되어야 하나 하는 문제로, 어제 일저와 또 싸우고 말았어요. 처음부터 싸울 생각으로 얘기한 것은 아니었는데 결국 싸움이 되고 말았죠. 전 프랜시스 윌라드는 아직 살아 있으니까 프랜시스 윌라드 같은 여자가 되고 싶다고 했던 것뿐인데.

어제 첫눈이 내렸어요. 다음에 쓰는 것은 그 눈을 보며 쓴 시예요.

눈 위에 햇빛이 미끄러져요

대지는 보석으로 온몸을 장식하고
　　　길게 끌리는 흰 옷을 입은
　　　비할 데 없이 아름다운 신부 같아요

　페리에게 이 시를 읽어주니까 페리는 자기도 시를 지을 수 있다면서 즉석에서 이렇게 말했어요.

　　　마이크가 눈 위에
　　　긴 발자국을 남겼다

　그러고는 제 시만큼이나 멋지지 않느냐고 물었어요. 하지만 저는 그렇게 생각하지 않아요. 그런 것은 시가 아니라 산문으로도 잘 표현할 수 있지만, 산문에서 '비할 데 없이 아름다운 신부'라는 말을 쓰면 이상하게 들리거든요. 마이크는 헛간으로 가는 길 위에 예쁜 발자국을 남겨놓았지만, 그것은 지미가 곡식창고 바닥에 흘린 밀가루 위에 찍힌 생쥐 발자국만큼 예쁘지는 않았어요. 창고 바닥에 찍힌 그 조그만 발자국은 정말 귀엽답니다. 그리고 그 광경에는 시적인 데가 있어요.
　겨울이 온 것이 너무 아쉬워요. 봄이 올 때까지 일저와 전 '키다리 존의 숲' 속에 있는 우리들의 놀이집과 탠시패치의 뜰에서 놀 수 없기 때문이에요. 가끔 우리는 탠시패치에 있는 테디네 집 안에서 노는데, 켄트 부인이 있을 때는 그리 즐겁지가 않아요. 켄트 부인이 의자에 앉아서 내내 우리를 지켜보고 있거든요. 그래서 우리는 테디가 특별히 청하지 않는 한 가지 않기로 했어요.
　그리고 돼지가 불쌍하게 죽고 말았어요. 그래서 지미는 이제 돼지감자를 삶지 않아요.
　하지만 한 가지 좋은 일이 있어요. 앞으로 학교에 갈 때 보닛을 쓰지 않아도 된다는 거예요. 로라 이모가 리본이 달린 예쁜 빨간색 모자를 만들어주었는데, 엘리자베스 이모는 그것을 보고 사치스럽다고 했어요. 전 날마다 학교가 좋아지고 있지만 브라우넬 선생님만은 아무래도 좋아지지가 않아요. 차별을 하거든요. 브라우넬 선생님은 작문을 가장 잘 쓴 사람에게 금요일 밤부터 월요일까지 분홍색 리본을 달게 해주겠다고 말했어요. 전 '키다리 존의 숲' 속에 흐르는 시냇물에 대한 이야기를 썼는데, 브라우넬 선생님은 제가 그것을 어딘가에서 베꼈을 거라며 로더 스튜어트에게 리본을 달아주었어요. 엘리자베스 이모는 "넌 쓸데없는 것을 쓰는 데 시간을 허비하고 있구나. 난 네가 리본을 받을 거라고 생각했지 뭐냐" 하고 말했어요. 이모는 제가 리본을 받지 못한 것을 뉴문의 수치로 여겼지만, 전 이모한테 사정을 설명하지 않았어요. 진짜 승부는 졌을 때도 변명하지 않는 거라고 테디가 말했어요. 전 진짜 승부를 하고 싶어요.

로더는 이제 절 무척 싫어해요. "뉴문에 사는 아이가 일꾼을 애인으로 삼다니 놀랐어" 하고 말했어요. 정말 우스운 얘기예요. 페리는 제 애인이 아니거든요. 페리는 로더에게 "넌 말만 많았지 분별이 없구나" 하고 말해주었어요. 예의없는 말일지 몰라도 분명히 맞는 말이에요. 언젠가 한번은 수업 시간에 로더가 달이 캐나다 동쪽에 있다고 말했어요. 페리가 큰 소리로 웃자 브라우넬 선생님은 페리에게 쉬는 시간에 교실에 있는 벌을 주면서 그런 우스운 말을 한 로더한테는 아무 말도 하지 않았어요.

그렇지만 로더가 한 말 가운데 가장 비겁하고 치사한 건, 제가 로더에게 한 행동을 자기는 용서했다고 말한 거예요. 전 로더에게 용서받아야 할 일은 전혀 한 적이 없는데도 그런 말을 들었기 때문에 화가 났어요. 어떻게 그런 말을 할 수 있을까요?

우리는 부엌 남서쪽에 매달아둔 커다란 쇠고기 햄을 먹기 시작했어요.

지난 수요일 밤, 페리와 전 지미가 첫 번째 지하실 안에 넣어둔 순무를 정리하는 것을 도왔어요. 바깥쪽 쪽문이 닫혀 있어서 우린 그대로 두 번째 지하실까지 정리해 나가지 않으면 안 되었어요. 무척 재미있었어요. 벽에 뚫린 구멍에 촛불 한 자루를 켜놓았는데 그것 때문에 멋진 그림자가 생겼어요. 우리는 구석에 있는 통에서 마음대로 사과를 꺼내 먹었고, 지미는 흥이 나서 순무를 던지며 자작시를 흥얼거렸어요.

전 지금 뉴문의 책장에 있는 《알람브라》를 읽고 있어요. 그 책은 할아버지의 책이기 때문에 엘리자베스 이모는 제가 읽기에 적당하지 않다고는 말하지 않지만, 속으로는 제가 그 책을 읽는 것을 못마땅해하는 것 같아요. 거칠게 뜨개질을 하면서 안경 너머로 절 쏘아보았거든요. 테디가 안데르센 동화집을 빌려주었는데 전 그 책 속의 이야기를 무척 좋아해요.

존 킬그루 부인이 결혼 반지를 삼켜버렸대요. 어째서 그런 짓을 했을까요?

지미 말로는 12월에 월식이 일어날 거래요. 크리스마스하고 겹치지 않았으면 좋겠어요.

전 손이 다 터버렸어요. 매일 밤 자기 전에 로라 이모가 제 손에 양기름을 발라줘요. 튼 손으로는 시를 쓰기가 힘들어요. 해먼즈 부인도 손이 튼 적이 있었을까요? 자서전에는 그런 말은 전혀 없었어요.

지미 볼은 어른이 되면 꼭 목사가 되어야 한대요. 지미 어머니가 로라 이모한테 그렇게 말했어요. 지미 어머니는 지미가 아기였을 때 신에게 그렇게 약속했대요.

요즘 촛불을 켜놓고 아침을 먹는데 전 그게 무척 마음에 들어요.

일요일 오후에 일저가 놀러왔어요. 우리는 다락에 올라가서 신에 대해 얘기했어요. 일요일에 어울리는 대화였거든요. 일요일에는 모든 일을 무척 주의해서 해야 해요. 일요일을 경건하게 보내는 것이 뉴문의 가풍이래요. 외할아버지는 무척 엄격하셨다고 지미가 얘기해주었어요. 외할아버지가 살아계실 때에는 일요일에 사용할 장작은 언제나 토요일 밤에 마련해두었다는데, 언젠가 한번은 그것을 깜박 잊어버려 일요일 저녁에 사용할 장작이 없었대요. 그러자 외할아버지는 일요일에 장작을 패서는 안 되니까 도끼 등으로 살짝 쪼개는 정도로 해두라고 했대요.

일저는 여느때는 신을 믿지 않고 신에 대한 얘기를 하는 것도 좋아하지 않지만, 신에 대해 무척 궁금해하고 많은 것을 알고 싶어하는 것 같아요. 일저는 만약 신을 알게 되면 신을 좋아할지도 모르겠다고 해요. 무슨 일에나 신중을 기하는 것이 좋다고 하면서. 일저는 지금은 신을 대문자 G로 쓰고 있어요. 신은 틀림없이 저의 '번뜩임' 같은 것일 거예요. 다만 '번뜩임'은 아주 잠깐만 나타나지만, 신은 영원히 계속되는 거지요.

우리는 너무 오랫동안 얘기를 해서 배가 고팠기 때문에 제가 응접실로 내려가서 찬장에서 도넛을 두 개 꺼내왔어요. 식사 때 외에는 도넛을 먹어서는 안 된다는 엘리자베스 이모의 말을 깜박 잊었던 거예요. 훔친 것이 아니라 잊은 것인데 일저는 화를 내며 저보고 도둑이라고 했어요. 그리스도교인은 자기 이모의 눈을 속이고 도넛을 훔쳐서는 안 된다는 거였죠. 그래서 전 엘리자베스 이모한테 가서 고백했고, 이모는 저에게 저녁식사 때 도넛을 먹으면 안 된다고 했어요. 다른 사람들이 도넛을 먹는 모습을 보는 건 무척 괴로운 일이었어요.

페리가 어쩐지 자기 몫의 도넛을 무척 빨리 먹어치웠다고 생각했더니, 저녁식사가 끝난 뒤 저에게 손짓을 했어요. 밖으로 나가

봤더니 절 위해 남겨두었던 도넛 반 개를 주었어요. 그리 깨끗하지 않은 손수건에 싸여 있었지만, 페리의 마음을 상하게 하고 싶지 않아서 맛있게 먹었어요.

로라 이모는 일저의 미소가 귀엽다고 해요. 저는 어떨까 궁금해서 일저 방의 거울을 들여다보며 미소를 지어보았지만 그리 귀여운 것 같지 않았어요.

요즈음 밤에는 추워져서 엘리자베스 이모는 언제나 뜨거운 물을 가득 넣은 진 병을 침대 안에 넣어두어요. 거기에 발을 대면 기분이 무척 좋아요. 요즘은 모두 진 병을 사용해요. 머리 할아버지는 거기에 늘 진짜 진을 넣어두었다고 해요.

벌써 눈이 오기 시작했기 때문에 지미는 정원 손질을 할 수가 없어 무척 쓸쓸한가 봐요. 겨울 정원도 여름 정원과 마찬가지로 아름답다고 생각해요. 꽃밭이 눈으로 덮여서 볼록볼록한 모습이 무척 귀여워요. 저녁이면 정원은 석양빛을 받아 완전히 장밋빛으로 물들고, 달빛이 비치면 마치 꿈나라 같아요.

전 응접실 창문에서 정원 바라보는 것을 좋아해요. 눈 위에 도깨비불이 움직이는 것을 보기도 하고, 눈 속에서 작은 풀뿌리와 씨앗은 무슨 생각을 하고 있을까 생각하기도 해요. 현관문의 붉은 유리창 너머로 눈 오는 풍경을 보고 있으면 왠지 차분해지지 못하고 마음이 들떠요.

요리실 지붕에 고드름이 아름다운 술처럼 달려 있어요. 하지만 천국에는 훨씬 더 아름다운 것들이 있겠지요. 오늘 《안조네타》를 읽고 있으니 무척 신앙심이 솟아나는 듯한 기분이 들었어요. 안녕히 주무세요, 모든 아빠들 중에서 가장 사랑하는 아빠.

에밀리 드림

추신 : 이렇게 썼다고 해서 저에게 다른 아빠가 있다는 뜻은 절대로 아니에요. 다만 아빠를 너무너무 사랑한다는 뜻일 뿐이랍니다.

타도! 브라우넬 선생님!

　에밀리와 일저는 블레어워터 학교 교실에서 가장 전망이 좋은 자리에 앉아 석판에 시를 쓰고 있었다. 에밀리는 시를 쓰고, 일저는 그 옆에서 그것을 읽으며 에밀리가 이따금 좋은 표현을 생각하느라 골몰해 있으면 조언을 하기도 했다. 그들은 분수 문제를 풀고 있어야 했지만, 에밀리는 일단 시를 써야겠다는 마음이 들면 절대로 계산 같은 건 하고 싶지 않았고, 일저 역시 수학은 원래 싫어했다. 브라우넬 선생님은 교실 반대쪽에서 지리 수업을 하고 있었다. 넓은 창문을 통해 눈부신 햇살이 두 사람 위로 쏟아지고 있었고, 시를 쓰기에 딱 적당한 분위기였다. 에밀리는 창밖 풍경을 시로 쓰기 시작했다.
　그 자리에 앉게 된 것은 오랜만의 일이었다. 그 자리는 냉정한 브라우넬 선생님의 눈에 드는 아이에게만 허락되는 특별석이었고, 에밀리는 브라우넬 선생님의 마음에 드는 학생이 아니었다. 그날 오후에 일저가 에밀리와 함께 그 자리에 앉게 해달라고 부탁하자 브라우넬 선생님은 일저한테는 허락하고 에밀리한테는 허락하지 않을 그럴듯한 구실이 생각나지 않아서 그만 들어주고 말았다. 그렇지만 마음 같아서는 에밀리 쪽은 허락하고 싶지 않았을 것이다. 브라우넬 선생님은 누군가 자기에게 잘못한 것을 잊거나 용서하지 않는 옹졸한 성격이었기 때문이다.

브라우넬 선생님은 에밀리가 처음 학교에 온 날, 고집을 부리며 자기를 거역한 일을 지금도 잊지 않고 있었다. 그래서 에밀리는 무슨 일이 있을 때마다 브라우넬 선생님의 악의를 느껴야 했다. 다른 아이들은 가끔씩 조금 칭찬받는 일이 있어도 에밀리는 칭찬을 받은 적이 한 번도 없었고, 언제나 브라우넬 선생님의 빈정거림의 표적이 되었다. 그래서 그 자리에 앉을 수 있는 것은 무척 기쁜 일이 아닐 수 없었다.

그 자리에 앉으면 여러 가지 좋은 점이 있었다. 고개를 돌리지 않아도 학교 건물 전체가 다 내다보였고, 브라우넬 선생님이 뒤에서 몰래 다가와 무엇을 하고 있는지 어깨너머로 들여다볼 위험도 없었다. 그렇지만 에밀리한테 가장 좋았던 것은 '학교 마당의 수풀'을 바로 눈 아래로 볼 수 있고, '바람 아주머니'가 놀고 있는 오래된 가문비나무와 잿빛을 띤 녹색 이끼가 마치 동화나라의 깃발처럼 가지마다 길게 늘어져 있는 풍경, 붉은색 작은 다람쥐가 울타리 언저리를 달려가는 모습과 하얀 눈 위에 햇빛이 금빛 포도주처럼 환하게 쏟아지는 광경을 볼 수 있다는 것이었다. 숲 속 좁은 틈새를 통해 블레어워터 골짜기 너머 맞은편의 모래언덕과 만이 보였다. 오늘은 모래언덕이 눈으로 덮여 폭신하고 둥그스름한 모습으로 하얗게 빛나고 있었고, 건너편의 어둡고 푸른색을 띤 만에는 작은 빙산 같은 하얀 얼음 조각이 떠 있었다.

그런 정경을 보기만 해도 에밀리는 말할 수 없는 기쁨으로 가슴이 뛰었고 그 기쁨을 어떻게 해서든 말로 표현하지 않고는 견딜 수가 없었다. 에밀리는 분수에 대해선 까맣게 잊어버리고 시를 쓰기 시작했다. 하얀 눈이 완만하게 구릉을 이루고 있는 이 광경 앞에서 분수 같은 건 아무래도 상관없었다. 에밀리는 자신만의 세계에 빠져들었다. 그래서 지리 수업을 받고 있던 아이들이 원래 자리로 돌아간 뒤, 에밀리가 좋은 표현을 생각하면서 간절한 눈길로 하늘을 바라보고 있는 것을 본 브라우넬 선생님이 가만히 자기 쪽으로 다가오고 있는 줄도 몰랐다. 일저라도 보았더라면 에밀리에게 주의를 주었겠지만 일저도 석판에 그림을 그리느라 브라우넬 선생님을 보지 못했다. 에밀리는 별안간 손에서 석판이 빠져나가는 것을 느꼈고, 이어서 브라우넬 선생님의 목소리를 들었다.

"계산은 다 끝냈겠지, 에밀리?"

에밀리는 아직 계산을 하나도 하지 않고 있었다. 석판은 온통 시로 가득했다. 브라우넬 선생님에게 보여서는 안 되는 시가 빼곡하게 적혀 있었다. 에밀리는 벌떡 일어나서 거칠게 석판을 다시 빼앗으려 했다. 하지만 브라우넬 선생님은 얇은 입술에 심술궂은 미소를 지으며 석판을 에밀리의 손이 닿지 않도록 높이 쳐들었다.

"이건 뭐지? 분수는 아닌 것 같은데. 〈블레어워터 학교 창 밖으로 보이는 풍경〉? 오, 여러분, 우리 학교에 어린 시인이 있는 것 같군요!"

말 자체에는 특별한 뜻이 없었지만, 아! 그 말투에는 말할 수 없이 기분 나쁜 비웃음이 담겨 있었다. 상대방을 우습게 여기고 경멸하는 것이 역력히 느껴졌다. 브라우넬 선생님의 이 말은 채찍처럼 에밀리의 마음을 후벼팠다. 소중한 자작시를 남이, 특히 쌀쌀맞고 이해심 없는 사람이 읽는 것만큼 싫은 일은 없었다.

"제발, 부탁이에요, 선생님. 읽지 마세요, 지워버릴 테니까요. 지금 얼른 수학 문제를 풀겠어요. 부탁이에요, 제발 읽지 말아주세요. 아무것도 아니에요." 에밀리는 가쁜 숨을 몰아쉬며 더듬더듬 말했다.

브라우넬 선생님은 심술궂게 웃었다.

"에밀리, 그렇게 겸손하게 굴 필요 없어. 석판에 온통 시뿐이구나. 여러분, 이게 시라는 거예요. 우리 학교에 시를 쓸 수 있는 학생이 있는 거죠. 그런데 에밀리는 이 시를 보여주고 싶어하지 않는군요. 에밀리는 이기주의자가 아닐까요? 나는 다 같이 이 시를 감상해야 한다고 생각해요."

브라우넬 선생님이 '시'라는 말을 멸시하듯이 일부러 천천히 힘을 주어 발음할 때마다 에밀리는 몸이 오그라드는 것만 같았다. 대부분의 아이들이 킥킥거리며 웃었다. 그것은 '뉴문의 머리 집안 사람'이 곤경에 처한 것이 재미있어서이기도 했고, 브라우넬 선생님이 모두를 웃기려 하고 있다고 생각했기 때문이기도 했다. 특히 로더 스튜어트는 어느 누구보다 큰 소리로 웃었다. 하지만 에밀리가 처음 학교에 온 날 에밀리를 괴롭혔던 제니 스트랭은 끝까지 웃지 않고 브라우넬 선생님을 못마땅한 표정으로 쳐다보았다.

브라우넬 선생님은 석판을 높이 쳐든 채 콧소리를 내며 일부러 이상한 억양을 붙이거나 과장된 몸짓을 하면서 에밀리의 시를 큰 소리로 읽었다. 그래서 에밀리의 시는 무척 우스꽝스럽게 들렸다. 에밀리가 자신의 걸작으로 생각했던 시는 갑자기 조롱거리가 되어버렸고 아이들은 계속 킥킥대고 웃었다. 그때의 쓰라린 기분은 에밀리의 마음에서 영원히 지워지지 않을 것 같았다. 시를 쓸 때 마음에 떠올랐던 그 아름답고 소박한 환상이 갈기갈기 찢기고 산산조각난 것이다. "동화 같은 꿈속의 광경" 하는 대목에서 브라우넬 선생님은 눈을 감고 머리를 좌우로 흔들었다. 킥킥거리던 웃음은 폭소로 변했다.

"아!"

에밀리는 두 손을 불끈 쥐며 생각했다.

'성서 속에 나오는 그 말썽꾸러기 아이를 삼킨 곰이 당신을 잡아

먹으러 와준다면 얼마나 좋을까!'

그렇지만 학교 마당의 수풀에는 복수를 해줄 곰이 없었다. 브라우넬 선생님은 그 시를 끝까지 읽었다. 그녀는 무척 신이 나 있었다. 브라우넬 선생님은 학생을 놀려주는 것이 늘 즐거웠지만, 특히 뉴문의 에밀리한테서는 마음속에 뭔가 자기와는 전혀 다른 것이 있다는 것을 항상 느끼고 있었던 만큼 그 즐거움은 이루 말할 수 없이 큰 것이었다.

브라우넬 선생님은 마지막까지 다 읽고 나서야 얼굴이 발갛게 달아오른 에밀리에게 석판을 돌려주었다.

"자, 네 시를 받아라, 에밀리."

에밀리는 석판을 홱 나꿔챘다. 석판 지우개가 가까이 없기도 했지만 에밀리는 손바닥으로 거칠게 석판을 문질렀다. 석판 한쪽이 지워졌다. 다시 한번 손바닥으로 문지르자 나머지 부분까지 완전히 지워졌다. 그 시는 조롱 받은 것이다. 죽을 때까지 에밀리는 그때 경험한 괴로움과 아픔을 절대로 잊을 수 없을 것 같았다.

브라우넬 선생님이 다시 웃었다.

"그런 시를 지워버리다니 정말 아깝구나, 에밀리. 지금쯤 수학 문제를 풀고 있었더라면 얼마나 좋았겠니. 수학은 시가 아니야. 난 이 학교에서 수학을 가르치고 있지 시 쓰는 법을 가르치는 게 아니라구. 네 자리로 돌아가. 뭐지, 로더?"

그러자 아까부터 손을 들고 있던 로더가 기세등등하게 말했다.

"브라우넬 선생님, 에밀리 스타의 책상 속에는 시를 쓴 종이가 가득 들어 있어요. 오늘 아침 선생님이 역사공부를 하라고 하셨을 때 에밀리는 내내 일저 번리에게 그 시를 읽어주고 있었어요."

페리 밀러가 돌아보았다. 갑자기 질겅질겅 씹은 종이를 뭉쳐서 만든 '종이공'이라는 재미있는 총알이 교실 안을 날아서 로더의 얼굴 한가운데를 맞혔다. 이때 이미 브라우넬 선생님은 에밀리보다 한 발

앞서 에밀리의 책상 앞에 가 있었다.

"만지지 마세요. 선생님은 여기에 손댈 권리가 없어요!"

에밀리는 거의 미친 듯이 숨을 헐떡이며 소리쳤다.

하지만 브라우넬 선생님의 손에는 이미 시를 쓴 종이 뭉치가 들려 있었다. 그녀는 돌아서서 교단으로 걸어갔다. 에밀리가 그 뒤를 따라갔다. 그 시들은 모두 에밀리에게는 소중하고 소중한 것이었다. 날씨가 나빠서 밖에서 놀 수 없는 날, 쉬는 시간에 종이 조각에 적어둔 시들이었다. 바로 그날 에밀리는 그 종이 조각들을 집에 가지고 가서 빨간 종이에 깨끗하게 옮겨 적으려고 마음먹고 있었다. 그런데 지금 브라우넬 선생님이 킥킥 웃는 아이들 앞에서 그 시들을 읽으려 하고 있는 것이다.

브라우넬 선생님은 그 시를 전부 읽기에는 시간이 부족하다는 것을 알았다. 그녀는 제목을 훑어보면서, 거기에 한 마디씩 감상을 곁들이는 것으로 만족할 수밖에 없었다.

그러는 사이에도 페리 밀러는 로더 스튜어트에게 종이공을 던지며 끓어오르는 분노를 삭이고 있었는데, 어찌나 교묘하게 던지는지 로더 스튜어트는 그 종이공이 어느 쪽에서 날아오는지 전혀 알 수가 없었다. 그 때문에 에밀리가 곤경에 처한 것을 보는 그녀의 즐거움도 꽤 줄어들었다. 한편 테디 켄트는 종이공으로 골탕을 먹일 수가 없어서 좀더 교묘한 복수를 생각해냈다. 그는 종이 조각에 뭔가 열심히 그리고 있었다. 이튿날 아침 로더는 자기 책상 위에 작고 여윈 원숭이 한 마리가 나뭇가지에 꼬리를 감고 대롱대롱 매달려 있는 그림이 놓여 있는 것을 보았다. 그 원숭이의 얼굴은 바로 자기의 얼굴이었다. 그것을 본 로더 스튜어트는 화가 머리끝까지 났다. 하지만 허영심이 강한 그녀는 그것을 갈기갈기 찢어버리고는 그 일에 대해서는 한 마디도 하지 않았다. 테디는 또한 브라우넬 선생님을 흡혈귀를 닮은 박쥐 모양으로 그려서 학교가 끝난 뒤에 에밀리의 손에 쥐어주었다.
"〈잃어버린 다이아몬드——낭만적인 이야기〉" 하며 브라우넬 선생님이 읽기 시작했다.
"〈자작나무에 바치는 노래〉——차라리 너덜너덜한 종이 조각에게 바치는 노래라고 하는 편이 좋을 것 같구나, 에밀리. 〈정원의 해시계에 바치는 노래〉——마찬가지야. 〈귀여운 고양이의 노래〉——이것도 낭만적인 이야기겠구나. 〈일저에게 바치는 노래〉——'너의 목덜미는 진주처럼 하얗게 빛난다?' 도저히 그런 느낌은 들지 않는데. 일저의 목덜미는 햇볕에 심하게 그을려 있잖아? 〈응접실의 풍경〉〈제비꽃은 쓴다〉——그래, 너보다 제비꽃이 글을 더 잘 쓸지도 모르지. 〈실망의 집〉

    백합꽃이 하얀 얼굴을 들고 있다
    꿀을 찾아 벌이 모여드으은다"

"전 그런 식으로 쓰지 않았어요!"
에밀리가 발끈해서 소리쳤다.
"〈로라 이모의 서랍 속 비단에 바치는 노래〉〈고향이여 안녕〉〈가문비나무에 바치는 노래〉〈햇빛을 가리는 아름다운 거목〉〈톰 베넷 씨네 밭의 노래〉〈엘리자베스 이모의 창밖으로 보이는 풍경〉——에밀리, 넌 '풍경'이라는 말을 참 좋아하는구나. 〈익사한 새끼고양이의 묘비명〉〈고조할머니 무덤에서의 명상〉〈북쪽 나라의 새에게〉〈블레어워터 둑에서 별을 보며 지은 노래〉——흐음,

    보석처럼 빛나는 수많은 별들
    별들은 멀고, 차갑고, 진실하다

에밀리, 이걸 정말 네가 썼다는 거냐? 믿을 수 없어."

"제가 썼어요. 정말 제가 썼어요."

에밀리는 모욕 때문에 얼굴이 백지장처럼 하얘졌다.

"더 좋은 시도 많이 썼어요."

브라우넬 선생님은 갑자기 종이 뭉치를 손으로 마구 구겼다.

"이런 하찮은 시 때문에 아까운 시간만 허비했어. 에밀리, 네 자리로 돌아가."

브라우넬 선생님은 난로 쪽으로 걸어갔다. 한순간 에밀리는 브라우넬 선생님이 뭘 하려고 그러는지 알지 못했다. 브라우넬 선생님이 난로뚜껑을 연 순간 에밀리는 그제서야 알아차리고 맹렬하게 돌진했다. 그 브라우넬 선생님의 손에서 종이 다발을 움켜잡고 힘껏 나꿔챘다.

"불에 태울 순 없어요, 절대로!"

에밀리가 온몸을 떨면서 말했다. 그녀는 '아기 앞치마'의 호주머니에 자기 시들을 집어넣고 하얗게 질린 얼굴로 브라우넬 선생님을 노려보았다. 머리식 표정이 그녀의 얼굴에 나타나 있었다. 브라우넬 선생님은 그 표정에서 엘리자베스 이모만큼 충격을 받지는 않았으나, 그래도 어쩐지 오싹한 느낌이 들었다. 이 궁지에 몰린 아이가 당장이라도 이빨과 발톱을 드러내어 덤벼들 것만 같았다.

"에밀리, 그 종이 뭉치를 이리 줘."

하지만 브라우넬 선생님의 말에는 어딘가 힘이 빠져 있었다.

에밀리는 거칠게 말했다.

"안 돼요, 드릴 수 없어요. 이것은 제 거예요. 선생님한테는 이걸 빼앗을 권리가 없단 말예요. 전 이것을 쉬는 시간에 썼고 규칙을 어긴 적은 한 번도 없었어요. 선생님은," 하며 에밀리는 브라우넬 선생님의 차가운 눈을 도전적으로 노려보며 말했다. "선생님은 부당한 폭군이에요!"

브라우넬 선생님은 교탁 쪽으로 돌아섰다.
"오늘 밤 난 뉴문에 가서 너의 엘리자베스 이모를 만나봐야겠다."
에밀리는 소중한 시를 되찾는 것에만 마음을 빼앗기고 있었기 때문에 이 위협의 말이 귀에 들어오지 않았다. 하지만 차츰 흥분이 가라앉으면서 싸늘한 공포가 마음속에 비집고 들어왔다. 나중에 어떤 일을 당하게 될지 에밀리는 너무나 잘 알고 있었다. 하지만 무슨 일이 있어도 시를 빼앗겨서는 안 되었다. 나중에 어떤 벌을 받게 되든 한 편의 시도 넘겨주지 않을 생각이었다. 에밀리는 학교에서 돌아오자마자 다락에 올라가서 낡은 소파의 선반에 시를 쓴 종이를 숨겼다.

에밀리는 무척 울고 싶었지만 울지 않으려고 이를 악물었다. 브라우넬 선생님이 곧 올 텐데 울어서 새빨개진 눈을 보이고 싶지는 않았던 것이다. 그러나 가슴이 타는 것 같았다. 마음속의 신성한 것이 무자비한 발굽에 의해 더럽혀진 것이다. 게다가 더 무서운 일이 다가오고 있는 걸 생각하니 더욱 비참한 기분이 들었다. 엘리자베스 이모가 브라우넬 선생님 편에 설 것은 불을 보듯 뻔했다. 에밀리는 닥쳐올 혹독한 시련을 상상하고 공포에 질려 있었다. 정당한 심판이라면 두렵지 않았지만, 엘리자베스 이모와 브라우넬 선생님이 내리는 심판은 받고 싶지 않았다.

"난 아빠한테 이 일에 대해 편지를 쓸 수도 없어."
에밀리는 작은 가슴을 떨면서 생각했다. 오늘 일로 받은 마음의 상처가 너무나 깊고 생생해서 글로 옮기는 것조차 할 수 없었던 것이다. 괴로운 마음을 풀 길이 없었다.

겨울 동안 뉴문에서는 지미가 일을 마치고 집에 돌아올 때까지 모두들 저녁을 먹지 않고 기다렸기 때문에 에밀리는 누구의 방해도 받지 않고 오랫동안 다락에 틀어박혀 있었다.

다락에서는 여느때 같으면 그녀를 기쁘게 해주었을 꿈나라의 풍경이 내려다 보였다. 어두운 숲 사이로 붉은 저녁 해가 멀리 하얀 언덕 저편에서 커다란 불꽃처럼 빛나고 있는 것이 보였다. 눈 덮인 뜰에는 헐벗은 나뭇가지들이 가득 창문을 장식하고 있었고, 동남쪽 하늘은 저녁 놀에 물들어 말로 표현할 수 없는 오묘한 빛깔을 띠고 있었다. 이윽고 '키다리 존의 숲' 위 은색 하늘에 작고 사랑스러운 달이 희미하게 떠올랐다. 하지만 에밀리는 그런 풍경을 보아도 전혀 마음이 즐겁지 않았다.

얼마 뒤 브라우넬 선생님이 남자 같은 걸음걸이로 하얀 자작나무 숲 속의 오솔길을 걸어오는 모습이 보였다.

에밀리는 브라우넬 선생님을 내려다보며 생각했다.

'만약 아빠가 살아 계셨더라면 선생님 같은 사람은 무안만 당하고 금세 쫓겨났을 거예요.'

시간이 얼마나 흘렀는지 에밀리는 일 분, 일 분이 몹시 길게 느껴졌다. 드디어 로라 이모가 올라왔다.

"엘리자베스 이모가 부엌으로 내려오라는구나, 에밀리."

로라 이모는 목소리는 상냥했지만 슬퍼하는 것 같았다. 에밀리는 울고 싶은 것을 겨우 참았다. 로라 이모에게 말썽쟁이로 보이고 싶진 않았지만, 그렇다고 사정을 얘기할 마음도 나지 않았다. 사정을 얘기하면 로라 이모는 에밀리를 동정할 것이고, 그러면 마음이 무너져 내릴 것만 같았다. 에밀리는 로라 이모보다 앞서 두 개의 층계를 말없이 내려가 부엌으로 들어갔다.

저녁 식탁이 마련되어 있고 촛불이 켜져 있었다. 커다랗고 낡은 서까래가 가로지른 부엌의 불빛에서는 늘 그렇듯이 당장이라도 유령이 튀어나올 것처럼 음산했다. 엘리자베스 이모는 식탁 옆에 딱딱한 자세로 앉아 있었는데 표정이 몹시 굳어 있었다. 브라우넬 선생님은 안락의자에 앉아 있었고, 파르스름한 얼굴은 승리감에 찬 심술로 빛나고 있었다. 그녀의 눈길에서는 뭔가 표독스러운 것이 느껴졌고 코가 무척 빨개서 조금도 매력적이지 않았다.
 지미는 잿빛 점퍼를 입고 나무상자 위에 앉아 천장을 쳐다보며 휘파람을 불고 있었는데, 여느때보다 더욱 괴상한 모습이었다. 페리는 아무 데도 보이지 않았다. 자기를 응원해줄 페리만 있었더라도 에밀리는 마음이 무척 든든했을 텐데.
 "에밀리, 네가 오늘 학교에서 보여준 몹시 버릇없는 행동에 대해 듣게 되어 유감이다."
 "아니요, 이모는 실은 유감스럽지 않으실 거예요."
 에밀리가 진지한 표정으로 말했다.
 지금은 차라리 침착하게 이 끔찍한 순간과 맞설 수 있을 것 같았다. 아니, 두렵기도 하지만 한편으로는 오히려 이 상황에 조금은 흥미를 느끼고 있었다. 에밀리는 속으로 생각했다.
 '나중에 이 장면을 글로 쓴다면 엘리자베스 이모의 코앞에 있던 촛불이 이모 얼굴에 괴상한 그림자를 던져서 마치 해골처럼 보이게 했다는 걸 빠뜨리지 않겠어.'
 브라우넬 선생님의 모습은 과연 이 사람에게도 아기였던 시절이 있었을까 하는 생각이 들 정도였다.
 "나한테 그런 건방진 말을 하는 건 그만둬."
 엘리자베스 이모가 말하자 브라우넬 선생님이 거 보라는 듯이 말했다.
 "보시라니까요."
 "건방지게 굴려고 했던 건 아니에요, 이모. 이모는 정말로 유감으로 생각하고 계시지는 않아요. 이모는 제가 뉴문의 명예를 깎아내린 것 때문에 화가 나면서도 제가 나쁜 아이라는 것에 의견을 같이 하는 사람을 찾았기 때문에 조금은 기쁘게 생각하실 거예요."
 "아이구, 저런! 정말 대단한 아이로군요."
 브라우넬 선생님이 기가 막힌다는 듯 고개를 뒤로 젖혔다. 그 순간 그녀의 눈에 놀라운 광경이 들어왔다. 페리 밀러의 머리가 천장의 '검은 구멍'에서 쏙 나와 있었던 것이다. 페리 밀러의 거꾸로 서 있는 얼굴에는 경멸의 표정이 떠올라 있었다. 그 얼굴이 순간적으로 사라졌기 때문에 브라우넬 선생님은 너무 놀라 한참 동안 천장만 응시하고 있었다.

아무것도 모르는 엘리자베스 이모가 말했다.

"넌 오늘 학교에서 무척 망신스러운 태도를 보여줬다고 하더구나. 창피한 일이야."

"그렇게 심하지는 않았어요, 엘리자베스 이모. 어떻게 된 건가 하면요……"

"그 애긴 더 이상 듣고 싶지 않다."

그러자 에밀리가 단호하게 소리쳤다.

"하지만 들어주셔야 해요. 한쪽 말만 들으시는 건 불공평해요. 물론 저도 잘못하긴 했지만 선생님이 말씀하시는 만큼은 아니었어요……"

"이제 그만해. 얘기는 다 들었으니까."

엘리자베스 이모가 다시 엄하게 말했다.

"전부 거짓말이에요."

느닷없이 페리가 검은 구멍에서 다시 머리를 내밀며 말했다.

모두들 까무러칠 듯이 놀랐다. 엘리자베스 이모까지. 엘리자베스 이모는 자기가 놀랐다는 사실 때문에 더욱더 화가 났다.

"페리 밀러! 거기서 당장 내려와."

"그건 안 돼요."

페리가 딱 잘라 말했다.

"당장이라고 말했어."

"안 되겠는데요."

페리는 대담하게도 브라우넬 선생님에게 윙크까지 하면서 거듭

타도! 브라우넬 선생님! 233

말했다.
"페리 밀러! 어서 내려와. 내가 이곳의 주인으로 있는 동안에는 내 말을 들어야 해."
"예, 알겠습니다, 정 그러시다면."
페리가 재미있다는 투로 말했다.
그가 발이 사다리에 닿도록 구멍에 매달리자 로라 이모가 작은 비명을 질렀다. 다른 사람들은 모두 입을 다문 채 아무 말도 못하고 있었다.
"방금 젖은 옷을 벗은 참이라서요."
검은 구멍에 두 팔로 대롱대롱 매달린 페리가 사다리의 발판을 찾아 두 다리를 이리저리 휘저으며 유쾌한 듯 말했다.
"소에게 물을 먹이려다 시냇물에 빠졌거든요……"
"지미!"
엘리자베스 머리도 여기에는 완전히 항복하고 지미에게 매달렸다. 그녀는 이 상황에 대처할 수가 없었다.
"페리! 다락으로 돌아가서 어서 옷을 입어."
지미가 명령했다.
벌거벗은 다리가 검은 구멍 안으로 사라졌다. 구멍 안에서 올빼미처럼 심술궂고 유쾌하게 웃는 소리가 들려왔다. 엘리자베스 이모는 휴 하고 한숨을 내쉰 뒤 에밀리 쪽으로 돌아섰다. 그녀는 다시 한 번 에밀리를 다그칠 각오였다.
"에밀리, 브라우넬 선생님 앞에 무릎 꿇고 오늘 네가 한 행동에 대해 용서를 빌어라."
에밀리의 창백한 뺨이 새빨개졌다. 이것만은 할 수 없었다. 브라우넬 선생님에게 용서를 빌 마음은 있었으나 무릎을 꿇을 수는 없는 일이었다. 그토록 마음에 상처를 준 이 끔찍한 여자 앞에 무릎을 꿇다니! 그런 일은 할 수 없었고 하고 싶지도 않았다. 이 치욕 앞에서 그녀는 있는 힘을 다해 저항했다.

"어서 무릎을 꿇어!"

엘리자베스 이모가 다시 말했다.

브라우넬 선생님은 흡족한 얼굴로 에밀리가 무릎 꿇기를 기다렸다. 에밀리가 잘못을 뉘우치며 자기 앞에 무릎 꿇는 것을 보는 건 얼마나 기분 좋은 일인가! 에밀리가 다시는 그 겁 없는 시선으로 자기를 노려보지 못할 거라고 브라우넬 선생님은 생각했다. 에밀리는 이렇게 무릎을 꿇은 일을 결코 잊지 않으리라. 그것은 에밀리 또한 브라우넬 선생님과 마찬가지로 똑똑히 느끼고 있었다.

"엘리자베스 이모, 제발 제 얘기도 들어주세요."

에밀리는 그 자리에 선 채 슬픈 목소리로 말했다.

"듣고 싶은 얘긴 이미 다 들었어. 내가 시키는 대로 해, 에밀리. 안 그러면 말을 들을 때까지 이 집에서 쫓아내겠어. 다시는 아무도 너에게 말을 걸지 않을 것이고 너와 놀아주지도 않을 거야. 내 말에 따르기 전에는 아무도 널 본 척도 하지 않을 거야."

에밀리는 몸을 떨었다. 그것은 견딜 수 없는 형벌이었다. 지금 살고 있는 세계에서 쫓겨나는 그런 일을 당하면 금방 꺾이고 말 것을 그녀는 알고 있었다. 차라리 시키는 대로 할까 하는 생각이 들었다. 아! 하지만 이렇게 괴롭고 수치스러운 일이 어디 있단 말인가!

"인간은 신 앞에서만 무릎을 꿇는 거야." 갑자기 지미가 말했다. 여전히 천장을 응시한 채였다.

엘리자베스 머리의 도도하고 엄격한 얼굴에 갑자기 이상한 변화가 일어났다. 그녀는 지미를 뚫어지게 응시하며 꼼짝 않고 서 있었다. 너무 오랫동안 그러고 있자 브라우넬 선생님은 속이 타서 몸을 움찔거렸다.

"에밀리."

엘리자베스 이모의 어조가 달라졌다.

"내가 잠시 잘못 생각했구나. 더 이상 무릎을 꿇으라는 말은 하지 않으마. 하지만 넌 선생님께 사죄해야 해. 그런 다음 너에게 벌을 주겠다."

에밀리는 손을 뒤로 가져가더니 브라우넬 선생님의 눈을 똑바로 응시하며 말했다.

"오늘 제가 한 행동에 대해 전 후회하고 있습니다. 부디 용서해 주세요."

브라우넬 선생님은 일어섰다. 에밀리가 어떤 벌을 받을지 자기 눈으로 볼 수 없는 것이 유감스러울 뿐이었다. 그녀는 '어수룩한 지미 머리'를 한 대 때려주고 싶었지만 그런 마음을 겉으로 드러낼 수는 없었다. 엘리자베스 머리는 학교 평의원은 아니었지만 뉴문에서 손꼽히는 고액납세자였기 때문에, 교육위원회에서 제법 큰 힘을 행사하고 있었던 것이다.

그녀는 쌀쌀하게 말했다.

"에밀리, 네가 앞으로 나쁜 태도를 고친다면 이번 일은 용서해주마. 이제 네 이모께서 아셔야 할 사실을 알려드렸으니 내 의무는 다한 셈이야. 엘리자베스 머리 씨, 저녁을 먹지 않고 간다고 섭섭하게 생각하지는 마세요. 너무 어두워지기 전에 집으로 돌아가야 하니까요."

"신은 모든 나그네를 서두르게 하시도다."

페리가 사다리에서 내려오며 말했다. 이번에는 옷을 입고 있었다.

엘리자베스 이모는 페리를 못 본 척했다. 그녀는 브라우넬 선생님이 보는 앞에서 일꾼 소년과 옥신각신할 마음은 없었다. 브라우넬 선생님은 찬바람을 일으키며 나갔다. 엘리자베스 이모는 에밀리 쪽으로 돌아섰다.

"에밀리, 넌 오늘 밤 식기실에서 혼자 저녁을 먹도록 해. 빵과 우유밖에 주지 않을 거야. 그리고 내일 아침까지 누구하고도 말을 해서는 안 돼."

"하지만 생각하는 것까지 금지하시는 건 아니겠죠?"

에밀리가 걱정스럽다는 듯이 말했다.

엘리자베스 이모는 그 말에는 대답하지 않고 도도한 자세로 식탁에 앉았다. 에밀리는 식기실에 들어가 다른 사람들이 먹고 있는 맛있는 소시지 냄새를 맡으면서 빵과 우유를 먹었다. 에밀리는 소시지를 좋아했다. 게다가 뉴문의 소시지는 누구도 따라올 수 없을 만큼 맛있기로 소문난 소시지였다. 엘리자베스 번리가 고향에서 제조법을 배워온 것인데, 그 제조법의 비밀은 철저히 지켜져오고 있었다.

에밀리는 배가 무척 고팠지만 만약 이 고통을 이겨내지 못한다면 더 큰 비극이 일어날지도 몰랐다. 그때 문득 지미가 지난주 토요일에 읊어준 〈마지막 음유시인의 노래〉를 흉내내어 웅대한 시를 써보자는 생각이 떠올랐다.

에밀리는 곧 제1편을 짓기 시작했다. 로라 이모가 식기실에 들어왔을 때, 에밀리는 빵과 우유를 반밖에 먹지 않고 식기 선반에 팔꿈치를 올려놓은 채, 허공을 응시하며 희미하게 입술을 움직이고 있었다. 그녀의 반짝이는 눈에는 지상이나 바다, 그 어느곳에서도 볼 수 없는 빛이 떠올라 있었다. 소시지의 맛있는 냄새는 어느새 잊은 채, 그녀는 카스탈리아 샘(그리스 신화에 나오는 시의 샘)의 물을 마시고 있었던 것이다.

"에밀리."

문을 닫으면서 로라 이모가 푸른 눈으로 다정하게 에밀리를 바라보았다.

"하고 싶은 말이 있으면 뭐든지 얘기해. 난 브라우넬 선생이 마음에 들지 않고 너한테만 잘못이 있다고도 생각하지 않아, 물론 수학 문제를 풀어야 할 시간에 시를 쓴 것은 잘못이지만. 그 상자 속에 생강과자가 들어 있단다."

"로라 이모, 전 지금 아무하고도 얘기하고 싶지 않아요. 그리고 전 지금 무척 행복해요."
에밀리가 꿈꾸듯이 말했다.
"전 지금 서사시를 짓고 있거든요. 제목은 〈하얀 귀부인〉이에요. 벌써 20행쯤 썼는데 그 가운데 두 행은 무척 훌륭해요. 여주인공은 수도원에 들어가고 싶어하지만, 그녀의 아버지는 그러면 다시는

    이 세상으로 돌아올 수 없을 것이다
    모든 기쁨과 더불어 무덤으로 갈 뿐

이라고 말해요. 로라 이모, 이 두 행을 쓸 때 그 '번뜩임'이 찾아왔어요. 그래서 생강과자 같은 건 필요 없어요."
로라 이모는 다시 미소지었다.
"지금은 먹고 싶지 않을지도 모르지. 하지만 영감의 순간이 지나가면 생강과자가 생각날 거야. 상자 안에 과자가 몇 개 들어 있는지 아는 사람도 없을 뿐더러, 그 과자는 엘리자베스 이모의 것이자 내 것이기도 하단다."

편지

아빠,

무척 신기한 얘기를 해드릴게요. 제가 어떤 모험의 여주인공이 되었답니다. 지난주 어느 날 일저가 저에게 자기 집에서 자고 가지 않겠느냐고 물었어요. 자기 아버지가 밤 늦게 돌아오시는데, 무서운 건 아니지만 혼자 있는 게 쓸쓸해서 그런다구요. 그래서 전 가도 되는지 엘리자베스 이모한테 물어보았지요. 아빠, 전 이모가 허락해줄 거라고는 거의 기대하지 않았어요. 이모는 어린 여자아이가 남의 집에서 자는 건 안 되는 일로 생각하거든요.

그런데 놀랍게도 이모는 가도 좋다고 무척 친절하게 말했어요. 그리고 식기실에서 로라 이모한테 "그렇게 매일 밤 어린 딸아이를 혼자 있게 하다니, 닥터 번리는 나쁜 사람이야" 하고 말했지요. 그러자 로라 이모는 "가엾게도 상처를 받아서 그런 거야. 부인이 살아 있을 때는 그렇지 않았는데" 하고 말했어요. 그런데 얘기가 더 솔깃해지려는 참에, 엘리자베스 이모가 로라 이모를 팔꿈치로 살짝 치면서 "쉿, 어린아이는 귀가 밝은 법이야" 하고 말했어요. 전 특별히 귀가 밝은 편은 아니지만 절 두고 하는 말이라는 걸 금방 눈치챘죠. 일저의 어머니가 어떤 사람인지 전 무척 궁금해요. 잠자리에 든 뒤에도 그게 너무 궁금해서 오래도록 잠을 이루지 못할 때가 있어요. 일저는 아무것도 모른대요. 언젠가 일저가 아버지한테 물어본 적이 있었는데, 아버지는(천둥 같은 목소리로) 그런 여자를 두 번 다시 생각나게 하지 말라고 소리쳤대요. 그리고 또 궁금한 것이 있어요. 오래된 우물에서 형을 죽인 사일러스 리에 대해서예요. 그 사람은 얼마나 무서웠을까요? 그런데 상처를 받는다는 말이 무슨 뜻이에요?

전 일저네 집 다락에 올라가서 놀았어요. 우리 집 다락과는 달리 어지르지 않도록 주의할 필요가 없어서 전 일저네 다락에서 노는 걸 좋아해요. 일저네 다락은 너무 지저분해서 몇 년이나 청소를 하지 않은 것 같아요. 광은 정말 볼 만하답니다. 다락 한구석을 판자로 막은 것인데, 헌옷과 넝마 자루와 부서진 가구가 잔뜩 쌓여 있어요. 전 그곳에서 나는 냄새가 싫어요. 부엌 굴뚝이 거기를 지나가는데 주변에 온갖 것들이 주렁주렁 매달려 있어요. 모두 낡은 잡동사니뿐이에요.

놀다 지치면 우리는 헌 상자에 걸터앉아 이야기를 나눠요. 제가 "다락도 낮에는 재미있지만 밤이 되면 무척 무서워" 하고 말하자 일저는 "쥐랑 거미랑 유령 같은 것이 나와" 하고 말했어요. 그래서 전 "그런 것이 있을 리 있니? 난 유령 같은 건 없다고 생각해" 하며 경멸하는 투로 말해줬지요(하지만 어쩌면 있을지도 몰라요, 아빠). "난 이 다락에도 유령이 나올 거라고 생각해, 다락은 원래 그런 곳이거든" 하고 일저가 말했어요. "바보 같은 소리 마" 하고 전 웃어주었지요. 아빠도 아시겠지만 뉴문 사람들은 유령을 믿지 않거든요. 하지만 전 그때 무척 이상한 기분이 들었어요. 일저는 막 화를 내면서 말했어요.

"말은 그렇게 하지만 너도 밤새도록 혼자 이곳에 있지는 못할 걸?"

"아무렇지도 않아, 문제없어."

"그럼 한번 있어 봐. 잘 때쯤 이곳에 올라와서 밤새도록 여기서 자보렴." 결국 전 제가 끔찍한 함정에 빠졌다는 걸 알았어요.

잘난 척한 건 어리석은 짓이었죠. 전 어떻게 해야 좋을지 몰랐어요. 다락에서 혼자 잔다는 건 생각만 해도 무서운 일이었지만, 만약 제가 하지 못하면 일저는 싸울 때마다 그 일을 들춰낼 것이고, 그보다 더 싫은 건 틀림없이 테디한테 얘기할 거라는 거예요. 그러면 테디는 절 겁쟁이라고 생각하겠죠.

전 자신만만하게 말했어요.

"잘 수 있어, 일저 번리. 난 조금도 무섭지 않아."(하지만 속으로는 무척 무서웠어요)

"쥐가 네 몸 위로 기어다닐 거야." 일저는 일부러 겁을 주었어요.

"난 죽어도 그런 건 싫어."

일부러 더 무서워하는 시늉을 하다니 일저는 정말 못된 아이예요. 하지만 일저가 마음속으로는 제 담력에 감탄하고 있다는 걸 알았기 때문에 약간 의기양양했던 것도 사실이에요.

우리는 광에서 헌 침대를 꺼내왔고 베개와 이불은 일저가 자기 것을 빌려주었지요. 그때는 이미 어두워진 뒤라 일저는 다락에 올라가려고 하지 않았어요. 그래서 전 엄숙하게 기도를 올리고 램프를 손에 들고 올라갔어요. 지금은 촛불에 완전히 익숙해져 있기 때문에 램프빛은 어쩐지 무섭게 느껴졌어요. 일저는 제가 무서워서 곧 기절할 거라고 했죠. 아빠, 무릎이 와들와들 떨렸지만 전 스타 집안의 명예를 위해, 그리고 머리 집안의 명예를 위해 다락으로 올라갔어요. 옷은 일저의 방에서 벗었기 때문에 그대로 곧장 침대에 들어가 램프를 불어 껐어요. 그렇지만 오랫동안 잠들 수가 없었어요. 달빛에 비친 다락은 음산하게 보였거든요. 음산하다는 게 어떤 의미인지 확실히 모르지만, 그때의 다락은 분명히 음산했던 것 같아요. 들보에 매달아 둔 자루와 헌옷이 마치 살아 있는 것처럼 느껴졌어요.

'무서워할 것 없어, 이곳에는 유령이 아니라 천사가 있으니까' 하고 저는 스스로에게 말했죠. 그랬더니 이번에는 천사가 무엇보다 무서워지기 시작하는 거예요. 쥐가 온갖 물건 위를 돌아다니는 소리가 들렸어요. 만약 쥐가 내 몸 위로 올라오면 어떡하나 하고 간이 조마조마했어요. 그러면서도 내일은 이 달빛에 비친 다락과 지금의 이 기분을 글로 써야겠다고 생각했죠.

긴 시간이 흐른 뒤 의사 선생님이 마차를 타고 들어오는 소리가 들리고 이어서 부엌에서 덜그럭거리는 소리가 나자, 마음이 든든해지고 무서운 생각도 줄어들어 곧 잠이 들었는데, 무서운 꿈을 꾸었지 뭐예요. 광문이 열리더니 커다란 신문지가 날아와서 다락 속을 이리저리 달아나는 저를 끝까지 쫓아오는 거였어요. 그러는 사이, 신문지에 불이 붙었고 전 그 연기 냄새를 똑똑히 맡았어요. 마침내 불타는 신문지가 춤추면서 저에게 달려들었기 때문에 전 비명을 지르면서 눈을 떴어요.

침대 위에 벌떡 일어났지만 신문지는 보이지 않았고 연기 냄새는 여전히 나고 있었어요. 광문을 보니 문틈으로 연기가 피어오르고 있지 않겠어요? 그리고 판자 틈으로 불길이 보였어요. 전 곧장 큰 소리를 지르며 일저의 방으로 달려 내려갔고 일저는 응접실을 가로질러 가서 자기 아버지를 깨웠어요. 닥터 번리는 '제기랄!' 하고 소리치면서도 벌떡 일어났고, 셋이서 양동이에 물을 담아 다락 층계를 오르락내리락하며 한바탕 소동이 벌어졌지요.

다행히 불은 금방 꺼졌어요. 소동이 가라앉자 닥터 번리는 남자답게 생긴 이마의 땀을 닦으면서 말했어요.

"큰일날 뻔했군. 2, 3분만 늦었어도 집이 다 타버렸을 거다. 내가 돌아와서 차를 한 잔 마시려고 불을 피웠는데, 굴뚝 주위에 매달아둔 자루에 불똥이 튀었던 모양이야. 그런데 에밀리, 넌 도대체 불이 난 걸 어떻게 알았니?"

"전 다락에서 자고 있었거든요"

"다락에서 잤다고? 그건 또 왜? 무엇을 하고 있었지?"

"일저가 다락에서 잘 수 있으면 자보라고 해서요. 일저가 무서워서 다락에서 잘 수 없을 거라고 해서 제가 자보겠다고 했죠. 그런데 잠을 자다가 문득 눈을 떠보니 연기 냄새가 났어요."

"요 작은 악마!" 닥터 번리가 다정한 목소리로 말했어요.

악마라는 말을 듣는 건 무서운 일인 줄만 알았는데, 닥터 번리는 절 감탄한 듯이 쳐다보고 있었기 때문에, 마치 칭찬을 받은 듯한 기분이었어요. 닥터 번리는 말하는 방식이 좀 이상해요. 일저의 말로는 자기가 아버지한테서 다정한 말을 들은 건 단 한 번뿐이래요. 일저가 목에 염증이 생겼을 때 아버지는 '가엾은 일저' 하며 무척 미안해 하는 표정을 지었대요. 일저는 아무렇지도 않은 척하지만 아버지가 그다지 사랑해주지 않아서 틀림없이 무척 슬플 거라고 전 생각해요.

그건 그렇고 아빠, 얘기는 아직 더 계속된답니다. 어제 〈슈루즈베리 타임스〉 신문이 왔는데, 블레어워터 난에 닥터 번리 댁의 화재에 대한 소식이 자세히 나와 있고, 다행히 에밀리 스타 양이 발견했기 때문에 큰불로 번지지 않았다고 적혀 있지 뭐예요. 신문 지면에서 제 이름을 보았을 때의 기분을 뭐라고 표현하면 좋을까요? 마치 유명인이 된 것 같았어요. 더구나 지금까지는 정식으로 '……양'이라고 불린 적이 한 번도 없었거든요.

지난주 토요일에는 이모들이 하루 예정으로 슈루즈베리에 갔기 때문에, 지미와 제가 남아 집을 지켰어요. 우리는 무척 재미있는 하루를 보냈어요. 지미는 우유냄비의 크림을 거르게 해주었답니다. 그런데 저녁식사 뒤에 갑자기 손님이 찾아왔는데 과자가 하나도 없어서 정말 난처했어요. 뉴문이 생긴 이래 한 번도 없었던 일이었거든요. 엘리자베스 이모는 그 전날 하루 종일 이가 아팠고 로라 이모는 프리스트폰드에 사는 낸시 고모할머니의 집에 가고 없었기 때문에, 과자를 만들어두지 않았던 거예요.

전 신께 기도한 뒤 곧 로라 이모가 만들던 것을 흉내내어 과자를 만들었는데 이게 기가 막히게 잘된 거예요. 제가 식탁을 준비하는 걸 지미가 도와주어서 손님하고 함께 밤참을 먹었어요. 전 차를 따를 때도 받침접시에 한 방울도 흘리지 않았어요. 아빠도 틀림없이 자랑스럽게 생각해주시겠죠? 손님인 루이즈 부인은 과자를 두 개째 집어들면서 "중앙아프리카에서 먹는다 해도 이 과자가 엘리자베스 머리가 구운 것이라는 건 금방 알 수 있을 거야" 하고 말했어요. 전 집안의 명예를 위해 아무 말도 하지 않았지만 속으로 무척 기분이 좋았답니다. 전 머리 집안의 명예를 구한 셈이니까요.

슈루즈베리에서 돌아온 엘리자베스 이모가 그 얘기를 듣고 눈썹을 찌푸리면서 남아있던 한 조각을 먹어보더니, "뭐 어쨌든 너도 조금은 머리 집안 사람다워졌구나" 하고 말했어요. 제가 엘리자베스 이모한테서 칭찬을 받은 건 그때가 처음이죠. 이모는 이를 세 개나 뽑았기 때문에 이제 더 이상 아프지 않을 거래요. 전 자기 전에 요리책을 찾아와서 만들어보고 싶은 것들을 전부 골라보았어요. 퀸 푸딩, 시폼 소스, 블랙아이드 수전스, 피그즈 인 블랭키츠. 이름만 들어도 기분이 좋아져요.

'키다리 존의 숲' 위에 무척 예쁜 흰구름이 두둥실 떠 있어요. 하늘로 날아올라 저 구름 속에 들어갈 수 있으면 얼마나 좋을까요. 테디는 구름은 축축하고 더러운 것이라고 했지만 전 도저히 믿어지지가 않아요. 테디는 '숲의 왕'에 제 이름의 머리글자와 자기 이름의 머리글자를 함께 새겨넣었는데, 누군가가 그것을 긁어서 지워버렸어요. 아마 페리 아니면 일저가 한 짓인 것 같아요.

　브라우넬 선생님은 저한테는 품행점수를 좀처럼 후하게 주지 않기 때문에, 엘리자베스 이모는 금요일 밤이면 무척 언짢아하지만, 로라 이모는 이해해 주고 있어요. 전 브라우넬 선생님이 제 시를 웃음거리로 만든 그날의 일을 상세히 적어서 헌 봉투에 넣은 뒤, 봉투 겉에 '엘리자베스 이모께'라고 써서 시를 쓴 종이 조각들과 함께 넣어 두었어요. 그렇게 해두면 만약 제가 폐병으로 죽어도 엘리자베스 이모가 그것을 보고 그날의 진실을 알게 될 것이고, 그러면 저에게 심한 벌을 주었다고 후회할 거예요.

　하지만 전 요즘 무척 살이 쪘기 때문에 죽을 거라는 생각은 들지 않아요. 일저가 그러는데, 자기 아버지가 로라 이모한테 말하기를 제 얼굴에 혈색만 좀 돌아오면 틀림없이 예뻐질 거라고 했대요. 예뻐지고 싶어하는 건 나쁜 일인가요, 아빠? 엘리자베스 이모가 그건 나쁜 거라고 해서, "이모는 예뻐지고 싶지 않으세요?" 하고 물었더니 이모는 어쩐지 난처한 표정을 지었어요.

　브라우넬 선생님은 그날 밤 이후로 페리를 미워하며 무척 심하게 다루고 있는데, 그래도 페리는 묵묵히 견디고 있어요. 공부해서 출세해야 하기 때문에 학교에서 말썽을 일으키고 싶지 않다나요. 그리고 여전히 자기 시도 제 시만큼 좋은 시라고 우기고 있는데, 전 그렇지 않다는 걸 잘 알고 있기 때문에 그런 말을 들으면 그만 화가 나요.

　학교에서 잠시라도 주의하지 않으면 브라우넬 선생님은 "에밀리, 또 시를 쓰는 거지?" 하고 말해요. 그러면 모두들 와 하고 웃지요. 아니, 모두는 아니에요. 과장해서 말하면 안 되는 거죠? 테디와 페리, 일저, 그리고 제니, 이 4명은 절대로 웃지 않아요. 학교에 처음 왔던 날에는 그토록 얄미웠던 제니와 지금은 이렇게 친해진 것이 무척 재미있게 느껴져요. 지금은 제니의 눈이 조금도 돼지처럼 보이지 않아요. 작지만 쾌활하고 무척 반짝이는 눈이에요. 제니는 학교에서 인기가 아주 좋아요. 전 프랭크 베이커는 정말 싫어요. 프랭크는 제 새 국어책을 빼앗아 속표지에 커다란 글씨로 이렇게 휘갈겨 놓았어요.

> 수치를 아는 자, 이 책을 훔치지 말라
> 주인의 이름, 그 위에 적혀 있나니
> 네가 죽음에 이를 때 주께서 말씀하시리라
> 네가 훔친 그 책은 어디에 있느냐
> 네가 만약 모른다고 대답하면
> 주께서 말씀하시리니 '지옥에나 가라'라고

이것은 고상한 시가 아닐 뿐더러 신에 대해 이런 식으로 얘기하는 것은 옳지 않은 일이에요. 전 그 페이지를 찢어서 불태워버렸어요. 그것을 본 엘리자베스 이모가 화를 냈는데, 제가 그 까닭을 아무리 설명해도 화를 풀지 않았어요. 일저는 이제부터 신을 '알라'라고 부를 생각이래요. 느낌이 부드럽고 너무 엄숙하지도 않아서 좋은 이름 같아요. 하지만 신앙심 깊은 호칭은 아닐지도 모르겠어요.

5월 20일
아빠, 어제는 제 생일이었어요. 뉴문에 온 지 벌써 1년이 다 돼가요. 전 키가 5센티미터나 컸어요. 지미가 버터 제조장 입구에 표시한 눈금으로 재어주었죠. 생일은 아주 재미있는 날이에요. 로라 이모는 예쁜 케이크를 만들어주었고 또 수놓은 주름장식이 달린 예쁘고 새하얀 페티코트를 주었어요. 이모는 그 페티코트에 파란 리본을 달아주었는데, 엘리자베스 이모는 당장 그것을 떼라고 했어요. 로라 이모는 또 서랍에 들어 있던 그 분홍색 비단을 저에게 주었어요. 그것을 처음 봤을 때부터 너무너무 갖고 싶었는데, 그게 제 것이 될 줄은 꿈에도 몰랐어요. 일저가 그것을 어떻게 할 거냐고 물었지만 저는 어떻게 하겠다는 생각은 없어요. 그저 다른 보물들과 함께 다락에 넣어두고 바라보기만 할 거예요. 너무 예쁘거든요. 엘리자베스 이모는 사전을 주었어요. 그건 아주 유익한 선물이어서 그 사전을 좋아해야한다는 생각이 들어요. 전 이제 글자를 틀리게 쓰는 일이 없을 거예요. 단 한 가지 곤란한 것은, 재미있는 글을 쓰다가 쓰는 것을 중단하고 맞춤법을 확인하기 위해 사전을 찾는 건 무척 번거로운 일이라는 거예요.

지미는 커다랗고 두꺼운 공책을 주었어요. 전 그 공책이 무척 마음에 들어요. 거기에는 시를 쓰면 좋을 것 같아요. 하지만 아빠, 아빠께 쓰는 편지는 앞으로 계속 빨간 종이에 쓸 생각이에요. 한 통 한 통 접을 수 있고, 진짜 편지처럼 주소도 쓸 수 있거든요.

테디는 제 초상화를 그려주었어요. 수채물감으로 그린 것인데 '미소짓는 소녀'라는 제목이 붙어 있어요. 매우 행복한 표정으로 뭔가에 귀를 기울이고 있는 모습이랍니다. 일저는 그 그림이 실물보다 잘 그려졌다고 했어요. 분명히 그 그림은 진짜 저보다 더 예쁘게 보이지만, 앞머리를 짧게 잘라 내려뜨린다면 저도 더 예뻐질 수 있을 거라고 생각해요. 테디는 어른이 되면 절 진짜 큰 그림으로 그릴 생각이래요.

페리는 슈루즈베리까지 걸어가서 저를 위해 진주 목걸이를 샀는데, 오다가 잃어버렸대요. 다른 것을 살 돈이 없어서 페리는 스토브 파이프타운에 있는 집으로 돌아가 고모한테서 병아리 한 마리를 얻어 저에게 주었어요. 페리는 무척 고집이 센 아이죠? 전 그 닭이 낳은 달걀을 모두 행상인에게 팔 생각이에요.

일저한테서는 사탕을 받았어요. 전 오래 간직하기 위해 하루에 한 개씩만 먹을 생각이에요. 일저한테도 먹으라고 권했더니 자기가 준

선물을 먹는 법이 어디 있냐며 먹지 않겠다고 했어요. 그래도 제가 계속 권하자 드디어 싸움이 벌어져서, 일저는 절 꽥꽥거리는 네 발 짐승처럼 비가 와도 집안에 들어갈 줄 모른다고 욕을 했어요. 그래서 저는 적어도 예의를 안다고 말해줬지요. 그랬더니 일저는 화가 머리끝까지 나서 집으로 돌아가버렸는데, 한참 뒤에 진정하고 저녁을 먹으러 다시 돌아왔어요.

오늘 밤은 비가 내리고 있어요. 다락의 지붕 위에서 요정들이 춤추는 것 같은 소리가 들려와요. 비가 오지 않으면 테디가 와서 저와 함께 다이아몬드를 찾기로 했는데, 만약 다이아몬드를 찾으면 정말 멋질 거라고 생각하지 않으세요?

지미는 뜰을 손질하고 있어요. 지미는 저한테도 거들어 달라고 했어요. 전 제 몫의 작은 꽃밭을 만들었는데, 아침에 일어나면 맨 먼저 제가 심은 것이 어제보다 얼마나 자랐는지 보러 꽃밭으로 달려가요. 아빠, 봄에는 정말 행복해요. 여름에는 집 주변에 온통 귀여운 '푸른 사람들'이 피어 있어요. 그것은 지미가 제비꽃에 붙인 이름인데 무척 귀여운 이름이라고 생각해요. 지미는 모든 꽃에 그런 식으로 이름을 붙여요. 장미는 '여왕', 백합은 '눈의 여인', 튤립은 '명랑 소녀', 수선화는 '금꽃', 과꽃은 '분홍빛 친구들'이라는 식이죠.

마이크 2세는 저와 함께 이곳의 창턱에 앉아 있어요. 마이크는 '스미'한 고양이예요. 스미라는 말은 사전에 나오지 않아요. 제가 만들어낸 말이거든요. 우리말에는 마이크 2세를 잘 표현하는 말이 없어서 만들어낸 거예요. 매끄럽고 윤기 있고 부드럽고 폭신폭신한, 말로 표현하기 힘든 어떤 상태를 뜻해요.

로라 이모는 저에게 바느질을 가르쳐주고 있어요. 이모는 모슬린에 바늘땀이 보이지 않게 하는 공그르기를 배워야 한대요. 언젠가 이모가 레이스 손뜨개를 가르쳐 주면 좋겠어요. 뉴문의 머리 집안 사람들은 레이스 손뜨개를 잘하기로 유명했다고 해요. (물론 머리 집안의 여자들 말이에요). 학교의 여자아이들 가운데 레이스 손뜨개를 할 줄 아는 아이는 아무도 없어요. 로라 이모는 제가 결혼하면 레이스 손수건을 만들어주겠다고 했어요. 뉴문의 신부는 모두 레이스 손수건을 가지고 시집갔대요. 달아난 우리 엄마만은 달랐지만요. 하지만 엄마에게 레이스 손수건이 없었어도 아빠는 조금도 서운하지 않으셨겠죠?

로라 이모가 엄마에 대해 여러 얘기를 해주었는데, 엘리자베스 이모가 있는 자리에서는 절대로 그런 얘기를 꺼내지 않아요. 엘리자베스 이모는 엄마 이름을 입에 올리는 것조차 싫어해요. 로라 이모는 엄마 방을 저에게 보여주고 싶어하지만, 엘리자베스 이모가 방 열쇠를 숨겨두었기 때문에 열쇠를 찾지 못하고 있어요. 로라 이모 말로 엘리자베스 이모는 우리 엄마를 무척 사랑했대요. 그렇다면 엄마의 딸인 저도 조금은 사랑해줄 것 같은데 그렇지 않아요. 이모는 다만 의무감으로 절 키워줄 뿐이에요.

6월 1일
아빠,
오늘은 무척 중요한 날이었어요. 제가 처음으로 편지를 썼거든요. 우편으로 보내는 첫 편지라는 뜻이에요. 그것은 프리스트폰드에 살고 있는 낸시 할머니한테 보내는 편지였어요. 할머니는 무척 나이가 많으신데, 엘리자베스 이모한테 보낸 편지에서 "에밀리도 가끔은 불쌍한 할머니한테 편지를 써도 좋을 텐데"라고 하셨어요. 전 감격해서 편지를 쓰고 싶어졌어요. 엘리자베스 이모도 할머니의 소원을 들어드리라고 했거든요. 그런데 엘리자베스 이모는 저에게 "편지를 잘 써야 한다. 다 쓴 뒤에 나에게 읽어다오. 낸시 고모한테 좋은 인상을 주면 틀림없이 뭔가 해주실 거니까"라고 말했어요. 전 정성 들여 편지를 썼는데, 다 쓰고 보니까 전혀 제가 쓴 편지 같지 않아요. 엘리자베스 이모가 읽는다고 생각하니, 아무래도 편지가 잘 써지지 않았나봐요.

6월 7일
아빠,
제 편지는 낸시 고모할머니에게 좋은 인상을 주지 못했어요. 고모할머니는 답장도 하지 않고 엘리자베스 이모에게 그런 바보 같은 편지를 쓰다니 에밀리는 멍청한 아이가 틀림없다고 편지를 보냈어요. 전 바보가 아니기 때문에 무척 굴욕적이었어요.
페리는 프리스트폰드에 가서 할머니의 눈알이 나오게 해주고 싶다고 했어요. 전 페리에게 우리 가족을 그런 식으로 말하지 말라고 했지만, 어쨌든 할머니의 눈알이 나오더라도 제가 바보라는 할머니의 생각은 조금도 바뀌지 않을 거라고 생각해요. 눈알을 어떻게 나오게 하는 건지 전 모르겠지만요.
전 〈하얀 귀부인〉의 3편을 완성했어요. 주인공을 수도원에 가두었는데 가톨릭 신자가 아니라서 어떻게 그녀를 그곳에서 꺼내주어야 할지 알 수가 없어요. 신교도를 주인공으로 했으면 좋겠지만, 중세는 아직 신교도가 없던 시절인걸요.
작년 같으면 키다리 존 아저씨께 물었을지도 모르지만 지금은 그럴 수 없어요. 그 아저씨한테 '사과 사건'으로 놀림 당한 뒤로 전 아저씨하고 한 번도 말을 하지 않았거든요. 길에서 아저씨를 만나면 전 일부러 똑바로 앞만 보면서 걸어요. 복수를 하기 위해 제 돼지에게 키다리 존이라는 이름을 붙여주었어요. 지미가 준 새끼돼지인데 그것을 팔면 돈이 생겨요. 전 일부는 전도회에 기부하고 나머지는 제 교육자금으로 은행에 맡길 생각이에요. 다음에 또 돼지를 얻으면 월리스 삼촌의 이름을 붙여야겠다고 생각했어요. 하지만 지금 생각해보니 아무리 미워도 삼촌의 이름을 돼지에게 붙이는 건 좋지 않은 것 같아요.

　테디와 페리, 일저, 그리고 전 함께 기사시대 놀이를 하는데, 일저와 제가 박해받는 소녀가 되어 용감한 기사의 도움으로 구출되는 놀이에요. 테디는 헌 판자로 멋진 갑옷을 만들었고, 페리도 양철냄비를 망치로 납작하게 두드려 더 좋은 것을 만들었어요. 페리는 부서진 소스 냄비로 투구까지 만들었답니다. 이따금 우리는 탠시패치에서 그 놀이를 하는데, 올 여름에는 테디 어머니가 절 미워하고 있는 듯한 야릇한 느낌이 들어요. 작년 여름에는 그저 좋아하지 않는다는 정도였거든요.

　스모크와 버터컵은 이제 없어요. 그 고양이들은 겨울 동안 어찌된 셈인지 사라지고 말았어요. 테디 말로는 테디가 너무 귀여워해서 아무래도 어머니가 독을 먹여 죽인 것 같다는 거예요. 테디는 휘파람을 부는 방법을 저에게 가르쳐 주었는데, 로라 이모는 휘파람을 부는 건 여자답지 않다고 해요. 즐거운 일 가운데는 여자답지 않은 일이 많은 것 같아요. 가끔 이모들이 차라리 닥터 번리처럼 신을 믿지 않았으면 좋겠다는 생각을 할 때가 있어요. 번리 씨는 일저가 여자답든 아니든 전혀 신경쓰지 않거든요. 하지만 역시 그건 안 되는 일이겠죠. 신을 믿지 않는 건 좋은 일이 아니라고 생각해요. 그리고 무엇보다 뉴문의 가풍에 어긋나는 일이거든요.

　오늘 전 페리에게 칼로 음식을 찍어먹어선 안 된다고 가르쳐 주었어요. 그랬더니 페리는 여러 가지 예의범절을 모두 다 배우고 싶다고 했어요. 전 페리가 학교시험을 위해 암송하는 것을 도와주고 있어요. 사실은 일저에게 페리의 암송을 도와주게 하려 했는데, 페리가 먼저 저에게 부탁했다고 말하는 바람에 일저는 화가 나서 도와주려 하지 않아요. 사실 일저의 도움을 받는 게 더 나을 텐데요. 일저가 저보다 훨씬 암송을 잘하거든요.

6월 14일

아빠,

요즘 학교에서 작문을 배우고 있는데, 사람들이 말한 것을 쓸 때는 큰따옴표 안에 넣는다는 것을 오늘 배웠어요. 지금까지 전 몰랐거든요. 이제까지 아버지한테 쓴 편지를 다시 살펴보고 고쳐야겠어요. 그리고 의문문 뒤에는 반드시 물음표를 붙여야 한대요. 브라우넬 선생님은 빈정대기는 잘하지만 정말 많은 것을 가르쳐줘요. 전 선생님이 싫지만 그래도 옳은 건 옳은 거니까 정확하게 물음표를 붙이고 있어요. 브라우넬 선생님은 멋지지는 않지만 재미있는 선생님이라고 생각해요. 저는 빨간 종이에 선생님에 대한 작문을 썼어요. 좋아하는 사람에 대해 쓰는 것보다 좋아하지 않는 사람에 대해 쓰는 것이 더 재미있어요. 함께 살기에는 엘리자베스 이모보다 로라 이모가 더 좋지만, 글을 쓸 때는 엘리자베스 이모가 더 재미가 있어요. 저는 엘리자베스 이모의 잘못을 말할 수 있지만, 로라 이모에 대해 비난한다면 결국 제 자신이 못되고 배은망덕한 아이라는 기분에서 벗어날 수 없을 거예요.

엘리자베스 이모는 아빠의 책을 전부 치워버렸어요. 어른이 되기 전에 읽어서는 안 된다면서요. 마치 제가 그 책을 소중히 하지 않는 것처럼요. 아빠, 이모는 제가 책을 소중히 할 줄 모른다고 해요. 제가 읽은 책에는 아름다운 낱말에 반드시 연필로 작은 점이 찍혀 있기 때문이래요.

아빠, 전 책을 조금도 손상시키지 않았어요. 그 아름다운 낱말이라는 건, 이를테면 유령의 골짜기라든가 진줏빛, 사향노루, 협곡, 수풀 같은 말들이에요. 전 이런 말들이 무척 아름답다고 생각해요. 아빠,

일요일에는 로라 이모가 《천로역정》의 복사본을 읽게 해요.

화이트크로스로 가는 길에 있는 커다란 언덕이 무척 아름다워서,

전 그 언덕을 '환희의 산'이라고 불러요.

테디가 시집 세 권을 빌려주었어요. 한 권은 테니슨의 시집인데 저는 〈뿔피리의 노래〉를 완전히 외워버렸기 때문에 항상 그 책을 가지고 있는 거나 마찬가지예요. 또 한 권은 브라우닝 부인(19세기 영국 여류시인 시인 로버트 브라우닝의 부인)의 시집이에요. 브라우닝 부인은 멋있는 분이어서 꼭 한 번 만나보고 싶어요. 죽으면 만날 수 있겠지만 그건 훨씬 뒷날의 일이겠지요. 마지막 한 권은 《소라브와 러스텀》이라는 시집이에요. 침대에 누워서 그 시들 때문에 울고 있으려니까 엘리자베스 이모가 "왜 훌쩍이고 있는 거냐?" 하고 물었어요. 전 훌쩍이고 있었던 것이 아니라 슬프게 울고 있었어요. 이모는 제가 우는 이유를 듣더니 "너 머리가 좀 이상해진 것 아니니?" 하고 말했어요. 전 그 시에 다른 결말, 즉 행복한 결말을 생각해 내기 전에는 잠을 이룰 수가 없어요.

6월 25일

아빠,

오늘은 하루 종일 우울한 기분이에요. 오늘 교회에서 설교시간에 그만 1센트짜리 동전을 떨어뜨리고 말았어요. 그랬더니 굉장한 소리가 났어요. 모든 사람들이 절 노려보는 듯한 느낌이 들었죠. 엘리자베스 이모는 무척 난감한 표정을 하고 있었어요. 바로 그 뒤에 페리가 자기의 1센트짜리 동전을 떨어뜨렸어요. 교회에서 나오자 페리는 그렇게 하면 제 기분이 좀 나아질 것 같아서 일부러 떨어뜨렸다고 말했는데, 제 기분은 전혀 나아지지 않았어요. 사람들이 제가 또 떨어뜨린 거라고 생각하는 것 같았거든요. 남자아이들은 별 이상한 짓을 다해요.

전 요즘 목사님이 좋아졌기 때문에 목사님이 그 소리를 듣지 않았기를 바라고 있어요. 지난주 화요일까지는 목사님을 별로 좋아하지 않았어요. 목사님의 자녀는 모두 남자아이들뿐이라서 목사님은 저같은 여자아이에 대해선 잘 모르실 거라고 생각했어요. 그런데 화요일에 목사님이 뉴문에 오셨는데, 로라 이모와 엘리자베스 이모는 외출중이어서 저 혼자 부엌에 있었거든요. 이때 데어 목사님이 들어오시더니 흔들의자 위에서 자고 있던 소시 샐 위에 앉아버렸어요. 목사님은 편했겠지만 소시 샐은 어땠겠어요? 그래도 데어 목사님은 샐의 배 위에 계속 앉았던 건 아니었어요. 배를 깔고 앉았더라면 샐은 아마 죽어버렸을 거예요. 데어 목사님은 샐의 다리와 꼬리를 깔고 앉았는데, 샐이 비명을 질렀지만 목사님은 귀가 좀 멀어서 그 소리를 듣지 못했고, 게다가 저는 부끄러워서 목사님에게 귀띔해줄 수가 없었어요. 목사님이 저에게 기도문을 알고 있느냐고 물었을 때 지미가 들어와서 말했어요.

"기도문이라고요? 목사님, 자비로운 마음이 있다면 그 가엾은 고양이의 호소나 들어주시지요. 진정한 크리스챤이시라면 부디 일어서 주시는 게 어떨까요?"

그제서야 데어 목사님은 일어서면서 말했어요. "아이구, 이런! 정말 미안하게 됐군요. 안 그래도 엉덩이 밑에 뭔가 움직이는 것이 있다고 생각하던 참이었어요."

아빠, 이 이야기는 무척 재미있어서 써야겠다는 마음이 들었어요.

전 데어 목사님에게 여러 가지 질문을 받은 뒤, 이제 제가 물을 차례가 된 것 같아서 몇 년 전부터 궁금했던 것을 몇 가지 물어보았어요. 신은 제가 한 작은 일들을 하나하나까지 다 알고 계시는가, 또 제 고양이가 천국에 갈 수 있는가 하는 것을 물어보았지요. 데어 목사님은 "넌 나쁜 짓은 아무것도 하지 않았겠지?" 하고 말하고 "동물에게는 영혼이 없단다"라고 대답해 주셨어요. 그리고 전 "어째서 새 포도주를 헌 병에 넣어서는 안 되는 거예요?" 하고 물었어요. 엘리자베스 이모는 민들레 술을 헌 병에 넣는데도 새 병과 마찬가지로 아무 이상이 없었거든요. 그러자 데어 목사님은 "성서 속의 술병은 가죽으로 만든 것이었기 때문에 오래되면 썩어버린단다" 하고 친절하게 설명해 주었어요. 그래서 저도 확실하게 알게 되었지요.

그리고 전 신을 사랑하지 않으면 안 되는 것은 잘 알고 있지만, 저한테는 신보다 더 좋아하는 것이 많아서 걱정이라고 했어요. 그러자 데어 목사님은 "그게 뭘까?" 하고 물어서, 전 "별과 꽃, '바람 아주머니', 그리고 여러 가지 나무 같은 거예요" 하고 대답했죠. 데어 목사님은 미소지으면서 "에밀리, 그런 것들도 모두 신의 일부란다. 예쁜 것들은 모두 신의 일부야" 하고 말했어요. 그때부터 갑자기 데어 목사님이 좋아졌고, 데어 목사님 앞에서도 그리 주눅들지 않게 되었어요.

지난주 일요일에 데어 목사님은 천국에 대한 설교를 하셨어요. 천국이란 어쩐지 재미없는 곳 같다는 느낌이 들었어요. 무척 재미있는 곳인 줄 알았는데 말이지요. 천국에 가서 노래도 부를 수 없다면 전 어떻게 하면 좋아요? 그곳에서는 시를 쓰게 해줄까요? 하지만 교회는 재미있어요. 엘리자베스 이모와 로라 이모는 기도가 시작되기 전에 늘 성서를 읽고 있지만, 전 주위를 둘러보며 사람들이 무슨 생각을 하고 있을까 하고 생각해 보는 것이 더 좋아요. 통로에서 옷 스치는 소리가 나는 것을 듣고 있으면 기분이 좋아져요. 요즘은 허리 뒤에 부풀린 천을 대는 것이 유행하고 있는데, 엘리자베스 이모는 그것을 따라하지 않아요. 엘리자베스 이모가 그런 허리받이를 대면 무척 우스운 모습이 될 거라고 생각해요. 로라 이모는 아주 작은 것을 대고 있어요.

사랑하는 딸, 에밀리 B. 스타 올림

추신 : 아빠, 아빠한테 편지를 쓰는 것이 얼마나 즐거운지 몰라요. 하지만 답장은 한 통도 받을 수 없겠죠?

캐시디 신부님

뉴문 사람들은 깜짝 놀라 거의 쓰러질 지경이었다. 가족 모두는 더할 수 없이 불행했다. 로라 이모는 눈물을 흘렸고, 엘리자베스 이모는 어깃장을 놓으며 심술을 부렸기 때문에 한집에 사는 것이 괴로울 지경이었다. 지미는 넋이 나간 것처럼 돌아다녔고, 에밀리는 잠자리에 누워 일저의 어머니와 사일러스 리의 떠도는 영혼에 대해 이리저리 생각하는 일이 없어진 대신, 이 새롭게 등장한 재난에 마음을 졸이고 있었다.

그 원인은 거슬러 올라가면 모두 에밀리가 뉴문의 가풍을 깨고 키다리 존의 집에 놀러다닌 데 있었다. 그래서 엘리자베스 이모는 에밀리에게 가차없이 그 얘기를 하며 화를 냈다. 만약 에밀리가 키다리 존의 집에 놀러가지 않았더라면 그녀는 그 크고 달콤한 사과를 먹지 않았을 것이고, 키다리 존이 그녀에게 거짓말을 하며 놀리지도 않았을 것이다. 또 키다리 존이 에밀리를 놀리지 않았더라면 엘리자베스 이모는 키다리 존의 집에 가서 머리식의 불쾌한 말을 던지지 않았을 것이고, 엘리자베스 이모가 키다리 존에게 그렇게 머리식의 불쾌한 말을 던지지 않았더라면 키다리 존이 화가 나서 복수하려는 생각은 하지 않았으리라. 그리고 만약 키다리 존이 화가 나서 복수하려는 마음만 먹지 않았더라면, 뉴문 북쪽에 있는 그 아름다운 숲을 베어낼 생각은 절대로 하지 않았을 것이다.

키다리 존은 블레어워터의 대장간에서, 가을걷이가 끝나는 대로 그 숲을 베어낼 계획이라고 사람들 앞에서 공개적으로 선언했다. 나무라는 나무는 어린 나무까지 한 그루도 남김없이 베어낸다는 것이었다. 이 소식은 당장 뉴문에도 알려져, 한동안 놀랄 일 없이 평온했던 뉴문 사람들을 완전히 당황하게 만들었다. 뉴문 사람들에게 이 소식은 그야말로 대사건이었다.

엘리자베스와 로라는 그런 소식을 절대로 믿고 싶지 않았다. 가문비나무와 떡갈나무가 무성한 숲은 언제나 그 자리에 있었으며, 그들은 그것을 뉴문의 것으로 생각하고 있었다. 키다리 존 설리번으로서도 어지간한 일이 아니면 베어낼 생각은 하지 못했을 게 틀림없었다. 하지만 키다리 존은 자기 입으로 하겠다고 말한 것은 반드시 하는 사람이라는, 반갑지 않은 소문이 있었다. 만약 그가 정말로 베어낸다면…….

로라 이모는 울면서 말했다.

"뉴문은 파멸이야. 무서운 풍경으로 변하겠지. 아름다웠던 경치는 완전히 사라지고 북풍과 바닷바람이 정면으로 불어닥칠 거야. 그 숲은 늘 이곳을 북풍으로부터 포근하게 지켜주었는데. 지미의 뜰도 이제 끝장이야."

"이게 모두 에밀리를 이곳에 데리고 왔기 때문이야."

엘리자베스 이모가 말했다.

아무리 사정을 생각한다 해도 이 말은 너무 잔인했다. 그리고 옳지 않은 말이었다. 이모가 해서 안 되는 그 말은 에밀리의 마음속 깊이 파고들어가 먼 훗날까지 아픈 상처를 남겼다. 가엾은 에밀리는 말로 표현할 수 없을 만큼 괴로웠다. 몹시 외로웠고 먹지도 자지도 못했다. 엘리자베스 머리는 화가 나고 불행하기도 했지만, 그래도 밤에는 편하고 기분 좋게 잠을 잤다. 하지만 그녀 옆에 누워 있는 가냘픈 에밀리는 어둠 속에서 몸을 움직이지도 못하고 몰래 울고 있었다. 뺨을 타고 흘러내리는 눈물도 에밀리의 슬픈 가슴을 어루만져 주지는 못했다. 에밀리는 가슴이 찢어지는 것만 같았다. 언제까지나 이런 괴로움 속에서 살아가는 것은 견딜 수 없는 일이었다. 그것은 에밀리뿐만 아니라 어느 누구한테나 마찬가지였다.

　에밀리는 뉴문에 온 지 꽤 시간이 흘렀기 때문에 지금은 뉴문식 생활방식에 완전히 적응해 있었다. 뉴문에 와 살다보니 손에 꼭 맞는 장갑처럼 에밀리는 뉴문의 분위기에 꼭 들어맞았다. 에밀리의 짧은 일생 동안 계속 뉴문에서 살아왔던 것처럼 에밀리는 뉴문이 무척 좋았다.

　뉴문에 있는 것이라면 어떤 잡목도, 돌멩이 하나, 풀잎 하나도 모두 마음에 들었다. 낡은 부엌 바닥에 박힌 못도, 버터 제조장 지붕에 자라고 있는 쿠션 같은 녹색 이끼도, 뉴문의 유서 깊은 가풍도 모두 마음에 들었다. 그런 뉴문의 아름다움을 모조리 빼앗아 간다는 것은 에밀리에게는 생각만 해도 견딜 수 없는 괴로움이었다. 더구나 지미의 뜰이 망가지다니! 에밀리는 지미 못지않게 그 뜰을 사랑했다. 프린스에드워드 섬의 다른 어디에서도 겨울을 날 수 없는 식물을 그 뜰에 심어서 키우는 것이 지미의 일생의 자랑거리였다. 하지만 북쪽의 방풍림이 사라지면 그 식물도 죽어버리고 말 것이다.

　그것이 아니더라도 그 아름다운 숲이 사라진다는 사실 자체만으로도 엄청난 슬픔이었다. 오늘의 길, 어제의 길, 내일의 길이 사라져버릴 것이고, '숲의 왕'도 왕좌를 빼앗기게 된다. 에밀리와 일저가 즐겁게 놀던 작은 놀이집도 파괴될 것이고, 풀고사리가 자라는 정다운 장소들이 하나도 남김없이 사라져버릴 것이다.

아, 키다리 존은 정말 기막힌 복수를 선택했어!

운명의 날은 언제 찾아올 것인가? 매일 아침 에밀리는 부엌문에 서서 맑은 가을 공기를 가르고 도끼소리가 들려오지 않을까, 불안한 심정으로 귀를 기울였다. 저녁에 학교에서 돌아오면 숲을 밀어내는 작업이 벌써 시작되지 않았나 하고 가슴을 졸이면서 밖을 내다보았다. 에밀리는 초조하게 애태우며 생각하고 고민했다. 더 이상 살 수 없을 것 같은 기분이 든 적이 한두 번이 아니었다. 엘리자베스 이모는 매일처럼 모든 것을 에밀리 탓으로 돌리고 꾸짖었기 때문에 에밀리는 거의 노이로제에 걸릴 지경이었다. 차라리 키다리 존이 어서 일을 시작하여 얼른 끝내버렸으면 좋겠다는 생각까지 하게 되었다. 에밀리가 만약 다모클레스(그리스 전설상의 인물. 시라쿠사의 디오니시오스 왕의 신하로, 어느 날 왕의 행복을 기원하는 아침을 하자 왕은 연회에서 그를 왕좌에 앉히고 머리 위에 말총 한 올로 칼을 매달아, 왕위에 있는 자에게는 항상 위험이 뒤따른다는 것을 가르쳤다.)의 고전적인 이야기를 들었더라면 진심으로 다모클레스를 동정했으리라.

만약 조금이라도 도움이 된다는 희망이 있다면, 그녀는 머리 집안의 자존심과 스타 집안의 자존심은 물론 그 밖의 어떠한 자존심도 깨끗하게 내던지고, 키다리 존에게 가서 무릎을 꿇고 보복의 손길을 거두어달라고 간절히 애원했으리라. 그렇지만 에밀리는 그런 짓을 해도 아무 소용이 없을 거라고 생각했다. 키다리 존의 잔인한 결심이 절대 변할 리 없었다.

블레어워터는 온통 이 이야기로 자자했는데, 그 가운데에는 뉴문의 자존심과 위세에 대한 이 충격을 상당히 즐기고 있는 사람도 있었고, 또 반대로 키다리 존의 이번 행동은 비열하기 짝이 없다고 주장하는 사람도 있었지만, 삼대에 걸친 머리와 설리번, 두 집안의 해묵은 원한이 마침내 그 끝까지 왔다는 점에서는 모두의 생각이 일치하고 있었다. 오히려 키다리 존이 진작 이 일을 시도하지 않은 것이 이상하게 여겨질 정도였다. 키다리 존은 학교 다닐 때부터 그에게 불쾌한 말만 하는 엘리자베스 머리를 싫어했다.

캐시디 신부님

어느 날 에밀리는 블레어워터의 둑에 앉아 울고 있었다. 그녀는 외할머니의 무덤에 자라고 있는 장미나무에서 시든 꽃잎을 떼내러 와 있었다. 그렇지만 그 일이 끝나도 에밀리는 집으로 돌아갈 마음이 나지 않았다. 집에서는 엘리자베스 이모가 온 집안 식구들을 비참한 기분에 빠지게 하고 있었기 때문이다. 페리는 그 전날 대장간에서 키다리 존이 월요일 아침부터 숲을 베어내기 시작할 예정이라고 말하는 것을 들었다고 했다.

"더 이상 견딜 수가 없어."

에밀리는 장미 덤불을 향해 그렇게 말하며 흐느껴 울었.

늦게 피는 장미 두세 송이가 에밀리를 향해 고개를 끄덕였다. 자존심 강한 머리 집안 사람들이 오랜 원한과 고뇌를 벗어나 조용히 잠들어 있는 묘비 부근에서 높이 자라고 있는 푸른 풀을 '바람 아주머니'가 흔들고 지나갔다. 9월의 태양이 가을걷이에 들어간 밭 저쪽에서 밝게 빛나고 있었고, 풀이 무성한 둑 사이에서 블레어워터의 파란 물결이 찰랑찰랑 조용한 소리를 내고 있었다.

"신은 어째서 키다리 존을 말리지 않을까?"

에밀리는 화가 나서 중얼거렸다. 분명히 뉴문의 머리 집안은 그 정도의 은총을 기대할 권리가 있었다.

테디가 휘파람을 불면서 목장에서 내려왔다. 그가 흥얼거리는 곡조가 마치 요정의 노랫소리처럼 블레어워터 연못을 건너왔다. 테디는 목장 울타리를 뛰어넘어 불손하게도 증조할머니가 잠들어 있는 납작한 묘비에 새겨진 '난 여기 있겠어요'라는 글자 위에 앉았다.

"어쩐 일이야?"

테디가 물었다.

"어쩐 일이라니 뭐가?"

에밀리는 약간 심통을 부리며 대답했다. 테디가 그렇게 쾌활한 얼굴을 하고 있는 것이 기분에 거슬렸던 것이다. 그녀는 테디가 자기를 동정해줄 거라고 기대하고 있었는데 테디한테서 그런 기색이 보이지 않자 더 화가 났다.

"넌 키다리 존이 월요일부터 그 숲을 베어낼 거라는 걸 모르고 있니?"

테디는 고개를 끄덕였다.

"알고 있어. 일저한테서 들었거든. 하지만 에밀리, 나에게 좋은 생각이 떠올랐어. 만약 신부님이 그렇게 하지 말라고 키다리 존에게 말하면 키다리 존도 마음을 바꿀 거야."

"어째서?"

"가톨릭교도들은 신부님 말을 듣지 않으면 안 되거든."

"난 그런 것 몰라. 가톨릭교도들에 대해선 아무것도 몰라. 우리 집은 장로교인걸."

에밀리는 가볍게 고개를 저었다. 켄트 부인은 성공회 신자로 알려져 있었다. 테디는 장로교회의 주일학교에 다니고 있었지만, 어머니 때문에 장로교회 안에서는 입장이 약간 난처했다.

"너희 엘리자베스 이모가 화이트크로스의 캐시디 신부님한테 가서 키다리 존이 마음을 바꾸게 해달라고 부탁하면 어쩌면 들어주실지 몰라."

"엘리자베스 이모는 그런 일은 하시지 않을 거야. 아마 절대로 하시지 않을걸. 무척 자존심이 강하시거든." 에밀리가 자신 있게 말했다.

"그 숲을 구하기 위해서인데도 안 하실까?"

"응, 아무리 그렇다 해도."

"그럼 하는 수 없지 뭐."

테디가 실망하며 말했다.

"이것 좀 봐, 내가 그린 그림이야. 이건 연옥에서 세 명의 작은 악마들이 키다리 존을 붉게 달군 갈퀴로 찌르고 있는 그림이야.

이거, 어머니의 책에 그려져 있던 그림을 조금 흉내내어 그렸어. 단테의 《신곡》이었던 것 같은데, 책에 그려져 있는 남자 대신 키다리 존을 그린 거지. 너한테 줄게."

"난 필요 없어."

에밀리는 책상다리를 하고 앉아 있다가 일어섰다. 머릿속으로 아무리 키다리 존을 괴롭혀서 마음을 위로해보아도 에밀리한테는 아무런 소용이 없었다. 그녀는 불현듯 어떤 생각이 떠올랐다. 그것은 대담무쌍하고 숨막히는 계획이었다.

"테디, 나 이제 집에 돌아가야 해. 저녁 먹을 시간이야."

테디는 에밀리가 쳐다보지도 않은 그림을 주머니에 집어넣었다. 만약 두 사람 가운데 누군가 보는 눈을 가지고 있었다면, 그 그림이 정말 훌륭한 작품이라는 걸 알 수 있었을 것이다. 키다리 존이 유쾌한 작은 악마들에게 갈퀴로 고문을 당하는 고통스러운 표정은 아마 수많은 화가들을 절망시켰으리라. 테디는 에밀리를 도울 수 있었으면 좋겠다고 생각하며 집으로 돌아갔다. 에밀리처럼 사랑스러운 소녀가 불행해지는 건 잘못된 일이라고 생각했다. 테디는 진심으로 그렇게 생각하며 슬퍼했기 때문에, 연옥에 빠진 키다리 존의 그림에 두세 명의 악마를 더 그려넣고 갈퀴의 날도 시간을 들여 더 길게 늘였다.

집으로 돌아가는 에밀리의 앙다문 입술에는 굳은 결의가 떠올라 있었다. 에밀리는 먹을 수 있는 데까지 많이 먹었다. 그렇지만 엘리자베스 이모의 표정이 식욕을 거둬갔기 때문에 생각만큼 많이 먹지는 못했다. 그런 다음 에밀리는 현관 밖으로 나갔다. 지미가 뜰에서 일하고 있었지만 에밀리에게 아무 말도 하지 않았다. 지미는 요즈음 무척 슬퍼보였다. 그 숲이 월요일 밤에는 그루터기만 남은 황무지가 될 거라고 생각하니 에밀리는 견딜 수 없는 기분이 되어, 두려움도 망설임도 아랑곳하지 않고 조급한 걸음으로 오솔길을 걸어갔다. 문을 나선 그녀는 왼쪽으로 돌아 '환희의 산'으로 길게 뻗어 있는 붉은 언덕을 올라갔다. 한 번도 가본 적이 없는 그 길은 화이트크로스로 똑바로 통하고 있었다. 에밀리는 화이트크로스에 있는 사제관에 가서 캐시디 신부를 만나려는 것이었다.

화이트크로스까지는 3킬로미터쯤이었는데 에밀리는 그 길을 눈 깜짝할 사이에 돌파했다. 바람과 야생 양치류가 자라는 그 길에 뛰어다니는 작은 산토끼들에게 잡힐까봐 두려워서가 아니라, 저 길 끝에서 그녀를 기다리고 있을 무언가가 두려웠기 때문이었다. 에밀리는 무엇을 어떻게 얘기하면 좋을지 궁리했지만 좀처럼 생각이 나지 않았다.

에밀리는 가톨릭 신부와 전혀 아는 사이가 아니었기 때문에, 대체 어떤 식으로 얘기를 하면 좋을지 알 수가 없었다. 신부라고 하면 어쩐지 목사보다 신비롭고 이해할 수 없는 사람으로 생각되었다. '만약 캐시디 신부가 내가 당돌하게 찾아가서 부탁하는 것에 대해 화를 낸다면 어떻게 할까?' 아무리 생각해도 이런 식으로 찾아가는 것은 두려운 일이었다. 게다가 성공할 가능성은 거의 없어 보였다. 키다리 존은 어엿한 가톨릭교도이지만, 에밀리는 신부의 입장에서 보면 이교도이기 때문에, 캐시디 신부는 키다리 존의 계획에 참견하는 것을 거절할 것 같았다. 하지만 뉴문에 닥쳐올 재난을 막을 가능성이 눈곱만큼이라도 있다면, 에밀리는 대주교단 전체를 상대로 해서라도 맞설 각오가 되어 있었다. 베니스제 진주 목걸이를 하지 않은 것이 못내 후회되었다. 그것이 있으면 캐시디 신부의 주의를 강하게 끌었을지도 모르는데.

에밀리는 화이트크로스에 온 것은 처음이었지만 한눈에 사제관을 알아보았다. 나무로 에워싸인 웅장한 건물이었는데, 그 옆에는 금빛 종탑과 4명의 금빛 천사를 지붕에 이고 있는 하얀 성당이 있었다. 에밀리는 4명의 천사가 저녁 놀을 받으면서 빛나는 모습이 아름답다고 느끼며, 블레어워터의 아무런 장식이 없는 하얀 교회에도 저런 천사가 있었으면 좋겠다고 생각했다. 왜 가톨릭만이 천사를 장식하는 건지 에밀리는 이해되지 않았다. 하지만 그런 것을 생각하고 있을 시간이 없었다. 문이 열리더니 단정한 차림새의 하녀가 이쪽을 쳐다보고 있었기 때문이다.

"캐시디 신부님…… 계신가요?"

에밀리는 간신히 떨리는 목소리로 물었다.

"계십니다만."

"저…… 만나…… 뵐 수 있을까요?"

"들어오세요."

보아하니 캐시디 신부를 만나는 건 그리 어려운 일이 아닌 듯했다. 설령 만날 수는 있다 해도 뭔가 거북한 분위기일 거라고 생각했는데, 그렇지 않았다. 그녀는 책이 많이 꽂혀 있는 방으로 안내되어, 하녀가 캐시디 신부를 부르러 간 사이 그곳에 남겨졌다. 신부님은 뜰에서 일을 하고 있다고 했다. 그 말을 듣고 에밀리는 용기가 났다. 캐시디 신부가 뜰에서 일을 하고 있다면 그렇게 무서운 사람은 아닐 거라고 짐작한 것이다.

에밀리는 신기한 듯 주위를 둘러보았다. 무척 깨끗한 방이었다. 앉으면 굉장히 편할 것 같은 의자, 그림, 그리고 꽃. 무서워할 것도 기분 나빠할 것도 없었다. 다만 커다란 검은 고양이 한 마리가 책장 위에 앉아 있는 것은 보는 것만으로도 기분이 섬뜩했다. 에밀리는 고양이를 좋아했기 때문에 어떤 고양이가 있어도 편안하게 있을 수 있었다. 그렇지만 이런 고양이는 처음이었다. 크기도 그렇고 검은 얼굴에 살아 있는 보석처럼 빛나고 있는 금색의 도도한 눈길도 그렇고, 아무리 보아도 귀여운 고양이족과는 전혀 종류가 달라보였다. 데어 목사님이라면 그런 동물은 절대로 집에서 키우지 않으리라. 캐시디 신부에 대한 두려움이 다시 한 번 밀려왔다.

잠시 뒤 캐시디 신부가 더할 나위 없이 친절하게 웃는 얼굴로 들어왔다. 에밀리는 여느때의 습관대로 똑바로 응시하면서 그를 맞이했는데, 이미 캐시디 신부에 대한 두려움은 사라지고 없었다. 그는 뚱뚱하고 어깨가 넓으며 눈과 머리카락이 갈색이었다. 평소 모자를 쓰지 않고 내리쬐는 햇빛 속을 걸어다니는 습관 때문에, 얼굴은 볕에 그을려 무척 검었다. 에밀리는 그가 커다란 호두 같다고 생각했다. 아무리 보아도 견고함 그 자체 같은 커다란 갈색 호두였다.

캐시디 신부는 악수를 하면서 에밀리를 내려다보았다. 마침 그때 에밀리는 얼굴이 발갛게 물들어 있어서 무척 예쁘게 보였다. 흥분 때문에 얼굴에 들장미 같은 붉은 핏기가 돌았고, 저녁 놀 때문에 검은 머리는 물에 젖은 비단처럼 반짝반짝 빛났으며, 눈은 맑았다. 하지만 캐시디 신부의 눈길이 머문 것은 에밀리의 귀였다. 에밀리는 그 순간 귀가 깨끗한지 걱정되었다.

캐시디 신부가 깜짝 놀라는 시늉을 하며 작은 소리로 말했다. "귀가 뾰족하게 생겼구나. 귀가 뾰족해! 첫눈에 난 네가 방금 요정의 나라에서 왔다는 걸 알았어. 앉으세요, 요정 아가씨. 만약 요정도 앉을 수 있다면 말이지만. 앉으세요. 그리고 티타니아(중세 유럽의 전설에 나오는 요정나라 왕비)의 궁정소식을 들려주시겠소?"

에밀리는 완전히 마음이 놓였다. 캐시디 신부는 쉰 목소리로 쾌활하게 에밀리와 같은 나라 말로 말했고, 게다가 아일랜드 토박이답게 친절하고 빠른 말투였다. 에밀리는 약간 슬픈 듯 고개를 옆으로 저었다. 마음이 이렇게 무거워서는 요정나라의 사자 역할을 할 수 있을 것 같지 않았다.

"저는 뉴문에서 온 에밀리 스타일뿐입니다."

그녀는 숨을 몰아쉬며 빠르게 말했다. 거짓말을 해서는 안 된다고 생각했기 때문이었다.

"그리고 전 신교도예요."

"오, 아가씬 정말 귀여운 신교도로군. 하지만 솔직히 말해 조금 실망했어요. 신교도에 대해서는 이미 잘 알고 있으니까. 이 부근의 숲에는 신교도가 많이 살고 있거든. 하지만 요정 아가씨가 찾아와 준 건 백 년 만인데?"

에밀리는 눈을 크게 떴다. 아무리 보아도 캐시디 신부는 100살로는 보이지 않았던 것이다. 고작해야 50살쯤? 하지만 어쩌면 가톨릭 신부는 다른 사람들보다 오래 사는지도 몰랐다. 에밀리는 뭐라고 말해야 좋을지 몰라 불안한 듯 말했다.

"고양이를 키우고 계시군요."

"아니야, 틀렸어."

캐시디 신부는 고개를 저으며 우울하다는 듯이 신음했다.

"고양이가 나를 키우고 있지."

에밀리는 캐시디 신부의 말을 이해하려 했으나 소용없었다. 신부는 멋있어 보였지만 알 수 없는 데가 있었다. 에밀리는 이해가 안 되는 점은 그냥 넘어가기로 했다. 그보다 먼저 찾아온 용건부터 얘기해야 했다.

"목사님은 무척 친절한 분이시군요."

에밀리가 쭈뼛거리며 말했다. 캐시디 신부가 목사라고 불리는 것을 어떻게 생각할지는 알 수 없었다.

"물론 친절하지." 신부가 친근하게 장단을 맞춰주었다.

"게다가 목사와 신부는 남을 헐뜯는 말을 해서는 안 된단다. 그러니 우리를 대신해서 험담을 해줄 고양이를 키우는 거지. 우리 비처럼 잘난 척하면서 험담할 수 있는 고양이도 아마 드물걸."

"그 고양이 이름이 비인가요?"

에밀리는 조금 무서운 듯 검은 고양이를 보며 말했다. 그 고양이 앞에서 고양이에 대해 얘기하는 건 아무래도 위험하다는 생각이 들었다.

"자기 스스로 그렇게 부르고 있단다. 저 녀석은 크림을 훔쳐먹기 때문에 우리 어머니는 저 녀석을 좋아하지 않아. 이제는 비가 크림을 훔쳐먹어도 난 신경 쓰지 않기로 했지. 가장 참을 수 없는 건 그 뒤에 턱을 핥을 때의 표정이야. 어이, 비! 귀여운 손님이 오셨다, 기쁘지 않니? 고양이를 아주 좋아하는 손님이다."

비는 기뻐하지 않았다. 다만 에밀리에게 거만한 시선을 힐끗 던졌을 뿐이었다.

"요정 아가씨, 고양이 머릿속에서 어떤 일이 일어나고 있는지 아니?"

캐시디 신부는 어째서 그런 이상한 질문만 하는 것일까? 그래도 에밀리는 마음에 걱정거리만 없었다면, 그의 질문이 마음에 들었을 것이다. 그때 갑자기 캐시디 신부는 테이블 너머로 몸을 내밀며 물었다.

"무엇을 그리 걱정하고 있니?"

"전, 무척 불행해요."

에밀리가 착 가라앉은 목소리로 말했다.

"다른 사람들도 모두 그렇단다. 우린 모두 저주에 걸려 있어서 불행한 거지. 하지만 귀가 뾰족한 사람은 불행해서는 안 돼. 불행해도 되는 건 죽을 운명의 인간들뿐이거든."

"아, 제발…… 제발……."

에밀리는 신부를 뭐라고 불러야 좋을지 몰랐다. 만약 신교도가 '신부님'이라고 부른다면 그는 화를 낼까? 하지만 에밀리는 과감하게 그렇게 부르기로 했다.

"제발 부탁입니다, 신부님. 전 너무 괴로워서 신부님의 힘에 의지해야겠다고 생각하고 왔어요."

에밀리는 모든 사정을 얘기했다. 머리와 설리번 두 집안의 오랜 반목에 대한 이야기, 전에는 에밀리와 키다리 존이 서로 사이가 좋앉다는 것, 크고 달콤한 사과 사건, 그 뒤의 불행한 결말, 그리고 키다리 존의 위협적인 복수에 대해서도. 비와 캐시디 신부는 에밀리가 말을 마칠 때까지 약속이라도 한 듯 열심히 귀를 기울였다. 이윽고 비는 에밀리를 힐끗 쳐다보았고, 캐시디 신부는 검게 그을린 긴 손가락을 깍지끼며, "으음" 하고 신음소리를 냈다.

'책에서 말고 누군가가 '으음' 하는 소리를 내는 걸 듣기는 이번이 처음이야' 하고 에밀리는 생각했다.

"으음."

캐시디 신부는 다시 한번 신음했다.

"그래서 넌 그 나쁜 계획을 나더러 그만두게 해달라는 거로구나."

"가능하다면요. 아! 가능하다면 얼마나 좋을까요? 제발, 제발 부탁이에요."

캐시디 신부는 깍지낀 손에 더욱 힘을 주었다.

"그래, 요정 아가씨, 키다리 존이 법률로 인정된 자신의 재산을 자기 마음대로 하는 것을 막는 데 열쇠의 힘에 의지해서는 안 된다고 생각하지만……."

에밀리는 열쇠라는 말은 이해할 수 없었지만, 캐시디 신부가 키다리 존에게 사제의 힘을 행사하는 것을 거절하려 한다는 것은 알았다. 이제는 희망이 없었다. 에밀리는 무척 낙담하여 눈물이 흐르는 것을 억제할 수가 없었다.

캐시디 신부가 다정하게 말했다. "자, 자, 울지 마라, 착한 아이니까. 요정은 절대로 울지 않아요……. 울 수 없거든. 네가 요정나라에서 온 것이 아니라는 사실을 알면 난 실망해서 가슴이 찢어지는 것 같을 거야. 너 스스로는 뉴문 사람이라고 해도 좋고, 뭐든지 좋아하는 종파에 소속되어 있다고 말해도 좋지만, 그래도 네가 황금시대(그리스 신화에 나오는 금·은·철·동의 네 시대 중 가장 오래된 시대로 인류가 낙원에서처럼 행복했던 시대)의 사람이며, 아득한 옛날 신들을 모시고 있었다는 것은 사실이니까. 그렇기 때문에 난 널 위해 너의 소중한 숲을 구하지 않으면 안 되겠구나.”
에밀리는 눈을 크게 떴다.
신부가 말을 이었다.
“난 가능할 거라고 생각해. 만약 내가 키다리 존한테 가서 마음을 터놓고 얘기를 나눈다면 그 사람도 이해해줄 거야. 키다리 존하고 나는 무척 친한 사이거든. 요령만 알고 있으면 그 사람을 잘 설득할 수 있을 것 같구나. 요령이라는 것은 그 사람의 허영심을 잘 이용하는 것이지. 난 한번 노력해볼 생각이란다. 교구민 대사제로서가 아니라 인간 대 인간으로서 말이야. 적어도 훌륭한 아일랜드 사람은 숙녀에게 원한을 품어서는 안 되며, 상식이 있는 사람이라면 55년이나 된 둘도 없이 훌륭하고 오래된 숲을 악의가 없는 한 베어내는 짓을 해서는 안 된다고 얘기해 주마. 꼭 필요하지도 않은데 그런 숲을 베어내는 사람은 자기가 베어낸 나무로 만든 교수대에 매달리게 될 거다.”

집으로 돌아가면 캐시디 신부가 한 마지막 말을 지미가 준 공책에 써 두어야겠다고 에밀리는 생각했다.
캐시디 신부는 덧붙였다.
“하지만 키다리 존한테는 그 말을 해선 안 돼. 알겠니? 뉴문의 에밀리 아가씨. 너의 숲이 사라지지 않을 거라는 건 이미 결정된 거나 다름없다고 생각해도 좋을 거야.”
에밀리는 이 말을 들은 순간 말할 수 없이 행복한 기분이 되었다. 어쩐 일인지 에밀리는 캐시디 신부를 진심으로 믿고 있었다. 그는 틀림없이 키다리 존을 마음대로 조종할 수 있을 것이다.
“아! 정말 뭐라고 감사를 드려야할지 모르겠어요.”
에밀리가 진지하게 말했다.
“정말 그렇지? 그러니까 쓸데없는 말은 그만두자. 그럼 이제부터는 네 얘기를 들려주렴. 형제는 있니? 그리고 몇 살이나 됐는지 궁금하구나."

"나이는 12살이에요. 형제는 없구요. 하지만 이제 집에 돌아가야 할 것 같아요."

"아니야, 아니야, 뭘 좀 먹고 가야지."

"정말 고맙습니다만 전 벌써 저녁을 먹고 온걸요."

"두 시간이나 전에 말이지? 게다가 3킬로미터나 걸어왔으니 사양할 필요 없어요. 유감스럽게도 요정이 먹는 신의 술과 음식은 없고 달빛 술잔도 없지만, 우리 어머니는 프린스에드워드 섬의 어떤 여자보다 맛있는 건포도 케이크를 만들 줄 아신단다. 그리고 맛있는 크림도 있지. 여기서 잠깐만 기다려라. 비는 무서워하지 않아도 돼. 이따금 친절한 신교도를 갉아먹는 일은 있어도 요정한테는 달려들지 않으니까."

캐시디 신부와 함께 그의 어머니가 쟁반을 들고 들어왔다. 에밀리는 신부님의 어머니도 뚱뚱하고 얼굴이 검을 거라고 생각했는데, 무척 작은 체격에 머리는 눈처럼 새하얗고 매끄러우며, 다정한 푸른 눈에 뺨은 복숭아빛이었다.

"우리 어머니 멋진 분이시지? 살림을 돌봐주고 계시단다. 물론……," 캐시디 신부는 갑자기 목소리를 낮추었다. "조금 이상한 데가 있으시지. 어머니는 방을 청소하시다가 갑자기 하던 일을 멈추고 밖으로 나가서 숲 속에서 오후를 보내는 일이 더러 있어. 아마 너와 마찬가지로 어머니도 요정과 함께 놀고 있는 것 같아."

캐시디 부인은 미소지으며 에밀리에게 키스한 뒤 잼을 마저 만들어야한다며 방에서 나갔다.

"자, 이리 앉아요, 요정 아가씨. 그리고 잠시 인간이 되어 오붓하게 얘기를 나누자꾸나."

에밀리는 배가 고팠다. 2주일 동안 한 번도 느끼지 못한 시장기였다. 캐시디 부인의 건포도 케이크는 신부가 말한 그대로였고 크림도 기막히게 맛있었다.

"넌 지금 나에 대해 무슨 생각을 하고 있을까?"

에밀리의 두 눈동자가 수심에 잠긴 듯 자기에게 쏠려 있는 것을 눈치챈 캐시디 신부가 불쑥 그렇게 물었다.

에밀리는 얼굴이 붉어졌다. 사실은 캐시디 신부에게 또 한 가지 부탁하고 싶은 것이 있었던 것이다.

"신부님은 무척 좋은 분이라고 생각해요."

캐시디 신부가 싱글거리면서 말했다. "맞아, 난 정말 좋은 사람이란다. 난 굉장히 좋은 사람이니까 네가 부탁하는 거라면 뭐든지 들어주마. 아무래도 네가 나에게 부탁하고 싶어하는 것이 또 있는 것 같거든."

"전 무척 어려움에 처해 있어요. 지난 여름 내내 고민했어요. 전 …… 사실 시인이거든요."

"호! 그것 참 놀라운 일이구나. 내가 도움이 될지 어떨지 아무래도 자신이 없는데. 언제부터 시인이었지?"

"저를 놀리고 계신 거죠?"

에밀리가 진지한 표정으로 물었다. 캐시디 신부는 난처한 표정으로 말했다.

"그렇지 않아. 다만 약간 놀랐을 뿐이지. 뉴문의 아가씨이고 요정인 데다 시인이기까지 하니, 나처럼 보잘 것 없는 사제로서는 감탄의 대상이니까. 과자를 하나 더 먹어라. 그리고 자세히 얘기해 보렴."

"사실은 전 지금 서사시를 쓰고 있어요."

캐시디 신부가 몸을 내미는가 싶었는데 에밀리의 손목을 만져보고는 "네가 정말로 여기 있는 건지 잠깐 확인해 보았을 뿐이야" 하고 설명했다. "그래, 서사시를 쓰고 있다고 했지. 그래서?"

"작년 봄부터 쓰기 시작했는데요. 처음엔 〈하얀 귀부인〉이라는 제목을 붙였는데 지금은 〈바다의 딸〉로 바꿨어요. 그게 더 좋은 제목이라고 생각하지 않으세요?"
"훨씬 좋구나."
"전 3편까지 썼는데 아무래도 알 수 없는 것이 있어서 더 이상 나아가지 못하고 있어요. 그래서 무척 고민이 돼요."
"알 수 없다는 것이 무엇이지?"
에밀리는 열심히 건포도 케이크를 먹으며 말했다.
"제 시는 무척 고귀하게 태어난 아름다운 소녀에 대한 이야기인데, 갓난아기 적에 납치되어 나무꾼의 오두막에서 자라요."
"저런, 저런! 정말 기구한 운명이로다."
캐시디 신부가 중얼거렸다.
"뭐라고 하셨어요?"
"아니다, 아무것도 아니야. 나도 모르게 중얼거리면서 생각하는 버릇이 또 나왔구나. 자, 그래서 그 뒤에는 어떻게 되었지?"
"그녀한테는 역시 고귀하게 태어난 연인이 있는데, 그의 집에서는 그녀가 한낱 나무꾼의 딸에 지나지 않는다고 결혼을 허락하지 않는 거예요⋯⋯."
"어허, 갈수록 박복한 팔자로구나. 어이쿠, 미안!"
"그 남자는 십자군에 참가하여 성지로 원정을 떠났지만 얼마 뒤 그곳에서 전사했다는 소식이 와요. 그래서 에디타는, 여주인공의 이름이에요, 수도원에 들어가버리죠."
에밀리는 건포도 케이크를 베어먹기 위해 잠깐 얘기를 멈췄다. 그러자 캐시디 신부가 장단을 맞추며 얘기하기 시작했다.
"그런데 그때 그녀의 연인이 이교도에 의해 상처투성이가 되었지만, 더할 나위 없이 건강한 몸으로 돌아온다. 그리고 그녀의 출생의 비밀이 죽어가는 늙은 유모의 고백으로 밝혀진다. 그녀의 팔뚝에 있는 검은 점이 바로 그 증거가 된다."

"그걸 어떻게 아셨어요?"
에밀리가 깜짝 놀라며 큰 소리로 물었다.
"미루어 짐작한 거지. 난 추리를 잘하거든. 하지만 그 이야기의 어디가 고민이라는 거지?"
"어떻게 하면 그 아가씨를 수도원에서 꺼낼 수 있는지 그걸 모르겠어요. 신부님께 물어보면 틀림없이 아실 거라고 생각했지요."
캐시디 신부는 다시 양손을 깍지꼈다.
"글쎄다, 아가씨. 네가 구상한 것은 그리 호락호락한 내용이 아니란다. 생각해보렴. 에디타는 수녀가 되었어. 그것도 신앙심에서가 아니라 가슴이 찢어지는 고통 때문이었지? 가톨릭 교회는 수녀가 그런 실수를 했다고 해서 서약을 풀어주지는 않는다. 아니, 잠깐 기다려라. 그럴듯한 구실이 있을지도 모르니까. 그 에디타라는 아가씨는 친부모한테는 외동딸 아니니?"
"맞아요!"
"오, 그렇다면 방법이 분명히 있지. 만약 그 아가씨에게 형제가 있다면 그 형제들을 전부 죽여버려야 하지만, 그런 잔인한 짓을 할 순 없겠지? 그래, 그 아가씨는 어떤 귀족의 외동딸이고 후계자인 거야. 그리고 그 집안은 또 다른 귀족 집안과 옛날부터 오랫동안 반목해 왔어. 그런데 그 상대방 귀족이 바로 연인의 집안이었던 거지. 반목이라는 게 무슨 뜻인지 알고 있니?"
"물론 알고 있어요. 전 그런 말을 벌써부터 시 속에서 쓰고 있는걸요."
에밀리가 자랑스럽게 말했다.
"그래? 갈수록 감탄스럽구나. 그런데 이 반목 때문에 왕국은 둘로 분열되고 마는데, 그것을 해소하기 위해서는 캐퓰렛과 몬테규 (《로미오와 줄리엣》에 나오는 원수 집안) 집안이 화해하는 것 말고는 방법이 없어."
"그런 이름이 아닌데요."

"그건 상관없어. 그런데 그렇게 되면, 그건 틀림없는 국가적인 문제로서 그 결과가 상당히 중대하기 때문에, 로마 교황님한테 직접 청원할 수 있는 충분한 이유가 되지. 네게 필요한 건" 캐시디 신부는 엄숙하게 고개를 끄덕이며 말했다. "로마 교황청으로부터의 특별사면이란다."

"'특별사면'이라는 말은 시에 쓰기에는 너무 딱딱해요."

"지당하신 말씀! 하지만 젊은 여성이 서사시를 쓰려고 마음먹고, 수백 년 전의 풍속과 관습을 묘사하면서 지금의 시대와는 거리가 먼 종교를 믿는 여자를 주인공으로 선택한 이상, 조금은 암초에 부딪칠 각오를 하지 않으면 안 되겠지."

에밀리는 쾌활하게 말했다.

"하지만 전 그것을 잘 해낼 생각이에요. 정말 고맙습니다. 신부님 덕분에 얼마나 안심이 되는지 몰라요. 2, 3주일 안에 이 시를 완성하겠어요. 여름 동안 전혀 손을 대지 못했거든요. 물론 다른 일로도 바빴어요. 일저 번리와 새로운 언어를 만들고 있었거든요."

"새로운…… 언어라고 했니? 그것을 만들고 있다고!"

"네."

"영어는 어떻게 하고? 영어로는 부족하니?"

"아니요. 그래서 새로운 말을 만들고 있는 건 아니에요. 봄이 되면 지미는 프랑스 남자아이들에게 감자를 심는 걸 거들게 하고 있거든요. 저도 돕지 않으면 안 돼서 일저와 함께 거들게 되었지요. 그때 그 남자아이들이 우리는 전혀 모르는 프랑스 말을 하는 바람에 무척 곤란했어요. 남자아이들은 우리를 놀리기 위해 일부러 프랑스 말을 사용하는걸요. 그 재잘재잘 지껄이는 모습이 얼마나 얄미운지 몰라요! 그래서 일저와 전 프랑스 남자아이들이 알아듣지 못하도록 새로운 말을 만들기로 결심했어요. 이 계획은 순조롭게 진행되고 있어서 감자를 캘 무렵이면 우리 둘은 서로 그 말로 대화할 수 있을테고, 그러면 우리가 무슨 말을 하고 있는지 프랑스 남자아이들은 전혀 알아듣지 못하게 될 거예요."

"그렇구나, 무척 재미있을 거야. 하지만 여자아이 둘이서 프랑스 남자아이들에게 복수하기 위해 온갖 고생을 하며 새로운 언어를 만들어내다니…… 난 도저히 그럴 수 없을 것 같구나." 캐시디 신부는 두 손 두 발 다 들었다는 표정으로 말했다. "정말 무서운 아가씨들이군. 자라서 뭐가 될까? 공산주의 혁명가가 되는 것은 아닐까? 캐나다의 미래를 생각하니 몸이 떨리는구나."

"아니에요, 고생 같은 건 전혀 하지 않았어요. 무척 재미있기만 한걸요. 학교의 모든 아이들은 우리가 그 말로 얘기하면 전혀 못 알아들으니까 잔뜩 골을 내지요. 모두가 듣는 곳에서도 우리는 비밀 얘기를 할 수 있답니다."

"오호, 그것 참 재미있겠다. 그 말을 좀 들려주겠니?"

"나트 밀란 오 스테 돌만 보테 타 슈루즈베리 페르나스 타 포 리 타 노스." 에밀리는 유창하게 말했다. "그건 이런 뜻이에요. '내년 여름에 난 슈루즈베리의 숲에 딸기를 따러갈 생각이야.' 지난번 쉬는 시간에 학교 마당 건너편에 있는 일저에게 이 말을 큰 소리로 말했더니 모두들 깜짝 놀랐어요."

"허허, 그래, 그래. 정말 놀라운 일이다. 그 말로 좀더 얘기해 보렴."

"모 트랄 리 데드 세브 아드 리 모 트레네. 모 베르트랄 세브 모 베르트레네 다스 스텐 데드 에 팅 세트라. 이건 '제 아버지는 돌아가셨습니다. 어머니도 죽었습니다. 할아버지와 할머니는 훨씬 오래 전에 돌아가셨습니다'라는 뜻이에요. 아직 죽는다(데드)는 말에 해당하는 단어는 생각해내지 못했어요. 언젠가 전 이 말로 시를 쓸 수 있을 거예요. 그러면 엘리자베스 이모한테 발견된다 해도 이모는 읽지 못할 거예요."

"아까 그 서사시 말고 다른 시도 썼니?"

"네, 있어요. 짧은 건 많이 썼어요."

"그래? 어디 하나 들려주겠니?"

에밀리는 무척 기분이 좋았다. 그녀는 거리낌없이 자기의 소중한 시를 캐시디 신부에게 들려주었다.

"최근에 지은 시를 낭송해 드릴게요." 에밀리는 진지하게 목소리를 가다듬고 말했다. "〈저녁의 꿈〉이라는 시예요."

캐시디 신부는 지그시 귀를 기울이며 듣고 있었다. 1연이 끝나자 신부의 커다란 갈색 얼굴이 표정이 달라지더니 두 손의 손가락이 가볍게 장단을 두드리기 시작했다. 에밀리는 낭송을 끝내자 시선을 내리깔고 떨리는 마음으로 기다리고 있었다. '캐시디 신부님이 하찮은 시라고 하면 어떡하지? 아니야, 신부님은 그런 무례한 말은 하지 않을 거야. 하지만 서사시 가지고 나를 놀렸으니까…….' 에밀리는 그걸 알고 있었다.

캐시디 신부는 곧바로 말을 하지는 않았다. 불안한 몇 초가 흘러갔다. 신부님은 칭찬할 수도 없고 그렇다고 혹평을 하여 자기 감정을 상하게 할 수도 없어서 말을 못하고 있는 게 틀림없다고 에밀리는 생각했다. 그러자 자기가 쓴 〈저녁의 꿈〉이 무척 한심한 작품처럼 생각되면서, 캐시디 신부 앞에서 이런 시를 읊다니 정말 바보 같은 짓을 했다는 생각이 들기 시작했다.

물론 그것은 대단한 작품은 아니었다. 캐시디 신부도 그것을 잘 알고 있었다. 하지만 그렇다 해도 어린아이가 쓴 것치고는 각운도 좋고 운율도 무척 잘 맞았다. 그리고 그 작품 속의 '어슴푸레한 금색 별빛'이라는 한 줄에 감탄한 캐시디 신부가 불쑥 말했다.

"계속 쓰도록 해라. 시 쓰는 것을 계속해."

"무슨 말씀이세요?"

에밀리는 숨을 몰아쉬며 물었다.

"너는 틀림없이 곧 뭔가 써낼 거라는 뜻이다. 어느 정도 할 수 있을지는 알 수 없지만. 그러니까 계속 열심히 쓰도록 해."

에밀리는 기쁜 나머지 울고 싶을 정도였다. 아버지한테서 칭찬받은 것을 제외하면 처음 들어보는 칭찬의 말이었다. 이것은 아버지에게서 듣는 칭찬과는 또 달랐다. 아버지들은 보통 자녀를 높이 평가하게 마련이니까. 에밀리는 나중에 작가가 된 이후로도 '계속 쓰라'는 캐시디 신부의 말을 결코 잊지 않았다.

"엘리자베스 이모는 제가 시를 쓰는 것에 대해 화내고 계세요. 그런 짓을 하면 세상 사람들이 절 지미처럼 바보 취급할 거래요." 에밀리는 수심에 찬 표정으로 말했다.

"천재의 길은 결코 편하고 쉬운 길이 아니란다. 그건 그렇고 과자 나 하나 더 먹어보렴, 자, 어서 먹어."

"베 메리 티. 오 델 레 돌만 코세이 아만 리 센 리테르. '이제 됐습니다. 어두워지기 전에 돌아가야 하니까요'라는 뜻이에요."

"마차로 집까지 데려다주마."

"아니에요, 괜찮아요. 친절하게 대해주셔서 정말 감사합니다." 이번에는 영어로 말하는 것이 편한 모양이었다. "전 걷는 걸 무척 좋아해요. 걷는 건 좋은 운동이 되거든요."

"그래, 네 말이 맞다." 캐시디 신부는 눈을 깜박이며 말했다. "부인들에게 꼭 권하고 싶은 얘기구나. 조심해서 가거라. 거울 속의 네 얼굴이 언제나 행복에 넘치기를 기도하마."

에밀리는 무척 행복했기 때문에 돌아오는 길은 조금도 피곤하지 않았다. 에밀리의 가슴속에는 기쁨이 아른아른 일곱 가지 무지개 빛으로 점점 크게 부풀어오르는 것 같았다. 언덕 꼭대기에 도달하여 뉴문이 보이기 시작했을 때, 그녀의 눈은 만족의 빛으로 가득했고 사랑스럽게 보였다. 오래된 숲 속의 어슴푸레한 빛에 싸여 조용히 가로누워 있는 뉴문은 말할 수 없이 아름다웠다. 키 큰 가문비나무 우듬지가 북쪽의 장미색과 호박색이 섞인 하늘에 진홍색으로 떠올라 있고, 그 건너편 아래쪽에 블레어워터의 물결이 은빛으로 빛나고 있었다. '바람 아주머니'가 해질녘의 골짜기에서 짙은 안개의 날개를 접었고, 주위에는 정적이 감돌았다. 에밀리는 모든 것이 잘될 거라고 믿었다. 캐시디 신부님이 알아서 잘 해 줄 것이다. 게다가 신부님은 에밀리에게 '시를 계속 쓰라'고 격려해 주었다!

다시 친구로

월요일 아침 에밀리는 몹시 걱정하며 귀를 쫑긋 세우고 있었지만, '키다리 존의 숲'에서는 도끼 소리도 무거운 망치 소리도 들려오지 않았다. 그날 저녁 에밀리가 학교에서 돌아오는데, 키다리 존이 이륜마차를 타고 따라와서, 그 사과 사건 이후 처음으로 마차를 세우고 친절하게 말을 걸어왔다.

"뉴문의 에밀리 아가씨, 마차에 타지 않겠소?"

에밀리는 조금 놀림을 받은 기분도 들었지만 어쨌든 마차에 올라탔다. 키다리 존은 말에게 신호를 보낸 뒤 무척 친근하게 말을 꺼냈다.

"넌 캐시디 신부님의 마음을 교묘하게 사로잡은 것 같더구나. 그렇게 사랑스러운 아이는 처음 보았다고 신부님이 말씀하시더라. 넌 정말 대단한 아이야."

에밀리는 곁눈으로 힐끗 키다리 존을 보았다. 화를 내고 있는 것 같지는 않았다.

"네 덕분에 난 꼼짝할 수 없는 입장에 놓였어. 뉴문의 누구한테도 지지 않을 만큼 자존심이 강하다고 자부하는 나를, 네 엘리자베스 이모는 뱃속이 시커먼 남자라고 말했지. 난 오래전부터 네 이모와 결판을 내려고 결심하고 있었어. 그래서 그 숲을 베어내 보복해야 겠다고 생각한 건데. 그런데 네가 나를 단념시키려고 신부님을 찾아가는 바람에, 이제 난 숲의 나무는 한 그루도 베어낼 용기가 없어졌어."
"어머나, 설리번 아저씨! 그럼 그 숲을 그대로 남겨두실 생각이군요."
에밀리는 가슴까지 들썩이며 말했다.
"뉴문의 에밀리 양. 그 숲은 지금 그대로 놔두지. 키다리 존이 이렇게 허리를 굽히는 일은 다시는 없을 거야."
"제가 어떻게 하길 바라시나요, 설리번 아저씨?"
"먼저, 지난 번 사과 사건에 대해선 지나간 일은 지나간 일로 생각해 주기 바란단다. 그래서 그 표시로 작년 여름처럼 이따금 우리집에 놀러와서 말벗이 되어줬으면 해. 정말 요사인 네가 놀러오지 않아서 재미가 없단다. 너도 오지 않고 일저도 내가 너에게 심한 짓을 했다고 생각해서인지 그때부터 놀러오지 않고 있거든."
"물론 놀러가겠어요. 엘리자베스 이모가 허락해 주신다면요."
"만약 허락해 주지 않으면 숲을 베어낼 거라고 이모한테 말하거라. 마지막 한 그루까지 모조리 베어낼 거라고. 그러면 네 이모도 항복할 거야. 또 한 가지 바라는 게 있어. 넌 나에게 그 숲을 베어내지 말아달라고 정중하게 부탁해야 해. 네가 정중하게 부탁한다면 난 풀 한 포기도 손대지 않을 생각이야. 만약 그렇게 하지 못하겠다면 난 신부님이 뭐라고 하시든 숲을 베어낼 거야."
에밀리는 머릿속으로 모든 지혜를 다 짜냈다. 그녀는 두 손을 모으고 눈을 치켜뜨고 키다리 존을 올려다보면서, 될 수 있는 한 천천히 예쁘게 미소지었다. 에밀리는 그런 면에서 타고난 지혜가 있었다.
그녀는 달래는 듯한 말투로 말했다.
"아! 키다리 존 아저씨, 제가 좋아하는 그 숲을 베지 말고 그대로 놔두시면 안 될까요?"
키다리 존은 허둥지둥 쭈글쭈글한 낡은 펠트모자를 벗었다.
"좋고말고요. 그렇게 하지요. 훌륭한 아일랜드 사람은 숙녀의 부탁이라면 뭐든지 들어준답니다. 물론 그로 인해 파멸을 불러오는 일도 있죠. 하지만 남자는 항상 숙녀분의 뜻에 따라야 하니까요. 에밀리 양이 만약 좀더 일찍 나에게 그렇게 말해주었더라면 화이트크로스까지 갈 필요가 없었을 텐데요. 게다가 여기에는 덤도 있어요. 빨간 사과는 벌써 익었고, 딱지 사과도 조금 있으면 맛있게 익을 겁니다. 그리고 쥐는 완전히 퇴치되었지요."
에밀리는 작은 회오리바람처럼 뉴문의 부엌으로 뛰어들었다.
"엘리자베스 이모! 키다리 존 아저씨가 숲을 베어내지 않겠대요. 아저씨가 직접 저한테 그렇게 말했어요. 하지만 그대신 전 이따금 아저씨 집에 놀러가야 해요. 이모가 허락해 주신다면요."
"허락하고 안 하고 별 차이가 없을 것 같다만."
엘리자베스 이모가 퉁명스럽게 말했다. 하지만 여느때처럼 목소리가 날카롭지는 않았다. 그녀는 에밀리가 가져온 소식을 듣고 자기가 얼마나 안심하고 있는지 다른 사람에게 들키고 싶지 않았던 것이다. 그래도 역시 그녀의 태도는 여느때보다 훨씬 부드러웠다.
"너에게 편지가 와 있다. 무슨 편지인지 무척 궁금하구나."
에밀리는 편지를 받아들었다. 그것은 진짜 우편으로는 처음 받아보는 편지였기 때문에, 에밀리는 기뻐서 어쩔 줄 몰랐다. 겉봉에는 굵고 검은 글씨로 '블레어워터 뉴문의 에밀리 스타 양에게'라고 적혀 있었다. 그러나······.
"이모, 편지를 뜯어보셨군요!"

에밀리가 발끈해서 소리쳤다.

"당연하지. 넌 내가 봐서 안 될 편지를 받아선 안 되잖니? 내가 알고 싶은 건 어째서 캐시디 신부가 너에게 편지를 보냈는가 하는 점이야. 그것도 이런 아무 의미도 없는 편지를 말이다."

"전 지난 토요일에 신부님을 만나러 갔었어요."

에밀리는 비밀이 탄로난 것을 알고 사실대로 얘기했다.

"그리고 신부님께 키다리 존이 숲을 베어내는 것을 말려달라고 부탁했어요."

"에밀리…… 버드…… 스타!"

"전 처음부터 신부님께 제가 신교도라는 걸 분명히 얘기했어요. 신부님은 그걸 완전히 이해해주셨고요. 신부님은 다른 사람들과 조금도 다르지 않았어요. 전 데어 목사님보다 그 신부님이 더 좋아졌어요."

엘리자베스 이모는 더 이상 아무 말도 하지 않았다. 할 말이 아무것도 없었던 것이다. 게다가 숲이 그대로 남게 되었다지 않는가! 좋은 소식을 가져온 자는 후한 대접을 받아야 마땅했다. 이모는 그저 에밀리를 쏘아보기만 했다. 에밀리는 무척 행복한 기분이었고 마음이 들떠 있었기 때문에, 이모가 쏘아보아도 아무렇지도 않았다. 에밀리는 편지를 들고 다락에 올라가 우표와 겉봉을 대충 훑어본 뒤 곧 안의 편지를 꺼냈다.

"에밀리 양" 하고 캐시디 신부는 쓰고 있었다.

"나는 키다리 존을 만났단다. 너의 요정 나라 푸른 땅은 없어지지 않을 거야. 너는 그곳에서 달밤의 향연을 벌일 수 있을 거다. 사람들이 소리높여 코를 골며 잠자고 있을 때 넌 그곳에서 달빛을 받으며 춤을 추겠지. 그런데 형식적으로라도 좋으니 설리번 씨에게 숲을 베어내지 말라고 부탁하는 게 좋을 것 같구

나. 설리번 씨는 틀림없이 들어줄 거야. 서사시와 그 새로운 언어는 어떻게 되었니? 네가 '바다의 딸'을 어려움 없이 수도원에서 빼낼 수 있기를 바란다. 늘 좋은 요정들의 친구가 되어주렴.

너에게 감탄하고 있는 친구
제임스 캐시디

추신 : 비가 안부 전해달라는구나. 네 '언어'로는 '고양이'를 뭐라고 하니? 그래도 '고양이'라는 말만큼 고양이다운 말은 찾을 수 없을 것 같은데, 안 그러니?"

키다리 존은 에밀리가 캐시디 신부에게 호소하러 갔던 얘기를 가는 곳마다 떠들고 다녔다. 그는 무척 기분이 좋았다. 로더 스튜어트는 에밀리 스타가 대담한 아이라는 건 진작부터 알고 있었다고 했고, 브라우넬 선생님은 에밀리 스타가 어떤 짓을 하든 절대로 놀라지 않을 거라고 했다. 닥터 번리는 전보다 더욱 에밀리에게 감탄하여 에밀리를 작은 악마라고 불렀으며, 페리는 에밀리에게 용감하다고 했다. 에밀리에게 화이트크로스에 갈 것을 권한 테디는 신용을 얻게 되었고, 엘리자베스 이모는 관대해졌으며 로라 이모는 숲이 보존되어서 다행이라고 생각했다. 그렇지만 뭐니뭐니 해도 에밀리를 가장 기쁘게 한 사람은 지미였다.

"하마터면 뜰은 폐허가 되고 내 마음은 깊은 상처를 받을 뻔했다. 에밀리, 그것을 막다니 넌 정말 용감한 소녀야."

한 달쯤 지나 엘리자베스 이모가 에밀리에게 겨울 코트를 사주기 위해 에밀리를 데리고 슈루즈베리에 갔을 때, 두 사람은 한 가게 앞에서 캐시디 신부를 만났다. 엘리자베스 이모는 정중하고 무게 있게 감사의 말을 했고, 에밀리는 가녀린 손을 내밀었다.
"로마로부터의 특별사면은 어떻게 됐니?"
캐시디 신부가 작은 소리로 물었다.
엘리자베스 이모가 그 말을 들으면 선량한 장로교인이어야 할 뉴문 사람이 신부와 사악한 교제를 하고 있는 거라고 생각할 것 같아 에밀리는 조금 두려웠다. 하지만 한편으로는 두 사람만의 비밀이 있다고 생각하니 기쁜 나머지 몸이 떨리기까지 했다. 에밀리는 짐짓 심각하게 고개를 끄덕였고, 그녀의 눈은 만족하고 있다는 것을 똑똑히 보여주고 있었다.
"그럭저럭 해냈어요."
에밀리는 작은 소리로 대답했다.
"다행이구나. 행운을 빌어주마. 그럼 안녕!"
"안녕히 가세요."
에밀리는 그 비밀스러운 만남을 언제까지나 기분 좋은 추억으로 회상했다. 그러자 자기 자신이 서사시 속에 살고 있는 것 같은 기분이 들었다. 그로부터 몇 년 동안 에밀리는 캐시디 신부를 만나지 못했다. 그 뒤 얼마 안 있어 다른 교구로 전근을 갔기 때문이었다. 하지만 에밀리는 늘 캐시디 신부를 기분 좋고 이해심 많은 사람이라고 기억했다.

천국으로 보내는 편지

아빠,

오늘 밤은 정말 슬픈 기분이에요. 아침에 마이크가 죽었거든요. 지미는 자기가 독살해버린 게 틀림없다고 했어요. 아빠, 전 너무 슬퍼요. 그토록 귀여운 고양이였는데! 저는 울고 울고 또 울었어요. 엘리자베스 이모는 그만 화가 나서 "아버지가 죽었을 때도 지금처럼 소란을 피우진 않았잖니" 하고 말했어요. 너무 심한 말 아닌가요? 로라 이모는 그보다는 상냥했지만, "자, 착한 아이니까 이제 그만 울도록 해. 다른 고양이를 얻어줄 테니까" 하고 말했지요. 전 로라 이모도 제 마음을 이해하지 못한다는 걸 알았어요. 전 다른 고양이를 원하지 않아요. 수백만 마리의 고양이가 있다 해도 마이크를 대신할 순 없을 거예요.

일저와 전 '키다리 존의 숲' 속에 마이크를 묻어주었어요. 아직 땅이 얼지 않아 무엇보다 다행이었죠. 로라 이모가 관으로 쓸 빈 상자와 마이크의 주검을 싸는 데 쓰라고 분홍색 종이를 주었어요. 우리는 무덤 위에 돌을 하나 올려놓았답니다. 전 "주님 안에 죽은 자에게 축복 있으라"라고 말했어요. 로라 이모한테 그 얘기를 하니 깜짝 놀라면서, "어머나, 에밀리, 그런 말을 했단 말이니? 고양이를 위해 그런 말을 하는 건 안 돼" 하고 말했어요. 그러자 지미가 말했죠. "로라, 죄 없는 고양이가 하느님의 자비를 구한다 해서 안 될 것 뭐 있겠어? 에밀리는 마이크를 사랑했고 어떤 사랑이든 모두 하느님의 일부잖아."

그러자 로라 이모가 말했어요. "그럴지도 몰라, 지미. 하지만 엘리자베스가 듣지 않아서 다행이야."

하지만 아빠, 오늘 밤은 마이크가 없어서 너무 쓸쓸해요. 어젯밤 저와 함께 여기서 놀 때 그토록 귀엽고 스미했던 마이크가 지금은 '키다리 존의 숲' 속에 차갑게 죽어 있다니······.

11월 18일

아빠,

전 지금 다락에 있어요. 오늘 밤 '바람 아주머니'는 어쩐지 무척 슬픈 것 같아요. 창가에서 무척 쓸쓸한 듯이 한숨을 짓고 있거든요. 하지만 오늘 밤 처음으로 '바람 아주머니'의 목소리를 들었을 때 '번뜩임'이 찾아왔어요. 뭔가 멀고 먼 옛날에 일어난 일, 가슴이 시릴 정도로 아름다운 것을 본 것 같은 기분이에요.

오늘 밤엔 눈보라가 칠 거라고 지미가 말했어요. 그래서 기분이 좋아요. 밤에 폭풍 소리를 듣는 것이 무척 좋거든요. 담요 속에 파고 들어가서 폭풍도 여기까지는 찾아오지 못할 거라고 생각하면 무척 기분이 좋아져요. 하지만 제가 담요 속에서 몸을 웅크리면 엘리자베스 이모는 저보고 몸부림을 친다고 해요. 이모는 웅크리는 것하고 몸부림치는 것의 차이를 모르나봐요.

크리스마스에는 눈이 올 거라고 생각하니 즐거워요. 머리 집안의 크리스마스 만찬은 올해는 뉴문에서 열릴 예정이에요. 작년에는 올리버 삼촌의 집에서 했는데, 지미가 감기에 걸려서 제가 함께 집에 남아 있었지요. 올해엔 만찬에 참석할 수 있어서 더 기다려져요. 끝나면 모든 걸 편지로 알려드릴게요, 아빠.

아빠, 얘기할 것이 좀 있어요. 부끄럽지만 얘기하고 나면 마음이 편해질 것 같아요. 지난주 토요일 엘러 리가 생일파티를 열었는데 저도 초대받았거든요. 엘리자베스 이모는 저한테 새 감색 캐시미어 옷을 입혀주었어요. 무척 예쁜 옷이에요. 엘리자베스 이모는 짙은 갈색을 사려고 했는데 로라 이모가 감색이 훨씬 좋다고 강하게 주장했어요.

전 거울 속의 제 모습을 보고 일저의 아버지가 제 얼굴에 혈색이 돌면 예뻐질 거라고 했다는 말이 생각났어요. 그래서 전 볼이 빨개지도록 꼬집어보았어요. 정말 예쁘게 보이기는 했지만 오래 가지는 않았어요. 그래서 이번에는 로라 이모의 모자에 달려 있던 붉은색 비로드 꽃을 가지고 와 물에 적신 뒤, 그 붉은 물을 볼에 발랐어요. 제가 파티에 갔더니 여자아이들은 모두 저를 쳐다보았지만 별다른 말은 하지 않았어요. 다만 로더 스튜어트만이 킥킥거리고 웃었죠. 전 집에 돌아가서 엘리자베스 이모가 보기 전에 붉은색을 씻어버릴 생각이었어요. 그런데 가게에서 돌아오던 이모가 절 불러세우는 바람에 그만 들키고 말았어요. 이모는 그 자리에서는 아무 말도 하지 않았지만, 집에 도착하자 "에밀리, 그 얼굴은 어떻게 된 거니?" 하고 물었어요.

전 자초지종을 얘기했어요. 몹시 화내실 거라고 생각했는데 이모는 그저 "그런 짓을 해서 스스로를 천박하게 만들어 놓고도 넌 그걸 모른단 말이니?" 하고 말했을 뿐이었어요. 저도 그건 알고 있었어요. 그때까지는 뭐라고 표현해야 할지 몰랐지만, 도중에 내내 그렇게 생각하고 있었거든요. "다시는 이런 짓 하지 않겠어요, 이모" 하고 전 말했어요. "잘 생각했다. 어서 씻고 오너라." 그래서 씻었더니 전보다 반도 예쁘지 않았지만, 마음은 훨씬 편해졌어요. 그런데 나중에 식기실에서 엘리자베스 이모가 로라 이모한테 그 얘기를 하며 웃고 있었던 건 아무리 생각해도 이상해요. 아빠, 엘리자베스 이모가 왜 웃었는지 아빠는 아시겠어요?

지난주 수요일 밤, 소시 샐이 기도회에 가는 절 따라온 게 훨씬 우스웠는데도 엘리자베스 이모는 전혀 웃지 않았어요. 전 기도회에 자주 가지는 않지만, 그날 밤 로라 이모가 갈 수 없게 되자 엘리자베스 이모는 혼자 가기가 싫어서 절 데리고 간 거였어요. 교회에 도착할 때까지 전 샐이 따라온 걸 전혀 몰랐어요. 전 샐을 발끝으로 쫓아냈지만 우리가 들어간 뒤 누군가가 문을 연 사이 몰래 들어온 모양인지, 데어 목사님이 기도를 시작하자 곧 샐이 울기 시작했어요. 커다랗고 휑뎅그렁한 회랑에서 울리는 그 소리는 유난히 크게 울렸죠. 전 죄를 지은 듯 괴로운 심정이었어요. 그때만큼은 얼굴에 화장을 할 필요가 없었죠. 제 볼은 마치 불타는 것처럼 빨개졌고 엘리자베스 이모의 눈은 이글이글 끓어오르고 있었거든요.

데어 목사님은 오랫동안 기도를 올렸어요. 목사님은 귀머거리가 아닌가 몰라요. 목사님이 샐을 깔고 앉았을 때만큼이나 샐의 울음소리가 들리지 않는 것 같았거든요. 다른 사람들은 모두 샐의 소리를 듣고 킥킥 웃었는데도요. 기도가 끝나자 모리스 씨가 회랑에 올라가서 샐을 쫓아내려 했어요. 샐이 회랑을 뛰어다니는 소리와 모리스 씨가 샐을 쫓아다니는 소리가 어지럽게 들려왔어요. 전 모리스 씨가 샐을 다치게 하지는 않을까 무척 걱정이 되었어요. 내일 샐을 손바닥으로 한 대 때려줘야겠다고 마음먹고 있었지만, 샐이 다른 사람한테서 발길질을 당하는 건 싫었어요. 한참 뒤 모리스 씨는 결국 샐을 회랑에서 쫓아냈어요.

그런데 층계를 내려간 샐이 이번엔 통로를 뛰어다니는 바람에 모리스 씨는 빗자루를 들고 샐을 다시 쫓아다녔어요. 그때의 일을 생각하면 지금은 웃음이 나오지만, 그때는 조금도 우습지 않았어요. 그저 부끄러운 기분과 샐이 다치지 않을까 하는 걱정뿐이었지요.

 모리스 씨는 가까스로 샐을 밖으로 쫓아냈어요. 모리스 씨가 자리에 앉은 뒤에 전 찬송가 책 뒤에 숨어서 모리스 씨에게 얼굴을 찌푸려 보였어요. 집에 돌아오자 엘리자베스 이모가 말했어요.

 "에밀리 스타, 오늘 밤엔 네 덕분에 창피를 톡톡히 당했어. 다신 기도회에 데리고 가지 않겠다."

 전 머리 집안이 창피를 당한 것에 대해서는 유감으로 생각하지만, 어째서 제가 비난을 받아야 되는지 이유를 모르겠어요. 어쨌든 기도회 같은 건 따분해서 저도 좋아하지 않아요.

 하지만 그날 밤은 따분하지 않았어요, 아빠.

 틀린 글자가 많이 줄어든 것을 눈치채셨어요? 전 무척 좋은 계획을 생각해냈어요. 먼저 편지를 쓰는 거예요. 그리고 자신 없는 말을 사전에서 찾아보고 고치는 거죠. 하지만 아직도 가끔 실수할 때가 있어요.

 일저와 저는 우리가 쓰던 말을 포기했어요. 동사 때문에 애를 먹었지요. 일저는 동사의 시제라면 질색을 해요. 차라리 시제를 나타내는 단어가 따로 있었으면 하더라구요. 제가 말을 하려면 제대로 된 말을 해야 한다고 했더니 막 화를 내면서 자기는 문법 따위 신물나게 봤으니 저더러 열심히 해보라고 했어요. 하지만 혼자 하자니 재미가 없어서 그만두었어요. 학교에서 다른 여자애들을 어리둥절하게 하는 게 너무 재밌었는데, 유감이에요.

 일저가 감자수확기 내내 목이 아파 학교에 못 와서 우리는 프랑스 소년들과 어울릴 수 없었답니다. 인생은 실망의 연속인가봐요.

 지난주 학교에서 시험을 쳤는데, 수학을 제외한 나머지 과목은 모두 잘 친 것 같아요. 브라우넬 선생님은 그 수학문제를 설명해주었었지만, 전 마음속으로 이야기를 짓느라 바빠서 선생님의 설명을 잘

듣지 않았기 때문에 좋은 점수를 받지 못했어요. 그 이야기는 〈매지 맥퍼슨의 비밀〉이라는 거예요. 전 달걀을 판 돈으로 커다란 종이를 4장 사서 한 권의 공책으로 묶은 뒤, 거기에 그 이야기를 쓸 생각이에요. 달걀 판 돈이 있으면 자기가 하고 싶은 일을 할 수 있어요. 어른이 되면 저는 시 말고 소설도 쓸 생각이에요. 하지만 엘리자베스 이모는 제가 소설을 읽는 걸 허락하지 않아서, 소설 쓰는 방법을 어떻게 배워야할지 모르겠어요. 한 가지 걱정되는 건, 어른이 되어 시를 써도 그게 훌륭한 시라는 걸 세상 사람들이 알아줄까 하는 거예요.

지미의 말로는 프리스트폰드에 살고 있는 어떤 사람이 곧 세상의 종말이 올 거라고 말했대요. 제가 이 세상을 모두 다 볼 때까지 세상이 끝나지 않았으면 좋겠어요.

엘더 맥케이는 가엾게도 유행성 이하선염에 걸렸어요.

얼마 전 밤에 일저의 아버지가 집에 안 계셔서 전 일저와 함께 잤어요. 요즘 일저는 기도를 하게 되었는데, 저보다 오랫동안 기도할 수 있다고 자랑했어요? 그래서 전 그럴 리 없다고 말하고, 생각나는 것은 뭐든지 기도하며 될 수 있는 한 오래 앉아 있었는데, 마침내 더 생각나는 것이 없어지자 전 다시 처음부터 되풀이하려다가 생각했어요. '아니야, 그건 옳은 일이 아니야. 스타 집안 사람은 정직하지 않으면 안 돼.' 그래서 전 일어나서 "일저, 네가 이겼어" 하고 말했는데 일저는 아무 대답이 없었어요. 그래서 침대 반대쪽으로 가봤더니 일저가 무릎을 베개삼아 잠들어 있는 게 아니겠어요? 제가 깨우자 일저는 이렇게 말하는 거예요.

"이제 시합은 그만 두자. 졸려서 더 이상 기도를 못하겠어."

전 침대에 누워 일저에게 많은 얘기를 했는데, 나중에 생각해보니 얘기하지 말걸 그랬다는 생각이 들었어요. 제 비밀인걸요.

얼마 전 역사 시간에 브라우넬 선생님이 월터 롤리 경이 14년 동안 탑 속에서 잠을 잤다는 부분을 읽어주었어요. 그러자 페리가 "가끔 누군가가 깨우지 않았어요?" 하고 물었어요. 브라우넬 선생님은 페리를 당돌하다고 꾸짖었지만 페리는 진지했어요. 일저는 지난번 페리를 채찍으로 때렸다고 브라우넬 선생님을 원망했고, 아무것도 모르는 것처럼 바보 같은 질문을 한 페리한테도 화를 냈어요. 그렇지만 페리는 그런 이해할 수 없는 일이 적혀 있지 않은 역사책을 써볼 계획이라고 말했어요.

전 마음속에서 '실망의 집'을 완성했어요. 꽃으로 방을 장식했는데, 한 방은 온통 분홍빛 장미꽃으로 가득 채우고, 또 한 방은 하얀 백합꽃으로 장식하고, 나머지 한 방은 푸른빛과 금빛이 들어간 삼색 제비꽃으로 장식했어요. '실망의 집'에서 크리스마스 파티를 열 수 있었으면 좋겠어요. '실망의 집'에서는 아직 한 번도 크리스마스 파티를 연 적이 없거든요.

아빠, 방금 멋진 생각이 떠올랐어요. 제가 어른이 되어 훌륭한 소설을 써서 돈을 많이 벌면, '실망의 집'을 사서 완성하겠어요. 그렇게 하면 더 이상 '실망의 집'이 아니게 되겠죠.

일저의 주일학교 선생님인 미스 윌슨은 일저가 200편의 시를 외웠기 때문에 성서를 한 권 주었어요. 일저가 그걸 집으로 가지고 가자 일저의 아버지는 성서를 바닥에 내동댕이치고 발로 차서 마당으로 던져버렸어요. 심스 할머니는 일저의 아버지가 신의 심판을 받을 거라고 말했지만 아직 아무 일도 일어나지 않았어요. 가엾게도 그분은 비뚤어져 있어요. 그래서 그런 나쁜 일을 저지르는 거죠.

지난주 수요일 로라 이모가 메이슨 부인의 장례식에 데리고 가주었어요. 전 장례식을 좋아해요. 무척 극적이거든요.

지난주에 제 돼지가 죽고 말았어요. 저에게는 크나큰 경제적 손실이었지요. 엘리자베스 이모는 지미가 밥을 너무 많이 준 탓이라고 했어요. 키다리 존의 이름을 붙이는 게 아니었나봐요.

요즘 학교에서 지도를 그리고 있어요. 로더 스튜어트가 언제나 최고점수를 받아요. 브라우넬 선생님은 로더가 지도를 창유리에 대고 그 위에 종이를 얹어 베꼈다는 걸 몰라요. 전 지도를 그리는 게 재미있어요. 노르웨이와 스웨덴은 산맥을 줄무늬로 생각하면 호랑이처럼 보이고, 아일랜드는 작은 개가 영국 쪽을 향해 꼬리를 내리고 다리를 가슴 언저리까지 쳐들고 있는 것 같고, 아프리카는 커다란 햄 같아요. 호주를 그리면 무척 멋진 지도가 돼요.

일저는 요즘 학교 성적이 몰라보게 좋아졌어요. 이제 저한테도 지지 않을 거래요. 페리가 말했듯 일저는 마음만 먹으면 놀랄 만큼 잘할 수 있거든요.

일저는 퀸 주에서 주는 은메달을 획득했어요. 샬럿타운의 그리스도교 여신자협회에서 가장 암송을 잘한 사람에게 주는 메달이에요. 슈루즈베리에서 대회가 열렸는데, 닥터 번리가 가려고 하지 않아서 로라 이모가 대신 일저를 데리고 가서 은메달을 받은 거죠.

로라 이모는 그날 닥터 번리가 집에 왔을 때 일저에게 충분한 교육을 받게 해줘야 한다고 말했어요. 그러자 닥터 번리는 "여자를 가르치느라 돈을 허비할 마음은 조금도 없소" 하고 말했는데, 그때 닥터 번리의 얼굴은 마치 먹구름처럼 어두웠어요. 닥터 번리가 일저를 사랑해주면 좋겠어요. 아! 아빠가 절 사랑해 주신 기억을 전 무척 행복하게 간직하고 있답니다.

12월 22일
아빠,

오늘 학교에서 시험이 있었어요. 무척 거창한 시험이어서 닥터 번리와 엘리자베스 이모를 빼고는 거의 모든 학부모가 참석했어요. 다른 여자아이들은 모두 제일 좋은 옷을 입고 왔어요. 전 일저가 작년 겨울에 입었던, 작아져서 잘 맞지 않는 옷 말고는 입을 것이 없다는 것을 알고 있었기 때문에, 일저가 창피하게 생각하지 않도록 저도 낡은 갈색 옷을 입고 갔죠. 엘리자베스 이모는 처음에는 뉴문의 머리 집안 사람이 초라한 옷을 입어서는 안 된다며 그 옷을 입히고 싶어하지 않았지만, 제가 일저 얘기를 하니까 이모는 로라 이모를 한 번 쳐다본 다음 입고 가도 좋다고 허락했어요.

로더 스튜어트는 일저와 절 놀렸지만, 전 착한 일로 갚아줘서 후회하게 해주었지요. 로더가 암송을 하다가 막혔는데, 그 애는 책을 집에 두고 왔고, 저 말고는 아무도 그 시를 외우지 못했어요. 처음에 전 고소하다는 기분으로 로더를 힐끗 쳐다보았어요. 그런데 그때 기분이 이상해지면서 이런 생각이 드는 거였어요. '이렇게 많은 사람들 앞에서 틀리면 어떤 기분일까? 그리고 학교의 명예와도 관련된 문제야.' 그래서 전 마침 로더 바로 가까이 있었기 때문에 살짝 귀띔해주었어요. 로더는 나머지를 무사히 끝마쳤어요. 아빠, 이상하게도 지금은 로더를 미워하는 마음이 없어졌어요. 로더에게 친절하게 대할 수 있게 되었고 또 그게 훨씬 더 편해요. 남을 미워하면 오히려 마음이 더 불편한 건가봐요.

12월 28일
아빠,

크리스마스도 지났어요. 무척 즐거운 크리스마스였어요. 한꺼번에 그렇게 많은 음식을 요리하는 건 한 번도 본 적이 없어요. 윌리스 삼촌, 에바 숙모, 올리버 삼촌, 애디 숙모, 그리고 루스 이모도 왔어요. 올리버 삼촌이 아이들을 한 명도 데리고 오지 않아서 전 무척 서운했어요. 닥터 번리와 일저도 초대했죠. 모두 멋진 차림이었는데 엘리자베스 이모는 손뜨개 레이스 깃과 모자가 달린 검은 공단 드레스를 입었어요. 이모는 무척 멋진 모습이어서 전 이모가 자랑스러웠어요. 가족이란 아무리 좋아하지 않는 사람이라도 멋진 모습을 하고 있으면 기분이 좋다는 걸 알았어요. 로라 이모는 짙은 갈색 비단 드레스를 입었고 루스 이모는 잿빛 드레스를 입었어요. 에바 숙모는 무척 고상했어요. 에바 숙모의 드레스는 치맛자락이 길어서 바닥에 끌렸는데 좀약 냄새가 났어요.

전 푸른 캐시미어 옷을 입고 머리에는 파란 리본을 달았는데, 로라 이모는 엄마가 뉴문의 소녀시절에 달았던 분홍색 데이지 무늬가 들어 있는 파란색 비단 장식띠를 둘러주었어요. 루스 이모는 그런 저를 보더니 흥 하고 코웃음을 치고 나서 말했어요.

"에밀리, 너 많이 컸구나. 전보다 착한 아이가 되었겠지?"

하지만 이모가 속으로는 그렇게 생각하고 있지 않다는 걸 분명히 느낄 수 있었어요. 또 이모는 제 구두끈이 풀어졌다고 말했어요.

올리버 삼촌은 "저 아이 전보다 혈색이 좋아졌어. 얼마 있으면 튼튼하고 건강한 아가씨가 되겠군" 하고 말했어요.

에바 숙모는 한숨을 쉬며 머리를 흔들었지요. 윌리스 삼촌은 한 마디도 하지 않고 그저 저와 악수를 나누었을 뿐이에요. 삼촌의 손은 물고기처럼 차가웠어요. 모두가 만찬을 먹기 위해 응접실로 발길을 옮길 때, 제가 에바 숙모의 옷자락을 밟는 바람에 어디선가 옷솔기 터지는 소리가 들렸어요. 에바 숙모는 절 밀쳐냈고 루스 이모는 이렇게 말했어요. "정말 덜렁거리는 아이로구나, 에밀리!" 전 루스 이모의 뒤로 돌아가서 혀를 날름 내밀어주었어요.

올리버 삼촌은 수프를 먹을 때 후루룩 소리를 냈어요. 손님용 스푼이 모조리 다 동원되었어요. 지미가 칠면조를 잘랐는데, 제가 하얀 살코기를 제일 좋아한다는 걸 알고 가슴살 두 조각을 저에게 주었어요. 루스 이모가 "내가 어렸을 때는 그런 건 먹게 해주지 않았어" 하고 말하자 지미는 제 접시에 하얀 살을 한 조각 더 얹어주는 거예요. 루스 이모는 아무 말도 하지 않았지만, 칠면조가 모두의 접시에 다 돌려지자 이렇게 말했어요. "에밀리, 지난주 토요일에 난 슈루즈베리에서 네 선생님을 만났는데, 널 별로 칭찬하지 않더구나. 네가 만약 내 딸이라면 좀더 나은 얘기를 듣고 싶었을 거야."

'이모의 딸이 아니어서 천만다행이에요.' 물론 전 그것을 소리내어 말하지 않았는데 루스 이모는 또 말했어요. "에밀리, 부탁이니 내가 너에게 뭔가 얘기할 때는 그런 뾰로통한 표정은 하지 말아줬으면 좋겠다."

그러자 이번엔 윌리스 삼촌이 말했어요. "귀여운 표정을 할 줄 모르다니 정말 가엾은 아이야."

저는 또 속으로 말했죠. '당신들은 자만심이 강하고 거만하고 인색해요. 닥터 번리의 말이 맞았어.'

"아니, 애 손가락에 잉크자국이 묻어 있잖아?" 하고 루스 이모가 말했어요(만찬 전까지 전 시를 쓰고 있었거든요).

그러자 그때 놀라운 일이 일어났어요. 가족이라는 건 언제나 서로를 깜짝 놀라게 하는 건가봐요. 엘리자베스 이모가 이렇게 말한 거예요.

"부탁인데 루스, 너와 윌리스는 더 이상 그 아일 건드리지 말고 가만 내버려뒀으면 좋겠다."

전 제 귀가 믿어지지 않았어요. 루스 이모는 난처한 표정을 지었지만 그 다음부터는 절 진짜 건드리지 않았고, 다만 지미가 제 접시에 하얀 살을 또 한 조각 살짝 얹어주었을 때 비웃을 따름이었답니다.

그때부터 만찬이 즐거워지기 시작했어요. 디저트로 푸딩이 나올 무렵에는 모두들 얘기를 나누기 시작했는데, 듣고 있으니 정말 재미있었어요. 그들은 머리 집안 사람들에 대해 많은 얘기와 농담을 주고받았어요. 윌리스 삼촌까지 큰 소리로 웃었고, 루스 이모도 낸시 할머니 얘기를 했어요. 그 얘기는 잔뜩 빈정대는 투였지만 그래도 재미있었어요. 엘리자베스 이모가 외할아버지의 책상을 열어 낸시 할머니가 젊은 시절 연인으로부터 받았던 옛날 시를 꺼내오자 올리버 삼촌이 그것을 읽었어요. 낸시 할머니는 무척 미인이었던가봐요. 저한테도 누군가가 시를 써서 보내줄까요? 만약 제가 앞머리를 뱅 스타일로 잘라 내려뜨린다면 누군가 그럴지도 모르죠. 제가 "낸시 할머닌 정말 그렇게 예뻤어요?" 하고 묻자 올리버 삼촌이 말했어요. "70년 전에는 그랬다는 얘기란다." 윌리스 삼촌이 "그 노인네는 참 오래도 사시는군. 백 살까지 사실 모양이야"라고 하자 올리버 삼촌은 "사는 데 너무 익숙해져서 죽는 법을 모르셔서 그렇지" 하고 대답했어요.

닥터 번리가 무슨 이야기를 했는데 전 그게 무슨 뜻인지 몰랐어요. 윌리스 삼촌은 큰 소리로 웃었고, 올리버 삼촌은 냅킨으로 얼굴을 가렸어요. 애디 숙모와 에바 숙모는 서로 곁눈질을 한 다음 앞에 있는 접시에 시선을 떨어뜨리며 조금 웃었어요. 루스 이모는 화난 얼굴을 했고 엘리자베스 이모는 닥터 번리를 무섭게 노려보면서 "당신은 이 자리에 어린아이가 있다는 걸 잊은 모양이군요" 하고 말했어요. 닥터 번리는 "아, 이거 실례했소, 엘리자베스" 하고 무척 정중하게 말했어요. 닥터 번리는 마음만 먹으면 무척 점잖을 빼면서 말할 줄 알아요. 닥터 번리는 수염을 깎고 양복을 제대로 갖춰 입어 무척 멋있어 보였어요. 일저는 아버지가 아무리 자기를 싫어한다 해도 자기는 아버지를 자랑스럽게 여긴다고 말했어요.

만찬이 끝난 뒤 크리스마스 선물을 교환했어요. 그건 머리 집안의 전통이에요. 양말과 나무가 아니라, 밀기울이 담긴 커다란 상자가 모든 사람에게 돌려지는데, 그 속에 크리스마스 선물이 숨어 있고, 저마다의 이름이 적힌 리본이 밖으로 나와 있죠. 무척 재미있는 방법인 것 같아요. 로라 이모 말고는 모두 유용한 물건을 선물해 주었어요. 로라 이모는 향수를 주었는데 무척 기뻤어요. 향기가 마음에 들었거든요. 엘리자베스 이모는 향수를 사용하는 건 허락하지 않아요. 엘리자베스 이모는 새 앞치마를 주었는데 아기 앞치마가 아니라서 안심했어요.

루스 이모는 신약성서를 주면서 이렇게 말했어요. "에밀리, 매일 조금씩 읽어서 이걸 다 읽으면 좋을 거야." 그래서 전 이렇게 말했어요. "어머나, 루스 이모도. 전 벌써 12번이나 읽은걸요(그건 사실이에요). 전 묵시록을 아주 좋아해요(이것도 사실이구요. '12개의 문은 12개의 진주'라는 구절을 읽었을 때는 그 광경이 정말로 눈에 선하게 떠오르는 것 같았는데, 바로 그때 '번뜩임'이 찾아왔어요)." "성서를 이야기책처럼 읽어서는 안 돼." 루스 이모가 쌀쌀맞게 말했어요.

윌리스 삼촌과 에바 숙모한테서는 장갑을 받았고, 올리버 삼촌과 애디 숙모한테서는 1달러짜리 은화, 그리고 지미한테서는 머리 묶는 리본을 받았어요. 페리는 저에게 비단으로 된 서표(읽던 책장을 표시하기 위해 책의 갈피 사이에 끼워두는 종이 또는 다른 물건으로 만든 조각)를 주고 갔어요. 페리는 스토브파이프타운의 톰 고모와 함께 크리스마스를 보내기 위해 집으로 돌아가야 했는데, 전 페리에게 주려고 호두하고 건포도를 많이 챙겨두었어요.

전 페리와 테디한테 손수건을 주었어요(테디 것이 좀더 좋은 것이어요). 그리고 일저한테는 머리 묶는 리본을 주었구요. 전 달걀을 판 돈으로 모두에게 줄 선물을 샀어요(제 닭은 이제 알을 낳지 못하게 되었기 때문에 당분간 달걀을 팔아서 돈을 벌 수는 없을 것 같아요). 모두들 기뻐했고 윌리스 삼촌까지 단 한 번이긴 했지만 저에게 웃어주었어요. 삼촌이 웃었을 때의 얼굴은 그렇게 밉다는 생각이 들지 않았어요.

만찬이 끝난 뒤 일저와 전 부엌에서 게임을 하고 놀았는데, 지미는 우리가 과자를 만드는 것을 도와주었어요. 밤참도 많이 준비되었는데, 이미 호화로운 만찬을 먹은 뒤라서 아무도 많이 먹을 수 없었어요. 에바 숙모는 머리가 아프다고 했고 루스 이모는 엘리자베스 이모가 소시지를 왜 이렇게 기름지게 만들었는지 모르겠다고 말했어요. 그러나 그 밖의 사람들은 모두 기분이 좋았고 로라 이모가 내내 좌중을 즐겁게 만들었어요. 로라 이모는 그 자리의 분위기를 돋우는 재능이 있어요. 밤참을 다 먹고나자 윌리스 삼촌이 말했어요. 이것도 머리 집안의 전통이래요.

"여러분, 잠시 조상들을 생각합시다."

전 윌리스 삼촌의 그 말투가 무척 마음에 들었어요. 몹시 엄숙하면서도 부드러운 말투였거든요. 전 제 몸 속에 머리 집안의 피가 흐르고 있음을 기쁘게 생각할 때가 가끔 있는데, 그때도 그랬어요. 전 아빠와 엄마, 불쌍한 마이크, 고조할머니를 생각했어요. 또 엘리자베스 이모 때문에 태워버린 낡은 공책도 생각했어요. 그것은 저에게는 마치 사람처럼 생각되거든요. 그것이 끝나자 우리는 모두 손에 손을 잡고 〈작별〉을 노래했어요.

전 이제 머리 집안 사람들 사이에 있어도 저 혼자만이 남이라는 느낌은 들지 않아요. 로라 이모와 전 현관에 서서 모두를 배웅했어요. 로라 이모는 저를 꼭 껴안으며 이렇게 말했어요.

"네 엄마와 난 예전에도 크리스마스 때 손님을 배웅하면서 지금처럼 이렇게 서 있었단다."

눈이 뽀드득거리는 소리와 마차의 방울소리가 숲 속으로부터 들려오고, 돼지우리 지붕의 서리가 달빛을 받아 반짝반짝 빛나고 있었어요. 방울소리와 서리, 그리고 밝은 밤. 그 광경이 무척 아름답다고 생각한 순간 번뜩임이 찾아왔는데, 지금까지 그 무엇보다 가장 멋진 느낌이었어요.

"낭만적이지만 기분이 좋은 건 아니야"

뉴문에 무슨 일이 생겼다. 테디 켄트가 일저 버리를 칭찬한 것이 에밀리 스타의 마음에 들지 않았던 것이다. 그 때문에 왕국은 무너지고 말았다.

테디는 블레어워터 연못에서 스케이트를 타며 있었는데, 일저와 에밀리를 번갈아 데리고 나가 스케이트를 타고 얼음 위를 지쳤다. 하지만 일저와 에밀리는 스케이트화가 없었다. 일저한테 스케이트화를 사주려고 생각하는 사람이 아무도 없었고, 에밀리의 경우는 엘리자베스 이모가 허락하지 않았다. 뉴문의 여자아이는 아무도 스케이트를 타지 않았다는 것이다. 로라 이모는 스케이트를 타면 에밀리에게 좋은 운동이 될 것이고, 스케이트화를 신고 얼음 위를 지치면 구두바닥이 닳는 일도 없을 거라는 혁명적인 의견을 내놓았다. 그렇지만 그 어떤 주장도 엘리자베스 이모를 이길 수 없었다. 에밀리는 우울한 표정으로 멍하니 서성이다가 아버지한테 이렇게 썼다.

"전 엘리자베스 이모가 미워요. 이모는 불공평해요. 절 공평하게 대해 준 적이 한 번도 없어요."

어느 날 닥터 번리가 뉴문의 부엌문에 불쑥 얼굴을 내밀고 퉁명스럽게 말했다.
"에밀리에게 얼음 지치기를 못하게 한다던데 무엇 때문이오, 엘리자베스?"
"구두가 닳기 때문이에요."
"구두라고……. 그 아이한테는 하고 싶어하는 건 뭐든지 하게 해주는 것이 좋을 거요. 그 아인 집안보다는 바깥에 있는 것이 좋으니까. 그 아이 잠도 밖에서 자는 편이 좋을 거요."
닥터 번리는 엘리자베스를 지그시 노려보며 말했다.
여태까지 한 번도 들어본 적이 없는 그런 건강법을 그가 계속 주장하면 어떡하나 걱정이 된 엘리자베스는 몸서리를 쳤다. 그녀는 닥터 번리가 폐병환자와 폐병에 걸릴 가능성이 있는 사람에 대해 상당히 괴팍한 치료법을 주장하고 있는 것을 알고 있었다. 그래서 할 수 없이 엘리자베스는 낮에는 에밀리를 밖에 내보내어 건강에 좋다고 생각되는 건 뭐든지 하게 하겠다고 달래자, 닥터 번리는 더 이상 에밀리를 밤새도록 밖에서 자게 하라는 말은 하지 않았다. 이모는 겨우 가슴을 쓸어내렸다.
"그 사람은 자기 자식보다 에밀리를 더 걱정한다니까."
엘리자베스가 불쾌하다는 듯 로라에게 말하자 로라도 웃으며 대꾸했다.
"일저는 지나치리만큼 건강하니까. 만약 그 아이가 몸이라도 약했다면 앨런도 그 아이가 그 애 어머니의 딸인 것을 용서해줄 텐데."
"쉿!"
엘리자베스 이모가 로라 이모를 저지했다. 하지만 이모의 "쉿!"은 이미 늦었다. 부엌으로 들어오던 에밀리는 로라 이모의 그 말을 들어버렸고, 그래서 학교에서 하루 종일 그 말에 대해 생각했던 것이다. 왜 일저는 자기 어머니의 딸이라는 것을 용서받아야 하는 것일까? 누구나 다 자기 엄마의 딸이 아닌가? 무엇이 잘못된 것일까? 에밀리는 그게 마음에 걸려 공부를 제대로 할 수 없었다. 브라우넬 선생님은 쉴새없이 에밀리를 빈정댔다.

그런데 얘기를 다시 블레어워터 연못으로 돌리면, 테디는 에밀리와 함께 얼음 위에서 지치기를 막 끝낸 참이었다. 일저는 둑에서 자기 차례를 기다리고 있었다. 얼굴을 감싼 풍성한 금발이 빛바랜 빨간 모자 밑의 이마 위에 반짝반짝 물결치고 있었다. 일저가 입고 있는 것은 언제나 색이 바랜 것들뿐이었다. 살갗을 파고드는 듯한 바람 때문에 일저는 볼이 빨갛게 물들어 있었고, 눈은 호박색 호수처럼 반짝이고 있었다. 테디의 예술가다운 감수성이 일저의 아름다움을 한눈에 알아보고 기쁜 듯이 말했다.

"일저가 정말 예쁘지 않니?"

에밀리는 질투가 난 건 아니었다. 일저를 향한 칭찬이 에밀리의 마음에 상처를 주는 일은 없었다. 그런데도 어쩐지 그녀는 이 말이 마음에 들지 않았다. 테디는 진심으로 감탄한 듯 일저를 바라보고 있었다. 하지만 에밀리의 생각으로는 일저가 저렇게 예쁜 것은 오로지 하얀 이마 위에서 빛나고 있는 짧은 앞머리 때문이었다.

에밀리는 부러워하며 생각했다.

'나도 만약 앞머리를 뱅 스타일로 했다면 테디도 틀림없이 날 예쁘다고 했을 거야. 물론 검은 머리는 금발만큼 예쁘지는 않지. 그리고 난 이마가 너무 넓은걸. 모두가 그렇게 말해. 테디가 그려준 그림에서는 이마에 몇 가닥의 곱슬머리가 내려와 있었기 때문에 무척 예쁘게 보였는데.'

그것이 내내 마음에 걸려 견딜 수가 없었다. 에밀리는 겨울 저녁 햇살을 받아 반짝반짝 빛나는 눈 내린 들판을 걸어 집으로 가면서 생각했다. 온통 앞머리에 대한 생각 때문에 저녁을 먹을 수 없었다.

앞머리를 자르고 싶다는, 평소에 숨어 있던 소망이 한꺼번에 고개를 들었다. 엘리자베스 이모에게 졸라봤자 소용없다는 것을 그녀는 알고 있었다. 그날 밤 잠자리에 들 준비를 하다가 에밀리는 의자 위에 올라서서 거울 속의 작은 에밀리를 바라보았다. 그리고 길게 땋은 머리의 구불구불한 끝자락을 집어 이마에 갖다대어 보았다. 그렇게 해보니 적어도 에밀리의 눈에는 무척 매력적으로 보였다. 그녀는 문득 생각했다. 내 손으로 앞머리를 자르면 어떨까? 단 1분 만에 끝날 거야. 그리고 이미 잘라버린 머리를 엘리자베스 이모인들 어떻게 할 수 있단 말인가? 이모는 화를 낼 것이고 틀림없이 벌을 줄 것이다. 그래도 머리는 어떻게 할 수 없는 것이다, 다시 길어질 때까지는.

에밀리는 입술을 굳게 다물고 가위를 찾아왔다. 그리고 땋은 머리를 풀어서 앞머리를 잘랐다. 사각사각 가위가 움직임에 따라 반짝이는 머리카락이 발 밑에 떨어졌다. 1분쯤 지나자 에밀리의 앞머리는 그토록 선망하던 뱅 스타일이 되어 있었다. 이마 위에 부드럽게 반짝이는 곱슬머리가 내려오자 에밀리의 얼굴은 완전히 달라보였다. 장난기가 섞인 생기발랄한 얼굴이 되어 있었던 것이다. 에밀리는 한참 동안 의기양양한 기분으로 자신의 모습을 바라보았다.

그런데 다음 순간 무서운 공포가 그녀를 덮쳤다.

'아! 내가 무슨 짓을 한 거야! 엘리자베스 이모가 얼마나 화를 낼까?'

양심이 눈을 뜨자 고통스러워 견딜 수가 없었다. 해서는 안 될 짓을 하고 만 것이다. 엘리자베스 이모가 금지했는데도 앞머리를 자른다는 건 있을 수 없는 일이었다. 엘리자베스 이모가 그녀를 뉴문의 집에 받아들여 주었는데. 학교에 처음 갔던 그날, 로더 스튜어트는 "더부살이를 하고 있다"며 에밀리의 아픈 데를 찌르지 않던가? 그런데도 그녀는 이모 말을 어기고 이모의 은혜를 잊은 행동을 한 것이다. 스타 집안 사람이 그런 짓을 해도 되는 것일까?

공포와 후회를 더 이상 견디지 못한 에밀리는 결연히 가위를 집어 들어 짧은 앞머리를 마저 잘랐다. 머리카락이 나기 시작한 뿌리 부근까지 짧게 잘라버린 것이다. 그런데 결과는 더욱 나빴다. 에밀리는 깜짝 놀라 그것을 바라보았다. 짧은 앞머리를 잘라냈다는 걸 누구라도 한눈에 알 수 있어서, 엘리자베스 이모의 눈을 역시 피할 수 없음을 알았다. 두려움 때문에 완전히 겁을 먹은 에밀리는 울음을 터뜨리며 발 밑에 떨어진 머리카락을 주워모아 쓰레기통에 넣고 촛불을 끈 뒤 침대 속에 뛰어들었다. 바로 그때 엘리자베스 이모가 들어왔다.

에밀리는 베개에 얼굴을 묻은 채 잠든 척했다. 엘리자베스 이모가 무슨 말인가 해서 거기에 대답하기 위해 얼굴을 들어야 하게 될까봐 걱정된 것이다. 말을 할 때는 상대방을 정면으로 쳐다볼 것! 그것이 머리 집안의 가풍이었다. 하지만 엘리자베스 이모는 잠자코 옷을 벗고 침대에 들어왔다. 방은 무척 어두웠다. 에밀리는 한숨을 쉬며 몸을 뒤척였다. 침대 안에 따뜻한 물병이 있다는 것을 에밀리는 알고 있었고, 그녀의 발은 차가웠다. 하지만 에밀리는 물병으로 발을 녹일 권리가 자기한테는 없다고 생각했다. 그녀는 해서는 안 될 짓을 한 것이다, 무척 배은망덕한 짓을.

"꼼지락거리지 마라."

엘리자베스 이모가 말했다.

에밀리는 몸을 뒤척이는 걸 그만두었다, 적어도 몸만은. 하지만 마음속으로는 역시 이리저리 뒤척이고 있었다. 잠이 오지 않았다. 발이 시려서인지 아니면 양심의 가책 때문인지――어쩌면 둘 다인지도 모르지만, 갈수록 정신이 말똥말똥했다. 말할 수 없이 무서웠고 아침이 오는 것이 두려웠다. 아침이 되면 엘리자베스 이모한테 보이지 않을 수 없다. 그 순간만 지나면, 발견되는 그 순간만 지나면 되는데. 에밀리는 엘리자베스 이모에게 주의받은 것을 깜박 잊어버리고 다시 몸을 뒤척였다.
"오늘 밤엔 왜 그렇게 가만히 있지 못하니?"
엘리자베스 이모가 언짢은 목소리로 물었다.
"추워서 그래?"
"아뇨, 춥지 않아요."
"그럼 어서 자거라. 옆에서 그렇게 꼼지락거리면 어떻게 잠이 들 수 있겠니? 마치 침대 속에 뱀장어라도 있는 것 같잖아?"
이번에는 엘리자베스 이모가 몸을 움직이는 바람에 이모의 발이 에밀리의 얼음장 같은 발을 건드리고 말았다.
"아니! 에밀리. 네 발이 얼음장이구나. 자, 물병에 발을 대도록 해."
엘리자베스 이모가 에밀리 쪽으로 물병을 밀어주었다. 무척 따뜻하고 기분이 좋았다.
에밀리는 고양이처럼 병에 발을 갖다댔다. 그러다가 문득 아침까지 기다릴 수 없다는 생각이 들었다.
"이모, 저 고백할 것이 있어요."
엘리자베스 이모는 피곤해서 어서 자고 싶었기 때문에 고백을 듣고 싶은 마음이 없었지만, 약간 상냥한 목소리로 말했다.
"무슨 얘긴데?"
"저…… 저, 제가 앞머리를 잘라버렸어요, 이모."
"앞머리를 잘랐다고?"
엘리자베스 이모가 벌떡 몸을 일으켰다.
"하지만 전 그 앞머리도 잘라버렸어요. 몽땅 잘랐어요, 아주 짧게!" 에밀리가 얼른 소리쳤다.
엘리자베스 이모는 침대에서 빠져나가 촛불을 켜고 에밀리를 자세히 들여다본 뒤 무서운 얼굴로 말했다.

"넌 네 자신을 스스로 웃음거리로 만들었구나. 지금의 너처럼 보기 흉한 모습을 한 사람은 한 번도 본 적이 없다. 정말 어이없는 짓을 했어, 에밀리."

이때는 에밀리도 엘리자베스 이모의 말이 맞다고 생각하지 않을 수 없었다.

"죄송해요."

그녀는 동정을 구하는 듯한 눈길로 말했다.

"넌 일주일 동안 식기실에서 저녁을 먹어야겠다. 그리고 다음주 올리버 삼촌 집에 갈 때 데려가지 않을 거야. 데리고 가겠다고 약속했지만 그런 꼴을 한 사람은 아무 데도 데리고 갈 수 없어."

이것은 충격이 아닐 수 없었다. 에밀리는 올리버 삼촌의 집에 가는 것을 무척 고대하고 있었다. 하지만 그래도 어쩐지 안도감이 들었다. 가장 괴로운 순간은 이것으로 끝난 셈이었고 발도 점점 따뜻해졌다. 그렇지만 아직 마음에 걸리는 일이 한 가지 더 있었다. 내친 김에 그것도 말해버려 마음의 짐을 완전히 덜고 싶은 심정이었다.

"또 한 가지 말씀드릴 것이 있는데요."

엘리자베스 이모는 투덜대면서 다시 침대로 돌아왔다. 에밀리는 이모가 용서해 준 것으로 생각했다.

"엘리자베스 이모, 제가 닥터 번리 아저씨 책장에서 찾아낸 그 책 기억하시죠? 읽어도 되느냐고 제가 물었잖아요. 《헨리 에즈몬드 이야기》 말이에요. 이모는 그게 역사책이라면 읽어도 상관없다고 말씀하셨죠. 그래서 전 그것을 읽었어요. 하지만 엘리자베스 이모, 그건 역사책이 아니라 소설책이었어요. 전 그 책을 집으로 가져올 때 이미 알고 있었어요."

"에밀리 스타, 넌 내가 소설을 읽어서는 안 된다고 말한 것을 잊었니? 소설은 많은 사람을 타락시키기 때문에 나쁜 책이라고 하지 않았어?"

"무척 지루한 책이었어요."

에밀리는 마치 지루한 책은 나쁜 책이 아니라는 듯 대답했다.

"그래서 전 무척 재미없는 책이라고 생각했어요. 모든 사람들이 한결같이 나쁜 사람하고 사랑을 하게 되는걸요. 전 결심했어요, 이모. 전 절대로 사랑 같은 건 하지 않을 거예요. 너무 번거로운 일들이 많이 일어나는걸요."

"잘 알지도 못하면서 그렇게 말하는 게 아니야. 그런 일은 어린아이가 생각할 일이 아니란다. 소설 같은 걸 읽으니까 그런 생각을 하게 되지. 닥터 번리의 책장에 자물쇠를 채워두라고 얘기해야겠다."

에밀리가 소리쳤다.

"어머나, 그러지 마세요, 이모. 그 책장에 이제 소설은 없어요. 전 지금 거기서 무척 재미있는 책을 읽고 있는 중이에요. 우리 몸 안에 있는 것에 대해 모든 걸 알 수 있는 책이에요. 간장과 그 질병까지 읽었는데 그림이 무척 재미있어요. 그러니까 그 책을 끝까지 읽게 해주세요, 네?"

이건 소설보다 훨씬 더 나빴다. 엘리자베스 이모는 더욱 깜짝 놀랐다. 사람의 몸 안에 있는 것에 대해 읽어서는 안 되는 것이었다.

"너, 부끄럽지도 않니, 에밀리 스타? 넌 부끄럽지 않다 해도 내가 널 부끄럽게 생각할 거야. 어린 여자아이가 그런 책을 읽다니!"

"그런 책을 읽으면 왜 안 되는 거예요? 저한테도 간이 있잖아요? 그리고 심장도 있고 폐도 있고, 또……."

"이제 그만, 에밀리. 더 이상 얘기하지 말자."

에밀리는 슬픈 마음으로 잠자리에 들었다. '에즈몬드'에 대한 얘기는 하지 말걸 그랬다고 생각했다. 이제 그 재미있는 책을 끝까지 읽을 수 없게 되어버렸다. 닥터 번리의 책장은 그때부터 자물쇠가 채워졌고, 그는 에밀리와 일저에게 앞으로 진찰실에 들어오지 말라고 무뚝뚝하게 말했다. 그는 그 일로 인한 엘리자베스 머리와의 말다툼으로 무척 기분이 나빠 있었다.

에밀리는 앞머리에 대한 것을 잊을 수 없었다. 학교에서 그 일로 아이들한테 놀림을 받았고, 엘리자베스 이모는 에밀리를 볼 때마다 눈에 경멸의 빛을 띠었기 때문에 에밀리는 몹시 불행한 기분이었다. 그래도 머리가 점점 자라 부드럽고 작은 곱슬머리가 되자, 에밀리는 그나마 위안을 받을 수 있었다. 뱅 스타일을 하는 것을 허락받았고 그 앞머리 덕분에 얼굴이 무척 예뻐졌다고 생각한 것이다. 물론 완전히 자라면 엘리자베스 이모는 그 머리를 뒤로 넘겨서 묶게 할 것이 틀림없었다. 그래도 그때까지는 자신이 아름다워진 것으로 위안받을 수 있는 것이다.

짧았던 앞머리가 알맞게 자랐을 무렵 낸시 할머니한테서 편지가 왔다. 로라 이모한테 온 것이었는데——낸시 할머니와 엘리자베스 이모는 그다지 사이가 좋지 않았다——낸시 할머니는 편지에서 이렇게 말했다.

"에밀리의 사진이 있으면 좀 보내다오. 그 아이를 만나고 싶지는 않다. 그 아이는 바보야. 바보 같은 아이라는 걸 난 알지. 하지만 줄리엣의 딸이 어떻게 생겼는지 보고 싶구나. 그 더글러스 스타라는 젊은 미남의 자식이기도 하니까. 그 남자는 정말 미남이었어. 줄리엣이 그 남자와 달아난 일로 그토록 법석을 떨다니 너희들은 정말 어리석기 짝이 없었어. 너와 엘리자베스가 젊었을 때 누군가와 달아났더라면 너희들을 위해 얼마나 다행한 일이었겠니?"

에밀리는 그 편지를 읽을 수 없었다. 엘리자베스 이모와 로라 이모가 오랫동안 소곤소곤 의논한 끝에, 에밀리는 낸시 할머니에게 보낼 사진을 찍으러 엘리자베스 이모와 함께 슈루즈베리에 가게 되었다. 에밀리는 파란 캐시미어 옷을 입었다. 로라 이모가 손으로 짠 레이스 깃과 베니스제 진주 목걸이를 걸어주었고, 거기다 발목까지 오는 새 구두도 사주었다.

에밀리는 행복한 기분으로 생각했다.

'아직 뱅 스타일을 하고 있을 때 사진을 찍게 돼서 정말 다행이야.'

그러나 사진관 탈의실에 들어서자, 엘리자베스 이모가 무서운 얼굴로 다가와 앞머리를 쓸어올리더니 핀으로 고정해버렸다.

"부탁이에요, 이모. 그대로 찍게 해주세요. 사진을 찍는 동안만이라도요. 그런 다음에 올릴게요."

에밀리가 부탁했지만 완고한 엘리자베스 이모는 끝까지 들어주지 않았다. 하는 수 없이 에밀리는 앞머리를 올린 채 사진을 찍었다. 엘리자베스 이모는 완성된 사진을 보고 만족해하며 로라 이모한테 말했다.

"뾰로통한 표정을 하고 있지만 그 덕분에 정숙해보여. 전에는 몰랐지만 어딘가 머리 집안 사람과 닮은 데가 있어. 이걸 보면 낸시 고모도 좋아할 거야. 고모는 무척 괴팍하지만 꽤 집안을 따지거든."

에밀리는 사진을 모두 불 속에 던져버리고 싶은 심정이었다. 그녀는 그 사진들이 조금도 마음에 들지 않았다. 소름이 끼칠 만큼 이상하게 찍혔고 얼굴 전체가 온통 이마뿐인 것 같았다. 만약 그걸 낸시 할머니한테 보낸다면 에밀리를 전보다 더 바보로 생각할 것이 틀림없었다. 엘리자베스 이모가 사진을 마분지에 끼워서 우체국에 부치러 가라고 에밀리에게 말했을 때, 에밀리의 마음은 이미 결정되어 있었다. 그녀는 그대로 다락에 올라가 상자 안에서 테디가 그려준 수채화를 꺼냈다. 그것은 마침 사진하고 똑같은 크기였다. 에밀리는 사진을 봉투에서 꺼내 발 밑에 던져버리고 발길질을 했다.

"이건 내가 아니야. 앞머리 때문에 마음이 상해서 뾰로통한 얼굴을 하고 있는걸. 난 그런 표정을 짓는 일이 좀처럼 없으니까 이 사진은 불공평해."
에밀리는 테디의 수채화를 마분지에 싼 뒤 앉아서 편지를 썼다.

 존경하는 낸시 고모할머니께.
 엘리자베스 이모가 할머니께 보내기 위해 제 사진을 찍었는데, 그 사진에는 제가 너무 밉게 나왔기 때문에 마음에 들지 않아요. 그래서 대신 이 그림을 보냅니다. 화가인 친구가 저를 위해 그려 준 거예요. 생긋 웃고 있는 데다 앞머리를 내렸기 때문에 저를 무척 잘 표현했다고 생각해요. 이 그림은 할머니께 잠시 빌려드리는 것이지 드리는 것이 아니에요. 전 이 그림이 무척 잘 그려졌다고 생각하거든요.
에밀리 버드 스타 올림

 추신1 저는 할머니가 생각하고 계신 만큼 바보가 아니에요.
 추신2 전 전혀 바보가 아니에요.

 에밀리는 편지를 그림과 함께 봉투에 넣었다. 그리고 우체국에 가기 위해 몰래 집을 나섰다. 무사히 부치고 나자 그녀는 안도의 한숨을 쉬었고 즐거운 마음으로 집으로 돌아갔다. 4월 초의 온화한 날이어서, 주위에는 봄기운이 가득했다. '바람 아주머니'는 촉촉하고 부드러운 들판에서 웃으면서 속삭이고 있었고, 새들은 나무 우듬지에 모여서 못된 장난을 의논하고 있었다. 이끼가 자란 움푹한 골짜기에는 봄볕이 따뜻해 보였다. 금빛 모래언덕 저편에 바다가 사파이어색으로 빛나고 있었고, '키다리 존의 숲'에는 단풍나무가 빨간 봉오리를 맺고 있었다. 에밀리가 전에 꿈속에서 보거나 신화와 동화에서 읽은 모든 것들이 그 숲을 더 매력적으로 만들고 있는 것처럼 느껴졌다. 그녀는 온몸이 살아있다는 기쁨으로 충만했다.
"아, 봄내음이 난다!"
에밀리는 시냇가를 따라 나 있는 오솔길을 춤추듯 걸으며 소리쳤다.
잠시 뒤 그녀는 봄을 주제로 한 시를 짓기 시작했다. 아득한 옛날부터 이 세상에 살면서 두 줄의 각운을 달 수 있는 사람이면 누구나 봄을 주제로 한 시를 썼던 것이다. 봄은 이 세상에서 시에 가장 어울리는 주제였고, 앞으로도 영원히 그럴 것이다. 봄은 그 자체가 시이기 때문에 봄을 주제로 한 시를 한편도 쓰지 않은 사람은 진짜 시인이 될 수 없다.
에밀리는 그 시에서 달 밝은 시냇가에서 요정들을 춤추게 할까, 아니면 풀고사리 이불에 도깨비를 잠재울까를 두고 한참 생각에 잠겨 있었다. 그러다가 문득 오솔길이 구부러진 곳에서 무언가와 맞닥뜨렸다. 그것은 요정도 아니고 도깨비도 아니었으며 난쟁이 나라에서 왔나 싶을 만큼 괴상하고 기분 나쁜 모습을 하고 있었다. 마녀일까? 아니면 심술쟁이 요정일까?
"난 페리의 고모다."
그 유령 같은 사람은 에밀리가 깜짝 놀라 걸음을 멈추고 뚫어지게 쳐다보는 것을 보더니 그렇게 말했다.
"어머나, 그러세요?"
에밀리는 안심했다. 이제는 무섭지 않았다. 그렇지만 페리의 고모는 정말 괴상한 모습을 하고 있었다. 너무 나이들어 보여서 이 사람한테도 젊은 시절이 있었으리라고는 도저히 생각할 수 없을 것 같았다. 부시시한 흰 머리에 밝은 붉은색 모자를 쓴 작은 얼굴은 주름투성이였다. 긴 코끝에는 혹이 나 있었고 작고 날카로운 잿빛 눈이 뻣뻣한 눈썹 밑에서 빛나고 있었다. 너덜너덜한 남자용 코트가 목에서 발까지 푹 감싸고 있었고, 한 손에는 바구니를, 또 한 손에는 검은 지팡이를 들고 있었다.

"내가 어렸을 때 어른을 빤히 쳐다보는 건 가정교육을 제대로 받지 못한 표시였다만."

"어머나, 죄송해요……. 처음 뵙겠습니다!"

에밀리는 어떻게 해야 할지 모른 채 그렇게 덧붙였다.

"공손해야지, 거만하게 굴어선 안 돼."

페리의 고모는 에밀리를 요모조모 뜯어보며 말했다.

"난 페리한테 양말을 한 켤레 갖다주려고 왔다만 사실은 널 만나고 싶었다."

"저를요?"

에밀리가 멍하니 말했다.

"그래. 난 페리한테서 너에 대한 얘기를 좀 들었는데, 생각나는 것이 있어서 말이다. 그리 나쁘지 않은 생각인 것 같다만. 난 내 돈을 쓰기 전에 먼저 확실하게 해두고 싶은 것이 있다. 에밀리 버드 스타라고 했지? 머리 집안의 성격을 타고났을 테고 말이야. 만약 내가 페리를 학교에 보내준다면 넌 어른이 되면 페리와 결혼해줄 거냐?"

"제가요?"

에밀리는 또다시 같은 말을 했다. 그 말밖에는 할 말이 없었다. 꿈이라도 꾸고 있는 것은 아닐까?

"그래, 너 말이야. 넌 반은 머리 집안 사람이니 그 아이한테는 무척 도움이 될 거야. 그 아이는 영리해서 언젠가 부자가 되어 대지주가 될 것이니까. 어쨌든 네가 확실히 약속해주지 않으면 난 한 푼도 쓸 생각이 없어."

"엘리자베스 이모가 허락하지 않으실 거예요."

에밀리가 소리쳤다. 에밀리는 이 괴상한 노파가 무서워서 혼자 힘으로는 거절할 수가 없었다.
"만약 네게 조금이라도 머리 집안의 피가 섞여 있다면, 너 혼자 결정할 수 있을 게다."
페리의 고모가 에밀리의 얼굴에 자기 얼굴을 바짝 갖다대었기 때문에, 그녀의 뻣뻣한 눈썹이 에밀리의 코를 찔렀다.
"네가 페리와 결혼하겠다고 말하면 페리를 대학에 보내주겠어."
에밀리는 아무 말도 하지 못하고 그대로 항복해버릴 것만 같았다. 그녀는 어떻게 대답해야할지 아무 생각도 나지 않았다. 아, 어서 꿈에서 깨어났으면! 에밀리는 달아날 수도 없었다.
"결혼한다고 어서 말해라!"
페리의 고모는 지팡이로 오솔길의 돌을 쾅쾅 두드렸다.
에밀리는 무서운 나머지 달아날 수만 있다면 무슨 말이라도 해야 할 것 같았다. 바로 그때 페리가 숲속에서 뛰어나왔다. 페리는 화가 나서 새파래진 얼굴로 고모의 어깨를 거칠게 움켜잡으며 험악하게 소리 질렀다.
"어서 집으로 돌아가요!"
"그렇지만, 애야, 페리."
페리의 고모는 애원하듯 떨리는 목소리로 말했다.
"난 그저 너에게 도움이 될 거라고 생각했을 뿐이다. 이제 막 너와 결혼해 달라고 에밀리 양에게 부탁하려던 참인데."
페리는 더욱 화를 냈다.
"그런 건 제가 스스로 부탁할 거예요. 고모는 모든 걸 망치려 하고 있어요. 돌아가요, 어서 돌아가라니까요!"
페리의 고모는 더듬더듬 중얼거렸다.
"그러면 널 위해 내가 돈을 쓸 줄 알고? 머리 집안이 아니면 돈도 없어."
페리의 고모가 오솔길로 사라지자 페리는 에밀리 쪽으로 돌아섰다. 페리의 새파랬던 얼굴이 이번에는 새빨갛게 되어 있었다.

"저런 할망구가 한 말은 잊어버려. 정신이 돌았으니까. 물론 난 어른이 되면 너한테 정식으로 청혼할 생각이지만, 하지만."

"아마 그건 안 될 거야. 엘리자베스 이모가……."

"아냐, 그때쯤이면 네 이모도 허락해주실 거야. 난 언젠가 캐나다의 수상이 될 테니까."

"하지만 내가 하고 싶어하지 않을 거라고 생각해. 틀림없이 하고 싶지 않을 거야."

"어른이 되면 틀림없이 하고 싶을걸. 물론 일저가 얼굴은 더 예쁘지만 난 왠지 네가 더 좋아."

"다시는 그런 말 하지 말아줘."

에밀리는 자존심을 회복하며 소리쳤다.

"응, 안 할게, 어른이 될 때까진. 나도 너만큼이나 쑥스러운걸."

페리는 주눅이 든 것처럼 웃으면서 말했다.

"난 다만 고모가 그런 식으로 쓸데없이 끼어들었기 때문에 말해두고 싶었을 뿐이야. 내 탓이 아니니까 날 원망하진 마. 하지만 언젠가 내가 너에게 청혼할 거라는 건 기억해 둬. 테디 켄트도 틀림없이 청혼하겠지."

에밀리는 거만하게 걷다가 이 말을 듣더니 돌아서서 쌀쌀맞게 말했다.

"테디가 청혼하면 난 그 애하고 결혼할 거야."

"그러면 난 그 녀석의 머리를 때려줄 거야."

페리가 불끈하여 소리쳤다.

에밀리는 침착한 걸음으로 집으로 돌아가, 다락에 올라가서 조금 전에 들은 얘기를 곰곰이 생각했다.

"낭만적이지만 기분이 좋진 않아." 에밀리는 혼잣말을 하며 끝을 맺었다. 봄에 바치는 시는 결국 완성되지 못했다.

위서의 작은 별장

낸시 할머니는 에밀리의 그림에 대해 아무런 답장도 보내지 않았다. 엘리자베스 이모와 로라 이모는 낸시 할머니의 성격을 잘 알고 있었기 때문에 그다지 놀라지 않았지만 에밀리는 무척 신경이 쓰였다. 낸시 할머니는 에밀리가 한 짓을 인정해주지 않는 건지도 몰랐다. 할머니는 지금도 에밀리를 바보라고 생각하여 답장을 보낼 생각조차 하지 않고 있는 건지도 몰랐다.

에밀리는 바보라는 소리를 듣고 참을 수가 없었다. 그래서 낸시 할머니에게 편지를 썼는데, 거기에 자기 생각을 숨김없이 얘기하고 편지의 에티켓을 모르는 할머니를 비난했다. 그런 다음 편지를 접어 소파 밑의 작은 선반에 넣어두었다. 그렇게라도 한 것이 에밀리의 불쾌한 기분을 푸는 데 도움이 되었다. 그런 뒤, 에밀리는 그 일에 대해 잊고 있었다.

그런데 7월 어느 날 낸시 할머니한테서 한 통의 편지가 왔다.

엘리자베스와 로라는 요리실에서 그 일에 대해 얘기를 하고 있었다. 두 사람은 에밀리가 요리실 바로 밖에 앉아 있는 것을 잊었거나 아니면 모르는 모양이었다. 에밀리는 빅토리아 여왕의 접견실에서 여왕을 기다리고 있는 자신의 모습을 상상하고 있었다. 그녀는 하얀 옷을 입고 타조깃털을 달고, 베일을 쓴 채 긴 옷자락을 끌며, 여왕의 손에 키스하기 위해 막 허리를 굽히던 중이었다. 그때 연못에 던져넣은 작은 돌이 수면을 흔들어 놓듯 엘리자베스 이모의 목소리가 그녀의 공상을 흩어놓았다.

"넌 어떻게 생각하니, 로라? 에밀리를 낸시 고모 집에 보내는 게 좋을까?"

에밀리는 귀를 쫑긋 세웠다. 무슨 얘기일까?

"편지를 읽어보니 에밀리를 무척 만나고 싶어하시는 것 같았어."

로라가 말하자 엘리자베스는 흥! 하고 코웃음을 쳤다.

"변덕이야, 그건. 고모 변덕은 너도 잘 알잖니? 에밀리가 거기 도착했을 때 또 변덕이 발동해 이미 그 아이한테는 관심도 없을지 몰라."

"그래, 하지만 그렇다고 에밀리를 보내지 않으면 고모는 노해서 우릴 절대로 용서하지 않을 거야, 에밀리까지. 역시 에밀리를 보내는 게 좋을 것 같아."

"에밀리를 보내봤자 득될 게 뭐 있겠니? 낸시 고모가 연금 외에 정말로 돈을 가지고 있다면, 물론 그건 너도 나도 또 누구도 모르는 일이고, 알고 있는 건 오직 캐럴라인뿐이지만 고모는 그걸 모두 프리스트 집안에 줘버릴걸. 레슬리 프리스트는 고모가 유일하게 마음에 들어하는 사람 아니니? 낸시 고모는 고모부의 가족을 헐뜯기는 하지만, 언제나 고모의 가족보다 고모부의 가족을 좋아했어. 하지만…… 어쩌면 에밀리를 좋아하게 될지도 모르지. 둘 다 괴상한 데가 있으니까 서로 통할지 몰라. 고모 말투가 워낙 그러니까 말야. 고모도 그렇고 그 밉살맞은 캐럴라인도 그래."

"에밀리는 어려서 그 사람들이 하는 얘긴 모를 거야."

로라 이모가 말했다.
"전 이모가 생각하시는 것보다 훨씬 많이 알고 있어요."
에밀리가 발끈해 소리지르고 말았다.
엘리자베스 이모가 요리실 문을 거칠게 열었다.
"에밀리 스타! 엿듣는 짓을 해선 안 된다는 걸 여태 배우지 못했니?"
"엿듣지 않았어요. 제가 이곳에 앉아있다는 걸 이모들이 알고 계시는 줄 알았거든요. 듣지 않을 수 없었어요. 어째서 작은 목소리로 얘기하지 않으셨어요? 소곤소곤 얘기하셨다면 비밀 이야기인 줄 알고 듣지 않았을 텐데요. 절 낸시 할머니 댁에 보내실 건가요?"
"아직 결정하지 않았어."
엘리자베스 이모가 쌀쌀맞게 대답했다. 에밀리는 일주일 동안 그 말 외에 만족할만한 대답을 듣지 못했다. 그녀는 스스로도 가고 싶은 건지 가고 싶지 않은 건지 잘 알 수 없었다.

엘리자베스 이모는 치즈를 만들기 시작했다. 뉴문의 치즈는 유명했다. 에밀리는 치즈 만드는 방법을 완전히 배웠다. 송아지의 위에서 뽑아낸 응유효소를 방금 짠 따뜻한 우유에 넣는 것에서부터 틀 속에 하얀 응유를 부어 '옛날 과수원'에서 압축하기까지의 과정을 모조리 터득한 것이다. 둥글고 큰 회색 돌이 지난 백 년 동안 해 왔던 것처럼 치즈를 눌렀다.

얼마 뒤 에밀리와 일저, 테디, 그리고 페리는 '키다리 존의 숲'에서 〈한여름밤의 꿈〉을 상연하는 데 몰두해 있었다. 그들이 '키다리 존의 숲'에 들어서는 건, 대낮과 익숙한 것들의 세상으로부터 빠져나와 어슴푸레한 황혼과 신비와 황홀의 세계로 발을 들여놓는 일이었다. 테디는 헌 마분지와 페리가 항구에서 주워온 돛 조각에 멋진 풍경을 그렸다. 일저는 휴지와 싸구려 장식품으로 요정의 날개를 만들었고, 페리는 닳아빠진 송아지 가죽으로 당나귀 머리를 만들었는데, 어찌나 잘 만들었는지 실물과 흡사했다. 에밀리는 여러 주일 동안 행복한 기분으로 열심히 연극의 이런저런 장면을 베껴와서 그것을 잘 이어붙였다. 그녀는 셰익스피어도 무색해 할 방법으로 극을 간단히 줄였는데, 결과적으로는 상당히 효과적이어서 줄거리가 잘 통했다. 4명의 어린 배우들이 저마다 여섯 사람의 역할을 하지 않으면 안 되었지만, 그런 것은 그들에게 아무 문제도 되지 않았다.

에밀리는 티타니아와 허미아, 그리고 많은 요정을 연기했고, 일저는 히폴리타와 헬레나 외에 역시 여러 요정들의 역을 맡았으며, 남자아이들은 대본에 나와 있는 모든 역할을 연기했다. 엘리자베스 이모는 그 사실을 전혀 모르고 있었다. 그녀는 연극을 상연하는 것을 무척 나쁜 일로 생각하고 있었기 때문에 아마 알았더라면 곧바로 못하게 했을 것이다. 하지만 로라 이모는 이 계획을 알고 있었고, 지미와 키다리 존은 열렬한 후원자가 되어주었다.

에밀리는 잠시 뉴문을 떠남으로써 이 계획을 중간에 그만두는 것이 몹시 아쉬웠지만, 한편으로는 낸시 할머니를 무척 만나고 싶었다. 그리고 문기둥에 돌로 만든 유명한 개가 있는 프리스트폰드의 이색적인 옛날 저택도 보고 싶었다. 그것은 '위서의 작은 별장'이라고 불렸다. 에밀리는 가고 싶었다. 로라 이모가 풀먹인 하얀 페티코트를 준비하고 엘리자베스 이모가 다락에서 징이 박힌 작고 검은 트렁크를 꺼내와서 먼지를 털고 있는 것을 보고, 에밀리는 누가 말해주지 않아도 '며칠 안으로 프리스트폰드에 가는구나' 하고 짐작했다. 그래서 그녀는 낸시 할머니 앞으로 쓴 편지를 꺼내 거기에 변명의 말을 덧붙였다.

에밀리가 여행을 하게 된 것이 일저한테는 불만이었다. 한 달 동안이나 친구와 헤어져 있을 것을 생각하니 무척 실망스러웠다. '키다리 존의 숲'에서 연극을 하는 즐거운 밤도 끝나고, 맹렬한 말다툼도 할 수 없게 된 것이다. 게다가 일저는 지금까지 한 번도 어디에 가본 적이 없어서 더욱 슬펐다.
"나 같으면 무엇을 준다 해도 위서의 작은 별장에는 가지 않을 거야. 거긴 유령이 나오는걸."
"아니야."
"맞아! 손으로 만지거나 목소리를 들을 순 있지만 눈에 보이지 않는 유령이 있어. 난 네가 아니어서 정말 다행이야. 너의 낸시 할머니는 무섭고 괴팍한 사람이고 또 그 할머니와 함께 살고 있는 다른 할머니는 마녀래. 넌 틀림없이 저주를 받을 거야. 그래서 점점 마르고 쇠약해져 끝내 죽어버릴 거야."
"그럴 리 없어, 아니야!"
"맞아! 매일 밤 누군가가 그 집 앞에 나타나서 문 앞에 있는 개를 짖게 할걸. 이렇게, 으르르렁!"
일저는 동물 울음소리를 똑같이 흉내내는 재주가 있었다. 일저의 "으르르렁" 하는 소리에 에밀리는 자기도 모르게 소름이 끼쳤다. 그렇지만 아직 대낮이라서 에밀리도 사자처럼 용기가 있었다.
"너 질투 나서 그러는 거지?"
에밀리는 그렇게 말하고 걸음을 옮겼다.
"질투 같은 것 안 해!" 일저가 뒤에서 소리쳤다. "네 할머니 집에 돌로 만든 개가 있다고 해서 뻐기는 거니? 슈루즈베리에도 문에 개를 장식한 집이 있는데 그 개가 너희 할머니네 개보다 훨씬 좋대."

하지만 이튿날 아침 일저는 에밀리에게 작별인사를 하러 와서 매주 편지를 보내달라고 말했다. 에밀리는 켈리 할아버지의 마차를 타고 프리스트폰드에 가게 되었다. 엘리자베스 이모가 마차로 데려다줄 예정이었지만 그날 엘리자베스 이모는 몸이 좋지 않았고, 그래서 로라 이모도 엘리자베스 이모를 남겨두고 갈 수 없었던 것이다. 지미는 건초를 장만하지 않으면 안 되었다. 에밀리는 도저히 갈 수 없을 것 같았지만 그렇게 되면 곤란했다. 낸시 할머니한테 에밀리가 그날 간다고 이미 연락을 해두었기 때문에 할머니를 실망시킬 수는 없는 일이었다. 만약 에밀리가 약속한 날 프리스트폰드에 도착하지 않고 다른 날 가면, 낸시 할머니는 에밀리의 코앞에서 문을 쾅 닫고 당장 돌아가라고 할지도 모른다. 그런 것을 생각하면 엘리자베스 이모도 켈리 할아버지의 제의에 따라 에밀리를 할아버지의 마차로 프리스트폰드에 보내는 수밖에 없었다. 할아버지네 집은 프리스트폰드를 지나서 있기 때문에 어차피 그곳을 지나가게 되어 있었던 것이다.

에밀리는 매우 기뻤다. 그녀는 켈리 할아버지를 좋아했고 할아버지의 멋진 빨간색 짐마차를 타고 가는 것이 정말 재미있을 것 같았다. 할아버지는 그녀의 작고 검은 트렁크를 지붕에 얹고 밧줄로 매었다. 그들은 뉴문의 오솔길을 천천히 내려갔다. 짐마차 안의 양철 짐들이 뒤에서 지진이 난 것처럼 무섭게 덜그럭거렸다.

"자, 출발이다. 난 예쁜 아가씨하고 함께 마차 타는 것을 좋아하거든. 그런데 결혼식은 언제냐?"

"누구 결혼식요?"

"깜찍하긴, 누군 누구냐, 바로 너지."

"전 결혼 같은 건 할 생각이 전혀 없어요, 지금 당장은요."

에밀리는 엘리자베스 이모의 말투와 태도를 그대로 흉내내며 말했다.

"정말이지 넌 이모하고 꼭 닮았구나. 엘리자베스 본인도 그렇게 똑같이 말하진 못할 거다. 이랴! 이랴!"

에밀리는 켈리 할아버지의 기분을 상하게 한 것이 아닌가 걱정이 되었다.

"전 그냥 아직 결혼하기에는 너무 어리다는 말을 하고 싶었을 뿐이에요."
"어리면 어릴수록 더 좋지. 남자에게 유혹의 눈길을 보내기 시작하면 그때부터는 귀여운 맛이 사라지거든. 이랴! 가자! 말이 피곤한 것 같으니 서두를 것 없이 천천히 가기로 하자꾸나. 여기 널 주려고 과자봉지를 준비해 뒀지. 켈리 할아버지는 숙녀한테 언제나 친절하단다. 자, 그 남자에 대한 얘기를 전부 해보렴."
"누구 말이에요?"
이렇게 말은 했지만 에밀리는 이미 알고 있었다.
"네가 좋아하는 사람이지, 물론."
"전 좋아하는 사람 없어요, 켈리 할아버지. 저한테 그런 말 하시는 건 그만 두세요."
"재미없으면 하지 않으마. 하지만 아직 좋은 사람이 없다 해도 실망하지는 마라. 이제 조금만 있으면 무더기로 몰려올 테니까. 혹시 네 마음에 드는 남자가 널 쳐다보지 않으면 이 켈리 할아버지한테 와서 두꺼비기름을 얻어가면 돼."
두꺼비기름이라니! 무서운 말이었다. 에밀리는 소름이 끼쳤지만 좋아하는 사람이니 하는 얘기보다는 두꺼비기름 쪽이 그래도 나았다.
"그건 어디에 쓰는 거예요?"
"그건 말이다, 사랑의 묘약이라는 거란다."
켈리 할아버지가 의미심장하게 말했다.
"그걸 좋아하는 사람의 눈꺼풀에 아주 조금만 바르면 다른 여자아이한테는 눈길도 주지 않고 너만 생각하게 되지."
"별로 듣기 좋은 말은 아니군요. 그런데 그 기름은 어떻게 만들어요?"
"네 마리의 두꺼비를 산 채로 삶아서 충분히 부드럽게 한 뒤, 그걸 짜서……."

"그, 그만! 그만하세요!"

에밀리는 두 손으로 귀를 막고 애원했다.

"더 이상 듣고 싶지 않아요. 어떻게 그런 잔인한 짓을 할 수 있어요?"

"그렇게 잔인한가? 너도 오늘 산 채로 삶은 커다란 새우를 먹지 않았니?"

"그런 말은 못 믿겠어요. 그럴 리가 없어요. 만약 그게 사실이라면 전 절대로 새우 따윈 먹지 않을 거예요. 켈리 할아버지, 전 할아버지를 무척 친절한 분이라고 생각했는데. 불쌍한 두꺼비!"

"이봐요, 아가씨! 그건 그냥 농담이었어요. 그리고 넌 좋아하는 사람의 사랑을 손에 넣는 데 두꺼비기름 같은 건 필요 없을 거야. 잠깐만 기다려라. 뒤에 있는 상자 안에 너한테 줄 게 들어 있으니까."

켈리 할아버지는 상자를 하나 꺼내 에밀리의 무릎 위에 올려놓았다. 거기에는 예쁜 머리빗이 들어 있었다.

"그 뒤를 보렴. 예쁜 것이 보일 테니까. 너에게 필요한 사랑스러운 매력이 모두 보일 거다."

에밀리는 그것을 뒤집어 보았다. 둘레에 장미꽃 그림이 장식되어 있는 작은 거울이었다. 에밀리의 얼굴이 그 속에서 에밀리를 보고 있었다.

에밀리가 탄성을 질렀다.

"어머나, 켈리 할아버지, 정말 예뻐요! 이 장미와 거울, 이거 정말 저한테 주시는 거예요? 정말 고마워요. 고마워요, 할아버지. 이제부턴 거울 속의 에밀리를 언제든 보고 싶을 때 볼 수 있겠어요. 가지고 다닐 수도 있고요. 두꺼비기름 이야기는 정말 농담이었죠?"

"물론 농담이고말고. 이랴! 이랴! 넌 프리스트폰드에 있는 할머니 집에 가는 거지? 전에 그 동네에 가본 적 있니?"
"아뇨, 없어요."
"그곳에는 프리스트 집안 사람들이 많이 살고 있단다. 그 사람들도 머리 집안 사람들과 마찬가지로 무척 자존심이 세지. 내가 아는 사람은 애덤 프리스트뿐인데, 다른 사람들은 도도해서 말도 하지 않지만 그 사람은 무척 붙임성이 좋거든. 만약 네가 홍수 뒤의 아침에 세상이 어떻게 되는지 알고 싶다면, 비오는 날 그 사람의 집 뒤뜰에 가면 볼 수 있단다. 그런데 말야, 아가씨."
켈리 할아버지는 갑자기 목소리를 낮추어 말했다.
"프리스트 집안 사람하고는 절대로 결혼하지 않는 게 좋아."
"왜요?"
에밀리가 물었다. 에밀리는 프리스트 집안 사람과 결혼하는 건 한 번도 생각한 적이 없었지만, 어째서 결혼하면 안 되는지 이내 궁금해졌다.
"결혼하기에는 좋지 않은 상대란다. 함께 살기에 적당한 사람들이 아니거든. 그 집의 신부들은 모두 일찍 죽었어. 그 별장의 할머니는 남편과 싸워 이겼기 때문에 남편의 장례식을 볼 수 있었는데, 그것은 그 할머니가 머리 집안 사람으로서의 행운을 가졌기 때문이지. 하지만 그런 행운은 그리 믿을 만한 것이 못 돼. 프리스트 집안 사람 가운데 고상한 사람이 딱 한 명 있는데 자백 프리스트라고 하는 사람이야. 하지만 그 사람은 너한테는 나이가 너무 많지."
"왜 자백(곱사등이)이라고 불러요?"
"한쪽 어깨가 올라갔기 때문이지. 제법 돈을 모았기 때문에 이젠 일을 하지 않고 책만 읽고 있단다. 혹시 쇳조각 가진 것 있니?"
"아뇨, 그건 왜요?"
"그게 있으면 좋은데. 별장의 캐럴라인 프리스트 할머니는 마녀라는 소문이거든.”

“어머나, 일저도 그런 말을 했어요. 하지만 켈리 할아버지, 사실 마녀 같은 건 없어요.”

“그럴지도 모르지만 조심해서 나쁠 건 없지 않겠니? 자, 이 말굽에 박는 못을 주머니에 넣어둬라. 그리고 될 수 있으면 할머니의 말을 잘따르는 게 좋아. 담배를 피워도 될까?”

에밀리는 담배 연기는 조금도 신경 쓰지 않았다. 할아버지가 담배를 피우는 동안 그녀는 마음껏 생각에 빠질 수 있었고, 그편이 켈리 할아버지의 두꺼비와 마녀 얘기보다 훨씬 즐거웠다. 블레어워터에서 프리스트폰드로 가는 길은 무척 한적했는데, 해안을 따라 구불구불 가면서 시냇물과 후미를 지나 이따금 몇 개의 연못을 만났다. 북부 지방의 해안은 그런 연못들로 유명했다. 블레어워터, 데리폰드, 롱폰드, 스리폰즈 등이 그것이다. 스리폰즈는 세 개의 작고 푸른 호수가 은실로 엮은 세 개의 사파이어처럼 이어져 있었다. 다음에 프리스트폰드가 있는데, 이것은 그 연못들 가운데 가장 컸고 블레어워터 연못과 마찬가지로 거의 원형이었다. 마차가 프리스트폰드에 가까워지자 에밀리는 호기심 어린 시선으로 주위의 풍경을 바라보았다. 에밀리는 어서 가서 빨리 그 광경에 대한 글을 쓰고 싶었다. 그러기 위해 지미가 준 공책을 트렁크 안에 챙겨왔던 것이다.

커다란 못과 그 주변의 별장들 위로 우윳빛 먼지가 가득한 것처럼 보였다. 연기가 낀 것 같은 빨간 서쪽 하늘이 멀리 커다란 맬번 만 위에 펼쳐져 있었다. 잿빛의 작은 돛 여러 개가 전나무로 에워싸인 해변 일대를 떠돌고 있었다. 단풍나무와 어린 자작나무가 무성하게 자라고 있는 고요한 오솔길이 위서의 작은 별장으로 통하고 있었다. 그 골짜기의 공기는 얼마나 서늘한지! 그리고 풀고사리의 향기는 또 얼마나 그윽한지! 마차가 위서의 작은 별장에 도착하여 커다란 개가 어둑어둑한 석양 속에서 무표정한 얼굴로 앉아 있는 문 사이로 올라갔을 때 에밀리는 아쉽다는 생각마저 들었다.
　넓은 현관문이 열려 있었고 밝은 빛이 잔디 위로 떨어지고 있는 한쪽에 작은 몸집의 늙은 부인이 서 있었다. 켈리 할아버지는 약간 허둥대면서 에밀리와 에밀리의 트렁크를 땅에 내려놓고, 서둘러 악수를 하며 작은 소리로 말했다.
　"그 못을 꼭 지니고 있어야 한다. 그럼, 잘 있어라. 머리는 차갑고 심장은 따뜻하게, 알겠지?"
　그는 그렇게 말하고는 작은 노파가 마차 가까이 다가오기 전에 가 버렸다.
　"네가 뉴문의 에밀리로구나."
　에밀리는 그렇게 말하는 새되고 쉰 목소리를 들었다. 그리고 가느다란 고양이 발톱 같은 손이 자기 손을 잡고 문 쪽으로 끌어당기는 것을 느꼈다. 마녀 같은 건 없다고 말했으면서도, 에밀리는 한 손을 주머니에 넣고 못을 꽉 움켜쥐었다.

유령의 집

"할머니는 응접실에 계신다. 이리 오너라. 피곤하지?"
캐럴라인 프리스트가 말했다.
"아뇨."
에밀리는 캐럴라인을 뒤따라가며 그녀를 힐끔힐끔 쳐다보았다. 만약에 캐럴라인이 마녀라면 무척 자그마한 마녀라고 할 수 있었다. 키가 에밀리 정도밖에 되지 않았다. 검은 비단옷을 입고 노르스름한 백발에 까만 그물모자를 쓰고 있었다. 그녀의 얼굴은 에밀리가 한 번도 상상한 적이 없을 만큼 주름살이 많았고, 눈은 잿빛이 섞인 독특한 녹색이었다. 나중에 안 사실이지만, 프리스트 집안사람들은 모두 그런 눈을 하고 있었다.

'이 할머닌 마녀일지도 모르지만 날 어쩌지는 못할 거야' 하고 에밀리는 생각했다.

두 사람은 양쪽으로 크고 훌륭한 방이 늘어서 있는 넓은 홀을 지나서 건물 뒤쪽의 외딴 응접실로 들어갔다. 좁고 길고 어두운 그곳에는 한쪽에 네모난 창문이 네 개 나란히 있고, 다른 한쪽에는 검은

빛이 나는 나무문이 달린 그릇장이 바닥에서 천장까지 뻗어 있었다. 에밀리는 악마의 손에 이끌려 한밤중에 지하감옥을 걸어가는, 중세소설 속에 나오는 여주인공 같은 느낌이 들었다. 닥터 번리의 책장이 금지구역이 되기 전에 에밀리는 《유돌포의 비밀》과 《숲의 로망스》를 읽은 적이 있다. 그녀는 몸을 떨었다. 그렇지만 무서운 한편 흥미롭기도 했다.

객실 구석에 네 단짜리 층계가 있고 그 위에 문이 하나 있었다. 계단 옆에는 천장까지 닿을 것처럼 거대한 검은 추시계가 있었다.

"어린 여자아이가 말을 듣지 않으면 저 안에 갇히는 거란다."

캐럴라인이 에밀리를 돌아보며 작은 소리로 속삭이면서 안의 응접실로 통하는 문을 열었다.

'저곳에 들어가지 않도록 조심해야지' 하고 에밀리는 생각했다.

안쪽의 응접실은 예쁘고 독특하며 고풍스런 방이었는데 그곳에 저녁식사가 준비되어 있었다. 캐럴라인은 에밀리를 데리고 그 방을 지나, 그걸 보는 사람은 누구나 빙그레 미소를 짓게 되는, 웃고 있는 영국 고양이를 본뜬 특이하고 낡은 놋쇠 문고리를 사용해 반대쪽 방문을 두드렸다. "들어와요" 하는 목소리가 들리자 그들은 다시 네 개의 계단을 내려가 침실로 들어갔다. 정말 재미있는 집이었다. 그곳에 낸시 프리스트 할머니가 팔걸이 의자에 앉아 있었다. 할머니는 검은 지팡이를 무릎에 기대 세우고 화려한 반지가 여러 개 반짝이고 있는 아직도 예쁘고 작은 손을 보라색 비단 앞치마 위에 얹고 있었다.

순간 에밀리는 무척 실망했다. 낸시 할머니의 밤색 머리카락과 별 같은 갈색 눈, 장밋빛 뺨의 아름다움을 노래한 그 시를 들은 뒤라서, 에밀리는 90살이라는 할머니의 나이를 그만 잊고 지금도 예쁠 것이라고 상상했던 것이다. 낸시 할머니의 머리는 백발이었고 피부는 누런 데다 온통 주름투성이였다. 다만 갈색 눈만은 아직도 반짝

반짝 빛나고 있었다. 왠지 할머니는 늙은 요정, 장난기가 많으면서도 관대한 늙은 요정 같은 인상이었다. 그런 요정은 잘 다루지 않으면 금세 심술을 부리는 법이다. 하지만 요정은 어깨까지 닿을 것 같은 긴 장식이 달린 귀걸이와 하얀 레이스 모자를 쓰지는 않는다.
"오, 네가 줄리엣의 딸이냐?"
그녀는 반지가 반짝이는 한쪽 손을 에밀리에게 내밀었다.
"그렇게 놀란 얼굴 하지 않아도 된다. 난 너에게 키스할 생각은 없으니까. 죄 없는 어린아이에게 강제로 키스하지는 않기로 했다. 그런데 캐럴라인, 이 아인 누구를 닮았을까?"
에밀리는 속으로 인상을 찌푸렸다. 죽은 조상의 눈, 코, 그리고 이마까지 끌어대며 그녀의 얼굴과 비교할 것이기 때문이었다. 그녀는 어느 집에 가나 자기의 얼굴을 뜯어보며 그런 식으로 말하는 것에 넌더리가 나 있었다.
"그다지 머리 집안 사람 같지는 않군요."
캐럴라인이 에밀리의 얼굴을 찬찬히 들여다보자 에밀리는 자기도 모르게 뒷걸음질쳤다.
"머리 집안 사람들만큼 잘생기지는 않았어요."
"그렇다고 스타 집안 쪽하고도 닮지 않았어. 이 아이의 아버지는 미남이었거든. 정말 50년만 젊었더라면 내가 함께 달아나고 싶었을 만큼 잘생겼었지. 아버지를 닮은 데는 전혀 없구나. 줄리엣도 예쁜 아이였어. 넌 그 그림 속의 얼굴만큼 예쁘지는 않지만, 뭐 그렇다고 네가 그 그림처럼 예쁠 거라고 생각했던 건 아니다. 초상화와 묘비명은 모두 믿을 수 없는 거니까. 너, 앞머리는 어떻게 된 거니, 에밀리?"
"엘리자베스 이모가 뒤로 빗어 올려주었어요."
"그럼 내 집에 있는 동안에는 다시 내려도 좋아. 그 이마는 네 외할아버지와 약간 닮았구나. 할아버지도 미남이었지, 성질은 무척 급했지만. 안 그래, 캐럴라인?"
"부탁이에요, 낸시 고모할머니. 전 제가 누구하고 닮았다는 소리를 듣고싶지 않아요. 전 그저 제 얼굴일 뿐이에요." 에밀리는 공손하게 말했다.
낸시 할머니가 낮게 웃었다.
"역시, 과연, 됐어, 난 얌전한 소녀는 싫어하거든. 그러고 보니 넌 정말 바보가 아니구나."
"그래요. 전 바보가 아니에요."
낸시 할머니는 이번에는 빙그레 웃었다. 할머니의 갈색 얼굴에 틀니가 기분 나쁠 만큼 새하얗고 젊게 보였다.
"그래, 머리가 좋은게 얼굴이 예쁜 것보다 나으니까. 좋은 머리는 끝까지 가지만 예쁜 얼굴은 그리 오래가지 못하는 법이거든. 예를 들어 나를 보렴. 여기 있는 캐럴라인은 좋은 머리고 예쁜 얼굴이고 한 번도 가져본 적이 없단다. 그렇지 않니, 캐럴라인? 자, 이제 저녁을 먹자꾸나."
낸시 할머니는 지팡이를 의지해 천천히 계단을 올라가서 테이블 쪽으로 갔다. 할머니는 한쪽 끝에 앉았고 캐럴라인은 그 반대쪽 끝에, 그리고 에밀리는 그 사이에 앉았는데, 약간 거북한 느낌이 들었다. 하지만 아직 자제심이 강하게 남아 있었던 에밀리는 공책에 써 넣을 작문을 벌써 생각하고 있었다.
'당신이 죽는다 해도 누군가 슬퍼해줄 사람이 있을까요?' 하고 에밀리는 캐럴라인의 쭈글쭈글한 얼굴을 빤히 쳐다보며 생각했다.
"자, 얘기해보렴. 바보가 아닌 네가 처음엔 어째서 그런 편지를 보낸 거지? 그 편지는 정말 바보 같았어. 캐럴라인이 말을 듣지 않으면 난 언제나 그것을 캐럴라인에게 읽어주었단다."
"엘리자베스 이모가 읽어보겠다고 해서 그렇게밖에 쓸 수가 없었어요."

"그런 쓸데없는 참견은 엘리자베스에게 맡겨두기로 하자. 여기서는 뭐든지 쓰고 싶은 대로 쓰면 돼. 하고 싶은 말은 뭐든지 해도 좋고, 하고 싶은 일도 뭐든지 하도록 해라. 아무도 너에게 간섭하지 않을 것이고 너를 가르치려고도 하지 않을 거야. 내가 널 부른 건 놀기 위해서이지 가르치기 위한 것이 아니니까. 교육은 뉴문에서 받는 것으로 충분하겠지. 넌 집안을 마음대로 뛰어다녀도 되고, 프리스트의 사내아이들 중에서 마음에 드는 아이를 골라 남자친구로 만들어도 돼."

"전 남자친구 같은 건 필요하지 않아요."

에밀리는 몹시 불쾌했다. 이곳에 오는 도중 켈리 할아버지도 내내 그런 말로 에밀리를 놀려댔는데, 여기서도 또 낸시 할머니가 그런 쓸데없는 말을 꺼내는 게 아닌가!

"그렇게 말하는 게 아니란다."

낸시 할머니는 귀걸이가 흔들릴 정도로 웃었다.

"뉴문의 머리 집안에서 태어난 여자 치고 남자를 싫어한 사람은 없었으니까. 내가 너만 했을 때는 벌써 여섯이나 있었지. 블레어워터의 모든 사내아이들이 나 때문에 싸웠을 정도였으니까. 여기 있는 캐럴라인한테는 한평생 연인이 없었지만. 안 그래, 캐럴라인?"

"갖고 싶다고 생각한 적도 없어요."

캐럴라인이 말했다.

"80살의 노파와 12살의 아가씨가 똑같은 말을 하는군. 둘 다 거짓말이야. 우리끼리 있으면서도 위선을 떨어야 하다니! 남자가 있는 자리에서 그렇게 하는 것은 좋지만. 캐럴라인, 에밀리의 예쁜 손을 봤어? 젊었을 때 내 손처럼 예뻐. 게다가 팔꿈치는 고양이 팔꿈치 같군. 사촌 수전 머리도 저런 팔꿈치였어. 이상하군. 이 아이에게는 스타 집안보다 머리 집안 사람의 특징이 더 많은

데, 얼굴은 스타 쪽에 더 가까워. 캐럴라인, 자백이 집에 없어서 무척 유감이야. 그 아인 틀림없이 에밀리를 좋아할 거야. 그런 느낌이 들어. 자백은 프리스트 집안 사람 가운데 유일하게 천국에 갈 수 있는 사람이란다. 에밀리, 잠깐 발목을 보여다오."

에밀리는 마지못해 발을 꺼내 보여주었다. 낸시 할머니는 만족스럽게 고개를 끄덕였다.

"메리 쉽리의 발목과 똑같구나. 이런 발목을 가진 여자는 한 세대에 한 사람밖에 없어. 내 발목도 이랬지. 머리 집안 여자의 발목은 굵어. 네 엄마도 발목은 굵었단다. 저 발등을 좀 봐, 캐럴라인. 에밀리, 넌 미인은 아니지만 네 눈과 손과 발을 잘 활용하면 틀림없이 미인으로 통할 거다. 남자들이란 잘 속아 넘어가기 때문에, 아무리 여자들이 넌 미인이 아니라고 주장해도 질투심에서 그렇게 말한다고 생각할 거야."

에밀리는 지금 이 순간이 궁금했던 것을 물어볼 수 있는 좋은 기회라고 생각했다.

"켈리 할아버지는 제 눈이 유혹하는 눈이라고 하던데요, 낸시 고모할머니. 그게 정말인가요? 그런데 유혹하는 눈이란 건 어떤 눈을 말하는 거예요?"

낸시 할머니는 웃었다.

"조크 켈리란 영감, 정말 늙어빠진 바보 영감탱이로구나. 네 눈은 유혹하는 눈이 아니야. 머리 집안 여자 가운데 유혹하는 눈은 없어. 머리 집안에서 태어난 여자는 사람을 가까이 다가오지 못하게 하는 눈을 가지고 있지. 너도 그래. 하기는 네 속눈썹만은 정반대지만. 하지만 그런 눈은 때로는 다른 여러 가지 특징과 함께 유혹하는 눈처럼 작용할 때가 있어. 남자란 의외로 거부하는 것에 끌리는 법이니까. 다가오지 말라고 하면 오히려 더 다가가고 싶어지기 마련이거든. 이를테면 내 남편 너대니얼이 그랬단다. 그 사람한테 뭔가 원하는 것이 있으면 그 반대의 것을 부탁하면 되었으니까. 너도 기억하지, 캐럴라인? 과자를 하나 더 먹으렴, 에밀리."

"전 아직 하나도 먹지 않았어요."

에밀리는 약간 원망스러운 듯 말했다.

그 과자는 무척 맛있어 보였기 때문에 에밀리는 자기한테도 좀 주지 않을까 하고 아까부터 생각하고 있었다. 낸시 할머니와 캐럴라인이 동시에 웃는 까닭을 에밀리는 알 수 없었다. 캐럴라인의 웃음은 불쾌했다. 메마르고 갈라진 웃음이었다.

'윤기라고는 조금도 없어' 하고 에밀리는 생각했다. 그녀는 작문에 캐럴라인은 '경박하게 웃는다'고 쓸 생각이었다.

"우리에 대해서 어떻게 생각하니, 에밀리? 어서 말해보렴."

낸시 할머니가 물었다.

에밀리는 몹시 망설여졌다. 그때 마침, '낸시 할머니는 시들고 쭈글쭈글한 얼굴'이라고 써야겠다고 생각하던 참이었던 것이다. 그렇지만 그런 말을 입밖에 내어서 말할 수는 없었다.

"솔직하게 말해보렴."

"그런 걸 묻는 건 좋지 않다고 생각해요."

"네 생각을 내가 알아 맞춰볼까?"

낸시 할머니가 빙글빙글 웃으면서 말했다.

"나는 몹시 늙어빠진 흉측한 노파고, 캐럴라인은 전혀 사람 같지 않다고 생각하지? 캐럴라인은 정말 사람 같지 않아. 옛날부터 그랬어. 하지만 너에게 70년 전의 나를 보여줄 수 없어서 유감이구나. 난 머리 집안의 예쁜 여자들 가운데서도 가장 미인이었거든. 남자들은 모두들 나한테 반했었지. 내가 프리스트와 결혼했을 때 그 사람의 세 형제는 그의 목을 베어버릴 것처럼 난리였지. 한 사람은 정말로 자기 목을 찔렀어. 난 젊은 시절에는 무척 남자들을 애타게 했단다. 다만 안타까운 건 그것이 언제까지 지속되지는 않앉다는 거야. 만약 그랬다면 정말 멋진 인생이었을 텐데. 난 남자들 앞에서 여왕처럼 굴었거든. 여자들은 물론 나를 미워했지. 여기 있는 캐럴라인을 제외한 모든 여자들이. 넌 나를 숭배하고 있었지, 캐럴라인? 캐럴라인, 너도 코 끝에 사마귀가 없었으면 좋았을 텐데."

"당신 혀 끝에 사마귀가 있었으면 좋았을 것을!"

캐럴라인이 화가 나서 말했다.

에밀리는 피곤해서 눈이 감겼다. 그 자리는 재미있었다. 낸시 할머니는 독특한 방법으로 매우 친절했다. 하지만 집에 있었더라면 일저와 페리, 테디가 밤의 축제소동을 벌이기 위해 '키다리 존의 숲'에 모여들었을 것이고, 소시 샐은 지미가 우유 짜고 남은 찌꺼기를 기다리며 버터 제조장 입구에 앉아 있을 것이다. 갑자기 에밀리는 뉴문에 온 첫날 밤 메이우드를 그리워한 것처럼 뉴문이 그리워졌다.

"애가 피곤한 모양이야. 침대로 데리고 가, 캐럴라인. 분홍 방에 재우도록 해."

에밀리는 캐럴라인을 따라 안쪽 응접실을 통해 부엌을 지나고, 다시 현관을 지나 층계를 올라간 뒤, 긴 응접실을 지나 좁고 긴 복도를 걸어갔다. 도대체 어디로 데리고 가는 것일까? 이윽고 두 사람은 커다란 방에 이르렀다. 캐럴라인은 램프를 놓으면서 잠옷이 있느냐고 물었다.

"물론 가지고 왔어요. 엘리자베스 이모가 잠옷도 없이 절 이곳에 보냈을 거라고 생각하세요?"

에밀리는 몹시 화가 났다.

"아침에는 자고 싶을 때까지 자도 좋다고 낸시 할머니가 말했어. 잘 자거라. 낸시와 난 물론 옛날 건물에서 잘 거야. 나머지 식구들은 무덤속에서 자지만."

이런 수수께끼 같은 말을 한 뒤 캐럴라인은 문을 닫고 나갔다.

에밀리는 자수로 장식된 긴 의자에 앉아 주위를 둘러보았다. 무늬를 도드라지게 짠 창문 커튼은 색 바랜 연분홍색, 벽지 역시 벚꽃 같은 연분홍색이었다. 바닥에는 녹색 양탄자가 깔려 있었는데, 커다란 분홍색 장미 무늬가 흐드러지게 피어 있었기 때문에, 에밀리는 그것을 밟고 다니기가 미안할 정도였다. 에밀리는 그 방이 무척 훌륭하다고 생각했다.

'하지만 난 여기서 혼자 자야 해. 그러니까 정성껏 기도해야지.'

에밀리는 서둘러 옷을 벗고 불을 불어 끈 뒤 침대에 들어갔다. 이불을 턱까지 끌어당기고 높다랗고 하얀 천장을 올려다보며 누웠다. 엘리자베스 이모 방의 휘장이 내려진 침대에서 자는 것에 익숙해져 있어서, 이 나지막한 현대적인 침대에 누워 있으니 어쩐지 벌거벗고 있는 듯한 불안한 느낌이 들었다. 하지만 적어도 창문은 활짝 열려 있었다. 낸시 할머니는 엘리자베스 이모처럼 바깥 공기를 두려워하지는 않는 것 같았다.

창문 밖에는 신비로운 노란 달이 비치는 여름들판이 아름답게 펼쳐져 있었다. 하지만 방 안은 덩그러니 커서 유령이 나올 것만 같았다. 에밀리는 모든 사람들로부터 완전히 떨어져나온 것 같은 느낌이 들었다. 외롭고 집이 그리웠다. 그녀는 켈리 할아버지와 두꺼비기름을 생각했다. 할아버지는 정말 두꺼비를 산 채로 삶았을지도 모른다. 그 무서운 생각이 에밀리를 괴롭혔다. 두꺼비를, 아니 뭐든지 산 채로 삶는다는 걸 생각하니 소름이 끼쳤다.

에밀리는 지금까지 혼자 잔 적이 없었다. 에밀리는 갑자기 무서운 생각이 들었다. 창문은 왜 저렇게 덜컹거리는 것일까? 마치 누군가가, 아니면 무언가가 방에 들어오려고 하는 것처럼 창문이 소리를 내고 있었다. 일저가 말한 유령이 생각났다. 눈에는 보이지 않지만 귀로 들을 수도 손으로 만질 수도 있는 유령. 그리고 한밤중에 "으르르렁" 하고 짖는 개도 떠올랐다. 어디선가 정말 개가 짖기 시작했다. 에밀리는 이마에 식은땀이 흘렀다. 다른 식구들은 무덤에서 잔다고 캐럴라인이 말했는데, 도대체 그건 무슨 뜻일까? 바닥이 삐걱거렸다. 문 밖에 누가, 아니면 무언가가 있는 것이 아닐까? 구석에서 뭔가 움직인 것 같았다. 좁고 긴 홀에서 정체를 알 수 없는 소리가 났다.

"난 겁나지 않아. 이제 이런 생각은 하지 말자. 그리고 내일이 되면 지금의 내 마음을 글로 적는 거야."

바로 그때 베갯머리의 벽 쪽에서 무슨 소리가 들려왔다. 잘못 들은 것은 아니었다. 정체를 알 수 없는, 기분 나쁘게 사각사각하는 소리를 분명히 들었다. 뻣뻣한 비단옷이 서로 스치는 듯한 소리, 날개가 파닥파닥 하늘에서 펄럭이는 것 같은 소리. 그리고 아기 울음소리나 신음소리와 비슷한, 부드럽고 둔하고 낮은 소리가 들려왔다. 그것은 언제까지나 그치지 않고 계속되었다. 이따금 소리가 끊길 때도 있었지만 잠시 뒤면 다시 들려오는 것이었다.

에밀리는 온몸이 오그라드는 듯한 공포 때문에 이불 속에서 몸을 웅크렸다. 그 무렵까지 그녀는 무서워하면서도 정말은 무서운 것이 아무것도 없다는 것을 알고 있었지만, 지금은 그것이 틀림없는 현실이라는 걸 알았다. 공상이 아니었다. 사각사각 하는 소리, 날갯짓하는 소리, 비명소리, 신음소리, 그것들은 모두 똑똑히 들려왔다. 위서의 작은 별장은 순식간에 무섭고 불길한 장소로 변했다.

일저의 말대로 별장에는 유령이 나오는 것이다. 그런데도 에밀리는 사람이 있는 곳에서 멀리 떨어져 혼자 있었다. 유령이 나오는 방에 사람을 재우다니! 낸시 할머니는 나쁜 사람이라고 에밀리는 생각했다. 낸시 할머니는 이 방에 유령이 나오는 것을 알고 있었을 것이다. 남자를 자살하게 만든 그 잔인하고 거만한 낸시 할멈 같으니! 아, 그리운 뉴문으로 돌아가서 엘리자베스 이모 옆에서 자고 싶다! 엘리자베스 이모는 함께 자기에 가장 좋은 상대는 아니지만,

피도 있고 살도 있는 살아있는 사람이었다. 그리고 창문을 닫아두기 때문에 밤공기나 유령이 들어올 틈이 없었다.

'기도를 한 번 더 하면 덜 무서울지도 몰라.'

하지만 그렇게 해봐도 별로 효과가 없었다.

에밀리는 죽는 날까지 위서의 별장에서 보낸 첫날밤의 공포를 결코 잊지 못했다. 그녀는 지칠 대로 지쳐 이따금 깜박깜박 졸기는 했지만 2, 3분만 지나면 침대 뒤에서 나는 사각사각하는 소리와 신음소리 때문에 소스라치게 놀라며 깨어버리는 것이었다. 그녀가 지금까지 읽은 책 속의 모든 유령과 신음소리, 피투성이 수녀 등이 하나도 빠짐없이 머리에 떠올랐다.

'엘리자베스 이모 말이 옳았어. 소설 따위는 읽을 것이 못 돼' 하는 생각이 간절했다.

'아! 난 여기서 죽고 말 거야. 너무 무서워서 틀림없이 죽고 말 거야. 난 무척 겁쟁이가 틀림없나봐. 도저히 용기가 나지 않는걸.'

아침이 되어 방안 가득 밝은 햇살이 비치자 기분 나쁜 소리는 어느새 사라져 있었다. 에밀리는 일어나 옷을 입고 옛날 건물 쪽으로 갔다. 안색이 새파랗고 눈 가장자리가 거뭇거뭇했지만 걸음걸이는 단호했다.

"오, 에밀리, 잘 잤니?"

낸시 할머니가 친절하게 물었다.

에밀리는 그 질문에는 대답하지 않고, "저 오늘 집으로 돌아가고 싶어요" 하고 분명히 말했다. 낸시 할머니가 깜짝 놀랐다.

"집으로 돌아간다고? 그게 무슨 소리냐? 젖먹이처럼 벌써 집이 그리워졌니?"

"집이 그리운 건 아니에요. 하지만 전 집으로 돌아가야 해요."

"그럴 수 없어. 데리고 가줄 사람이 아무도 없는걸. 캐럴라인에게 블레어워터까지 마차를 몰고 가라고 부탁할 수도 없는 일이고."
"그럼 혼자 걸어서 돌아가겠어요."
낸시 할머니는 화가 나서 지팡이로 바닥을 탁탁 두드렸다.
"너를 돌려보낼 준비가 될 때까지 넌 이곳에 있어야 해, 에밀리. 난 내 변덕 말고는 어느 누구의 변덕도 용납하지 않아. 그건 캐럴라인이 잘 알고 있지. 안 그래, 캐럴라인? 앉아서 어서 밥을 먹어라. 자, 어서 먹어. 먹으라니까."
할머니는 에밀리를 노려보았다.
"전 이곳에 더 이상 있을 수 없어요. 그런 유령이 나오는 무서운 방에는 하룻밤도 더 머물 수 없어요. 그런 방에서 절 자게 하시다니 너무해요. 만약……."
이렇게 말하면서 에밀리는 낸시 할머니를 힐끗 쏘아봤다.
"만약 제가 살로메였다면 세례 요한의 목이 아닌 고모할머니의 목을 달라고 했을 거예요."
"아니 뭐라고? 그 방에 유령이 나오다니, 무슨 바보 같은 소리를! 위서의 별장에선 유령 같은 건 키우지 않아. 안 그래, 캐럴라인? 유령이 건강에 좋다고는 생각하지 않으니까."
"그 방에는 뭔가 무서운 것이 있어요. 침대 뒤의 벽 속에서 밤새도록 사각사각하는 소리가 났고, 신음소리도 났고, 우는 소리도 들렸는걸요. 전 이제 더 이상 있고 싶지 않아요. 있고 싶지 않아요."
아무리 참으려 해도 눈물이 저절로 흘러나왔다. 에밀리는 무척 마음이 약해져 있었을 뿐만 아니라 조금만 더 있으면 히스테리를 일으킬 것만 같았다.
낸시 할머니는 캐럴라인을 바라보았고 캐럴라인은 낸시 할머니를 쳐다보았다.
"아! 이 아이에게 미리 얘기를 했어야 했는데! 캐럴라인, 완전히 우리의 실수였어. 난 까맣게 잊고 있었지 뭐냐. 분홍 방에는 벌써 한참 동안 아무도 머물지 않았지. 에밀리가 무서워한 것도 무리가 아니야. 에밀리, 가엾은 것. 이 할미가 실수를 했구나. 내 목을 내놓으라 해도 할 말이 없어. 미리 너에게 얘기하지 않은 것은 명백한 잘못이었으니까."

"저에게 얘기하다니요? 무엇을요?"

"굴뚝 속에 있는 제비 말이다. 네가 들은 것은 제비가 내는 소리였어. 집 한가운데 커다란 굴뚝이 네 침대 뒤의 벽 속을 지나가는데 지금은 그 굴뚝을 사용하지 않아. 그래서 그 안에 제비들이 집을 많이 지었지. 그 제비들이 기분 나쁜 소리를 낸 거란다. 날갯짓을 하거나 빽빽거리면서."

에밀리는 어이가 없고 부끄러웠다. 하지만 그토록 부끄러워할 필요는 없었다. 에밀리보다 훨씬 나이가 많은 사람들도 그 분홍 방에서는 몹시 무서워했다니까. 낸시 프리스트는 이따금 손님을 일부러 그 방에 재워 깜짝 놀라게 한 적도 있었다. 하지만 에밀리가 왔을 때는 그 일을 완전히 잊고 있었기 때문에, 정말 실수를 했다며 진심으로 사과했다.

그때부터 에밀리는 집으로 돌아가겠다는 말은 하지 않게 되었다. 그날 캐럴라인과 낸시 할머니는 에밀리에게 무척 친절했다. 에밀리는 오후에 기분 좋게 낮잠을 잤다. 밤에도 곧장 분홍 방에 가서 밤새도록 편안하게 잘 잤다. 여전히 사각사각하는 소리와 신음소리는 전날 밤과 다름없이 들렸지만, 제비와 유령은 전혀 다른 것이었기 때문에 조금도 신경쓰이지 않았다.

"전 위서의 별장이 좋아질 것 같아요." 에밀리는 말했다.

또 다른 행복

7월 20일

그리운 아빠께.

2주일 전부터 위서의 별장에 와 있기 때문에 아빠께 한 번도 편지를 쓰지 못했어요. 하지만 매일 밤 아빠 생각은 하고 있었어요. 전로라 이모와 일저, 테디, 지미, 그리고 페리한테 편지를 쓰지 않으면 안 되었고, 그 사이사이에도 재미있는 일들이 많이 있었거든요. 이곳에 온 첫날밤에는 여기서 즐거운 나날을 보낼 수 있을 거라는 기대는 하지 않았어요. 하지만 지금은 행복해요. 뉴문에서의 행복과는 또 다른 행복이지만요.

낸시 할머니와 캐럴라인은 저에게 무척 친절하게 해주고, 뭐든지 하고 싶은 대로 하게 해주어서 정말 좋아요. 할머니와 캐럴라인은 늘 서로를 비꼬는 말을 해요. 하지만 그분들은 틀림없이 일저와 저 같은 사이일 거라고 생각해요. 두 분은 싸움을 잘 하지만, 서로를 깊이 사랑하고 있거든요. 캐럴라인이 마녀가 아닌 것은 분명하지만, 그래도 전 그녀가 혼자 있을 때 무슨 생각을 하는지 궁금해요. 낸시 할머니는 지금은 아름답지 않지만 무척 귀족적인 얼굴이에요. 할머니는 류머티즘 때문에 걸음을 제대로 못 걸어서 대개는 안채의 응접실에 앉아서 책을 읽거나 레이스를 짜고, 아니면 캐럴라인과 트럼프를 해요.

할머니는 제 이야기를 재미있어 하기 때문에 전 할머니께 여러 가지 얘기를 들려드려요. 지금까지 무척 많은 이야기를 해드렸는데, 시를 쓰고 있다는 얘기는 하지 않았어요. 만약 그 얘기를 하면 할머니는 틀림없이 그것을 들려달라고 할 것이거든요. 하지만 할머니는 제 시를 읽어드리기에 어울리는 사람이 아니라는 느낌이 들어요. 그리고 할머니는 아빠와 엄마에 대한 얘기를 듣고 싶어하지만 전 얘기하고 싶지 않아요. 키다리 존과 그의 숲, 캐시디 신부님 집에 갔던 일, 그런 일들을 할머니께 얘기해드렸어요. 할머니는 그 얘기를 듣더니 깔깔 웃으며 할머니도 가톨릭 신부하고 얘기하는 것을 좋아한다고 했어요. 신부님은 10분 이상 함께 얘기를 나누어도 다른 여자들한테서 남자를 유혹하고 있다는 말을 듣지 않아도 되는, 세상에서 유일한 남자이기 때문이래요.

낸시 할머니는 그런 얘기를 많이 해요. 할머니와 캐럴라인은 프리스트 집안과 머리 집안에서 일어난 일들을 주로 얘기하는데 전 앉아서 그 얘기를 듣는 것이 재미있어요. 두 분은 엘리자베스 이모와 로라 이모처럼 얘기가 한창 재미있어지는 부분에서 갑자기 얘기를 그만두지는 않아요. 지금은 알아들을 수 없는 내용이 많지만, 언젠가 다시 생각났을 때는 틀림없이 이해할 수 있는 날이 올 거라고 생각해요.

전 지미가 준 공책에 낸시 할머니와 캐럴라인에 대한 작문을 썼어요. 어느 날 캐럴라인이 제 트렁크를 뒤지는 것을 눈치챘기 때문에 저는 공책을 옷장 뒤에 숨겨두었어요. 낸시 할머니를 고모할머니라고 부르면 안 된대요. 그런 식으로 부르면 할머니는 마치 므두셀라

(구약성서 창세기 5장 27절. 969 세까지 살았다는 전설의 유대 족장) 같은 느낌이 드신대요. 할머니는 자기를 사랑한 남자들에 대한 얘기를 모두 해주었어요. 남자들이란 하나 같이 하는 짓이 똑같다는 생각이 들어요. 할머니는 또 옛날에 이 집에서 열렸던 파티와 춤에 대한 것을 얘기해주었어요. 위서의 별장은 뉴문보다 크고 가구도 훨씬 훌륭하지만 쉽게 정이 드는 곳은 아니에요.

그래도 이 집에는 여러 가지 재미있는 것들이 많아요. 저는 그것을 구경하는 것이 좋아요. 응접실의 작은 탁자에는 제임스 2세 시절의 술잔이 있어요. 그 술잔은 프리스트 집안의 옛 조상이 스코틀랜드에서 가지고 있던 것인데, 엉겅퀴와 장미 무늬가 그려져 있으며, 찰스 왕자의 건강을 기원하는 건배를 위해 사용되었고 다른 용도에는 사용된 적이 없었대요. 그것은 무척 귀중한 가보라서 낸시 할머니가 몹시 소중하게 여기고 있어요. 그리고 중국식 찬장에는 식초에 절인 뱀을 담은 커다란 유리병이 들어 있어요. 전 좀 무섭지만 그것에 무척 끌려요. 소름이 끼치면서도 매일 보러 가지 않으면 궁금해지거든요. 왠지 절 끌어당기는 것 같아요.

낸시 할머니의 방에는 유리 문고리가 달린 사무용 책상과 꼬리 끝으로 서 있는 물고기 모습을 한 녹색 꽃병, 꼬리를 말고 있는 용, 박제된 작은 새가 들어 있는 상자, 달걀을 삶을 때 쓰는 모래시계, 프리스트 집안 조상들의 머리카락으로 장식한 화환틀, 그리고 낡은 은판 사진이 많이 있어요.

하지만 제가 가장 좋아하는 것은 응접실의 램프에 달려 있는 반짝반짝 빛나는 커다란 은구슬이에요. 그 구슬 속에는 작은 동화 나라가 있어요. 낸시 할머니는 그것을 구슬거울이라고 부르고 있는데, 할머니가 돌아가시면 저에게 주겠다고 했어요. 전 그런 말씀은 하지 않았으면 하는 생각이 들어요. 그 구슬이 너무 갖고 싶은 나머지, 아무래도 '할머니가 언제쯤 돌아가실까' 하고 생각하게 되고, 그러면 전 제가 무척 못된 아이라는 생각이 들 테니까요. 전 또 고양이 문고리와 할머니의 금귀걸이를 받기로 되어있어요. 이것들은 머리 집안에서 물려받은 가보래요. 낸시 할머니의 얘기로는 프리스트 집안의 가보는 프리스트 집안 사람에게 줘야 한대요. 전 고양이 문고리는 좋아질 것 같지만 귀걸이는 갖고 싶지 않아요. 솔직히 말하면 전 남에게 제 귀를 별로 보여주고 싶지 않거든요.

전 이곳에서 혼자 자고 있어요. 무섭기는 하지만 무서움만 잊을 수 있다면 그 편이 좋다고 생각해요. 이제 제비 소리는 아무렇지도 않아요. 사람들과 멀리 떨어져 있다는 것이 좀 꺼림칙하지만, 그러나 마음대로 팔다리를 쭉 뻗을 수 있고 몸을 뒤척여도 아무도 화낼 사람이 없어서 정말 좋아요. 그리고 한밤중에 잠에서 깨어났을 때 멋진 시가 떠오르면(그런 식으로 떠오르는 건 언제나 굉장히 멋지다고 생각돼요) 바로 침대에서 빠져나와 지미가 준 공책에 그것을 곧바로 적을 수 있어요. 집에서는 그럴 수 없기 때문에 아침에 일어나면 생각했던 것을 완전히 까먹거든요. 간밤에 무척 멋진 시가 떠올랐어요.

'백합은 진줏빛 잔을 들어올리고, 꿀벌은 그 달콤함에 빠지네.'

전 무척 행복했어요. 이 두 줄은 제가 지금까지 쓴 시 가운데 가장 좋다고 생각되기 때문이에요.

전 부엌에 가서 캐럴라인이 요리하는 것을 거들어도 좋다는 허락을 받았어요. 캐럴라인은 요리를 잘 하는 데 가끔 실수를 해서 미식가인 낸시 할머니를 무척 화나게 해요. 며칠 전 캐럴라인은 보리 수프를 너무 걸쭉하게 만들고 말았어요. 낸시 할머니가 접시를 들여다보며 "아니, 이건 사람이 먹을 거니, 아니면 돼지가 먹을 거니?" 하고 말하자, 캐럴라인은 "이건 프리스트 집안 사람에게는 대단히 맛있는 음식이에요. 그리고 프리스트 집안 사람에게 대단히 맛있는 건 머리 집안 사람에게도 대단히 맛있구요" 하고 말했죠. 낸시 할머니가 "할멈, 프리스트 집안 사람은 머리 집안 사람이 식탁에서 흘리는 빵부스러기를 먹고 있는 거야" 하자, 캐럴라인은 몹시 분해하며 큰 소리로 울기 시작했어요. 낸시 할머니는 저에게 이렇게 말했어요. "에밀리, 프리스트 집안 사람하고 결혼하면 안 돼." 저는 전혀 그럴 생각이 없는데도, 할머니는 켈리 할아버지하고 똑같은 말을 하는 것이었어요.

전 지금까지 만난 프리스트 집안 사람 가운데 좋다고 생각되는 사람은 아무도 없었지만, 그렇다고 그들이 특별히 나쁜 사람은 아니고 다른 사람들과 대체로 비슷하다고 생각해요. 그 가운데 짐이 가장 좋은 사람이지만 조금 뻔뻔스러운 데가 있어요. 전 위서 별장의 아침식사가 뉴문의 아침식사보다 좋아요. 토스트와 베이컨과 마멀레이드가 오트밀보다 맛있거든요.

이곳의 일요일은 뉴문에서의 일요일보다 재미있지만 그다지 경건하지는 않은 것 같아요. 그래도 기분전환을 하기에는 더할 나위 없이 좋아요. 낸시 할머니는 교회에도 가지 않고 레이스 뜨기도 하지 않기 때문에 하루 종일 캐럴라인과 트럼프를 해요. 하지만 할머니는 절 끼워주지 않아요. 할머니 스스로 그것이 바람직한 습관이 아님을 인정하시기 때문이죠. 전 할머니의 '바이블'이라는 커다란 응접실을 보는 것을 좋아해요. 그 방에는 재미있는 것이 많이 있기 때문이죠. 드레스라든가 머리카락이라든가, 시, 오래된 은판사진, 사망증명서와 결혼증명서. 전 제 출생 증명서도 발견했어요. 어쩐지 이상한 기분이 들었어요.

오후에 프리스트 집안 사람들이 낸시 할머니 집에 놀러와서 저녁까지 있었어요. 레슬리 프리스트는 꼭 빠지지 않고 와요. 짐의 얘기로는 낸시 할머니가 가장 좋아하는 조카래요. 그것은 레슬리 프리스트가 할머니에게 듣기좋은 말을 늘어놓기 때문이라고 생각해요. 하지만 어느 날 그가 할머니에게 아첨을 늘어놓으면서 아이작 프리스트에게 눈짓을 하는 것을 보았어요. 저는 레슬리가 싫어요. 그는 저를 완전히 어린아이 취급해요. 낸시 할머니는 그들 모두에게 심한 말을 하는데, 그들은 그저 웃기만 할 뿐이에요. 모두 돌아가면 낸시 할머니는 캐럴라인에게 그들의 흉을 본답니다. 프리스트 집안 출신인 캐럴라인은 그것에 화가 나서 일요일 밤이면 늘 낸시 할머니와 싸우는데, 그러면 월요일 아침까지 서로 말을 하지 않아요.

전 낸시 할머니의 책장에서 가장 위칸을 제외하고는 무슨 책이든지 읽어도 좋다는 허락을 받았어요. 왜 맨 위칸의 책은 읽으면 안 되는지 이상해요. 낸시 할머니는 프랑스 소설이라서 안 된다고 하지만, 그중 한 권을 슬쩍 들여다보았더니 영어로 씌어 있었어요. 낸시 할머니가 절 속인 게 아닐까요?

제가 가장 좋아하는 곳은 집 아래쪽 바닷가예요. 바닷가는 군데군데 험한 곳이 있지만, 곳곳에 생각지 못한 멋진 장소가 있어요. 전 그곳을 산책하면서 시를 지어요. 일저와 테디, 페리, 소시 샐이 무척 그리워요. 오늘 일저한테서 편지를 받았어요. 제가 돌아올 때까지 〈한여름밤의 꿈〉을 상연하는 건 전혀 진전이 없을 거라고 했어요. 절 정말 필요로 하는 것 같아 기분이 좋아요.

낸시 할머니는 엘리자베스 이모를 좋아하지 않아요. 어느 날 낸시 할머니는 엘리자베스 이모를 '폭군'이라고 부르며 이렇게 말했어요. "지미 머리는 무척 영리한 아이였어. 엘리자베스 머리의 분노로 그 아이의 지능이 형편없어졌지. 그런데도 벌을 받지 않았다니! 엘리자베스가 만약 그 아이의 육체를 죽였더라면 살인자가 되었을 텐데. 하지만 지능을 죽이는 쪽이 더 큰 죄악이야."

저도 이따금 엘리자베스 이모가 싫어질 때가 있어요. 하지만 아빠, 전 우리 가족을 감싸주지 않으면 안 될 것 같아서 이렇게 말했어요.

"전 엘리자베스 이모를 그런 식으로 말하는 건 듣고 싶지 않아요."

그런 후 저는 낸시 할머니를 힐끗 보았어요. 할머니는 말했어요. "건방진 말을 하는구나, 애가. 아치벌드 오라버니는 너희들이 살아있는 한 절대로 죽지 않는 모양이야. 듣고 싶지 않다면 캐럴라인과 내가 얘기하고 있을 때 근처에 없으면 되지. 네가 듣고 싶어하지 않을 얘기가 산더미처럼 많으니까."

이것은 빈정대는 말이지만, 그래도 전 낸시 할머니가 절 좋아하고 있다는 걸 느껴요. 하지만 할머니는 언제까지나 변함없이 절 좋아해 주지는 않을지도 몰라요. 짐 프리스트의 말로는 할머니는 변덕이 심해서 어떤 사람이든 자기 남편까지도 항상 좋아하지는 않았다고 해요. 그래도 할머니는 저에게 비꼬는 말을 한 뒤에는 항상 캐럴라인을 시켜서 파이를 한 조각 주기 때문에, 전 그런 말을 들어도 별로 신경쓰지 않아요.

할머니는 저에게 진짜 홍차도 마시게 해 줘요. 저는 홍차를 좋아하거든요. 엘리자베스 이모는 밀크티밖에 주지 않아요. 그것이 제 건강에 좋다면서요. 낸시 할머니의 말로는 건강에 가장 좋은 방법은 좋아하는 것만 먹고 위장 같은 건 전혀 생각하지 않는 거래요. 그렇지만 할머니는 폐병에 걸릴 염려가 없으니 그렇게 말할 수 있는 거예요. 할머니는 제가 원기 넘치는 아이라서 폐병으로 죽을지 모른다는 걱정은 조금도 할 필요가 없다고 말했어요. 그 말을 듣고 전 안심했답니다. 낸시 할머니가 싫어지는 건, 할머니가 저의 여러 가지 특징을 얘기하면서 그것이 남자들에게 어떤 느낌을 주는지를 얘기할 때뿐이에요. 그런 얘기를 들으면 제가 바보가 되는 느낌이거든요.

아빠, 앞으로는 더욱 자주 편지쓸게요. 지금까지 아빠를 소홀히 한 것 같아 죄송한 생각이 들어요.

추신 : 이 편지에 틀리게 쓴 글자가 있을 것 같아요. 사전을 가지

고 오는 것을 깜박 잊었거든요.

7월 22일

아, 아빠. 전 곤경에 빠지고 말았어요. 어떻게 하면 좋을까요? 낸시 할머니의 제임스 2세 시대의 술잔을 깨고 말았거든요. 마치 악몽을 꾸는 것 같은 기분이에요.

오늘 전 뱀이 들어 있는 병을 보러 응접실에 들어갔는데, 돌아서는 순간 옷소매가 잔에 걸려 잔이 난로 위에 떨어지면서 산산조각 나고 말았어요. 처음에는 놀라 그 방에서 나와버렸기 때문에 잔이 깨진 채 그대로 두었는데, 나중에 돌아가서 조각을 조심스럽게 주워 모아 소파 뒤의 상자 속에 숨겨 두었어요.

낸시 할머니는 요즈음 응접실에는 전혀 들어가지 않고, 캐럴라인도 가끔밖에 가지 않기 때문에, 어쩌면 제가 집에 돌아갈 때까지 눈치채지 못할지도 몰라요. 하지만 깬 것이 늘 마음에 걸려요. 언제나 그 일이 머리에서 지워지지 않아 무엇을 해도 즐겁지가 않아요. 만약 할머니가 알게 되면 틀림없이 몹시 화를 내며 저를 용서해주지 않을 거예요. 그것이 걱정되어 전 밤새도록 잠을 이루지 못했어요.

짐 프리스트가 저와 놀기 위해 찾아왔다가 곧 재미없다고 하면서 돌아갔어요. 프리스트 집안 사람들은 대개 자기가 생각하는 것을 그대로 말해요. 물론 제가 흥이 날 리가 없지요. 그 일에 대해 기도를 하면 도움이 될까요? 전 낸시 할머니에게 거짓말을 하고 있는 거니까, 기도를 하는 것은 옳지 않다고 생각해요.

7월 24일

아빠, 세상은 정말 신기해요. 모든 일이 늘 자기가 예상한 대로만 되는 것은 아니니까요. 어젯밤에도 저는 뜬눈으로 밤을 지샜어요. 무척 걱정이 되어서요. 전 제가 비겁하다고 생각했고, 떳떳치 못한 짓을 하여 집안의 가풍을 어겼다고 생각했어요. 마침내 마음의 고통이 심해져 더 이상 견딜 수가 없었어요. 다른 사람들이 저에 대해 나쁘게 말하는 건 참을 수 있지만, 스스로 저를 나쁘다고 생각하면 도저히 참을 수가 없게 돼요. 그래서 전 침대에서 일어나 몇 개나 되는 복도를 지나 안채 응접실로 갔어요.

낸시 할머니는 아직 그곳에서 혼자 트럼프를 하고 있었어요. 이런 시간에 침대에서 나오다니 도대체 무슨 일이냐고 할머니가 물었어요. 전 괴로운 일은 가능한 한 빨리 끝내려고 간단하게 이렇게 말했지요.

"어제 전 할머니의 제임스 2세 시대의 술잔을 깨고 말았어요. 그리고 소파 뒤에 그것을 숨겼어요."

그렇게 말한 뒤 전 폭탄이 폭발하기를 기다리고 있었어요.

낸시 할머니가 말했어요.

"그것 참 잘했구나. 난 이따금 그것을 깨뜨렸으면 좋겠다고 생각했지만, 아무래도 그럴 용기가 없었단다. 프리스트 집안 사람들이 모두 그 잔을 원해서, 내가 어서 죽기를 기다리고 있는 건 물론이고 싸우기까지 하는데, 이제 그 잔은 누구의 것도 되지 않을 것이고 게다가 그것을 깨뜨렸다고 해서 나를 비난할 사람도 없게 되었으니, 이렇게 좋은 일이 어디 있겠니? 자, 어서 네 방으로 돌아가서 푹 자도록 해라."

그래서 저는 말했어요. "그럼 화를 내지 않으시는 거군요, 할머니."

"만약 그것이 머리 집안에서 받은 가보였다면 널 용서하지 않았겠지. 하지만 프리스트 집안의 물건은 어떻게 되든 상관없어."

그렇게 해서 전 침대로 돌아갔어요, 아빠. 전 비로소 마음의 짐을 벗을 수 있었지만, 그래도 잘한 일이라는 생각은 들지 않아요.

오늘 일저한테서 편지가 왔어요. 소시 샐이 드디어 새끼고양이를 낳았대요! 집으로 돌아가서 새끼고양이를 돌봐주지 않으면 안 될 것 같아요. 제가 돌아가기 전에 엘리자베스 이모가 새끼고양이를 모두 물에 빠뜨려버릴지도 몰라요. 테디한테서도 편지가 왔어요. 테디의 편지는 보통 편지가 아니라 일저와 페리, 탠시패치, '키다리 존의 숲' 같은 것을 그린 정겨운 그림들이에요. 그 그림을 보고 있으니 집이 그리워졌어요.

7월 28일

아, 아빠. 전 일저 어머니의 비밀을 알아버렸어요. 무서워서 아빠께도 쓸 수 없을 정도예요. 저는 믿을 수 없지만 사실이라고 낸시 할머니가 말했어요. 세상에 그런 무서운 일이 있을 줄은 생각도 못했어요. 아니, 저는 믿을 수 없어요. 그것이 사실이라고 누가 말한다 해도 전 믿고 싶지 않아요. 일저의 어머니가 그런 짓을 했을 리 없다고 저는 믿어요. 어딘가 오해가 있었던 게 틀림없어요. 전 너무 불행한 기분이 되어 앞으로 두 번 다시 행복해질 수 없을 것 같아요. 어젯밤 전 이불 속에서 울었어요. 바로 낸시 할머니의 책 속에 나오는 여주인공들처럼요.

"그럴 리가 없어!"

낸시 할머니와 캐럴라인 프리스트는 지난날의 기쁘고 즐거웠던 추억을 회상함으로써 권태로운 나날에 약간이나마 변화를 주고자 했다. 뿐만 아니라 두 사람은 에밀리의 나이같은 건 전혀 고려하지 않고 에밀리 앞에서 거리낌없이 다른 집안의 옛날이야기를 했다. 사랑, 출생, 죽음, 추문, 비극…… 두 노인의 머리에 떠오르는 것은 뭐든지 화제에 올렸다. 그리고 사소한 얘기까지 거리낌없이 끄집어 냈다. 낸시 할머니는 그 모든 일들을 아주 자세한 부분까지 하나하나 다 기억하고 있었다. 세월이 흐르거나 당사자가 죽어서 모두들 잊고 있는 것까지 끄집어내어 얘깃거리로 삼았다.

에밀리는 자기가 할머니들의 그런 얘기를 좋아하는지 어떤지 스스로도 모르면서 그런 이야기에 호기심이 끌리는 걸 느꼈다. 바로 소설을 읽을 때와 같은 느낌이었다. 하지만 그와 동시에 보아서는 안 될 흉측한 것을 보았을 때처럼 에밀리는 괴로운 기분에 사로잡히기도 했다. 로라 이모가 말한 것처럼 그녀가 어리다는 것이 어느 정도 그녀를 지켜주기는 했지만, 그것도 일저 어머니에 대한 슬픈 이야기를 알게 된 두려움에서 그녀를 구해주지는 못했다.

숨막힐 듯이 무더운 7월의 어느 날 오후였다. 에밀리는 너무 더워서 바닷가에 나가지도 못하고 안채 응접실 소파에 웅크리고 앉아서 《스코틀랜드의 지도자들》을 읽고 있었다. 에밀리는 더할 수 없이 행복했다. '바람 아주머니'가 별장 뒤 단풍나무 숲 위로 불어와 나뭇잎을 흔들고 있었기 때문에, 모든 나무들이 파릇파릇한 꽃으로 뒤덮인 것처럼 보였다.

뜰에서는 좋은 향기가 풍겨왔다. 주위는 아름다웠고, 로라 이모한테 받은 편지에는 소시 샐의 새끼고양이 중 한 마리는 에밀리를 위해 버리지 않고 두었다고 적혀 있었다. 마이크 2세가 죽었을 때 에밀리는 무슨 일이 있어도 다시는 고양이를 키우지 않겠다고 생각했지만, 지금은 달랐다. 고양이를 키우고 싶은 마음이 더 간절해진 것이다.

모든 것이 그녀를 만족스럽게 했다. 그녀는 너무 행복해서, 다신교 신앙에서 요구하는 대로 자신의 가장 중요한 소유물을 질투심 강한 신들에게 바쳐야 한다고 하더라도 아깝지 않았을 것이다.

낸시 할머니는 트럼프 놀이에 싫증이 났는지 트럼프를 그만 두고 뜨개질감을 집어들며 말했다.

"에밀리, 로라 이모는 닥터 번리와 결혼할 생각이 있다니?"

갑작스러운 낸시 할머니의 물음에 배넉번 평원에서 돌아온 에밀리는, 또 그 얘기냐는 표정을 지었다. 블레어워터에서도 남의 얘기를 좋아하는 사람들이 자주 그런 질문을 했는데, 프리스트폰드에서도 또 들어야 하다니.

"아뇨, 틀림없이 그런 생각은 하지 않으실 거예요, 낸시 할머니. 닥터 번리는 여자를 싫어하는걸요."

낸시 할머니가 킬킬 웃었다.

"그런 단계는 이미 지났을 줄 알았는데, 부인이 달아난 지 벌써

11년이나 되었으니까. 11년씩이나 한 가지 생각에만 매달리는 사람은 드물어. 그렇지만 앨런 번리는 무슨 일에 대해서나 완고했으니까, 사랑하는 것도 증오하는 것도 말이다. 그 사람은 지금도 자기 아내를 사랑하고 있는 거야. 그래서 아내에 대한 추억이 싫은 거고 다른 어떤 여자도 싫은 거지."

"전 아직 그 사건에 대해 확실하게 들은 적이 없어요. 그 사람 부인은 대체 어떤 사람이었어요?" 캐럴라인이 말했다.

"비어트리스 미첼이란 여자였지. 슈루즈베리의 미첼 집안 출신이야. 앨런이 그 여자하고 결혼했을 때 그 여자는 겨우 18살이었어, 앨런은 35살이었고. 에밀리, 넌 너보다 훨씬 나이가 많은 남자하고 결혼하겠다는 바보 같은 생각은 절대로 하면 안 된다."

에밀리는 아무 말도 하지 않았다. 《스코틀랜드의 지도자들》은 벌써 머리에서 사라지고 없었다. 흥분하면 늘 그렇듯이, 그녀의 손은 점차 차가워졌고 눈은 멍해져 있었다. 에밀리는 오랫동안 궁금하게 여겨왔던 비밀이 풀리려 하고 있음을 알았다. 혹시 낸시 할머니가 다른 얘기를 꺼내지 않을까 하고 그녀는 몹시 마음을 졸였다.

"소문에 듣기로는 그 여자는 무척 미인이었다고 하던데요."

캐럴라인이 말하자 낸시 할머니는 흥! 하고 코웃음을 쳤다.

"제눈에 안경이겠지. 하긴 좀 예쁘긴 했어, 네가 좋아하는 금발 인형 같은 여자였으니까. 왼쪽 눈썹 위에 작은 점이 있었지, 작고 붉은 하트 모양의 점이. 그래서 그 여자를 보면 난 언제나 그 점만 눈에 들어오더군. 하지만 그 여자한테 반한 남자들은 그 점을 매력으로 생각하고 '하트의 여왕'이라 불렀어. 앨런도 그 여자에게 홀딱 반해버렸지. 결혼 전 그녀는 바람둥이였어. 하지만 난 분명히 말할 수 있어. 여자들에게서 공정성을 기대하기는 힘든 일이지, 캐럴라인. 예를 들면 너도 공평하지 않은 할멈이니까. 하여튼 결혼 뒤에는 결코 바람둥이가 아니었어. 적어도 공개적으로는 말이야.

　장난기 많은 처녀였고 언제나 웃고 노래하고 춤추고 있었던 그녀는 앨런 번리의 아내로는 어울리지 않았어. 앨런 번리는 로라 머리와 결혼할 수도 있었지만, 어리석은 여자와 현명한 여자 가운데 어느 한쪽을 선택해야 할 때 어떤 남자가 주저하겠어? 언제나 어리석은 여자가 이기기 마련이야, 캐럴라인. 너에게 남편이 없었던 것도 바로 그 때문이었지. 넌 분별심이 지나치게 많거든. 난 어리석은 척했기 때문에 남편을 얻을 수 있었어. 에밀리, 너도 이 말을 잘 기억해 둬라. 너는 머리가 좋아. 그것을 숨기지 않으면 안 돼. 너의 머리보다는 발목이 남자한테는 훨씬 효력을 발휘할 테니까."
"에밀리의 발목 같은 것에 신경쓰지 말고 번리 집안 얘기나 계속해 보세요."
남의 추문을 듣는 것을 몹시 좋아하는 캐럴라인이 말했다.
"비어트리스한테는 사촌 오빠가 있었어. 슈루즈베리의 레오 미첼이라는 남자였지. 캐럴라인, 너도 미첼 집안 사람들을 기억하지? 이 레오라는 남자는 미남이었어, 선장이었지. 그 남자가 비어트리스와 사랑하는 사이라는 소문이 난 거야. 비어트리스는 그 남자하고 결혼하고 싶었지만 결혼 상대로는 앨런 번리가 더 나은 조건이라서, 가족들이 앨런 번리와 결혼시킨 거라고 말하는 사람도 있었지. 하지만 그런 사정을 누가 속속들이 알 수 있겠어? 소문은 열에 아홉은 거짓이고 사실인 건 겨우 열에 하나에서 다시 그 반 정도나 될까?
　어쨌든 비어트리스는 앨런을 사랑하는 척했고 앨런은 그것을 진심으로 받아들였지. 레오는 항해에서 돌아와서 비어트리스가 결혼한 것을 알고도 태연했어. 그 대신 레오는 늘 블레어워터에 갔고, 비어트리스 쪽에도 할 말은 얼마든지 있었지. 레오는 사촌이었고 두 사람은 함께 자랐으니까 친남매나 마찬가지였거든. 도시에서 자란 그녀에게는 블레어워터의 생활은 쓸쓸하기 짝이 없었어. 게다가 레오한테는 형의 집 말고는 집이 없었지. 앨런은 그런 것을 모두 인정했던 거야. 앨런은 비어트리스에게 완전히 빠져 있었기 때문에 그녀의 말이라면 어떤 것도 의심의 여지가 없었지. 앨런이 왕진으로 집을 비울 때 비어트리스와 레오는 언제나 함께 있었지. 이윽고 레오의 배──'바람 부인'호라는 이름이었어──가 블레어워터 항구에서 남아메리카를 향해 출범하는 밤이 왔어. 레오는 떠났지. 그리고 비어트리스도 레오와 함께 가버린 거야."

에밀리가 앉아 있는 곳에서 숨이 막히는 듯한 기묘한 작은 소리가 들려왔다. 만약 낸시 할머니나 캐럴라인이 에밀리 쪽을 보았더라면, 두 사람은 에밀리가 공포에 질려 눈을 크게 뜨고 마치 죽은 사람처럼 새파래진 얼굴을 하고 있다는 것을 알았으리라. 하지만 두 사람은 에밀리 쪽을 돌아보지 않았다. 두 사람은 뜨개질을 하면서 소문 얘기를 계속하면서 재미있어하고 있었다.

"그래서 그 의사는 어떻게 됐어요?"

"어떻게 되다니, 그걸 누가 알겠어? 사람들이 알고 있는 건 그 뒤에 그가 어떤 사람이 되었는가 하는 것뿐이야. 그날 밤 의사는 해질 무렵에 집에 돌아왔는데 아기는 요람 안에서 자고 있었고, 가정부가 옆에서 아기를 지켜보고 있었어. 가정부 말로는 번리 부인은 사촌 오빠를 배웅하러 잠깐 항구에 간다면서 10시에는 돌아온다고 했다는 거야. 앨런은 그런 줄 알고 아내가 돌아오기를 기다렸지. 그는 아내를 전혀 의심하지 않았지만 비어트리스는 끝내 돌아오지 않아.

처음부터 그녀는 돌아올 생각이 없었던 거야. 이튿날 아침 '바람 부인'호는 이미 항구를 떠난 뒤였지. 전날 밤 해가 진 뒤 항구를 떠난 거였어. 비어트리스는 사촌 오빠와 함께 배를 타고 가버렸어. 우리가 알고 있는 건 그것뿐이야. 앨런 번리는 한 마디도 하지 않았어. 그때부터 그는 아내의 이름을 듣는 것도 입에 올리는 것도 싫어하고 있지. 하지만 '바람 부인'호는 하테라스 군도 앞바다에서 승무원을 실은 채 사라지고 말았어. 그것이 이 애정 도피행각의 마지막이야. 그와 함께 비어트리스의 아름다움과 미소, 하트의 여왕도 사라져 버렸지."

"하지만 비어트리스가 가족에게 가져다 준 수치와 슬픔까지 사라진 것은 아니었군요. 나 같으면 그런 여자는 끝까지 쫓아가서 혼쭐을 내줄 텐데." 캐럴라인이 천박하게 말했다.

"바보 같은 소리 하지 마. 만약 남자가 자신의 아내조차 제대로 건사하지 못한다면, 자기 아내에게 눈이 멀어버렸다면⋯⋯. 아니, 에밀리, 너 왜 그러니?"

에밀리는 일어서서 뭔가 불쾌한 것을 밀쳐내듯 두 손을 앞으로 뻗으며 새되고 이상한 목소리로 외쳤다.

"그런 말 전 믿을 수 없어요. 일저의 어머니가 그런 짓을 하다니 전 믿지 않을래요. 그런 짓은 하지 않았어요. 그랬을 리가 없어요. 일저의 어머니가 어떻게 그런 짓을!"

"캐럴라인, 어서 저 애를 붙잡아!"

낸시 할머니가 소리쳤다.

에밀리는 한순간 방이 빙글빙글 도는 것을 느꼈지만 스스로 정신을 되찾았다.

"건드리지 마세요! 건드리지 마세요! 할머니는⋯⋯ 할머니는 그 얘기를 듣고 좋아하셨잖아요?" 그녀는 격렬하게 소리쳤다.

에밀리는 방을 뛰쳐나갔다. 낸시 할머니는 한순간 부끄러움을 느꼈지만 곧 어깨를 으쓱했다.

"저 아이도 평생 요람 안에서만 살 수 있는 건 아니니까. 언젠가는 있는 그대로의 세상을 알아야할 때가 올 거야. 하지만 저 아이가 집에 돌아가서 방금 들은 애기를 하면 뉴문의 노처녀들이 화를 내며 이리로 쳐들어오겠지? 캐럴라인, 저 아이 앞에서는 소문 애기를 해달라는 말은 하지 마. 나잇살이나 먹어가지고 너도 참 한심하구나."

낸시 할머니와 캐럴라인은 다시 뜨개질을 시작하며 옛날 애기를 계속했다. 2층에 있는 분홍 방에서는 에밀리가 얼굴을 침대에 묻고 몇 시간이나 울고 있었다. 참으로 무서운 애기였다. 일저의 어머니가 아기를 두고 달아나다니! 에밀리에게는 너무도 무서운 일로 여겨졌다. 아무래도 그 애기를 믿을 수 없었다. 어딘가에 오해가 있는 게 틀림없었다.

"틀림없이 납치되었던 거야."

에밀리는 그 일을 필사적으로 설명하려 했다.

"잠깐 배에 올라 바다 경치를 구경하고 있는데 사촌 오빠가 닻을 올리고 일저의 어머니를 데려 가버린 걸 거야. 일저의 어머니가 아기를 버려둔 채 도망칠 리가 없어."

그 이야기는 계속해서 에밀리를 괴롭혔다. 그녀는 며칠 동안 다른 아무것도 생각할 수가 없었다. 온통 그 일로 머릿속이 가득해 육체적인 고통을 느낄 정도로 고민이 되었다. 그녀는 이 어두운 비밀을 가슴속에 품은 채 일저를 만나는 것이 두려웠다. 일저는 아무것도 모르고 있었다. 전에 에밀리가 일저한테 일저의 어머니가 어디에 묻혀 있는지 물어보자 일저는 "난 몰라. 아마 슈루즈베리겠지. 미첼 집안 사람들은 모두 그곳에 묻히거든" 하고 말했었.

에밀리는 가녀린 두 손을 모아 비틀었다. 그녀는 아름다움과 즐거움에 민감한 것처럼, 추함과 괴로움에도 참으로 민감했다. 그리고 이 이야기는 무섭기도 하고 고통스럽기도 했다. 낮에도 밤에도 그 일이 머릿속에서 떠나지 않았다. 위서의 별장에서의 생활에 당장 흥미를 잃어버리고 말았다. 낸시 할머니와 캐럴라인은 에밀리가 있는 곳에서는 아무리 해롭지 않은 얘기라도 절대로 하지 않게 되었다. 그것은 두 사람에게는 무척 힘든 일이었기 때문에, 에밀리를 굳이 옆에 두려고 하지 않았다. 그럴때면 에밀리는 자신이 눈치껏 자리를 피해주어야 그들이 안심하고 얘기를 할 수 있다는 것을 알고 있었다. 때문에 에밀리는 언제나 밖에 나가서 대개는 바닷가를 돌아다니며 시간을 보냈다.

그녀는 이제 시를 쓸 수 없었고, '지미 북'이라고 이름붙인 공책에 글을 쓰는 것도 불가능했다. 아버지 앞으로 편지를 쓰는 것조차 할 수 없었다. 무언가가 그녀의 오랜 기쁨을 방해하는 것 같았다. 모든 것이 쓰디쓰게 느껴졌다. 아스라한 항만의 그림자도, 전나무가 심어져 있는 절벽의 아름다움도, 동화나라의 초소와도 같은 보라색 섬들도 더 이상은 예전의 '평안한 기쁨'을 가져다주지 않았다. 다시는 행복해질 수 없는 게 아닌가 하는 생각까지 들었다. 이 세상의 죄악과 슬픔이 생생한 아픔으로 찾아와 그녀의 마음을 도려내는 것 같았다.

에밀리는 도저히 그 이야기를 믿을 수 없었다. 일저의 어머니가 그런 짓을 했을 리 없으며, 그럴 리 없다는 것을 증명해 보이고 싶은 욕구가 그녀를 사로잡았다.

하지만 어떻게 증명할 것인가? 그것은 불가능한 일이었다. 에밀리는 하나의 '비밀'은 알았지만, 한층 더 어두운 비밀에 부딪히고 말았다. 어째서 비어트리스 번리는 그 여름날 저녁에 집으로 돌아오지 않았는지, 그 이유를 알 길이 없었던 것이다. 하지만 에밀리는, 이유야 어떻든 일저의 어머니가 그날 달빛을 받으며 블레어 항구를 떠난 그 배에 탔기 때문에 영원히 돌아오지 못한 것은 아닐 거라고 굳게 믿었다.

바닷가에서

 '난 얼마나 더 살 수 있을까?' 하고 에밀리는 생각했다.
 그날 저녁 에밀리는 여느때보다 훨씬 먼 곳까지 바닷가를 산책했다. 산들바람이 부는 포근한 저녁이었다. 공기에서는 수액의 달콤한 냄새가 났고 바닷물빛은 아련한 하늘색이었다. 그녀가 서 있는 곳은 무인도의 땅처럼 쓸쓸해 보였다. 있는 듯 없는 듯한 좁은 오솔길이 부드러운 이끼에 에워싸인 채 붉은 실처럼 가느다랗게 잡목림으로 숨었다 나왔다를 되풀이하고 있었다.
 바닷가의 둑은 점점 험준한 바위투성이가 되었고, 오솔길은 풀고사리 수풀 속으로 완전히 자취를 감추었다. 에밀리가 돌아가야겠다고 생각한 바로 그 순간, 언덕 끝에 여름날 사라져가는 물보라처럼 흐드러지게 피어 있는 꽃이 눈에 들어왔다.
 그녀는 그 꽃을 꼭 갖고 싶었다. 그렇게 진한 보라색 꽃은 처음 보았기 때문에 그 꽃을 꺾기 위해 한 발을 내딛었다. 그 순간 그녀가 딛고 있던 이끼 낀 바닥이 눈 깜짝할 사이에 허물어지면서 험준한 비탈길로 미끄러지기 시작했다. 에밀리는 필사적으로 기어오르려

했지만 그러면 그럴수록 무너진 흙덩어리는 그녀와 함께 점점 아래로 떨어져 내려갈 뿐이었다. 비탈길로 미끄러지던 흙덩이는 이제 조금만 있으면 바위 끝에서 10미터 아래 자갈밭으로 떨어질 참이었다. 한순간 에밀리는 숨막히는 공포로 등골이 오싹해졌다. 그런데 순간 미끄러지던 흙덩이가 좁은 바위에 반쯤 걸려 멈춘 것을 알았다. 에밀리는 그 흙덩어리 위에 누운 자세로 실려 있었다. 만약 몸을 조금이라도 움직이면 흙덩이는 아래 똑바로 자갈밭 위로 떨어질 것이었다.

에밀리는 꼼짝하지 않고 누워 마음속으로 절대로 무서워해서는 안 된다고 생각했다. 집에서 꽤 멀리 떨어진 곳이어서 고함을 질러 봤자 아무도 듣지 못할 것 같았다. 하기는 몸을 움직이면 자신을 지탱하고 있는 흙덩어리가 무너질 것 같아서 고함을 지를 용기도 없었다. 몸을 움직이지 않고 언제까지 그 자리에 꼼짝 않고 있을 수 있을까?

밤이 오고 있었다. 어두워지면 낸시 할머니는 에밀리가 걱정되어 캐럴라인을 보내 찾게 할 것이다. 하지만 캐럴라인은 이렇게 멀리까지는 찾아오지 않을 거야. 별장에서 멀리 떨어진 이곳까지 찾아보려는 생각은 아무도 하지 않을 거야. 밤새도록 혼자 이곳에 있어야 하다니, 흙이 무너져 떨어지는 것을 두려워하며 오지도 않을 도움을 기다리고 있어야 하다니! 에밀리는 떨리는 몸을 가까스로 진정시켰다. 몸을 떨면 그것으로 끝장일 것 같았다.

키다리 존으로부터 자기가 먹은 사과에 쥐약이 들어있었다는 말을 들었던 그날 밤, 에밀리는 한 번 죽음을 각오했었다. 아니, 죽을 거라고 생각했었다. 하지만 지금이 훨씬 더 무서웠다. 인가에서 멀리 떨어진 이런 곳에서 혼자 죽어가야 하다니. '내가 어떻게 되었는지 아무도 모를 테고 아무도 나를 찾지 못할 거야. 까마귀와 갈매기가 내 눈을 쪼아먹겠지.'

에밀리는 그 광경이 생생하게 떠올랐기 때문에 무서워서 하마터면 소리를 지를 뻔했다.
'일저의 어머니가 사라진 것처럼 나도 이 세상에서 사라질 거야.'
일저의 어머니는 도대체 어떻게 된 것일까? 살아날 희망이 없는 몸이 되어서도 에밀리는 여전히 그 일을 생각했다. 그녀는 두 번 다시 그리운 뉴문으로 돌아갈 수 없을 것이고, 테디도, 버터 제조장도, 탠시패치도, 이끼 낀 해시계도, 그리고 다락에 있는 소파의 선반에 보관한 소중한 원고도 볼 수 없을 것이다.
"용기를 내어 꼼짝 않고 버텨야 해. 살아날 길은 오직 이곳에서 버티는 길뿐이야. 몸은 꼼짝 못하지만 마음 속으로는 기도할 수 있어. 틀림없이 하느님은 입으로 한 말과 마찬가지로 마음 속으로 기도하는 것도 들어주실 거야.
아무도 들어주지 않더라도 하느님은 들어주실 거라고 생각하니 기뻐. 난 아직 죽기에 이르다고 생각하는걸. 무릎 꿇지 못하는 것을 용서해 주세요. 보시는 바와 같이 몸을 움직일 수가 없거든요. 그리고 만약 제가 죽더라도 엘리자베스 이모가 제 편지를 발견하지 못하게 해주세요. 또 캐럴라인이 방을 청소할 때 옷장을 열지 않게 해주세요. 만약 옷장을 열면 '지미 북'이 발견되어 캐럴라인에 대해 쓴 글을 보게 될 테니까요.
부디 제가 지은 모든 죄를 용서해 주시고, 특히 은혜도 모르고 앞머리를 자른 것을 용서해 주세요. 그리고 제발 아빠를 너무 멀리 보내지 말아주세요. 아멘."
이어서 그녀는 여느 때의 버릇대로 추신을 덧붙였다. "아, 제발 누군가 일저의 어머니가 그런 짓을 하지 않았다는 걸 증명할 수 있게 해주세요."
에밀리는 머리카락 하나 움직이지 않고 가만히 있었다. 해수면은 따뜻한 금빛과 장밋빛이 뒤섞이기 시작했고, 눈앞의 벼랑 위에 서 있는 거대한 소나무의 검은 가지가 뒤쪽의 호박빛 하늘에 솟아 있었다. 차가운 바닷바람이 그녀를 쓰다듬었다. 옆쪽의 흙덩이가 또 무너져 내렸다. 그 흙덩이가 아래의 자갈밭 위에 '쿵' 하고 떨어지는 소리가 들렸다. 그녀의 한쪽 다리가 얹혀 있는 곳도 심하게 흔들렸다. 곧 무너질 것 같았다. 어두워지면 이곳에 있는 것이 더욱 무서워질 거라고 생각했다. 에밀리를 이런 상황으로 내몬 그 커다란 '여름날 사라져가는 물보라'가 머리 위에서 진한 보라색으로 흔들리고 있는 것이 보였다.

바로 그때, 꽃 옆에 한 남자의 얼굴이 그녀를 내려다보고 있는 것이 아닌가!

에밀리는 그 사람이 "맙소사!" 하고 혼잣말을 하는 소리를 들었다. 그 사람은 몸이 말랐고 한쪽 어깨가 다른 쪽 어깨보다 조금 높았다.

'저 사람은 딘 프리스트, 즉 자백 프리스트가 틀림없어.'

그녀는 말은 하지 않았지만 잿빛이 감도는 보라색 커다란 눈으로 "살려 주세요!" 하고 호소했다.

"어떻게 하면 널 구해줄 수 있을까?"

딘 프리스트는 혼잣말처럼 갈라진 목소리로 말했다.

"손이 닿지 않아서 말이야. 게다가 조금이라도 건드리면 그 무너진 흙덩이가 다시 떨어질 것 같구나. 밧줄을 구해와야겠으니 여기서 잠시 혼자 있어야겠다. 기다릴 수 있겠니?"

"네."

에밀리는 조그만 목소리로 말하며 그 사람에게 기운을 북돋워 주기 위해 미소를 지어보였다. 한쪽 입가에서 천천히 시작되어 얼굴 전체로 퍼져가는 그 사랑스러운 미소. 딘 프리스트는 그 미소를 결코 잊지 않았다. 또한 위험천만한 벼랑을 바로 코앞에 두고도 침착함을 잃지않고 그를 응시하던 커다란 눈동자를 결코 잊을 수 없으리라.

"최대한 빨리 돌아올게. 하지만 그리 빨리 걷지는 못해, 보다시피 다리가 좀 약하거든. 무서워하면 안 돼. 내가 꼭 구해줄 테니까. 친구가 되어줄 개를 두고 가마. 이리 와, 트위드."

그가 휘파람을 불자 짙은 갈색과 금빛 얼룩이 있는 커다란 개가 나타났다.

"내가 돌아올 때까지 여기 앉아 있어, 트위드. 발을 움직이거나 꼬리를 흔들면 안 돼. 말을 할 때는 눈으로 하는 거야."

트위드는 얌전하게 앉았고 딘 프리스트는 곧 사라졌다.

에밀리는 그곳에 누워 '지미 북'에 쓰기 위해 이 사건을 처음부터 끝까지 되새겨 보았다. 그녀는 아직 무서웠지만, 다음 날 이 일에 대해 쓸 글을 생각하고 있으니 두려움이 조금 가시는 것 같았다. 다 쓰고 나면 무척 흥미진진한 이야기가 될 것 같았다.

그녀는 또한 커다란 개가 가까이에 있다고 생각하니 더욱 마음이 든든했다. 개에 대해서는 고양이만큼은 잘 알지 못하지만 커다랗고 다정한 눈으로 그녀를 보고 있는 그 개를 보니 무척 믿음직스러웠다. 잿빛 새끼고양이는 사랑스럽지만 그곳에 앉아서 그녀를 든든하게 지켜주지는 못할 것이라고 생각했다.

'곤경에 처했을 때는 고양이보다는 개가 더 믿음직스럽지.'

30분쯤 뒤에 딘 프리스트가 돌아왔다.

"다행이다, 아직 떨어지지 않았구나" 하고 그는 중얼거렸다.

"생각했던 것만큼 멀리 가지 않아도 되었지. 해변에 밀려 올라온 빈 보트에 밧줄이 있기에 가지고 왔단다. 자, 내가 끌어올리는 동안 밧줄을 붙잡고 매달려 있을 수 있겠지?"

"해 볼게요."

딘 프리스트는 밧줄 끝에 고리를 끼워 에밀리에게 내려주고 반대쪽은 커다란 전나무 기둥에 감았다.

"됐다." 그는 말했다.

에밀리는 기도했다.

'아, 하느님, 제발……'

에밀리는 흔들리고 있는 밧줄의 고리를 붙잡았다. 다음 순간 에밀리는 밧줄에 온몸을 실었다. 그녀가 몸을 움직인 순간 발 밑의 흙덩이가 다시 미끄러져 떨어졌다. 딘 프리스트는 순간 등골이 오싹했다. 끌어올리는 동안 밧줄에 매달려 있을 수 있을까?

바로 그때 다행히도 에밀리는 좁은 바위 위에 무릎을 댈 만한 공간을 발견했다. 딘 프리스트는 조심스럽게 밧줄을 끌어당겼다. 에밀리는 용기를 다해 무너지려 하는 둑의 지면에 발톱을 세우고 그를 도왔다. 마침내 그는 에밀리의 팔을 붙잡고 무사히 끌어올렸다. 딘 프리스트가 에밀리를 끌어올릴 때 에밀리는 한 손을 뻗어 바로 옆에 있던 꽃을 꺾었다.

"어쨌든 전 이것을 땄어요."

에밀리는 기쁜 듯이 말했다. 그러면서도 예의를 잊지 않았다.

"정말 고맙습니다. 아저씬 제 목숨을 구해주셨어요. 그리고…… 그리고 전 잠시 앉아 있고 싶어요. 다리에 힘이 없어서요."

에밀리는 위험에 몸을 내맡기고 있었을 때보다 더 비틀거리며 그 자리에 주저앉았다. 딘 프리스트는 옹이가 울퉁불퉁한 전나무 고목에 몸을 기댔다. 그도 '비틀거리고 있는' 듯 보였다. 그는 손수건으로 이마의 땀을 훔쳤고 에밀리는 눈부신 듯이 그를 올려다보았다. 에밀리는 낸시 할머니가 딘에 대해 얘기하는 것을 자주 들었다. 낸시 할머니는 진심으로 그를 좋아하고 있지는 않은 듯해서, 그에 대한 얘기는 언제나 좋은 것이라고는 할 수 없었다. 할머니는 그를 상당히 경멸하는 투로 '자백'이라고 불렀고 캐럴라인은 그냥 딘이라고 불렀다.

에밀리는 딘이 대학을 졸업했고 지금 36살이 되었다는 것을 알고 있었다. 36살이라 하면 에밀리에게는 굉장히 나이가 많은 것처럼 느껴졌다. 그는 어깨가 보기 흉하게 처지고 다리를 약간 전다는 것, 책 말고는 좋아하는 것이 없고, 형과 함께 살면서 이곳저곳을 두루 여행하고 다녔다는 것, 프리스트 집안 사람들은 모두 많든 적든 그의 빈정대는 말투를 두려워하고 있다는 것, 그런 것들을 에밀리는 이미 들어서 알고 있었다. 낸시 할머니는 그를 '냉소적'이라고 말했다. 에밀리는 냉소적이라는 말이 무슨 뜻인지 몰랐지만 그 말의 어감에 흥미를 느꼈다.

에밀리는 주의 깊게 그를 바라본 결과, 그가 창백한 얼굴에 머리카락이 짙은 갈색이라는 것을 알았다. 입술은 얇고 신경질적이며 변덕스럽게도 보였다. 에밀리는 그의 입이 마음에 들었다. 에밀리가 좀더 컸더라면 그 이유를 알 수 있었을 것이다. 그 입매는 힘과 부드러움과 유머가 깃들어 있었다.

그의 어깨는 비뚤어져 있었지만 그래도 어딘가 모르게 늠름한 데가 있었다. 이것은 대부분의 프리스트 집안 사람들에게서 볼 수 있는 특징으로, 종종 오만함으로 오해받곤 한다. 프리스트 집안 사람들에게 공통적인 녹색 눈은 캐럴라인의 얼굴에서는 교활해 보이고, 짐 프리스트의 얼굴에서는 건방지게 보였지만, 딘의 얼굴에서는 황홀하고 매력적으로 보였다.

"내가 멋있니?"

이렇게 말하는 그는 다른 돌에 걸터앉으면서 그녀에게 미소를 지었다. 그는 목소리도 아름다웠다. 감미롭고 달콤한 목소리였다.

에밀리는 얼굴이 붉어졌다. 빤히 쳐다보는 것이 예의 바른 행동이 아니라는 것을 알고 있었지만 그를 미남이라고 생각하지는 않았다. 그가 멋적은 질문 뒤에 곧바로 다른 것을 물어주어서 다행이라고 생각했다.

"널 구해준 기사가 누군지 알고 있니?"

"아저씬 틀림없이 자…… 딘 프리스트 아저씨죠?"

에밀리는 난처해져 얼굴을 붉혔다. 하마터면 또 무례한 말을 할 뻔했다.

"맞았어, 자백 프리스트야. 별명으로 생각하면 되니까 미안하게 생각할 것 없어. 늘 듣고 있는 말이거든. 그게 바로 프리스트식 유머라는 거지."

그는 조금 불쾌한 듯이 웃었다.

"어쩌다가 이런 벼랑에서 떨어질 뻔했니?"

"이걸 갖고 싶어서요."

에밀리는 그제야 생각난 듯 그녀의 '여름날 사라져가는 물보라'를 보여주며 말했다.

"결국 넌 원하던 것을 손에 넣은 셈이구나. 죽음의 위험을 무릅쓰면서까지 언제나 원하는 것을 손에 넣니? 넌 타고난 행운아인 것 같구나. 아무래도 그런 조짐이 보여. 그 커다란 꽃이 널 위험에 빠뜨리기도 했지만 널 구하기도 한 거야. 내가 널 발견한 것은 그 꽃을 살펴보고 싶어서 거기 갔기 때문이거든. 그 꽃이 무척 큰 데다 색깔이 짙어서 내 시선을 끌었지. 그렇지 않았더라면 난 그냥 가버렸을 거야. 그랬다면 넌 지금쯤 어떻게 되었을까? 이런 위험한 벼랑에 널 내보내다니, 넌 어디 사는 누구지? 이름은 뭐니? 이름이 있다면 가르쳐 다오. 아무래도 의심스럽구나. 네가 뽀족한 귀를 가지고 있으니 말이다. 혹시 내가 요정을 상대로 말하고 있는 건가? 그 사이 20년이나 흘러서 나는 완전히 늙어버렸고, 친구라고는 해골이 된 개뿐인 건 아니겠지?"

"전 뉴문에 사는 에밀리 버드 스타예요."

에밀리는 조금 딱딱한 목소리로 말했다. 귀에 대한 얘기 때문에 예민해졌던 것이다. 전에 캐시디 신부가 그녀의 귀에 관심을 보였다. 그리고 이번에는 또 자백 프리스트이다. 그녀의 귀는 정말 어딘가 이상한 데가 있는 것일까?

　하지만 그럼에도 에밀리는 그가 마음에 들었다. 에밀리는 그동안 자신이 만난 사람에 대해 오랫동안 생각해본 적이 없었다. 언제나 2, 3분 안에 호감이 가는 사람인지 아닌지를 판단할 수 있었다. 그런데 이상하게도 에밀리는 자백 프리스트를 벌써 몇 년 전부터 알고 있었던 것 같은 느낌이 들었다. 그 무너져 내린 흙덩이 위에 누워 그가 돌아오기를 기다리는 시간이 너무 길게 느껴졌기 때문에 그런 생각이 든 건지도 모른다. 미남은 아니었지만 총명해보이는 갸름한 얼굴과 사람의 마음을 끄는 녹색 눈이 에밀리의 마음에 들었다.

　"그럼 넌 별장에 와 있는 그 꼬마 숙녀로구나." 딘 프리스트가 약간 놀란 듯이 말했다. "그렇다면 낸시 숙모는 너에게 소홀했던 게 틀림없구나."

　"아저씬 낸시 할머니를 좋아하지 않는군요?"

　에밀리가 침착하게 말했다.

　"날 좋아하지 않는 사람을 내가 좋아하면 뭘 하겠니? 너도 지금쯤은 낸시 숙모가 나를 싫어한다는 걸 눈치챘겠지?"

　"어머나, 하지만 전 그렇게 생각하지 않아요. 할머니는 아저씨한테 감탄하고 계신 게 틀림없어요. 할머닌 아저씨가 프리스트 집안사람들 가운데 천국에 갈 단 한 사람이라고 하신걸요."

　"네가 순진하게 그걸 믿었을 뿐이지 숙모는 나를 칭찬해서 그렇게 말한 게 아니야. 그러고 보니 넌 더글러스 스타의 딸이구나. 난 네 아버지를 잘 알고 있단다. 우리는 퀸즈아카데미에 함께 다녔거든, 졸업한 뒤 헤어지고 말았지만. 아버진 신문사에 들어갔고 난 맥길 대학에 진학했으니까. 하지만 아버지는 내 학창 시절 단 한 명의 친구였어. 자백 프리스트를 걱정해 준, 등도 다리도 시원찮아서 축구도 하키도 할 수 없었던 이 자백의 단 한 명의 친구였지.

에밀리 버드 스타, 스타가 바로 너의 첫 번째 이름이 되었어야 하는건데. 넌 이름 그대로 별과 같아. 너한테서 네 인격이 스며나와 반짝반짝 빛나고 있어. 너의 진정한 보금자리는 저녁 하늘이나 해뜨기 전의 새벽 하늘이겠지. 그래, 넌 새벽 하늘에 있는 것이 더 편안할 거야. 난 너를 스타라고 부르고 싶구나."
"절 예쁘다고 생각하신다는 뜻인가요?"
에밀리가 대놓고 물었다.
"아니, 네가 예쁜지 어떤지는 생각해보지도 않았어. 넌 별이 예뻐야 한다고 생각하니?"
에밀리는 거기에 대해 잠시 생각하다가 이윽고 대답했다.
"아뇨. 별에 예쁘다는 말은 어울리지 않아요."
"넌 아무래도 언어의 예술가인가 보구나. 물론 어울리지 않고말고. 별은 무지개처럼 빛나며 잡히지 않는 것이란다. 피와 살을 가진 별을 찾아내는 건 정말 드문 일이지. 난 널 기다리겠어."
"어머! 이젠 갈 수 있어요."
에밀리는 그렇게 말하며 일어섰다.
"아니, 내가 말한 건 그런 뜻이 아니란다. 마음에 두지 않아도 돼. 걸을 수 있다면 이제 슬슬 가보자꾸나, 스타. 적어도 이 황무지에서 널 데리고 나가주마. 오늘 밤 내가 큰맘 먹고 위서의 별장에 갈지 어떨지는 모르겠다. 난 네가 낸시 숙모한테 야단맞는 것을 원하지 않거든. 그럼 넌 나를 멋있다고 생각하지 않는 거구나."
"전 그런 말은 하지 않았어요."
"입으로는 말하지 않았지. 그렇지만 난 네가 생각하고 있는 것을 읽을 수 있단다, 스타. 네가 마음속으로 생각하고 있는 걸 내가 몰랐으면 하겠지만 그건 소용없는 바람이란다. 신들이 나에게 그런 재능을 내려주신 걸. 대신 내가 원하는 그 밖의 다른 것은 무엇 하나 주지 않으셨지. 넌 나를 미남이라고 생각하지는 않지만 매력 있는 사람이라고는 생각하는 것 같구나. 넌 네 자신을 예쁘다고 생각하니?"
"조금은요. 낸시 할머니가 제 앞머리를 뱅 스타일로 해도 된다고 허락하셨거든요."
에밀리는 솔직하게 말했다.
자백 프리스트는 쓴웃음을 지었다.
"그런 말은 쓰지 말아줬으면 좋겠다. 그건 허리받이라는 말보다 더 끔찍하게 들리거든. 뱅 스타일과 허리받이, 그런 말들은 나를 불쾌하게 만든단다. 너의 하얀 이마 위에 내려온 그 검은 파도 같은 머리카락이 난 마음에 드는구나. 하지만 그것을 뱅 스타일이라고 부르지는 말아다오, 절대로."
"정말 듣기 싫은 말이군요. 물론 전 그 말을 제 시 속에서는 쓰지 않아요."

딘 프리스트는 이 말을 듣고 에밀리가 시를 쓴다는 것을 알았다. 전나무 향기가 나는 그 저녁에 프리스트폰드로 돌아가는 상쾌한 길에서 그는 에밀리에 대한 거의 모든 것을 알아냈다. 트위드는 두 사람 사이를 걸으며 이따금 코끝을 주인의 손에 살짝 비비기도 했다. 숲 속에서는 울새가 어슴푸레한 어둠을 뚫고 즐거운 듯 지저귀고 있었다.

에밀리는 대부분의 사람들을 마음을 열지 않고 조심스럽게 대했지만, 딘 프리스트는 자기와 같은 종족이라는 것을 금방 알아보았다. 딘에게는 에밀리의 마음 깊숙이 들어올 권리가 있었고, 에밀리는 아무런 주저 없이 마음속을 열어 보였다. 에밀리는 편안한 마음으로 그에게 얘기했다. 삶과 죽음 사이의 허공에 매달려 있던 그 무서운 몇십 분을 넘긴 만큼, 산다는 것에 대한 쾌감은 더욱 강렬했다. 나중에 그녀가 아버지한테 보내는 편지에 쓴 대로, 그녀는 '마치 마음속에서 작은 새가 지저귀고 있는 것 같은' 느낌이 들었다. 그리고 아, 발 밑의 초록색 잔디를 밟는 그 기분은 이루 말할 수 없었다.

에밀리는 딘 프리스트에게 자신에 대한 모든 것을 얘기했다. 하지만 오직 한 가지, 일저 어머니에 대한 고민만은 얘기하지 않았다. 그것만은 누구한테도 얘기할 수 없었다. 낸시 할머니는 에밀리가 프리스트폰드에서 들은 얘기를 뉴문에 돌아가서 하지 않을까 하는 걱정 따위는 할 필요가 없었다.

"어제는 비가 와서 밖에 나가지 못했기 때문에 시를 하나 썼어요. 이렇게 시작되는 시예요.

　서쪽 창가에 서서
　맬번 만을 바라보면"

"그 시를 전부 들려주지 않겠니?"

딘이 말했다. 그는 에밀리가 그렇게 말해주기를 원하고 있다는 것을 잘 알고 있었다.

에밀리는 기쁜 마음으로 그 시를 끝까지 암송했다. 그녀가 그 시에서 가장 좋아하는 다음의 두 줄을 암송했을 때,

　숲이 우거진 섬들은
　긍지 높은 만을 장식하고,

그녀는 '딘이 그 두 줄에 감탄했을까' 하고 생각하며 그를 올려다보았다. 하지만 그는 눈을 감고 무표정한 얼굴로 걷고 있을 뿐이었다. 그녀는 조금 실망했다.

"으음."

그녀가 암송을 끝내자 그는 말했다.
"넌 11살이라고 했지? 네가 10살쯤 나이를 더 먹었다면 놀라지 않겠지만…… 하지만 그건 생각하지 말기로 하자."
"캐시디 신부님은 시를 계속 쓰라고 하셨어요."
"그런 말을 할 필요는 없어. 어쨌든 넌 계속 쓸 거니까. 넌 태어나면서부터 쓰지 않으면 살 수 없는 아이야. 아무리 그러지 않으려 해도 소용없는 일이지. 글을 써서 무엇이 될 생각이니?"
"전 훌륭한 시인이나 소설가가 되고 싶어요."
에밀리는 잠시 생각한 뒤 대답했다.
"어느 한쪽을 선택하기만 하면 되겠구나. 소설가가 낫겠지, 그쪽 수입이 더 나은 것 같으니까."
딘이 좀 냉정하게 말했다.
"전요, 소설을 쓸 때 제일 어려운 주제가 사랑 이야기예요. 전 절대로 그런 건 쓰지 못할 것 같아요. 시도는 해보았지만 아무것도 쓸 게 없는걸요." 에밀리는 솔직하게 말했다.
"그런 걱정은 할 필요 없어. 언젠가 내가 가르쳐 주마."
"아저씨가 가르쳐 주신다구요? 정말 가르쳐 주실 거예요? 아저씨가 가르쳐 주신다면 정말 감사하겠어요. 그 외의 것이라면 제법 잘 쓸 수 있을 것 같은데." 에밀리는 무척 간절하게 말했다.
"그럼 약속한 거다. 잊으면 안 돼. 나 말고 다른 선생님을 찾거나 해선 안 돼, 알았지? 시를 쓰는 것 외에는 별장에서 뭘 하고 지내니? 그 쓸모없는 두 할멈들 하고만 있으면 따분하지 않니?"
"따분하지 않아요. 저 혼자 재미있게 지내고 있는걸요."
"그렇겠지. 어차피 별은 저만치 혼자 떨어져서, 자신의 빛에 싸여 만족하며 사는 것이니까. 넌 낸시 숙모를 정말 좋아하니?"
"네, 좋아해요. 저에게 무척 잘해주시거든요. 차양 모자를 안 써도 되고 오전에는 맨발로 걸어다니게도 해주세요. 하지만 오후부터는 단추가 달린 구두를 신어야 해요. 전 단추 달린 구두가 싫거든요."
"그렇겠지. 넌 달빛 샌들을 신고 반딧불이를 두세 마리 장식한 안개 스카프를 머리에 둘러야 해, 스타. 넌 아버지를 닮지 않았구나. 하지만 여러 면에서 네 아버지를 생각나게 하는 데가 있어. 넌 어머니를 닮았니? 난 네 어머니는 본 적이 없거든."
갑자기 에밀리가 슬픈 듯 미소지었다.
"안 닮았어요. 어머니를 닮은 건 속눈썹하고 미소뿐이래요. 전 아빠의 이마와 스타 할머니의 머리카락과 눈, 할아버지의 형제인 조지 머리 할아버지의 코, 낸시 고모할머니의 손, 사촌 수전의 팔꿈치, 머리 증조할머니의 복사뼈, 머리 할아버지의 눈썹을 물려받았어요."
딘 프리스트가 웃었다.
"마치 조각이불 같구나. 우리 모두가 그렇지. 하지만 네 마음은 너만의 것이고 새것이라는 걸 내가 보증하마."
"전 아저씨가 좋아져서 기뻐요. 제가 좋아하지 않는 사람이 저를 구해주었다면 정말 속상했을 거예요. 전 아저씨가 절 구해주신 것이 조금도 마음에 걸리지 않아요."
"그것 참 다행이구나. 앞으로 네 목숨은 내 것이라는 걸 알았다니 말이야. 내가 구했으니까 내 것이지. 그걸 절대로 잊지 말아라."
이 말에 에밀리는 반항하고 싶은 기분이 되었다. 에밀리는 자기 목숨이 자기 아닌 다른 누군가의 것이라고는 생각 하기도 싫었다. 아무리 딘 프리스트가 마음에 들어도 그것만은 사양하고 싶었다. 딘은 에밀리의 그런 마음을 눈치채고 독특한 미소를 지었다. 그 미소에는 단순한 미소 이상의 어떤 것이 있는 것처럼 보였다.
"마음에 들지 않는가 보구나. 특별한 무언가를 손에 넣고 싶으면 벌금을 내지 않으면 안 된다는 걸 알았겠지? 어떤 형태로든 벌금을 내야 하는 거야. 네 멋진 국화꽃을 집으로 가지고 가서 될 수 있는 한 오래 볼 수 있도록 해야지. 그건 네 자유와 맞바꿔서 얻은 것이니까."

그는 웃고 있었다. 물론 그는 그저 농담을 한 것뿐이었다. 그래도 에밀리는 거미집 같은 올가미가 자기를 조여드는 듯한 기분이었다. 그녀는 문득 알 수 없는 느낌에 사로잡혀 손에 든 국화꽃을 땅바닥에 던져버리고 발로 짓밟았다.

딘 프리스트는 재미있다는 듯 보고 있었다. 에밀리의 눈과 마주쳤을 때 그의 눈은 무척 다정했다.

"넌 보기 드문 아이야. 생기가 넘치고 반짝이는 별 같아. 우리 친구가 되기로 하자. 우린 친구야. 내일 네가 캐럴라인과 낸시 숙모에 대해 쓴 글을 읽으러 위서의 별장에 갈게. 틀림없이 멋진 글이 겠지? 이쪽이 네가 갈 길이다. 앞으론 집에서 너무 멀리 돌아다니면 안 된다. 잘 가거라, 나의 새벽별."

그는 네거리에 서서 에밀리가 사라지는 것을 지켜보며 중얼거렸다.

"정말 놀라운 아이야. 죽을 위험에 처했을 때의 저 아이의 눈동자를 난 결코 잊지 못할 거야, 저 용감한 꼬마를. 살아있다는 것에 저토록 기쁨을 느끼는 사람은 본 적이 없어. 저 아이는 더글러스 스타의 딸이고, 더글러스 스타는 나를 한 번도 자백이라고 부른 적이 없었지."

그는 몸을 굽혀 짓밟힌 국화꽃을 주워들었다. 에밀리의 뒷발꿈치에 정통으로 밟혀서 꽃은 완전히 망가져 있었다. 하지만 그날 밤 그는 그 꽃을 《제인에어》의 책갈피에 끼워넣었다. 그 페이지에는 다음과 같은 시가 적혀 있었다.

찬란한 장미꽃

내 눈 속에 들어왔네
아, 너는
소나기와 빛의 아이

에밀리의 맹세

　에밀리는 아버지가 돌아가신 후 처음으로 진정한 친구인 '딘 프리스트'를 만났다. 그와 함께 있으면 언제나 즐거웠고 이해 받고 있다는 기쁨을 느낄 수 있었다. 사랑하기는 쉬운 일이며, 따라서 평범한 일이다. 하지만 한 사람을 이해한다는 것, 그것은 얼마나 어려운 일인가? 에밀리의 모험이 있은 뒤, 두 사람은 8월의 햇살 속에서 바닷가 환상의 나라를 함께 산책했다. 두 사람은 함께 얘기를 나누며 워즈워스(19세기 영국시인)가 행복하게 노래한 저 '그리운 자연의 행복'을 마음껏 맛보았다.
　에밀리는 '지미 북'에 쓴 그녀의 시와 작문을 딘에게 모두 보여주었다. 그는 진지하게 그것을 읽고 아버지가 한 것과 똑같이 두세 가지 비평을 했지만, 에밀리는 그 비평이 합당하다는 것을 알고 있었기 때문에 마음의 상처를 받지 않았다. 한편 딘 프리스트의 내부에는 오랫동안 말라 있던, 환상으로 가득한 비밀의 샘이 다시 힘차게 솟구치기 시작했다.
　"내가 원하든 원하지 않든 넌 나에게 요정이 있다는 것을 믿게 해주는구나. 그리고 이것이 바로 청춘이다. 요정을 믿고 있는 사람은 결코 나이를 먹지 않는 법이야."

"하지만 전 요정 같은 건 믿지 않아요. 믿을 수 있었으면 좋겠지만요."

에밀리가 슬프게 말했다.

"바로 너 자신이 요정이란다. 만일 네가 요정이 아니라면 넌 요정 나라를 찾아낼 수 없을 거야. 그곳에 가는 표는 아무나 살 수 없단다. 태어날 때 요정에게서 통행허가증을 받아야만 가능하지."

"'요정나라'는 정말 멋진 말이죠?"

에밀리가 꿈꾸듯 말했다.

"그 말은 인간이 소원하는 모든 것을 뜻하니까." 딘이 말했다.

딘이 에밀리에게 얘기하고 있는 동안 에밀리는 마치 자신의 꿈과 희망이 보다 매력적인 모습으로 비밀스럽게 살아나는 마법의 거울을 보고 있는 듯한 기분이 들었다. 딘 프리스트는 냉소적이라지만 에밀리는 그에게서 냉소적인 면모를 찾을 수 없었다. 그는 나이를 떨쳐버리고 다시 소년으로 돌아가서, 소년 같은 순수한 눈으로 세상을 바라보았다. 에밀리는 딘이 새로운 세계를 열어보여주었기 때문에 그를 사랑했다.

그에게는 무척 재미있는 데가 있었다. 장난기로 사람을 놀라게 하거나 갖가지 농담을 하여 웃게 만들었고, 또 잊혀진 아름다운 신들의 옛이야기도 들려주었다. 그는 세계의 역사를 다 꿰고 있는 것 같았다. 바닷가를 산책하거나 나무들이 무성하게 자라는 위서 별장의 오래된 뜰에 앉아서, 그는 좀처럼 잊혀지지 않는 많은 얘기를 들려주었다. 그가 아테네를 '바이올렛 화관을 쓴 도시'라고 얘기했을 때, 에밀리는 주의깊게 고른 어휘의 무한한 마력을 절실하게 느꼈다. 또한 그녀는 그가 로마를 '일곱 언덕의 도시'라고 표현한 것도 마음에 들었다. 딘은 아테네와 로마에도 간 적이 있을 뿐만 아니라 그 밖의 세계 거의 모든 곳을 여행했다.
"전 아저씨처럼 얘기하는 사람은 책 속에만 있는 줄 알았어요."
딘은 웃었다. 그 웃음에는 약간의 씁쓸함이 배어있었다. 에밀리와 있을 때는 덜했지만, 다른 사람들과 있을 때는 씁쓸한 미소를 짓는 경우가 보다 많았다. 딘이 냉소적이라는 평판을 얻게 된 것도 사실은 그 웃음 때문이었다. 사람들은 그가 자기들을 비웃고 있는 것이라고 생각했다.
"난 지금까지 책만을 친구로 삼아왔단다. 그러니 책 속의 사람 같은 말투를 하는 것도 당연하지."
"전 이제부터 역사공부가 좋아질 것 같아요. 하지만 캐나다의 역사만은 달라요. 캐나다 역사는 절대로 좋아지지 않을 거예요. 무척 지루한걸요. 캐나다가 프랑스령이어서 전쟁이 자주 벌어졌던 초기는 그래도 참을 수 있지만, 그 뒤부터는 그저 정치 얘기뿐인걸요."
"가장 행복한 나라는 가장 행복한 여성과 마찬가지로 역사를 가지고 있지 않은 법이란다."
"전 역사를 가지고 싶은걸요. 스릴 있는 인생을 보내고 싶어요."
"우리는 모두 어리석기 때문에 역사를 가지고 있는 거야. 역사가 무엇으로 이루어지는지 알고 있니? 고통과 치욕, 반항과 살육, 그리고 마음의 상처란다. 스타, 네가 흥미진진하다고 생각하는 그 역사의 검붉은 페이지를 위해, 얼마나 많은 사람들이 슬퍼하고 가슴아파했는지 생각해 보렴. 지난번에 내가 레오니다스(?~B.C.480. 그리스 영웅, 스파르타 왕. 페르시아 전쟁중 페르시아의 대군과 싸워 수많은 스파르타 병사와 함께 테르모필레에서 전사)와 그 백성들에 대한 얘기를 해줬지? 그들에게도 어머니가 있었고 누이가 있었고 사랑하는 여인도 있었어. 만약 그들이 투표소에서 피를 흘리지 않고 싸울 수 있었다면, 그것이 더 좋았을 거라고 생각하지 않니? 그리 극적이지는 못하지만."

"전 그렇게 생각하지는 않아요."

에밀리는 난처해하며 말했다.

에밀리가 10년 뒤였으면 아마 "테르모필레의 영웅들은 여러 세기에 걸쳐 인류에게 영감을 주어왔어요. 투표함을 둘러싼 어떤 싸움이 또 그럴 수 있을까요?" 하고 말했을 테지만, 그때의 그녀는 아직 그런 것을 생각하거나 말할 수 있는 나이가 아니었다.

"너도 모든 여성들처럼 너의 느낌에서 의견을 이끌어내는구나. 네가 스릴 있는 인생을 살기 바란다. 하지만 네 생애에 극적인 요소가 있으려면 누군가가 고통을 당해야 한다는 사실을 잊어선 안 돼. 너나, 아니면 다른 사람이."

"어머나, 그렇지 않아요. 전 그런 것을 원하는 게 아니에요."

"그렇다면 여간해서 스릴을 맛볼 수 없더라도 그것으로 만족해야겠지. 그 벼랑으로 굴러 떨어졌을 때는 어땠지? 하마터면 큰일 날 뻔하지 않았니? 만약 내가 발견하지 않았더라면 어떻게 되었을까?"

"하지만 발견했잖아요. 전 그렇게 가슴이 조마조마한 것이 좋아요. 물론 끝난 뒤지만요. 만약 모든 사람이 언제나 행복하다면 읽을 게 아무것도 없을 거예요."

트위드는 그들의 산책에 언제나 동행했고, 에밀리는 트위드가 좋아졌다. 물론 여전히 고양이들도 좋아했지만.

"전 한편으로는 고양이가 좋고, 다른 한편으로는 개가 좋아요."

"난 고양이를 좋아하긴 하지만 키우지는 않아. 고양이는 지나치게 예민해서 요구하는 게 너무 많아. 개는 그저 사랑해주기를 원하지만 고양이는 숭배받기를 원하거든."

에밀리도 그건 알고 있었지만 진심으로 그의 말에 동조할 수는 없었다.

"새끼고양이는 숭배받기를 원하지는 않아요. 그저 귀여워해 주기를 바랄 뿐이에요."

"그건 그렇지. 에밀리, 만약 네가 5천 년 전에 나일 강가에서 태어났더라면 너는 파슈트 교(敎)의 무녀가 되었을 거다. 너의 그 검은 머리에 금빛 리본을 달고 낸시 할머니가 칭찬한 그 복사뼈에 은빛 끈을 감고 있으면, 신전의 종려나무 뒤에서 수많은 작은 신들이 너에게 아첨을 할 거야."

에밀리가 황홀한 듯이 말했다. "어머나! 그 말을 듣고 있으니 '번뜩임'이 와요. 게다가," 하며 그녀는 이상하다는 듯이 덧붙였다. "잠깐이지만 향수병에 걸린 것 같구요. 왜 그럴까요?"

"왜 그러냐고? 그거야 틀림없이 넌 전생에 정말로 그런 무녀였기 때문에 내 얘기를 듣고 너의 과거를 떠올린 거야. 스타, 넌 윤회를 믿니? 물론 믿지 않겠지. 뉴문의 청교도적인 칼뱅파 사람들 사이에서 살고 있으니."

"그게 뭔데요?"

딘의 설명을 듣고 에밀리는 무척 멋진 생각이라고 생각했지만, 분명 엘리자베스 이모는 그런 것을 인정하지 않을 것 같았다.

"저는 그런 거, 믿지 않을 거예요."

그녀는 진지한 어조로 말했다.

그런데 갑작스럽게 모든 것이 끝나게 되었다. 모두들 에밀리가 8월 말까지 위서의 별장에 머무를 것으로 생각하고 있었는데, 8월 중순의 어느 날 낸시 할머니가 갑자기 에밀리에게 이렇게 말했던 것이다.

"에밀리, 이제 그만 뉴문으로 돌아가거라. 난 이제 너한테 싫증이 났어. 난 네가 무척 마음에 든다. 바보도 아니고 제법 예쁜 편인데다 예의도 무척 바른 아이니까. 엘리자베스한테는 네가 머리 집안의 명예에 전혀 흠집을 내지 않았다고 말해도 돼. 하지만 이젠 너한테 싫증이 났으니까 집으로 돌아가도록 해라."

에밀리의 마음은 무척 혼란스러웠다. 낸시 할머니한테서 싫증났다는 말을 듣고 그녀의 마음은 상처받았다. 그런 말을 들으면 누구라도 마음에 상처를 받을 것이다. 대엿새 동안 할머니 말이 마음속에서 맴돌며 떠나지 않았지만, 이윽고 낸시 할머니에게 해줄 만한 멋진 말이 떠오르자 에밀리는 그것을 '지미 북'에 적어 넣었다. 그랬더니 정말로 그 말을 해 버린 것처럼 가슴이 시원해지는 것이었다.

에밀리는 위서의 별장을 떠나는 것이 아쉬웠다. 무언가 비밀을 간직한 듯한 그 아름다운 옛 건물이 좋아졌기 때문이다. 물론 그런 비밀스런 느낌은 건축술의 조화에 불과하다. 다른 집들과 마찬가지로 이 집에서도 출생과 사망, 결혼, 기타 일상의 자질구레한 일들이 반복되어 왔다.

에밀리는 바닷가와 독특한 정원, 구슬거울과 영국 고양이, 분홍방의 침대 같은 것들과 헤어지는 것이 아쉬웠다. 그리고 특히 딘 프리스트와 헤어지기 싫었다. 그렇지만 한편으로는 뉴문으로 돌아가서 사랑하는 사람들을 만날 수 있게 되어 기뻤다. 테디와 그의 그리운 휘파람 소리, 일저와의 우정, 고상한 사람이 되려고 결심한 페리, 소시 샐과 정성껏 돌봐주어야 할 새끼고양이들, 그리고 〈한여름 밤의 꿈〉의 동화 같은 세계. 지미의 뜰은 지금 한창 아름다움을 뽐내고 있을 것이고 8월의 사과는 맛있게 익어가고 있으리라.

에밀리는 당장 돌아가고 싶어졌다. 에밀리는 즐거운 마음으로 작은 트렁크에 자기 물건을 챙겼다. 그리고 남는 시간에 딘이 최근에 읽어준 멋진 시구들을 적어넣었다.

"잘 있거라, 긍지 높은 세계여. 나는 고향으로 돌아가노라."

에밀리는 좁고 어두컴컴한 층계 맨 위에 서서 벽에 걸려 있는 프리스트 집안 사람들의 엄숙한 초상화를 보며 말했다.

하지만 에밀리에게는 한 가지 속상한 일이 있었다. 그것은 낸시 할머니 때문이었다. 낸시 할머니는 테디가 그려준 그림을 돌려주려

하지 않았다.
"그 그림은 내가 갖고 있을 거야."
낸시 할머니는 빙긋 웃으면서 금귀걸이를 흔들며 말했다.
"언젠가 유명한 화가의 초기 작품으로 가치를 인정받을지도 모르거든."
"전 그냥 빌려드렸을 뿐이에요. 빌려드리는 거라고 말씀드렸잖아요?"
에밀리가 화가 나서 말하자 낸시 할머니는 쌀쌀맞게 대꾸했다.
"난 양심 같은 건 갖고 있지 않은 늙은 악마란다. 프리스트 집안 사람들은 뒤에서 모두 나를 그렇게 부르고 있지. 안 그래, 캐럴라인? 그런 소릴 들어야 한다면 진짜로 그런 짓을 해도 관계 없다는 말이지. 난 이 그림이 좋아졌어. 그것뿐이란다. 액자에 넣어서 이 방에 걸어두마. 하지만 유서에 너에게 돌려주라고 써둘 작정이다. 그 그림하고 영국 고양이, 구슬거울, 그리고 금귀걸이를 네게 줄 생각이야. 그 밖에는 아무것도 주지 않을 거야. 너에게 내 돈은 한푼도 주지 않을 거니까 기대하지 마라."
"돈 같은 건 필요 없어요. 제 힘으로 많이 벌 거니까요. 그렇지만 제 그림을 빼앗으시는 건 부당해요. 제 그림인걸요." 에밀리가 오만하게 말했다.
"난 한 번도 공정한 적이 없었어. 그렇지, 캐럴라인?"
"그럼요."
캐럴라인이 심술궂게 말했다.
"들었지! 자, 에밀리, 더 이상 시끄럽게 굴지 마라. 넌 무척 착한 아이였지만, 난 네 덕분에 벌써 올 한해의 내 의무를 다한 것 같은 기분이다. 뉴문으로 돌아가. 그리고 엘리자베스가 너에게 네가 원하는 것을 못하게 한다면, 낸시 할머니는 언제나 하게 해주었다고 말해. 효과가 있을지 없을지 모르겠다만, 그렇게 말해봐.

친척들이 하나같이 그렇지만, 엘리자베스도 내가 내 돈을 어떻게 할지에 대해 관심이 많으니까.”

지미가 에밀리를 데리러 왔다. 그의 상냥한 얼굴, 다정한 요정 같은 눈, 두 갈래로 갈라진 수염을 보고 에밀리는 얼마나 반가웠는지! 그렇지만 딘을 돌아보자 에밀리는 미안한 마음이 들었다.

“괜찮으시다면 작별의 키스를 하고 싶은데요.”

에밀리는 목메인 소리로 말했다.

에밀리는 남에게 키스하는 것을 좋아하지 않았다. 그녀는 사실은 딘에게 키스하고 싶지 않았지만, 딘이 무척 좋았기 때문에 예의를 다하고 싶었던 것이다.

딘은 에밀리의 얼굴을 내려다보면서 미소를 지었다. 에밀리의 얼굴은 무척 앳되고 순수하며 다정해 보였다.

“아니다, 너에게 키스를 받고 싶지는 않아, 아직은. 우리의 첫 키스는 작별의 키스가 되어선 안 돼. 그것은 나쁜 징조거든. 새벽별아, 네가 떠나는 것은 유감이지만 곧 다시 만날 수 있을 거야. 큰누님이 블레어워터에 살고 있어서 앞으로 자주 찾아갈 생각이니까. 그때까지 매주 나한테 편지를 쓰겠다고 약속한 것 잊으면 안 돼. 나도 편지를 보낼 테니까.”

“긴 편지를 보내주세요. 전 긴 편지를 좋아해요.”

“긴 편지 말이지? 아주 길게 써보내주지, 스타. 자, 안녕이라는 말은 하지 않을게. 우리 약속하자, 서로 작별의 말은 절대로 하지 않기로. 그저 웃으면서 떠나는 거야.”

에밀리는 씩씩하게 미소를 지어 보이곤 떠났다. 낸시 할머니와 캐럴라인은 안채의 응접실로 돌아가 다시 트럼프 놀이를 시작했다. 딘 프리스트는 휘파람으로 트위드를 불러 바닷가로 나갔다. 그는 깊은 외로움에 사로잡힌 자기 자신을 비웃었다.

에밀리와 지미는 서로 할 얘기가 너무 많아 집으로 돌아가는 길이

에밀리의 맹세 379

무척 짧게 느껴졌다.
 저녁 햇살을 받은 뉴문이 하얗게 빛났다. 낡은 잿빛 헛간 위에도 풍요로운 태양 빛이 넓게 퍼져 있었다.
 로라 이모가 두 사람을 맞이하러 달려나왔다. 이모의 아름다운 푸른 눈이 기쁨으로 빛나고 있었다. 엘리자베스 이모는 요리실에서 저녁을 준비하고 있다가 에밀리와 악수를 나누었을 뿐이다. 하지만 여느때처럼 엄한 얼굴은 아니었고, 게다가 저녁식사로 에밀리가 아주 좋아하는 슈크림을 만들고 있었다. 햇볕에 그을린 맨발의 페리가 에밀리를 따라다니며 새끼고양이와 송아지, 새끼돼지, 망아지에 대한 얘기를 모두 알려주었다.
 일저가 달려왔다. 에밀리는 일저가 얼마나 생기로 가득한 아이인지 잊고 있었다는 걸 깨달았다. 그녀의 호박색 눈은 눈부시게 반짝였고, 명주실 같은 금발은 정말 아름다웠다. 일저의 머리칼은 심스 할머니가 슈루즈베리에서 사다준 밝은 파랑색의 실크 베레모 아래에서 여느때보다 더욱 금빛으로 보였다. 모자의 현란한 색깔이 에밀리의 마음에 들지 않았지만, 그것이 일저의 멋진 머리카락을 더욱 돋보이게 하고 있는 건 사실이었다.
 일저는 무척 기뻐하며 에밀리를 끌어안았지만, 10분 뒤, 에밀리가 소시 샐의 새끼 중에서 살아남은 단 한 마리 새끼고양이를 일저에게 주기 싫다고 하자 심한 말다툼을 벌였다.
 "난 반드시 그 새끼고양이를 내 것으로 만들고 말 거야, 이 비실비실한 하이에나! 그건 네 것만이 아니라 내 것이기도 해, 돼지야! 우리 집 헛간의 늙은 고양이가 아빠니까."
 일저가 소리쳤다.
 엘리자베스 이모가 기가 막히다는 듯 새파래진 얼굴로 말했다.
 "그런 고약한 말을 하다니! 너희들 둘이 그 새끼고양이 가지고 다툰다면 고양이를 물에 빠뜨려버릴 테니까 그렇게 알아!"

에밀리가 일저에게 새끼고양이의 이름을 짓게 하고 새끼고양이에 대한 권리를 반씩 나누자고 제안했을 때에야 일저는 마음이 풀렸다. 일저는 새끼고양이에게 대퍼딜(수선화)이라는 이름을 지어주었다. 에밀리는 그 이름이 마음에 들지 않았다. 지미가 그 고양이를 작은 토미라고 부르는 것으로 미루어 봐서는 수놈인 것 같았기 때문이다. 그렇지만 또 싸움을 하여 엘리자베스 이모를 화나게 하기 싫어서 마지못해 그 이름에 동의했다.

'대프라고 부르면 되지. 그게 더 남자다워.'
에밀리는 생각했다.

새끼고양이는 줄무늬가 있는 잿빛 고양이라서 에밀리는 죽은 마이크가 생각났다. 새끼고양이한테서는 무척 좋은 냄새가 났고 따뜻해보이는 털이 나 있었으며, 태어날 때 바닥에 깔려있던 마른 클로버 냄새가 풍겼다.

저녁식사 뒤 에밀리는 옛날 과수원 쪽에서 테디의 휘파람 소리를 들었다. 여전히 매력적인 휘파람이었다. 에밀리는 테디를 만나러 달려나갔다. 이 세상에 테디 같은 아이는 또 없었다. 둘은 닥터 번리가 테디에게 준 강아지를 보러 탠시패치로 힘차게 달려갔다. 켄트 부인은 에밀리를 만나도 그리 반갑지 않은 듯, 전보다 더 차갑고 서먹하게 대했다. 그녀는 의자에 앉아 두 아이가 통통하게 살찐 강아지와 놀고 있는 모습을 어두운 눈길로 지켜보고 있었다. 에밀리는 그런 그녀의 눈길과 부딪칠 때마다 그 자리를 떠나고 싶었다. 에밀리는 그날 밤만큼 켄트 부인이 자기를 싫어한다고 느낀 적은 없었다.

"너희 어머니는 어째서 나를 좋아하시지 않는 걸까?"
둘이서 작은 레오를 헛간에 재우러 갈 때 에밀리가 불만이라는 듯이 물었다.

"내가 널 좋아하기 때문이야." 테디는 짤막하게 말했다. "어머니는 내가 좋아하는 것은 뭐든지 싫어하셔. 어머니가 레오를 독살해버리시지 않을까 걱정돼. 난…… 난, 어머니가 나를 많이 좋아하시지 않았으면 좋겠어.”

테디는 소리치듯 말했다. 그것은 어머니의 그 이해할 수 없는 질투에 대한 반항의 시작이었다. 테디는 어머니의 애정을, 갈수록 자신을 조여오는 올가미로 생각했다, 아니 느끼고 있었.

“브라우넬 선생님이 나에게 라틴어와 수학을 공부해도 좋다고 하셨는데, 어머니는 반대야. 나를 대학에 보내고 싶지 않으신 거지. 나하고 떨어져서는 살 수 없대. 난 라틴어 같은 건 아무래도 상관없지만, 화가가 되려면 공부해야 해. 언젠가 그림공부를 할 수 있는 학교에 가고 싶어.

어머니는 나를 보내고 싶어하지 않으셔. 어머닌 내가 어머니보다 그림을 더 좋아하는 줄 알고 내 그림을 싫어하시는 거야. 하지만 난 그림을 더 좋아하는 건 아니야. 난 어머니를 사랑해. 여러 면에서 나에게 무척 잘해 주시거든. 하지만 어머닌 내가 그림을 더 좋아한다고 생각해서. 그래서 내 그림을 몇 장인가 태워버리셨어. 난 다 알고 있어. 어느 날 헛간에서 없어진 뒤로 어디에도 보이지 않아.

만약 레오에게 무슨 짓을 하신다면…… 난…… 난 어머니를 미워할 거야.”

“어머니한테 그렇게 말해.”

에밀리가 냉정하게 말했다. 머리 집안 사람다운 날카로운 면이 겉으로 드러났다.

“너희 어머닌 자기가 스모크와 버터컵을 독살한 것을 네가 알고 있다는 걸 모르셔. 다 알고 있다고 얘기해. 그리고 만약 레오에게 무슨 일이 생기면 더 이상 어머니를 사랑하지 않을 거라고 말해. 어머닌 너에게 사랑받지 못할 것이 두려워서 레오를 어떻게 못 하실 거야, 틀림없어. 하지만 마음 상하지 않게 다정하게 말씀드리는 거야. 그렇게 하면 틀림없이 효과가 있을 거야."

에밀리는 어느새 엘리자베스 이모와 똑같은 어조로 말하고 있었다. 감탄한 테디가 말했다.

"응, 말할게. 난 고양이가 없어진 것처럼 레오도 없어진다면 견딜 수 없을 것 같아. 난 늘 개를 원했는데 레오는 내가 처음으로 기르는 개야. 에밀리, 네가 돌아와줘서 정말 기뻐."

이런 말을 듣는 것은 무척 기분 좋은 일이다, 특히 테디가 말할 때는. 에밀리는 행복한 기분으로 뉴문으로 돌아갔다. 오래된 부엌에 촛불이 켜져 있고, 그 불꽃이 문과 창문에서 불어 들어오는 8월의 밤바람을 받아 춤추고 있었다.

"에밀리, 위서의 별장에서 램프에 익숙해졌기 때문에 이제 촛불은 좋아하지 않겠지?"

로라 이모가 낮게 한숨을 쉬면서 말했다. 엘리자베스의 독재가 촛불에까지 미치고 있는 것이 로라 머리에게는 괴로운 일 가운데 하나였다.

에밀리는 찬찬히 주위를 둘러보았다. 촛불 하나가 마치 그녀를 환영하듯이 부지지부지지 소리를 내면서 어른거렸고, 심지가 긴 다른 촛불은 심술난 작은 악마 같은 모습으로 검은 연기를 내면서 타고 있었다. 어떤 것은 불꽃이 작아 명상적인 느낌을 주었고, 어떤 것은 문틈에서 들어오는 외풍을 받아 요란하게 흔들리고 있었고, 또 어떤 것은 신앙심 깊은 영혼처럼 불길을 곧게 세운 채 타고 있었다.

"전…… 잘 모르겠어요…… 로라 이모. 촛불과…… 친구가…… 될 수 있지 않을까요? 전 역시 촛불이 좋다고 생각해요." 에밀리는 천천히 대답했다.

요리실에서 들어오다 에밀리의 이 말을 들은 엘리자베스 이모의 푸른 눈 속에 기쁜 표정이 떠올랐다.

"넌 뭘 좀 아는구나."

엘리자베스 이모가 말했다.

'이번이 엘리자베스 이모한테서 받은 두 번째 칭찬이야' 하고 에밀리는 속으로 생각했다.

"위서의 별장에 있는 사이에 에밀리가 키가 큰 것 같아."

로라 이모가 생각에 잠긴 듯 에밀리를 보면서 말했다.

엘리자베스 이모는 촛불 심지를 자르면서 안경 너머로 날카롭게 에밀리를 쳐다보았다.

"그렇지는 않은 것 같은데. 옷 길이가 전과 같지 않니?"

"틀림없이 컸어."

로라 이모가 주장했다.

지미가 이 분쟁을 해결하기 위해 응접실 문에서 에밀리의 키를 재어보았다. 에밀리의 키는 전에 표시한 것과 똑같았다.

"그것 봐라."

엘리자베스 이모는 이런 사소한 일에서도 자기가 옳다는 것이 자못 만족스러웠다.

"하지만 왠지 달라 보여."

로라가 한숨을 쉬며 말했다. 사실은 로라의 말이 옳았다. 에밀리는 자랐던 것이다. 신체적인 면에서는 아닐지라도, 정신적인 면에서 더욱 성숙해졌다. 이런 것은 친밀하고 다정한 애정의 눈으로 보면 금세 느낄 수 있는 것이다. 로라가 감지한 것도 실은 그런 정신적인 변화였다.

위서의 별장에서 돌아온 에밀리는 별장으로 갈 때의 에밀리가 아니었다. 에밀리는 이제 어린아이가 아니었다. 몇 번인가 그녀를 생각에 잠기게 했던 낸시 할머니의 집안 얘기, 일저의 어머니에 대한 얘기를 들은 뒤의 고통, 바닷가 벼랑에서 죽음과 마주하고 있던 그 공포의 시간, 딘 프리스트와의 만남, 그런 것들이 모두 어우러져서 그녀의 지성과 감성에 깊이를 더한 것이다.

이튿날 아침, 에밀리는 다락에 올라가 소중한 원고 다발을 꺼내 그리운 마음으로 읽어보았지만, 그때까지 생각했던 것의 반만큼도 좋지 않다는 걸 알고 놀랐다. 그 가운데에는 몹시 어리석게 여겨지는 것도 있어서 에밀리는 그 원고들이 부끄러워졌다. 그래서 몰래 요리실 화덕에 밀어넣고 불태워버렸다. 엘리자베스 이모는 저녁 준비를 하러 들어왔다가 아궁이가 검게 탄 종이로 완전히 막혀버린 것을 보고 몹시 난감해했다.

에밀리는 이제 브라우넬 선생님이 그 원고들을 조롱한 것이 조금도 이상하게 생각되지 않았다. 하지만 그렇다고 해서 브라우넬 선생님에 대한 쓰디쓴 기억이 줄어든 것은 아니었다. 나머지는 소파의 선반에 다시 넣어두었다. 거기에는 〈바다의 딸〉도 들어 있었는데, 전에 생각했던 것만큼 훌륭하지는 않았지만, 좀더 손질을 하면 꽤 좋은 글이 될 것 같았다.

이어서 그녀는 곧 〈한동안 집을 떠났다가 다시 돌아와서〉라는 새로운 시를 쓰기 시작했다. 이 시에는 뉴문과 관련 있는 모든 것, 모든 사람이 등장할 것이다. 상당히 긴 시가 될 것이므로 앞으로 여러 주일 동안 무척 즐거운 생각을 할 수 있을 것이다. 집으로 돌아온 것이 말할 수 없이 좋았다.

'뉴문보다 좋은 곳은 없어' 하고 에밀리는 생각했다.

에밀리가 돌아와서 변한 것 가운데 하나는 자기 방이 생긴 일이었다. 엘리자베스 이모는 곁에 아무도 없이 혼자 자는 것이 얼마나 편안한지를 새삼 깨닫고는 다시 에밀리와 함께 잘 마음이 들지 않았다. 에밀리는 잘 때 몸부림을 하는 데다 궁금한 것은 한밤중이라도 반드시 알아내야 했기 때문에, 이모는 더 이상 에밀리와 함께 자지 않기로 결심했다.

엘리자베스 이모는 로라 이모와 오랫동안 의논한 끝에 에밀리에게 에밀리의 어머니가 쓰던 방을 주기로 결정했다. 그것은 '전망의 방'이라 불리고 있었는데, 실제로는 '전망의 방'이 아니었다. 그렇지만 진짜 '전망의 방'이 모두 그렇듯, 그 방에서도 현관에서부터 뜰까지 한눈에 내다보였기 때문에 그렇게 불리고 있었다. 에밀리가 없는 사이 에밀리가 그 방에서 지낼 수 있도록 모든 준비가 되어 있었기 때문에, 에밀리가 돌아온 날 밤 잘 시간이 되자, 엘리자베스 이모는 에밀리에게 오늘 밤부터 어머니의 방에서 자라고 말했다.
"저 혼자 쓰는 방이에요?"
에밀리가 외쳤다.
"그래, 정리 잘해야 한다."
"네 엄마가 집을 나간 뒤로 그 방에선 아무도 잔 적이 없었어."
로라 이모가 이상하게 들리는 목소리로 말했다.
촛불을 든 엘리자베스 이모는 에밀리를 쳐다보면서 냉랭하게 말했다.
"네 엄마는 사랑하는 남자를 따라 도망감으로써 가족에게 수치를 안겨주었고 네 할아버지 마음을 아프게 했지. 네 엄마는 경솔하고 은혜를 모르며 불순종한 아이였어. 넌 그런 행동으로 가족에게 수치를 안겨주지 않기를 바란다."
"어머나, 엘리자베스 이모."
에밀리가 숨을 가쁘게 쉬면서 말했다.
"그런 식으로 밑으로 촛불을 들고 있으니 얼굴이 꼭 시체처럼 보여요. 아, 재미있어라."
엘리자베스 이모는 뒤돌아보더니 떨떠름한 표정으로 다시 층계를 올라갔다. 어린아이에게 설교해 봤자 무슨 소용이 있단 말인가?
에밀리는 '전망의 방'에 혼자 남겨졌고 작은 촛불 하나가 희미하게 방안을 비추고 있었다. 그녀는 호기심에 찬 눈으로 주위를 둘러보았다. 방을 구석구석 살펴보기 전에는 침대에 들어갈 수가 없었다. 그 방은 뉴문의 다른 방과 마찬가지로 무척 고풍스러웠다. 벽에는 금빛 별을 에워싼 멋진 다이아몬드 무늬 벽지가 발라져 있었다. 또 모직 바탕에 수놓은 금언과, 이모들이 소녀 시절부터 지니고 있던 그림이 함께 걸려 있었다. 그 가운데 침대 머리맡에 걸려 있는 것은 두 수호천사의 그림이었다. 옛날에는 이런 그림이 인기가 있었지만, 에밀리는 그것을 보며 눈썹을 찡그렸다.

"난 천사에게 깃털 달린 날개가 있는 건 좋아하지 않아. 천사의 날개는 무지개빛이어야 해." 에밀리는 잘라 말했다.

바닥에는 예쁜 홈스펀(굵은 털실로 손으로 짠 직물) 양탄자와 둥글게 짠 깔개가 깔려 있고 높고 검은 침대 기둥에는 조각이 새겨져 있었다. 침대 매트는 부풀린 깃털이었고 이불도 마찬가지였는데, 에밀리는 침대에 커튼이 없는 것이 마음에 들었다. 괴상한 발톱 같은 발이 달린 작은 테이블 하나가 창 옆에 놓여 있고, 놋쇠 손잡이가 달린 서랍이 있었다. 창문 커튼은 주름 잡힌 모슬린 커튼이었다. 한 장의 유리창에 바깥 경치를 재미있게 일그러뜨려 비치고 있어서, 산도 없는데 산이 있는 것처럼 보였다. 에밀리는 그것이 마음에 들었다. 왠지 그 유리창은 자기만의 개성을 가지고 있는 것 같았다. 테이블 위에는 타원형 거울이 표면을 검게 그을린 쇠테에 끼워져 걸려 있었다. 그 거울에 자기 모습을 비춰 볼 수 있다는 것을 알고 에밀리는 기뻤다.

'구두만 빼고 다 보여.'

목을 빼거나 발끝으로 설 필요가 없었다.

'얼굴이 일그러져 보이지도 않고 녹색으로 보이지도 않아.'

에밀리는 행복했다. 등받이가 높은 검은 의자 두 개, 작은 세면대에 푸른 세면기와 물병, 장미무늬가 염색된 모직 커버를 씌운 긴 의자, 이런 것들이 그 방의 세간이었다. 작은 벽난로 위에는 마른 꽃이 들어 있는 꽃병이 두세 개 있고, 서인도제도의 조개껍질이 가득 들어 있는, 볼록한 멋진 유리병이 하나 있었다. 벽난로 양 옆으로는 응접실에 있는 것과 똑같은, 유리문이 달린 예쁘고 조그마한 장이 있고, 그 아래 장작불 지피는 곳이 있었다.
 '여기서 불을 피우는 것을 엘리자베스 이모가 허락해주실까?'
 낡은 것이든 새것이든 가구 하나하나가 서로 잘 조화되고 바닥과 벽이 잘 어울려, 전체적으로 매력이 넘치는 방이었다. 방을 샅샅이 살펴보면서 돌아다니는 동안, 방 안의 모든 것들에서 그런 매력을 느낄 수 있었다. 그곳은 에밀리의 방이었고, 에밀리는 벌써 그 방을 사랑하게 되었다. 에밀리는 마음이 편안해졌다.
 "난 이 방의 주인이야."
 에밀리는 행복한 듯 크게 숨을 내쉬었다.
 에밀리는 어머니가 몹시 가깝게 느껴졌다. 줄리엣 스타가 갑자기 살아있는 사람처럼 느껴지기 시작했다. 자기 어머니가 테이블 위에 있는 둥근 바늘꽂이의 레이스커버를 코바늘로 떴을 것을 생각하니 가슴이 뛰었다. 벽난로 위의 그 둥글고 검은 포푸리 병, 그 병 속의 마른 꽃은 어머니가 직접 담아넣은 것이 틀림없었다. 에밀리가 병 뚜껑을 열어보니 희미한 향내가 흘러나왔다. 그 옛날 여름에 피었던 뉴문의 모든 장미꽃의 영혼이 거기에 갇혀 있는 것 같았다. 뭐라 형용할 수 없는 신비로운 냄새를 맡던 에밀리에게 '번뜩임'이 찾아왔다. 그리고 방 전체가 에밀리와 함께 그 '번뜩임'을 느끼고 있는 것 같았다.
 벽난로 위에 어머니의 사진이 걸려 있었다. 어머니가 어린 소녀였을 때 찍은 사진이었다. 에밀리는 애정어린 눈길로 그것을 뚫어지게 쳐다보았다. 그녀는 아버지가 남기고 간 어머니 사진을 가지고 있었지만 그것은 결혼한 뒤의 것이었다. 하지만 뉴문으로 온 뒤에 엘리자베스 이모가 그것을 응접실에 걸었기 때문에, 에밀리는 좀처럼 그 사진을 볼 수 없었다. 이 방에 걸려 있는, 이 볼이 빨간 금발 소녀는 에밀리만의 것이었다. 에밀리는 언제든 마음대로 그것을 볼 수 있고 말을 걸 수 있었다.

"아, 엄마! 엄마는 저만한 소녀였을 때 이 방에서 무슨 생각을 하셨어요? 그 무렵의 엄마를 알고 싶어요. 엄마가 아빠와 함께 달아나기 전날 밤, 이 방에서 잔 뒤로 지금껏 이 침대에서 잔 사람이 아무도 없었다는 걸 생각하면……. 엘리자베스 이모는 그런 짓을 했으니까 못된 여자라고 하셨지만 전 그렇게 생각하지 않아요. 생판 모르는 남하고 달아난 게 아닌걸요. 어쨌든 엄마가 달아나 주셔서 전 고맙게 생각해요. 엄마가 달아나지 않으셨더라면 전 태어나지 않았을 거 아니에요?"

에밀리는 자기가 이 세상에 있는 것을 기뻐하면서, '전망의 방' 창문을 최대한 높게 밀어올린 뒤, 침대에 들어가 터질 것 같은 행복을 느꼈다. 그리고 '키다리 존의 숲' 사이를 지나가는 밤바람 소리를 듣다가 잠이 들었다. 2, 3일 뒤 아버지 앞으로 보내는 편지의 첫머리에 에밀리는 "그리운 아빠와 엄마께"라고 썼다.

이제부터는 언제나 아빠한테 쓰듯이 엄마한테도 쓸 거예요, 엄마. 지금까지 오랫동안 엄마에게 소식 전하지 못해서 죄송해요. 하지만 제가 이 방에 들어오기 전에는 엄마를 실감할 수 없었는걸요. 이튿날 아침 전 침대를 깨끗하게 정돈하고 구석구석 먼지를 털었어요. 엘리자베스 이모도 흠잡을 데를 발견하지 못했죠. 그리고 방에서 나올 때 전 무릎을 꿇고 바닥에 키스를 했어요. 전 엘리자베스 이모가 그것을 안 본 줄 알았는데, 이모는 다 보고는 정신이 어떻게 된 거 아니냐고 했어요. 어째서 엘리자베스 이모는 자기가 하지 않는 행동을 누군가가 하면 그 사람을 미쳤다고 생각할까요?

전 말했어요. "아니에요. 제 방이 너무너무 좋아서예요"라구요. 그러자 이모는 코웃음을 치면서 말했어요. "그것보다는 하느님을 사랑하는 것이 나을 거다." 하지만 아빠, 그리고 엄마, 전 하느님을 사랑하고 있어요. 제 방을 가진 뒤부터 더욱더 하느님을 사랑하게 됐어요.

제 방 창문에서는 별이 다 보이고 '키다리 존의 숲'도 보여요. '어제의 길'이 지나가는 숲 속의 능선 사이로 블레어워터 연못도 조금 보이는걸요. 요즘은 일찍 자는 것이 좋아졌어요. 제 방에 혼자 누워 열려있는 창문으로 별이랑 '키다리 존의 숲'의 크고 조용한 나무들을 바라보면서, 시를 쓰거나 여러 가지 글을 쓰는 것이 전 무척 좋아요.

엄마, 아빠. 우리 학교에 이번에 새 선생님이 오시게 되었어요. 브라우넬 선생님은 이제 학교에 오시지 않아요. 선생님은 결혼하게 되었는데, 일저 말로는 일저 아버지가 그 얘기를 듣더니 이렇게 말했대요. "신랑 될 사람이 정말 불쌍하구나"라구요.

새로 오실 선생님은 카펜터라는 남자 선생님이에요. 그 선생님이 학교 일로 일저의 아버지를 만나러 왔을 때——닥터 번리는 올해 학교운영위원을 맡았답니다——일저도 그 선생님을 보았다는데, 덥수룩한 잿빛 머리에 구레나룻을 기르고 있다고 해요. 그 선생님은 결혼했고 학교의 저지대에 있는 작고 낡은 집에서 사실 거래요. 구레나룻을 기르고, 부인이 있는 선생님이라고 생각하니 무척 우스꽝스러운 느낌이 들어요.

집에 돌아와서 전 매우 기뻐요. 하지만 딘과 구슬거울은 그리워요. 엘리자베스 이모는 제 뱅스타일 앞머리를 보더니 무척 화난 표정을 지었지만 아무 말도 하지 않았어요. 로라 이모는 잠자코 그 머리를 계속하라고 했어요.

하지만 전 엘리자베스 이모한테 반항하는 것이 아무래도 마음에 걸려 조금만 남기고 나머지는 이마 위로 올렸어요. 아직도 완전히 편안한 마음은 아니지만, 그래도 제 외모를 위해 어느 정도 불편한 마음은 감수해야겠죠. 로라 이모 말로는 허리받이가 유행이 지났다고 하니까 전 허리받이를 할 수 없을 것 같아요. 하지만 허리받이는 보기 싫다고 생각하기 때문에 조금도 서운하지 않아요.

로더 스튜어트는 빨리 허리받이를 할 수 있는 나이가 되기만을 기다리고 있었던 터라 틀림없이 화가 날 거예요. 날씨가 추워지면 저도 보온용 진 병을 갖고 싶어요. 요리실의 높은 선반에 진 병이 한 줄로 진열되어 있어요.

어제 저녁, 테디와 전 멋진 모험을 했어요. 우리는 그것을 비밀로 하고 아무한테도 말하지 않기로 했어요. 우선 그 모험이 무척 멋있었기 때문이고, 또 우리 행동이 몹시 꾸중들을 일인 것 같아서요.

우린 '실망의 집'에 올라갔는데, 창문을 막고 있는 판자가 흔들리는 것을 알았어요. 그래서 지렛대를 써서 그 판자를 벗겨내고 안에 들어가서 집 안을 둘러보았죠. 벽의 뼈대는 되어 있었지만 아직 칠은 되어 있지 않았고, 바닥에는 대팻밥이 몇 해 전에 목수가 남기고 간 그대로 내버려져 있었어요. 안에 들어가보니 밖에서 봤을 때보다 훨씬 더 황량해보였어요. 전 울고 싶은 기분이었죠. 한 방에 작은 난로가 있어서 우린 부지런히 대팻밥과 나뭇조각을 모아 거기에 불을 피웠어요. 꾸중을 들을 일이란 바로 이거예요. 그런 다음 불 앞에서 낡은 목수용 벤치에 앉아 얘기를 나눴어요. 우린 어른이 되면 둘이서 '실망의 집'을 사서 함께 살기로 결정했어요. 그러려면 결혼하지 않으면 안 될 거라고 테디는 말했지만, 제 생각으로는 아마 그런 귀찮은 일은 하지 않아도 되는 길이 있을 것 같아요.

테디는 그림을 그리고 전 시를 쓰고, 매일 아침 토스트와 베이컨과 마멀레이드를 먹는 거예요. 바로 위서의 별장에서처럼요. 오트밀은 절대로 먹지 않을 거예요. 부엌에는 언제나 맛있는 음식을 가득 채워두고, 제가 부지런히 잼을 만들면 테디는 설거지를 도와줄 거예요. 난로가 있는 방 천장의 중간쯤에는 그 구슬거울을 매달 거구요. 틀림없이 그 무렵이면 낸시 할머니가 돌아가신 뒤일 테니까요.

불이 다 타자 우린 판자를 창문에 원래대로 막아놓고 돌아왔어요. 테디가 오늘 때때로 무척 의미심장한 투로 신호라도 보내는 듯이 저한테 "토스트와 베이컨과 마멀레이드"라고 말을 건넸어요. 그래서 일저와 페리는 그게 무슨 소린지 몰라서 화를 냈어요.

지미는 가을걷이를 도와줄 일꾼으로 지미 조 벨을 고용했어요. 지미 조 벨은 데리폰드에서 왔는데, 그곳에는 프랑스 사람들이 많이 살아요. 프랑스 처녀는 결혼하면 영국과 달리 아무개 부인으로 불리지 않고 남편의 이름(성이 아닌)으로 불린대요. 마리라는 처녀가 레옹이라는 남자와 결혼하면, 그때부터는 마리 레옹이라고 불리게 되는 거죠. 그런데 지미 조 벨은 거꾸로 남편 이름에 부인의 이름이 들어간 경우예요. 지미에게 그 까닭을 물었더니, 지미 조가 멍텅구리라서 부인이 바지를 입고 있기 때문(부인이 남자 역할을 대신 하게 되었다는 비유)이라고 했어요. 하지만 전 아직도 이해가 안 돼요. 지미 조도 바지를 입고 있는걸. 단지 부인이 바지를 입고 있다는 이유만으로 부인 쪽을 벨 지미 조라고 하지 않고 그를 지미 조 벨이라고 하는 까닭을 아무리 생각해도 모르겠어요. 궁금증이 풀릴 때까지는 잠을 못 잘 것 같아요.

지미의 뜰은 지금이 한창이에요. 참나리꽃들이 피었는데 아무도 그 꽃을 좋아하지 않아서 저라도 좋아하려고 노력하지만, 그래도 솔직히 늦게 피는 장미가 제일 좋아요. 장미꽃은 좋아하지 않고는 배길 수 없는 꽃이에요.

일저와 전 오늘 네잎클로버를 찾아서 과수원을 구석구석 뒤졌는데, 결국 하나도 찾지 못했어요. 그런데 오늘 밤 우유를 거르고 있을 때 클로버 생각은 깜박 잊고 있었는데, 버터 제조장 입구 옆에서 우연히 네잎클로버를 발견했지 뭐예요. 행운은 언제나 그런 식으로 찾아오는 거라서 행운을 찾아다니는 건 헛일이라고 지미가 말했어요.

일저와 다시 함께 놀 수 있어서 정말 좋아요. 제가 돌아온 뒤 우리가 싸운 건 단 두 번뿐이에요. 전 일저와 싸우는 것이 재미있긴 하지만, 좋은 행동이라고는 생각하지 않기 때문에 이제 싸우지 않을 생각이에요. 그렇지만 제가 한 마디도 하지 않고 잠자코 있으면, 일저는 제가 일부러 침묵하는 것이라 생각하고 더 화가 나서 심한 말을 하기 때문에, 싸움을 하지 않는다는 건 정말 어려운 일이에요. 손바닥도 마주쳐야 소리가 나는 법이라고 엘리자베스 이모는 말하지만, 그건 이모가 일저를 저만큼 잘 알지 못해서 하는 말이에요.

일저는 오늘 저보고 살금거리는 신천옹(바닷새의 하나)이라고 했어요. 앞으로 얼마나 더 많은 동물의 이름을 들어야 할까요? 일저는 같은 악담을 두 번 되풀이하지 않거든요. 하지만 일저가 페리에게 심한 욕설을 퍼붓지 않았으면 좋겠어요('욕설을 퍼붓는다'라는 말은 낸시 할머니한테서 배웠어요. 아주 인상적인 말이라고 생각해요). 일저는 페리를 참을 수 없어해요.

페리는 테디에게 닭장 지붕에서 돼지우리 지붕으로 뛰어넘을 수 있느냐고 제안했어요. 테디는 그런 짓은 하고 싶지 않다고 말했죠. 만약 그럴 필요가 있다면, 또 그렇게 해서 누군가에게 도움이 된다면 하겠지만, 그저 보여주기 위한 것뿐이라면 하고 싶지 않다고 했어요. 페리는 너끈히 뛰어넘었지만 만약 실수를 했다면 목이 부러졌을 거예요. 페리는 스스로를 자랑스럽게 여기면서 테디가 겁쟁이라고 놀렸어요. 그러자 일저는 홍당무처럼 얼굴이 새빨개져서 페리에게 "입 닥쳐! 안 그러면 목을 물어줄 거야" 하고 소릴 질렀어요. 일저는 테디가 모욕적인 말을 들으면 참을 수 없나봐요. 하지만 저는 테디가 스스로 자신을 지킬 수 있다고 생각해요.

일저는 입학시험 공부를 못하고 있어요. 아버지가 못하게 했거든요. 하지만 일저는 아무래도 상관없대요. 좀더 나이가 들면 달아나서 무대에 서는 공부를 할 거라고 해요. 그런 말을 하면 못된 아이 같지만 전 무척 재미있을 거라고 생각해요.

전 처음에 일저를 다시 만났을 때, 일저 어머니 일을 알고 있었기 때문에 떳떳치 못한 기분이 들었어요. 전 그 일과 아무런 관련도 없는데 어째서 그런 기분이 드는 지 모르겠어요. 지금은 그런 기분이 조금씩 사라지고 있지만, 그래도 그 일 때문에 전 무척 불행해요. 완전히 잊어버리거나 아니면 진실을 알 수 있게 되면 좋겠다고 생각하지만, 아무도 그 일에 대해서 아는 사람이 없으니까요.

오늘 딘한테서 편지가 왔어요. 그의 편지는 무척 멋져요. 저를 어른처럼 대해주거든요. 그는 《산골짜기 용담꽃》이라는 책에서 인용한 시를 써보냈어요. 그 시가 저를 생각나게 한다나요. 어느 부분이나 다 멋있지만 전 마지막 연이 특별히 좋아요. 이런 거예요.

    잠자는 꽃이여, 속삭여다오
    나 어떻게 알프스의 봉우리에 올라갈 수 있으리
    그 장엄하고 준엄한 높은 곳을
    나 어떻게 그 진정한 명예에 어울리는
    먼 곳에 도달하여
    그 빛나는 두루마리 위에
    수줍은 여자의 이름을 남길 수 있으리

이 시를 읽고 나니 번뜩임이 찾아왔어요. 전 종이를 한 장 꺼내——지미가 저에게 종이와 봉투를 담은 상자를 몰래 주었다는 걸 깜박 잊고 말하지 않았네요——이렇게 적었어요.

'나, 에밀리 버드 스타는 오늘 여기서, 알프스 산길을 올라 명예의 두루마리에 내 이름을 남길 것을 엄숙히 맹세한다.'

전 그것을 봉투에 넣어 봉한 뒤, '12살 3개월, 에밀리 버드 스타의 맹세'라고 써 넣었어요. 그리고 봉투를 다락의 소파 선반에 숨겨두었어요.

지금 전 '살인 이야기'를 쓰고 있어요. 사람을 죽인 사람은 어떤 기분일지 그 기분을 알려고 노력하고 있어요. 무척 무섭지만 스릴이 있답니다. 마치 진짜로 사람을 죽인 것 같은 기분이 들어요.

그럼 안녕히 주무세요. 아빠, 그리고 엄마.

사랑하는 딸, 에밀리 올림

추신 : 어른이 되어 책을 출판할 때 제 이름을 어떻게 쓸지 생각중이에요. 어느 것이 좋을지 모르겠어요. 생략하지 않고 에밀리 버드 스타라고 쓸까, 에밀리 B. 스타라고 할까, E.B. 스타라고 할까 고민이랍니다. 아니면 E. 버드 스타라고 할까. 때때로 필명을 쓸까 하는 생각도 해요. 그렇게 하면 제 앞에서 사람들이 제 책에 대해 얘기하는 것을 그대로 들을 수 있거든요. 사람들은 자기가 느낀 대로 얘기하겠지요. 그것은 재미 있겠지만 그리 기분 좋은 일은 아닐 것 같아요. 역시 E. 버드 스타라고 쓰는 것이 좋을 것 같아요.

김유경
숙명여자대학교 미술대학 〈서양화 전공〉 졸업
창작미협전「정월」특선 목우회전「주왕산」입상
지은책「조선 세시 열두달 이야기」옮긴책「잉걸스·초원의 집」
「몽고메리·그린게이블즈 빨강머리 앤」10권

ANNE'S BOOKS
1
에밀리 초원의 빛

루시 모드 몽고메리 지음/김유경 옮김
1판 1쇄 발행/2004. 1. 1
1판 2쇄 발행/2008. 3. 1
발행인 고정일/발행처 동서문화사
창업 1956. 12. 12. 등록 16-345(윤)
서울강남구신사동540-22 ☎546-0331~6 (FAX) 545-0331
www.epascal.co.kr
＊잘못 만들어진 책은 바꾸어 드립니다.
전10권 각권 9,800원
＊

본 저작물의 한국어 번역 편집 그림 장정 꾸밈 출판권은 동서문화사가 소유합니다.
의장권 제호권 편집권 특허권 저작권 법에 의하여 보호를 받는 저작물이므로
무단전재와 무단복제를 금합니다.

사업자등록번호 211-87-75330
ISBN 978-89-497-0299-5 04840
ISBN 978-89-497-0289-6(세트)